LINN GREVE ist das Pseudonym einer deutschen Krimiautorin. Sie ist auf einem Weingut an der Mosel aufgewachsen, studierte Anglistik und Französische Philologie in Trier, absolvierte ein Verlagsvolontariat und promovierte anschließend in Sprach- und Übersetzungswissenschaft. Immer wieder zieht es sie hinaus in die Welt und insbesondere ans Meer. »Mord in der HafenCity« ist der erste Band ihrer atmosphärischen Hamburg-Krimi-Reihe um die sympathische Kommissarin Dorothee Anders.

Linn Greve

Mord *in der* HafenCity

EIN FALL FÜR DOROTHEE ANDERS

Kriminalroman

PENGUIN VERLAG

Sollte diese Publikation Links auf Webseiten Dritter enthalten, so übernehmen wir für deren Inhalte keine Haftung, da wir uns diese nicht zu eigen machen, sondern lediglich auf deren Stand zum Zeitpunkt der Erstveröffentlichung verweisen.

MIX
Papier | Fördert gute Waldnutzung
FSC® C014496
www.fsc.org

Klimaneutral*
Druckprodukt
ClimatePartner.com/14044-1912-1001

Penguin Random House Verlagsgruppe FSC® N001967

1. Auflage 2022

Neumarkter Straße 28, 81673 München
Redaktion: Susann Säuberlich
Umschlaggestaltung: bürosüd
Umschlagmotiv: mauritius images / Ingo Boelter
Satz: Greiner & Reichel GmbH, Köln
Druck und Bindung: GGP Media GmbH, Pößneck
Printed in Germany
ISBN 978-3-328-10684-5
www.penguin-verlag.de

Du hast gekocht
Es gab Steine
Die liegen jetzt in meinem Bauch
Sie sind schwer
Ich bin alleine
Bitte wer
Schneidet mich auf

Peter Fox

1

Die Klinge fuhr in das Fleisch wie in Crème brûlée. Nach dem Bruchteil einer Sekunde wurde der gefaltete Stahl durch den Widerstand des Knochens gestoppt. Eine Blutfontäne schoss auf und ergoss sich über junge Mangoldblätter.

Carolin Freitag starrte auf die klaffende Wunde. Seltsamerweise fühlte sie keinen Schmerz, nur einen Druck und dann ein dumpfes Pochen, in dessen Rhythmus das Blut herauspulste. Ein unterdrückter Schreckenslaut entfuhr ihr, er verlor sich in der Geräuschkulisse brüllender Männer und klappernder Töpfe.

»Scheiße«, murmelte der Kollege neben ihr, griff nach der Kasserolle mit Kalbsbries und ging damit einen Arbeitsplatz weiter.

Carolins Blut bereitete dem Aged Beef auf dem Schneidbrett vor ihr einen verblüffend monochromen Soßenspiegel. Es war so heiß hier drin, ein Raum aus Flammen und brutzelndem Fett. Ihr war schwindelig.

»Du blöde Kuh!« Gallos Stimme knallte wie ein Peitschenhieb durch die Küche. »Kannst du nicht aufpassen?«

Wie auf Kommando setzte die hektische Betriebsamkeit um sie herum einen Moment lang aus. Dann werkelten alle wieder, konzentriert und lärmend.

»Du hast mir letzte Woche schon Ware versaut.« Gallo war herangekommen und schrie Carolin ins Gesicht. »Bei mir arbeiten Profis. Und zwar *nur* Profis. Du brauchst morgen nicht mehr wiederzukommen.« Seine Züge waren entgleist. Er warf ihr ein Geschirrhandtuch hin. »Bind das gefälligst drum, siehst du nicht, dass du alles vollsaust?«

Carolin wickelte den weißen Baumwollstoff um ihre Hand. Damit kam der Schmerz. Er lief die Nervenbahnen hoch und breitete sich wie eine Feuerwalze aus.

»Raus hier!« Gallo zeigte auf die Tür.

Carolin zögerte. Sie fixierte ihren Chef, seine fuchsbraunen Augen, die griechische Nase, das markante Kinn.

»Denk an Marcel«, sagte sie kühl, zog mit der unverletzten Hand ihre Schürze ab, ließ sie achtlos zu Boden fallen und verließ die Küche.

»Kai, du machst das da sauber und dann das Beef fertig«, kommandierte Gallo.

»Neu Tisch sechs, im ersten Austern und Zunge, im zweiten Ochsenbäckchen«, annoncierte eine der Kellnerinnen laut.

Die Bestellung drang in die Ohren und Köpfe von Gallos Brigade. Deren einziger Daseinszweck war es, sie zuverlässig umzusetzen – so wie alle Bestellungen, an allen Abenden.

Gallo brannte für seinen Beruf, für seine Passion. Er war ein Künstler, leidenschaftlich und gnadenlos. Alle in der Küche wussten, dass das »Mercurio« seine große Chance war, sein zweites eigenes Restaurant. Seit etwa anderthalb Jahren kochte er darin wie ein Besessener. Neue Produkte, neue Wege, die Inspiration schien unendlich. Gallo fühlte sich auf dem Zenit und ließ das jeden in seinem Umfeld spüren. Letzte

Woche hatte das Magazin einer großen Tageszeitung über ihn berichtet, davor war er bei einer Talkshow im TV eingeladen gewesen.

Er hatte die »Neue Nachhaltigkeit« in die Spitzengastronomie eingeführt, hatte Hirn und Nieren gourmettauglich gemacht.

»Ein getötetes Tier verdient es, dass nichts von ihm vergeudet wird«, pflegte er zu proklamieren. »Wir gehen kompromisslos ehrlich mit unseren Produkten um, die Grundphilosophie ist Respekt.«

Zwischen Achtsamkeitsdünkel und der Gier nach Exotischem nahmen die übersättigten Großstädter seine Vision an. Sie bestellten den Kuheuter, in Heumilch gegart, mit Sternanis und Kimchi von Roter Bete. Sie ließen sich Hirnpralinés servieren, die eine atemberaubende Konsistenz hatten, cremig, fast wie eine Mousse, und wahnsinnig fein. Lammherzen in einer Lakritz-Jus waren der Renner im »Mercurio«.

Gallo konnte kochen. Er dirigierte komplexe Aromen wie eine Symphonie zusammen. Dabei bot er Innovatives neben Klassikern an, gab den Leuten die Option, mutig und unkonventionell zu sein. Sie mussten es nicht – aber so herangeführt, waren es fast alle.

»Chef, der Herr an Tisch drei … Ich glaube, er ist es.« Jens vom Service stand vor der langen Edelstahl-Durchreiche, in seinem Gesicht lag so etwas wie freudige Erwartung. »Er möchte Ihnen persönlich seine Hochachtung ausdrücken. Er habe formidabel gespeist.«

Gallos Züge erstarrten. »Du denkst tatsächlich, dass *er* es ist?«

»Ja.«

Hastig tupfte Gallo mit einem Zipfel seiner Schürze Schweißtropfen von der Stirn, atmete tief ein und setzte ein gewinnendes Lächeln auf. Die Haltung straffend, ging er aus der Küche hinüber in den Gastraum. Dessen Einrichtung hatte ein preisgekrönter Architekt im Stil der »Neuen Geradlinigkeit« entworfen: heimisches Vollholz, klare Formen, Recycling-Design.

Gallo schritt auf einen etwa fünfzigjährigen Mann mit Brille und Seitenscheitel an Tisch drei zu. Während er sich ihm näherte, nickte er den anderen Gästen aufmerksam zu und versicherte sich ihrer Zufriedenheit.

Erklärtes Ziel war der *Guide Michelin*.

Gabriel Otto, genannt Gallo, war auf dem direkten Weg in den Sterne-Olymp.

2

Dorothee Anders schob den mit Jasminranken verzierten Teller von sich weg. Die Ente süßsauer konnte auf ihrem Glutamat-See unbekannten Ufern entgegentreiben, Doro wollte damit nichts mehr zu tun haben.

»Nicht gut?«, fragte Michael und beförderte mit gekreuzten Stäbchen ein paar gebratene Nudeln in seinen Mund. Danach griff er mit der linken Hand nach Doros. Die chinesische Zupfzither im Hintergrund kam ihr noch schräger als sonst vor.

»Ach, bevor ich's vergesse …« Michael schmatzte und schluckte, legte die Stäbchen beiseite und langte in seine Jacketttasche. Er zog eine türkisfarbene Schmuckschatulle heraus und reichte sie Doro. »Schau mal.«

Erstaunt nahm Doro sie an. Michael hatte ihr noch nie etwas geschenkt – sah man von einem mit einer roten Schleife verzierten Haftbefehl ab, den er ihr einmal ins Büro gebracht hatte. Zögerlich öffnete sie den Deckel. Auf reinweißes Innenfutter schmiegte sich eine Kette aus Platin oder Weißgold. Der rund gefasste Solitär daran war traumhaft schön.

»Denkst du, die gefällt Caren?« Erwartungsvoll sah Michael Doro an. »Zum Vierzigsten muss es schon was Besonderes sein.«

»Sie ist wundervoll.« Doro klappte das Etui zu und gab es Michael zurück. »Caren kann sich glücklich schätzen, mit dir verheiratet zu sein.«

»Nicht wahr?« Michael zwinkerte. In dem Aquarium hinter ihm glupschte ein Zierfisch ans Glas, er sah aus wie eine zerfranste Sofadecke.

Doro hatte die bildhübsche Amerikanerin mit dem vollen aschblonden Haar und der Topfigur einmal auf einem Sommerfest getroffen. Auf ein zweites Mal konnte sie verzichten.

»Sehen wir uns am Mittwochabend bei dir?«, fragte Michael.

In Doro stiegen widerstreitende Gefühle auf. »Morgen … Hm. Du, ich bin mir nicht sicher, ob …«

»Dorothee, bitte. Du weißt, wie sehr ich dich mag. Mach's nicht kompliziert.« Michaels Züge vereinten Willensstärke mit jungenhaftem Charme, seine Stimme war herb und zärtlich zugleich.

Wie Salzkaramell, dachte Doro und fühlte sich unweigerlich zu ihm hingezogen. Das Licht der tief hängenden Lampe beschien seinen kahlen Schädel, in den dunklen Augen lag ein warmer Glanz. Doro versuchte, aufkommende Erinnerungen an Michaels Küsse zu verdrängen.

»War's gut?« Die chinesische Kellnerin lächelte mit falschen Zähnen.

»Oh, ja. Danke schön.« Doros Gaumen kribbelte.

Die in einen bestickten Kimono gehüllte Frau räumte den Teller mit der Ente ab. Anschließend nahm sie eines der beiden mit einer grellorangen Flüssigkeit gefüllten Schnapsgläser vom Tablett und stellte es vor Doro.

»Für mich bitte nicht.« Michael hob abwehrend die Hände. Der Herr Staatsanwalt käme im Leben nicht auf die Idee, im Dienst zu trinken, dachte Doro.

»Aber einen Glückskeks?« Wieder entblößte ein Lächeln die weißen Porzellanrechtecke in dem runden Gesicht. Eine kleine Hand legte zwei in Goldfolie verpackte Kekse in die Mitte des Tisches.

»Ja, gern. Glück kann man immer gebrauchen.« Michael schmunzelte.

Doro griff nach dem Schnapsglas, hob es an und kippte den Inhalt herunter. Eine Explosion künstlicher Aromen schoss durch ihren Mund bis hinauf in die Nase, irritierend und abscheulich lecker, Mango *made in China*. Dazu kam das Beißen des Alkohols, das ihr für einen Moment den Atem raubte.

»Prost«, sagte Michael und trank einen Schluck Tafelwasser. »Was ist mit Mittwoch?«

»Okay.« Doro war alt genug, um mit Arrangements umgehen zu können. Und sie war alt genug, um für sich entschieden zu haben, dass Sex mit einem verheirateten Mann besser war als gar keiner.

Michael nahm einen Glückskeks, den anderen schob er Doro hin.

Sie zerriss die Folie und brach das gebogene Teighörnchen auseinander. Mit spitzen Fingern zog sie den weißen Zettel heraus, die Schrift darauf erschien ihr winzig. Sie hatte ihre Lesebrille im Büro vergessen, genau genommen hatte sie sie liegen lassen. Sie hasste die Zeichen des Alters.

Ihre Augen versuchten, sich scharf zu stellen.

Geheim und apart ist die Blume der Nacht.

Doro steckte sich die beiden Kekshälften in den Mund und zerknüllte den Zettel.

»Sei immer du selbst, außer du kannst ein Einhorn sein, dann sei ein Einhorn«, las Michael von seinem kleinen Papierstreifen vor. »Doro, möchtest du, dass ich ein Einhorn bin?« Er grinste anzüglich.

»Um Himmels willen.« Doros Stimme trug laszive Empörung.

Michael hielt ihren Blick fest, ihr wurde warm. Dabei bemerkte sie ein Brummen in ihrer Jackentasche und brauchte eine Sekunde, um das Geräusch zuzuordnen.

Sie nestelte ihr Handy heraus. Auf dem Display stand die Nummer ihres Kollegen Ben Fleck, darüber wurde ein verpasster Anruf von ihm angezeigt. Sie nahm das Gespräch an.

»Hi, Ben.«

»Hallo, Doro. Ich störe ungern deine Mittagspause, aber es gab einen Mord in der Hafencity. Der Mann heißt Gabriel Otto und ist wohl ein ziemlich bekannter Koch. Er wurde in der Tiefgarage seines Apartmenthauses erschossen. Gezielter Kopfschuss.«

Doro sog Luft ein. »Wo wohnte er?«

»An der Elbtorpromenade. In dem neuen Quartier dort. Wann kannst du da sein?«

Doro sah auf ihre Armbanduhr, es war kurz nach zwei. »Um Viertel nach etwa.« Der Tatort lag nicht weit vom »Shanghai Paradise« entfernt. »Bis gleich.« Sie legte auf.

»Arbeit?«, fragte Michael. Die Fälle von Hauptkommissarin Dorothee Anders landeten häufig auch auf seinem Schreibtisch.

Doro zog den Geldbeutel aus ihrer Jackentasche. »Ein Gastronom namens Gabriel Otto. Kopfschuss in der Tiefgarage seines Hauses an der Elbtorpromenade.«

»Oh«, machte Michael, zögerte einen Moment und zischte »Shit«.

»Kann man so sagen.« Doro winkte der Kellnerin. »Zahlen, bitte.«

»Bei dem hatte ich für Carens Geburtstag reserviert«, schloss Michael an. »Sie hat sich total drauf gefreut. Die halbe Stadt spricht von seinem Restaurant.«

»Ach so?« Doro kräuselte die Lippen.

»Ja, angeblich kocht der sensationell und ziemlich ungewöhnlich. Aber das hat sich nun wohl erledigt.«

Die Kellnerin war mit kleinen Schritten herangekommen und legte die Rechnung auf den Tisch.

»Lass doch, ich übernehme das.« Michael zückte seine Kreditkarte. »Falls ich gleich auch einen Anruf bekomme, sehen wir uns am Tatort.«

»In Ordnung.« Doro erhob sich.

Es gab keine Abschiedsküsse zwischen Michael und ihr, auch keine zur Begrüßung. Doch sie hatten die Angewohnheit, sich in die Augen zu sehen, bevor sie sich trennten. Oft empfand Doro das wie eine zärtliche Berührung.

»Tschüs«, sagte sie. »Vielleicht bis später.«

3

Eilig verließ Doro das Restaurant und lief zu ihrem Rennrad, das an einem Laternenpfosten stand. Sie drehte die kleinen Zahlenräder des Nummernschlosses auf den Geburtstag ihres Sohnes, schwang sich auf den Sattel und fuhr los.

Vom Gehweg aus fädelte sie sich in den Stadtverkehr ein, Strähnen ihres rotbraunen Haares wehten ihr ins Gesicht. Sie schüttelte sie zurück und trat so fest sie konnte in die Pedale.

Kopfschuss. Bislang hatte sie in ihrer Laufbahn bei der Polizei erst einen Menschen gesehen, der auf diese Weise umgekommen war, Suizid durch aufgesetzte Großkaliberwaffe. Der Anblick war furchtbar gewesen.

Sie lavierte sich an Autos vorbei, die an einer roten Ampel hielten, und schnellte über einen Fußgängerüberweg.

»Hee!«, rief ihr ein älterer Mann hinterher. »Für Radfahrer ist Rot!«

Unbeirrt raste Doro weiter. Links und rechts ragten moderne Bürogebäude auf, in ihren Glasfronten spiegelte sich die trübe Septembersonne.

Doro fuhr am Wasser entlang, das die Hafencity durchzog und ihr ein besonderes Flair von Freiheit und Lebendigkeit verlieh. Sie überquerte eine Brücke, registrierte das Funkeln der Elbe. Etliche Menschen waren unterwegs, sie schoss an einer Frau vorbei, die einen Kinderwagen schob. Daneben stapfte ein Kleinkind auf einem Laufrad vorwärts.

Geradeaus sah sie bereits die Streifenwagen vor einem neuen Apartmenthaus parken. Sie brachte die letzten Meter hinter sich, stieg ab und lehnte ihr Rad an eine Hauswand. Zwei uniformierte Kollegen standen vor der Tiefgarageneinfahrt. Doro zeigte ihren Dienstausweis, einer der Beamten nickte und ließ sie passieren.

Sie lief den glatten Betonboden der Einfahrt herunter. Mit jedem Schritt wurde es stickiger, es roch nach Abgasen und Gummi. Am Ende der Auffahrt wandte sich Doro nach rechts.

Etwa in der Mitte der Parkfläche befand sich ein schwarzer Landrover mit offener Fahrertür.

In Doros Schläfen stach etwas, ein Hitzeschwall überlief ihren Körper. Es war der gleiche Wagen, den Alexander fuhr. Alexander und Julia, auf dem Rücksitz die beiden Mädchen.

Doro schluckte trocken. Ihr Ex-Mann und seine neue Familie.

Schräg hinter dem Wagen stand ihr junger Kollege Ben Fleck. In Lederjacke und tief hängenden Jeans, das Haar wie immer verstrubbelt, sprach er mit einem Kriminaltechniker.

Doro eilte heran. Wenige Sekunden später sah sie in den mit beigem Leder ausgestatteten Innenraum des Rovers. Dabei zwang sie ihren Blick zum Torso des Mannes, der nach rechts geneigt auf dem Fahrersitz saß. Das weiße Hemd war voller Blut, es hatte sich in prangenden Flecken und feinen

Spritzern verteilt. Unterhalb des Kragens klebte etwas Hellgraues und ein rötlicher Knochensplitter.

Langsam richtete Doro ihre Augen nach oben.

Bei Kopfschüssen trat die Kugel häufig wieder aus dem Schädel aus, mitunter nicht ohne die Hirnschale zu fragmentieren.

Doro atmete gepresst. Der Knochen war an der Einschussstelle flächig geborsten. Wie bei einem Modell für den Biologieunterricht sah man Hirnstrukturen und einen Teil der Augenhöhle.

Das Sicherheitsglas des Beifahrerfensters hing zerfetzt im Rahmen, die Kugel hatte es nach ihrem Austritt aus dem Kopf durchschlagen.

»Hallo, Doro.« Ben kam zu ihr. »Ziemliche Sauerei, was?«

Doro schätzte die robuste Art ihres Kollegen. Seit etwa zwei Jahren arbeiteten sie zusammen, und in der Zeit hatte sie ihn noch nicht die Gesichtsfarbe wechseln sehen. Sie fand es gut so, für Zartbesaitete war die Kripo der falsche Arbeitsplatz.

»Wenn du mich fragst, sicher kein Zufallsopfer«, ergänzte Ben.

»Das sind die wenigsten«, antwortete Doro. »Was wissen wir über den Mann?«

»Er ist vierundvierzig, ledig, kinderlos. Ihm gehört das Restaurant ›Mercurio‹, das gerade sehr angesagt ist.«

»Ich hab davon gehört.«

»Du?« Ben runzelte die Stirn. »Gehst *du* in solche Edelschuppen?«

Doro ignorierte die Frage. In ihrem Magen meldete sich die Ente, es fühlte sich an, als wolle sie an die Luft zurück.

»Wer hat den Toten gefunden?«, fragte sie.

»Ein Nachbar. Er ist Arzt. Na ja, da kann er wenigstens den Anblick verkraften. Er sitzt draußen im Einsatzwagen und gibt seine Aussage zu Protokoll. Ihm zufolge lief der Motor des Rovers nicht, der Zündschlüssel steckte, und die Fahrertür stand offen. Es ist noch nicht klar, ob Gabriel Otto gerade angekommen war oder wegfahren wollte.« Ben schob die Hände in die Taschen seiner Jeans. »Ich weiß nicht, wie es dir geht, mich erinnert diese Szenerie an eine Hinrichtung.«

Doro nickte. Der Gedanke war auch ihr gekommen. »Ist die Kugel gefunden worden?«

»Ja, auf der anderen Seite des Wagens, einige Meter entfernt. Großkaliber, vermutlich mit Schalldämpfer.«

Doro schaute sich nach Kameras um.

Offenbar erriet Ben ihre Gedanken. »Leider nein«, meinte er. »Die Garage ist nicht videoüberwacht.«

Wäre auch zu schön gewesen, dachte Doro. »Ich möchte mit den anderen Hausbewohnern sprechen. Ist die KT schon in der Wohnung des Toten?«

»Ja. Er hatte den Schlüssel bei sich, drei Männer sind hoch. Gabriel Otto bewohnte das Penthouse. Bestimmt keine ärmliche Bude.«

»Wie man sieht, macht Geld nicht unbedingt glücklich«, erwiderte Doro.

Ben zuckte mit den Schultern und deutete auf die offen stehende Brandschutztür, die ins Treppenhaus führte. »Normalerweise kommt man da nur mit einem Schlüssel durch. Wenn der Täter den nicht hatte, muss er dort zur Ausfahrt raus geflüchtet sein.«

Durch eine Bewegung von Bens Arm wehte Doro aus dem

Rover ein Hauch von Leder und einem holzigen Aftershave an, darüber legte sich der Geruch von Blut. Übelkeit pulste auf, Doro drehte sich weg.

»Lass uns hoch«, sagte sie zu Ben und steuerte die Brandschutztür an.

Gleichzeitig klingelte ihr Handy. Sie nahm es aus der Jackentasche. Constantin war dran.

»Hallo, mein Schatz«, begrüßte sie ihn und wusste im selben Augenblick, dass sich ihr Sohn darüber ärgerte. In seinen Augen war er ein Mann, in ihren ein Junge. Nicht nur das war zurzeit ein Problem.

»Hi«, sagte er kurz angebunden. »Ich bin heut bei Papa.«

»Ach, Constantin, lass uns doch heute Abend gemeinsam …«

»Okay, tschüs dann«, unterbrach er mit rauer Stimme und legte auf.

Das Telefon lag plötzlich schwer in Doros Hand. Auch nach Jahren dachte sie noch oft an die Trennung von Alexander. Doch das war nichts im Vergleich zu dem Gefühl, das sie hatte, wenn ihr Sohn sich von ihr abwandte.

Sie stieg die Treppenstufen aus grauem Granit hinauf.

»Wird schon«, sagte Ben neben ihr. »Ich war auch nicht einfach für meine Eltern.«

»Hm.« Doro steckte ihr Handy weg. Ben war in Ordnung, eigentlich mochte sie ihn.

Sie versuchte, die Beklemmung, die sich um ihr Herz gelegt hatte, abzuschütteln. Gerade erforderte ihr Job ihre ganze Aufmerksamkeit.

Im Treppenhaus roch es nach Neubau, alles wirkte sauber und gepflegt, die Wände waren makellos weiß. Doro kannte die Mietpreise in diesem Viertel, Gabriel Ottos Restaurant musste gut gelaufen sein.

»Versuchen wir's im Stockwerk unterhalb der Wohnung des Toten«, schlug sie vor. »Vielleicht ist jemand zu Hause.«

»Okay.«

Wenig später erreichten sie den mit Halogenstrahlern ausgeleuchteten Flur der vierten Etage. Doro drückte ihren Finger auf den Klingelschalter neben der ersten Wohnungstür. Ein melodischer Dreiklang ertönte, die Ermittler warteten. Es tat sich nichts.

Doro läutete nochmals und wieder. Als alles still blieb, schlurfte Ben zu der anderen der beiden Türen und klingelte.

In der nächsten Sekunde wurde sie aufgerissen.

»Oh, hast du ...« Eine helle Stimme verstummte abrupt.

Ben stand einer halb nackten Frau gegenüber. Um ihre Brust war ein rotes Handtuch geschlungen, das gerade so bis zu den Oberschenkeln reichte. Das nasse Haar hing tropfend über die Schultern.

Ungerührt musterte Ben die Frau und zückte seinen Dienstausweis. »Kripo Hamburg. Können wir kurz mit Ihnen sprechen?«

»Kripo?« Erschrecken lief über das feucht glänzende Gesicht. »Was ist passiert? Ist etwas mit Gerald?«

»Eher mit Gabriel«, erwiderte Ben trocken. »Dürfen wir reinkommen, Frau ...?«

»Weiland. Charlotte Weiland. Sicher, natürlich.« Die Frau machte eine verhalten einladende Handbewegung. »Bitte.«

Doro und Ben betraten eine schmale Diele und dahinter einen offenen Wohnbereich mit großen Fenstern. Die

Einrichtung hatte eine Homestory in einem hochpreisigen Lifestylemagazin verdient, jedes Detail passte.

Ein Zitat aus einem ihrer Psychologieseminare kam Doro in den Sinn. »Perfektion schafft Aggression.«

Die letzte fremde Wohnung, die sie dienstlich betreten hatte, war ein heruntergekommenes Loch im Osten der Stadt gewesen. Es hatte nach Kippen und Unglück gerochen, die Aggression hatte dort keine Umwege genommen.

»Meinen Sie Gabriel Otto?«, fragte Charlotte Weiland unsicher. Sie zog das Handtuch fester um ihren Oberkörper.

»Ja«, antwortete Ben. »Er wurde erschossen. Kopfschuss.«

Das war noch so etwas, das Doro an Ben schätzte. Er redete nicht lange um die Dinge herum.

Charlotte Weilands hübsch geformter Mund klappte auf, das schwarze Loch in ihrem Gesicht torpedierte seine Schönheit.

»Das ist … unmöglich.« Sie ließ sich keuchend auf einen der hellen Lederstühle fallen, die an einem großen Esstisch standen. Das ohnehin knappe Handtuch rutschte hoch.

Etwas von dem Tisch entfernt lag ein kleiner Kleiderhaufen auf dem Boden, ein hellgrauer Rock, eine blaue Bluse, ein BH.

»Warum unmöglich?«, fragte Doro.

»Weil … weil … Das ist entsetzlich.«

»Frau Weiland, möchten Sie sich etwas anziehen?« Doros Stimme war sanft.

»Oh … Ja. Ich bin gleich zurück.« Sichtlich verstört stand Charlotte Weiland auf und verschwand auf blanken Sohlen aus dem Raum.

»Was hat sie so zum Schwitzen gebracht, dass sie aus ihren Kleidern steigen und duschen musste?«, raunte Ben. Er bückte sich, griff flink nach Rock und Bluse, besah sich die Teile und ließ sie wieder fallen. »Kein Blut«, stellte er fest.

»Oder erst die Kleider runter, dann schwitzen und anschließend duschen?«, fragte Doro.

»Du meinst …?«

Doro hob die Schultern.

In Jeans und T-Shirt kam Charlotte Weiland zurück. Dicht an Ben vorbei steuerte sie ihre auf dem Boden liegende Kleidung an und raffte sie zusammen. Sie verfrachtete das Bündel auf die Tischplatte, wo es sich noch deplatzierter ausnahm.

»Entschuldigen Sie«, sagte sie hohl. »Wenn mein Mann nicht da ist, bin ich manchmal etwas nachlässig.«

»Das sind wir doch alle mal«, erwiderte Ben kumpelhaft. »Kannten Sie Gabriel Otto?«

Ein Augenlid der Frau zuckte, sie sank wieder auf den Stuhl am Esstisch. »Wir waren Nachbarn. Ein, zwei Mal waren Gerald und ich auch in Gabriels Restaurant essen. Mein Mann schätzt allerdings mehr die traditionelle Hausmannskost.«

Doro beobachtete Charlotte Weiland. Sie war eine dieser Naturschönheiten, wie sie auf den schwedischen Schäreninseln mit Blumenkranz im Haar den Mittsommer feierten.

Hausmannskost?, überlegte sie. »Kannten Sie Herrn Otto näher?«

»Näher?«

»Persönlich. Privat.«

»Wir haben uns gegrüßt, wenn wir uns sahen, ein paar Worte geplaudert. So was halt.« Charlotte Weiland knibbelte an ihren rosa lackierten Fingernägeln. »Wo ist es passiert?«, fragte sie.

»Unten in der Tiefgarage.« Ben zog die Nase hoch. »Ist Ihnen heute etwas Ungewöhnliches aufgefallen? Oder haben Sie in letzter Zeit Fremde im Haus bemerkt?«

Charlotte Weiland schüttelte den Kopf. »Nein, nichts dergleichen. Alles war wie immer. Mir ist nichts aufgefallen.«

»Wen haben Sie eben erwartet, Frau Weiland?«

»Ich? Erwartet? Niemand.«

»Hatten Sie ein Verhältnis mit Gabriel Otto?« Doro stellte die direkte Frage. Erfahrungsgemäß war nicht die Antwort entscheidend, sondern die Art, wie sie gegeben wurde.

»Wie bitte?« Empörung trat in das schöne Gesicht. »Das ist absurd. Ich bin glücklich verheiratet.«

Als wäre das ein Hinderungsgrund, dachte Doro. »Wo ist Ihr Mann?«

»Im Büro. Also, in der Bank. Rothner Privatbank. Er hat dort die Geschäftsleitung inne.«

»Und Sie? Sind Sie immer um diese Zeit zu Hause?«

»Nein, nein. Meist bin ich beim Sport. Oder ich habe andere Termine.« Charlotte Weiland wedelte mit einer Hand. »Was man eben so hat.«

Ist klar, dachte Doro, sie nickte Ben zu. »Gut, Frau Weiland, wir melden uns bei Ihnen, wenn wir weitere Fragen haben.«

»Wiedersehn«, nuschelte Ben und wandte sich zum Gehen.

Doro verließ hinter ihm die Wohnung, den Blick auf sein wuscheliges Haar und die abgestoßene Lederjacke gerichtet.

»Muss ein echt komisches Gefühl sein, gerade mit jemandem geschlafen zu haben, der dann tot ist«, sagte er auf der Treppe nach oben zum Penthouse. »Wobei, ist das nicht bei diesen antiken Tragödien meistens so mit Eros und Tod und …«

»Dass Charlotte Weiland mit Gabriel Otto im Bett war, ist nur eine Vermutung.« Doro nahm die letzten beiden Stufen mit einem Schritt.

Rechts von ihr stand der Aufzug offen, die Kriminaltechniker hatten ihn blockiert. Der kleine Innenraum war verspiegelt. Im Vorbeigehen sah Doro Ben und sich darin – einen groß gewachsenen jungen Mann und eine Frau Mitte vierzig, die am Morgen etwas Make-up hätte auflegen sollen.

Schräg gegenüber dem Fahrstuhl befand sich der Eingang zu Gabriel Ottos Wohnung. Sie traten durch die Tür.

Das Erste, was Doro hörte, war Michaels tiefe, warme Stimme. »Den Laptop und diese Ordner da.«

Die Ermittler gelangten in einen riesigen Raum. Die beiden Glasfronten geradeaus und links gaben ihm zusätzliche Weite, der Ausblick auf Hamburg und die glitzernde Elbe war spektakulär.

Gabriel Ottos Wohnung war spärlich, aber edel möbliert. Das Zentrum des Wohnraums bildete ein großer frei stehender Gasherd, eingefasst in helle Granitplatten. Über ihm hing ein monumentaler chromglänzender Dunstabzug. Für einen Moment hatte Doro den Eindruck, als könne dieser metallene Trichter alles ansaugen, was sich unter ihm befand. Allerdings standen die Ablageflächen der Kücheninsel voller Flaschen, Gefäße und Gewürze. An einer Seite waren Kräutertöpfe aufgereiht, davor lagen Avocados, Auberginen und irgendwelches Blattgrün.

»Hallo, Frau Anders.« Michael kam lächelnd auf Doro zu, Ben wurde mit einem freundlichen Kopfnicken bedacht. »Hallo, Herr Fleck. Haben Sie schon erste Erkenntnisse im Fall Gabriel Otto?«

»Den Täter haben wir leider noch nicht«, gab Doro zurück und verrutschte dabei im Ton. Das Gesieze in der Öffentlichkeit ging ihr seit einer Weile auf die Nerven.

Michael musterte sie amüsiert, demonstrativ verschränkte sie die Arme vor der Brust.

»Mit Ihrer Hilfe, Herr Faller, wird uns das sicher bald gelingen.« Ben zwinkerte Michael jovial zu.

»Gabriel Otto war übrigens kein Unbekannter für uns«, sagte der. »Meine Sekretärin hat mich eben informiert.«

Die gute Irene, dachte Doro. Eine Frau mit Sensoren wie eine Protonenwaage. Wahrscheinlich wusste sie *alles*.

»Vor etwas über zwei Jahren hat die Staatsanwaltschaft wegen Insolvenzverschleppung gegen Gabriel Otto ermittelt. Er hat mit seinem damaligen Restaurant ›Sirius‹, das er längere Zeit hier in Hamburg betrieben hatte, Pleite gemacht.«

»Und?«, fragte Doro. »Wie ging die Sache aus?«

»Die vorläufige Beurteilung des Insolvenzverwalters hatte zu den Ermittlungen geführt. Dann wurde das Verfahren allerdings eingestellt. Zum einen hat Otto seine Gläubiger bedient. Zum anderen wurde die strafrechtliche Relevanz von einem extern bestellten Gutachter neu beurteilt.«

Ben legte die Stirn in Falten. »Sie meinen, es sind Kapitalgeber eingetreten?«

»Nach Aktenlage gab es einen Immobilienverkauf durch Ottos Mutter. Mit diesem Geld wurden die offenen Forderungen beglichen. Die Mutter ist ein halbes Jahr später verstorben.«

»Ach«, machte Ben. »Und mit der Erbschaft ist der Maestro neu durchgestartet?«

»Möglich.« Michael wandte sich dem Schreibtisch an der einen Seite des Raumes zu. »Ich beschlagnahme persönliche Unterlagen, den PC, das übliche Programm. Haben Sie Gabriel Ottos Handy?«

»Ja, das trug er bei sich, es wurde sichergestellt«, antwortete Ben.

»Drüben im Schlafzimmer war ich noch nicht.« Michael räusperte sich. »Kann sein, dass da auch noch was ist.«

»Da war bestimmt was«, meinte Ben platt.

Wortlos ging Doro ein paar Schritte nach rechts. Dort führte ein Durchgang ins Schlafzimmer, sie trat ein.

Die Jalousien waren halb heruntergelassen. Doros Blick fiel auf ein breites Bett und einen Kleiderschrank, dessen Front zur Hälfte aus Spiegeln bestand. Die graue Bettwäsche schimmerte seidig, sie war zerwühlt, das Laken knitterig. Der Duft eines holzigen Herrenparfums lag in der Luft, darüber der von menschlicher Haut – der dichte Geruch nach Körperlichkeit.

Doro ging zum Bett. Langsam schob sie ihre Hand unter die dünne Daunendecke. Es war noch ein wenig warm darunter. Die Wärme eines Mannes, der sechs Etagen tiefer keine mehr abgibt, dachte sie. Dabei stieg eine altbekannte Beklommenheit in ihr auf. Sie empfand sie oft bei der unmittelbaren Erfahrung von Vergänglichkeit. Abrupt zog sie die Hand zurück.

Vom Schlafzimmer aus gelangte man ins Bad. Es gab auch hier einen breiten Durchgang, aber keine Tür. Die ganze Wohnung schien in ihrer Offenheit keine Rückzugsorte zu bieten.

Doro begab sich in den mit grauen und schwarzen Fliesen ausgelegten Raum. An Edelstahlhaltern hingen reinweiße Handtücher, teure Parfumflakons und Pflegeprodukte reihten sich auf einem gläsernen Sideboard. In der großen quadratischen Dusche perlten noch Wassertropfen an den Glaswänden.

Vorsichtig öffnete Doro den Spiegelschrank über dem Waschbecken. Das Innenleben war ordentlich sortiert, Toilettenartikel, Kondome und einige Tablettenpackungen. Auf einer Schachtel stand »Zur Kurzzeitbehandlung von Schlafstörungen« unter dem Handelsnamen, daneben »verschreibungspflichtig«.

»Was gefunden?«

Sie schnellte herum. Ben war hinter ihr und lugte zum Spiegelschrank.

»Der Job hat womöglich seinen Tribut gefordert.« Sie deutete auf die Schlaftabletten. »Wir sollten mit Gabriel Ottos Angestellten sprechen. Wo es richtig stressig ist, herrscht selten Harmonie.«

»Wie bei der Kripo«, erwiderte Ben.

Gemeinsam gingen sie durch das Schlafzimmer zurück in den loftartigen Wohnraum.

»Hast du die Anschrift von diesem ›Mercurio‹?«, fragte Doro Ben.

»Es liegt nur ein paar Straßen von hier entfernt.« Eine sonore Stimme hatte ihr geantwortet.

Doro blinzelte. »Ach, waren Sie schon mal da, Herr Faller?«

»Nein, ich bevorzuge den Asiaten um die Ecke.«

Eine kleine verräterische Röte kroch in Doros Wangen. Derweil tippte Ben auf seinem Handy herum und nannte die Adresse.

»Lass uns los«, sagte Doro rasch. »Herr Faller, wir hören voneinander.«

»Das will ich hoffen.«

Doro drehte sich um. Kurz darauf lief sie mit Ben das Treppenhaus runter, die Sohlen seiner riesigen Turnschuhe quietschten auf dem Granitstein.

»Ich finde euer Getue echt lustig«, sagte er unvermittelt.

»Was?« Doros Stimme war zu hoch.

»Du und der Faller. Das sieht doch ein Blinder, dass da was ist. Der kriegt immer so ein Lächeln ins Gesicht, und du wirst zur Drahtbürste.«

Doro kniff die Lippen zusammen.

»Entspann dich.« Grinsend legte ihr Ben seine Hand auf die Schulter. »Ich kann schweigen wie der Tote in der Tiefgarage.«

4

»Ich glaub, ich kotz im Strahl.« Ben gab ein angewidertes Geräusch von sich.

Manchmal ist er doch noch ziemlich jung, dachte Doro. Sie drückte den Zeigefinger zum wiederholten Mal auf den quadratischen Klingelschalter.

»Hast du gesehen, was der auf der Karte hat?«, fuhr Ben fort. »Innereien mit Lakritz, Hirn und so was. Mag ja sein, dass seine Gäste das nötig haben, aber …«

Hinter der gläsernen Restauranttür war jemand herangekommen. Ein Schlüssel drehte sich im Schloss, einen Augenblick später stand eine junge dunkelhaarige Frau mit unwirschem Ausdruck vor Doro und Ben.

»Wir öffnen erst um achtzehn Uhr dreißig.« Die Haut ihres Gesichts war fahl, die weiße Küchenjacke hatte Flecken. »Das steht auch da.« Die Frau wies auf eine kleine Tafel im Glaseinsatz der Tür.

»Wir möchten nichts essen.« Doro zeigte ihren Dienstausweis. »Kripo Hamburg. Es geht um Ihren Chef. Dürfen wir reinkommen?«

»Um Gallo?«, fragte die Frau erstaunt.

»Gabriel Otto. Nennen Sie ihn *Gallo*?«

»Das ist sozusagen sein Künstlername.« Eine schmale,

gerötete Hand strich eine Haarsträhne zurück, die sich aus dem hochgebundenen Knoten gelöst hatte. »Kommen Sie rein. Was ist mit Gallo?«

Sie betraten den Gastraum. Unwillkürlich fühlte sich Doro an ein Klassenzimmer erinnert. Schlichte quadratische Tische standen in drei Reihen, die Wände waren fast kahl, es gab nur einige Farbakzente in Grün- und Blautönen.

Ben sah die Köchin an. »Frau … äh …?«

»Zöller. Janine Zöller.«

»Frau Zöller, Ihr Chef ist tot. Er wurde erschossen.«

»Scheiße.« Die restliche Farbe wich aus dem Gesicht der Frau. »Verdammte Scheiße.«

»Sind noch Kollegen von Ihnen in der Küche?«, fragte Ben.

»Ja, wir sind zu dritt dabei, für den Abend vorzubereiten. Kai, Dario und ich. Gallo war heute Vormittag schon da. Er ist dann zur Zimmerstunde weg, wahrscheinlich nach Hause.«

»Zur was?« Doro konnte mit dem Begriff nichts anfangen.

»Eigentlich ist es bei uns keine richtige, weil wir ja keinen Mittagsservice haben, nur Abendbetrieb. In der Gastronomie nennt man die Zeit zwischen vierzehn und siebzehn Uhr so, wenn man ausruhen, was essen, sich auf sein Zimmer zurückziehen kann. Gallo brauchte ein paar Stunden für sich, bevor am frühen Abend der ganze Wahnsinn wieder losging. Er ist kurz vor eins weg.«

Doro kam eher eine Schäferstunde in den Sinn. »Wir möchten auch mit Ihren beiden Kollegen sprechen.«

Janine Zöller nickte und setzte sich mit matten Schritten in Bewegung. Sie war schlank, fast mager, und wirkte trotz ihrer Jugend ausgezehrt. Vor ihr öffnete sich eine holzverkleidete Schiebetür automatisch, dahinter lag die Küche.

Schon der Gastraum war nicht sonderlich anheimelnd gewesen, die Küche erinnerte Doro an ein Schlachthaus. Geflieste Wände und jede Menge Edelstahl transportierten Kälte, obwohl es heiß im Raum war. Der Geruch von Gebratenem umfing sie wie ein penetranter Dunst, der über die Atemwege in den Körper drang. Als würde man vom Riechen satt, dachte sie.

Zwei junge Männer in weißen Kochjacken arbeiteten an einer Anrichte. Als Doro und Ben herankamen, sahen sie mit erstaunten Mienen auf.

»Kripo«, sagte Janine Zöller. »Gallo ist tot.«

»Fuck!« Einer der Männer warf sein Messer hin, mit einem metallischen Klirren flog es auf den Edelstahl. »Elender Dreck.«

»Dario, reiß dich zusammen!«, zischte Janine Zöller.

»Ach was«, blaffte Dario, zerrte seine Kopfbedeckung herunter und schmiss sie von sich.

»Sie sind ziemlich ungehalten«, meinte Doro.

»Scheiße, wir waren so nah dran.« Er hielt Daumen und Zeigefinger in wenigen Zentimetern Abstand voneinander. »Jetzt war die ganze Plackerei umsonst.«

»Ich verstehe nicht ganz. Nah dran?«

»Am Stern.« Der andere Mann sah betroffen auf die Rote Bete vor ihm. Er trug Latexhandschuhe, die von dem Gemüse violett gefärbt waren.

»Tatsächlich?«, fragte Ben ungläubig. »Mit Hirn kann man einen Stern bekommen?«

»Gallos Philosophie war die kompromisslose Nachhaltigkeit«, erklärte Janine Zöller. »Er hat experimentiert, alles vom Tier verwertet. Und er konnte sich vermarkten. Er hat Gerichte wie ›Luft und Liebe‹ entwickelt, delikate Kalbslunge mit Rosenblüten und Macis. Oder ›Herzklopfen‹, ein mit Dörrpflaumen gefülltes Rinderherz, mit Zimt, Gewürznelken und Lorbeer abgeschmeckt.«

»Nicht zu vergessen die geräucherte Zunge«, ergänzte Dario in sarkastischem Ton. »Die hieß bei Gallo ›Wahrheitsliebe‹.«

Ob sich Michael mit seiner Frau hier wohlgefühlt hätte?, fragte sich Doro.

»Wahrscheinlich war gestern Abend ein Kritiker vom *Guide* da«, fuhr Janine Zöller fort. »Gallo hat mit ihm gesprochen, danach war er euphorisch.«

Einige Sekunden lang lag Schweigen im Raum.

Der Koch mit den Handschuhen streifte diese herunter. »Was machen wir nun?«

»Ich weiß es nicht, Kai.« Janine Zöller stand mit hängenden Schultern neben ihren Kollegen.

»Jedenfalls nicht mehr den Kram da.« In einer zornigen Bewegung fegte Dario eine Kunststoffschüssel von der Anrichte, gestiftete Karotten verteilten sich auf dem Küchenboden.

»Hör auf!«, rief Janine Zöller. »Du bist wie er.«

Doro registrierte, wie die anfängliche Gefasstheit der Frau in Emotion umschlug. Dieser Wandel war nicht ungewöhnlich bei der Überbringung von Todesnachrichten. Dennoch nahm sie bislang keine Trauer um Gabriel Ottos Person wahr.

Darios grüne Augen funkelten. »Wieso ist Gallo tot?«

»Kopfschuss«, antwortete Ben.

»Diese Bitch«, platzte Dario heraus. »Dieses Miststück. Die hat uns alles kaputtgemacht. Nur weil sie nicht mehr dabei war.«

»Halt die Klappe«, fuhr Janine Zöller ihn an.

Doro horchte auf. »Von wem sprechen Sie?«

»Von Carolin. Carolin Freitag«, antwortete Dario. »Die ist gestern Abend rausgeflogen.«

»Warum?«

»Weil sie sich den halben Finger abgesäbelt hat.«

»Deshalb fliegt man raus?«, fragte Doro erstaunt.

»Dario, hör auf, Carolin reinzureiten.« Janine Zöllers Stimme überschlug sich. »Du kannst nicht einfach solche Verdächtigungen aussprechen.«

»Ach nein?« In Darios kantigen Zügen lag Hass. »Hast du nicht gehört, was sie gesagt hat, bevor sie ging? ›Denk an Marcel‹, hat sie gesagt. Und heute ist Gallo tot.«

»Wer ist Marcel?«, fragte Ben. Das ist keine Küche, sondern ein Haifischbecken, bedeutete sein Blick.

»Marcel Ruhland, ein Bekannter von Gallo. Der hatte einen Stern«, antwortete Dario. »Er ist auch tot.«

»Er hatte einen Herzinfarkt«, erklärte Janine Zöller. »Mit achtunddreißig. Das kommt bei dem Stress in der Spitzengastronomie vor. In Gallos Sphären wird die Luft verdammt dünn. Man verausgabt sich jeden Tag bis zur Erschöpfung, der Druck ist enorm. Klar reagiert der Körper irgendwann. Den Job machen auch nur Jüngere. Die älteren Spitzenköche ziehen sich zurück oder eröffnen ein kleines Bistro auf dem Land.«

Doro musterte Kai, der mit gesenktem Kopf vor sich hin stierte. »Was sagen Sie dazu?«, fragte sie.

Er zuckte mit den Achseln. »Ich möchte gehen. Was soll ich noch hier?«

»Antworten zum Beispiel.«

»Ich habe einfach meinen Job gemacht. In andere Sachen mische ich mich nicht ein.«

Spöttisch lachte Dario auf. »Du hättest den Job nie im Leben bekommen, lahm, wie du bist. Nur weil dein Vater irgendwas mit Gallo zu tun hatte, bist du reingekommen.«

Kai kniff die Lippen zusammen. Die Sommersprossen in seinem ovalen Gesicht erinnerten Doro an Soßenflecken. Das Haar hatte die Farbe eines Messingkessels.

»Wann kamen Sie heute her?«, fragte Ben an die drei Köche gewandt.

»Um elf«, antwortete Janine Zöller.

»Seitdem waren Sie alle die ganze Zeit über da?«

»Ja.«

»Das stimmt doch nicht!«, rief Dario. »Direkt nachdem Gallo gegangen war, ist Kai auch weg. Mindestens eine Dreiviertelstunde.« Er stach mit dem Zeigefinger in die Richtung seines Kollegen. »Der hat hier Narrenfreiheit. Weiß der Geier, wieso.«

»Wo waren Sie?« Doros Blick rutschte von dem rotblonden Mann zu einem Kochtopf hinter ihm. Ein riesiges Rippenstück ragte heraus, die Knochen standen nebeneinander wie kleine Soldaten.

»Frische Luft schnappen. Mir war nicht gut.«

»Memme«, zischte Dario giftig.

»Ich bin rumgelaufen«, fügte Kai an. »Am Wasser entlang.«

»Kann das jemand bezeugen?«, fragte Doro.

»Bezeugen?« Kai legte den Kopf schräg. »Ich habe niemand getroffen, den ich kenne.«

»Was ist mit den restlichen Mitarbeitern?« Misstrauisch beäugte Ben eine hellrote Masse in einer Kunststoffschüssel. »Wann treffen die ein?«

»Die meisten kommen um sechzehn Uhr, der Service etwas später«, sagte Janine Zöller.

»Wir brauchen die Personalien von Ihnen allen. Ihre Kollegen werden ebenfalls befragt«, erklärte Doro. »Wo finden wir die entlassene Mitarbeiterin, Carolin Freitag? Kennen Sie ihre Adresse?«

»Karl-Arnold-Ring 18«, sagte Janine Zöller. »Nicht die beste Gegend.«

Weiß ich, dachte Doro. Umso schlimmer, dass die Frau ihren Job verloren hat.

5

Er war nicht im eigentlichen Sinne schön. Die Augen standen zu weit auseinander, besonders groß war er auch nicht, und der graue Bürstenschnitt saß auf seinem Kopf wie eine Haube. Seine Brust war ihr zu weich, kaum Muskeln, zwischen den Warzen wuchs ein struppiger Pelz. *Sie* war schön. Er nicht.

Es hatte eine Weile gedauert, ehe sie begriffen hatte, dass man für Schönheit mehr bekam als Blumen, Applaus und einen Titel, der nichts wert war. Fränkische Weinkönigin gewesen zu sein, brachte einen nicht voran.

Man musste es anders anfangen. Nur so erlangte man durch Schönheit einen Lebensstil. Dabei war es wichtig, sich nicht aussuchen zu *lassen*. Man musste es selbst tun. Mit charmanten Verlierern, Schaumschlägern und armen Poeten hatte sie Lehrgeld bezahlt. Ihr Mann hatte endlich Wohlstand und Sicherheit in ihr Leben gebracht.

Langeweile und Gleichgültigkeit.

Niedertracht und Gemeinheit.

Von Anfang an hatte Gabriel gewusst, dass sie verheiratet war. Sie hatte Nein zu ihm gesagt, er hatte nicht lockergelassen, war nachmittags zu ihrem Haus gekommen und hatte sie zu einem Picknick an der Elbe abgeholt. Es gab Scampispieße, Mimosa-Eier, frisches Brot und Erdbeeren mit Schokoladenpfeffer. Gabriel war geistreich und selbstsicher, spritzig wie der Champagner, den er ihr immer wieder nachgoss. Irgendwann hatte er sie an sich gezogen und sie geküsst. Er schmeckte salzig, nach Fisch und Algen.

»Ich koche für dich«, hatte er gesagt. »Sonntagabend, da hat das Restaurant geschlossen.«

Tatsächlich war sie hingegangen.

Seine Hände waren gut gewesen, feinfühlig tastend, so als erspüre er die Konsistenzen ihres Körpers. Er hob sie in der Restaurantküche auf einen Stahltisch und stellte sich direkt vor sie. »Probier das hier.« Seine Finger tauchten in eine olivgrüne Masse und danach in ihren Mund.

Alle vier Geschmäcker waren gleichzeitig auf ihre Zunge getreten, süß, sauer, salzig und bitter. Dazu schmeckte sie das Fleisch seiner Finger, warm und weich. Als er sie wieder herauszog, rieb er eine Spur über ihre Wange. Seine Zunge kam und leckte sie ab.

Schauer des Verbotenen waren ihr über den Rücken gelaufen. Während er mit ihr geschlafen hatte, war ihr der gleichgültige Ausdruck ihres Mannes vor Augen getreten.

Damit hatte alles begonnen. Jahrelang hatte Gabriel nicht von ihr abgelassen.

»Mami, Ludwig ärgert mich!«

Sie schreckte auf und fuhr herum. Ihre kleine Tochter war lautlos ins Zimmer gekommen.

»Sag ihm, er soll damit aufhören.« Rafaelas Fuß stampfte auf den Boden, über ihrem Näschen kerbte sich eine Zornesfalte ein. Links und rechts daneben verengten sich die fuchsbraunen Augen.

»Natürlich, mein Schatz«, sagte sie. »Ich gehe zu ihm.«

6

Carolin Freitag wohnte ebenfalls im fünften Stock, doch die Wohnung war in keiner Weise mit der von Gabriel Otto vergleichbar. Sie befand sich in einem schäbig aussehenden Hochhaus, in der Straße reihte sich ein Betonblock an den nächsten. Triste Wohntürme, die aus Verbundsteinen und dürrem Rasen in den Himmel ragten. Zwischen ihnen lag Sperrmüll.

Auf einer alten Ledercouch saß Carolin Freitag Doro und Ben gegenüber. Sie hatte die Knie hochgezogen und die Arme um ihre Unterschenkel geschlungen, an der linken Hand prangte ein dicker Verband. Das schwarze Top entblößte trainierte Bizepse, auf dem rechten Oberarm waren mehrere römische Ziffern tätowiert. Doros Schulwissen zu diesem Zahlensystem lag zu lange zurück.

»Jeden Abend hat der verbal die Küche vollgeschissen, und alle haben die Klappe gehalten. Jeder wollte dabei sein, wenn Gallo den Stern kriegt. Danach hätte sich die Hälfte der Mannschaft wegbeworben.« Carolin Freitag löste ihre Beine, setzte sich aufrecht hin und griff mit der unverletzten Hand nach einem Sofakissen.

Die Einrichtung des Raumes war zusammengewürfelt und hatte Patina angesetzt. Möbelhäuser etikettierten den

Stil als *vintage* oder *shabby* – Doro gruselte es, wenn etwas so bezeichnet wurde, das in ihrer Kindheit aktuell gewesen war.

Der niedrige Couchtisch sah aus wie der, an dem sie als Sechsjährige bei ihrer Oma gesessen hatte. Der Fuß aus braunem Metall hatte in der Querstrebe einen Hohlraum gehabt. Dahinein hatte sie regelmäßig heimlich den Speckrand ihres Schinkenbrots verschwinden lassen.

»In der Branche ist bekannt, dass aus Gallos Stall nur Leute kommen, die was können und ein dickes Fell haben«, sagte Carolin Freitag. »Wenn wir den Stern geschafft hätten, hätte ich überall einen guten Job gefunden.«

»Jetzt nicht mehr?«, fragte Ben.

Doro registrierte so etwas wie wohlwollendes Interesse in seinem Ausdruck. Während ihrer gemeinsamen Arbeit kam das selten genug vor.

»Ich habe auch vorher in guten Häusern gearbeitet. Ich kann was.« Carolin Freitag schürzte die vollen Lippen. »Gallo war ein Tyrann und ein Egomane. Ich wäre sowieso gegangen.«

»Aber erst nach dem Stern«, ergänzte Doro.

»Den kann ich bei einer anderen Mannschaft bekommen.«

Kein Mangel an Selbstbewusstsein, dachte Doro.

»Da müssen Sie wahrscheinlich auch nicht so komische Organe kochen«, hörte sie gleichzeitig Ben sagen. Seine Stimme war ungewohnt freundlich.

Carolin Freitag hob die Schultern. »Wenn man das Tier als Produkt sieht, ist es im Prinzip egal, welchen Teil man zubereitet. Hauptsache, man macht es gut. Mein Vater ist Jäger, ich habe schon als Kind Wild ausgenommen.« Sie lächelte, ihre Eckzähne waren spitz. »Ich fand das eher spannend als eklig.«

Waffen in der Familie, dachte Doro. Spätestens damit erschien es ihr an der Zeit für die Frage nach dem Alibi. »Wo waren Sie heute zwischen dreizehn und vierzehn Uhr?«

»Hier zu Hause. Allein.«

Ben nickte verständnisvoll, Doros Verwunderung wuchs. Sie warf ihm einen Seitenblick zu.

»Wenn es Ihnen hilft, ich habe gegen Viertel nach eins mit einer Freundin telefoniert«, sagte Carolin Freitag. »Gefacetimt, um genau zu sein.«

»Es hilft allenfalls Ihnen. Geben Sie uns bitte Name und Telefonnummer dieser Freundin?«

»Yvonne Lange. Sie lebt und arbeitet zurzeit in Melbourne.«

Weiter weg ging's nicht mehr?, dachte Doro. Währenddessen zog Carolin Freitag ihr Handy aus der Hosentasche, ließ den Zeigefinger über das Display gleiten und hielt Doro das Telefon hin.

Die registrierte einen ausgehenden Anruf um dreizehn Uhr zwölf. »Sie haben doch nichts dagegen, dass ich auf die Wahlwiederholung drücke?«

In Carolin Freitags Gesicht trat ein missbilligender Ausdruck. »In Melbourne ist es neun Stunden vor unserer Zeit, Yvonne wird schlafen. Sie muss am Morgen früh raus.«

»Wenn sie eine Freundin ist, wird Ihr Alibi ihr sicher eine Schlafunterbrechung wert sein«, konterte Doro und wählte.

Ein Rufton nach dem anderen erklang, das Gespräch wurde nicht angenommen.

Doro notierte die Telefonnummer, tippte auf das rote Hörersymbol und gab Carolin Freitag das Handy zurück.

Die legte es neben sich auf die Couch. »Dass Yvonne nicht rangegangen ist, heißt jetzt aber nichts, oder?«

»Telefonieren können Sie von überall, dazu müssen Sie nicht in Ihrer Wohnung gewesen sein«, antwortete Doro. »Wir werden auch Ihren Aufenthaltsort überprüfen.«

Ben räusperte sich. »Um auf Gabriel Otto zurückzukommen, wer hat ihm überhaupt diese ungewöhnlichen Tierprodukte für seine Speisekarte geliefert? Die liegen ja nicht einfach so beim Metzger aus.«

Carolin Freitag streckte die in eine graue Jogginghose gehüllten Beine aus. »Das war das Verlogenste an der Angelegenheit. Gallo hatte die Ware nicht von kleinen Betrieben, die zweimal im Monat ein glückliches Bio-Rind schlachten. Das hätte ihm mengenmäßig gar nicht ausgereicht. Er hatte die Sachen, mit denen er experimentierte, von der Großschlachterei. Er hat sich praktisch was aus dem riesigen Abfallberg rausgesucht.« Sie machte eine kreisende Handbewegung. »Das heißt, er hat mit dem Betreiber des Schlachthofs nach Serviceschluss im Restaurant teuren Rotwein gesoffen und herumphilosophiert, was man wie verwerten könnte. Der Schlachthaustyp, Overbeck heißt der, hat's ihm dann geliefert.«

»Die beiden kannten sich gut?«, fragte Ben.

»Zumindest schienen sie sich gut zu verstehen. Während wir noch in der Küche abgerüstet haben, also sauber gemacht, Lebensmittel weggepackt und so, hat man die beiden durch die offene Verbindungstür reden und lachen gehört. Je mehr Wein die intus hatten, desto kreativer wurden sie. Zwerchfell,

Zunge und Ohren waren abgefrühstückt, danach fiel Gallo ein, dass Adern Spaghetti ähnlich sind oder man mal was mit ungeborenen Tieren versuchen könnte.«

Es reicht, dachte Doro und schluckte trocken. Nur noch Kartoffeln und Gemüse, die nächsten dreihundert Wochen lang. Ihr Sohn wäre davon wenig begeistert. Er war allerdings zurzeit ohnehin von nichts begeistert, was sie kochte. Oder tat.

»Sie sind offenbar nicht besonders traurig über den Tod Ihres Ex-Chefs.« Prüfend musterte Doro Carolin Freitag.

»Ein Heuchler weniger«, meinte die trocken.

Doro konnte die Kaltschnäuzigkeit nicht recht einordnen. Sie war unsicher, wie viel davon nur Schein war und ob eine Mörderin ausgerechnet diese Fassade aufbauen würde.

»Frau Freitag, das, was Sie gestern Abend nach Ihrem Rausschmiss zu Gabriel Otto gesagt haben, könnte man als Drohung auffassen«, sagte sie. »Zudem haben Sie über Ihren Vater vermutlich Zugriff auf Waffen. Und Sie haben kein bestätigtes Alibi für die Tatzeit.« Sie machte eine Pause. Carolin Freitags attraktives Gesicht blieb unbeteiligt.

»Begleiten Sie uns bitte aufs Revier«, fuhr Doro fort. »Wir möchten einen DNA-Abgleich und eine Schmauchspur-Analyse an Ihren Händen durchführen.«

»Sofern wir eine richterliche Anordnung dazu bekommen«, ergänzte Ben.

Wie bitte? Doro konnte es nicht fassen.

»Natürlich bekommen wir die Anordnung«, konterte sie. »Frau Freitag, lassen Sie uns gehen.«

Sie stand von ihrem senfgelben *shabby* Sessel auf. Dabei fiel ihr Blick auf das Bücherregal aus dunklem Holz, das ebenfalls etliche Jahre auf dem Buckel hatte. Auf dem zweiten Regalbrett von oben stand ein Foto in einem pinkfarbenen Rahmen.

Ein Adrenalinstoß fuhr durch ihren Körper. Das Bild zeigte zwei Mädchen, die fröhlich in die Kamera lachten. Das ältere hatte braune Locken, das kleinere dunkelblondes, glattes Haar und ein hübsches herzförmiges Gesicht.

Es waren Alexanders Töchter. Seine neue Familie.

In Doros Innerem geriet etwas in Aufruhr.

»Wenn's sein muss. Ich hol mir noch einen Pulli«, hörte sie Carolin Freitag wie aus der Ferne.

Mit Mühe riss Doro sich zusammen. »Das ist ein nettes Foto dort auf dem Regal«, meinte sie möglichst beiläufig.

»Ja. Meine Nichten. Die Töchter meiner Schwester Julia.«

Fuck!, funkte es in Doros Gehirn. Ausgerechnet.

Carolin Freitag verschwand aus dem Zimmer.

Doro atmete gepresst aus. »Sie ist tatverdächtig«, raunte sie Ben zu. »Was sollte deine Bemerkung mit der Anordnung? Und überhaupt, was bist du so nett zu der?«

Ben verschränkte die Arme vor der Brust. »Ich war nur korrekt.« Er wandte sich ab.

Einige Sekunden später kam Carolin Freitag in einem dunkelroten Sweatshirt zurück, über ihrer Schulter hing ein kleiner Lederrucksack.

Angespannt verließ Doro mit ihr und Ben die Wohnung.

7

Sie schreckte hoch, ihr Herz raste. Durch das Halbdunkel des Raumes starrte sie an die weiße Wand gegenüber und suchte nach Orientierung. Ihr Körper war schweißgebadet und voller Schmerzen, Elend überlief sie.

Sie hasste das Wort *Kater.* Es war eine unglaubliche Beschönigung für diese Mischung aus Selbsthass und körperlichen Symptomen, die ihr den Verstand zu rauben drohten.

Langsam drehte sie den Kopf und sah auf den Wecker. Vier Uhr morgens. Mit zitternder Hand schlug sie die Bettdecke zurück und stellte ihre nackten Füße auf den Fliesenboden, der kalt war wie Asphalt im Herbst.

Sie tastete nach der Mineralwasserflasche auf dem Nachttisch, öffnete den Verschluss und setzte sie an.

Augenblicklich benetzte die klare Flüssigkeit die Mundhöhle. Der Alkohol brannte auf den Schleimhäuten und drang wie mit tausend Nadeln in sie ein. Als Feuerwalze rann er die Kehle herunter bis in den wunden Magen. Ein Schluck, zwei. Blut kehrte ins Gesicht zurück, Wärme breitete sich in ihr aus.

Trostwasser, dachte sie. Überall hatte sie kleine Rationen davon deponiert. Vor allem die in ihrer Handtasche und in ihrem Wagen durften nicht ausgehen.

Ein paar Schlucke, die sie zu ihrer Funktionspromille brachten. Der Weg dorthin war kurz und verlief meist in drei Etappen: sehr früh morgens, nach dem Frühstück und im Auto, die Pfefferminzpastille unter ihrer Zunge flutend – nachdem endlich Ludwig und Rafaela in Schule und Kindergarten abgeliefert waren.

Sie saß auf dem Bettrand und spürte, dass sich ihre Adern weiteten und der Sprit hindurchfloss. Die Hände wurden ruhiger. Wie in Zeitlupe neigte sie sich nach rechts und sackte auf die Matratze.

Neben ihr schnarchte ihr Mann Hubert, es klang wie das Grunzen eines Ebers. Manchmal schlief sie im Gästezimmer, wenn sie sehr betrunken war oder wenn Hubert ohnehin nicht nach Hause kam. Im Ehebett hatte sie dann das Gefühl, auf ihn zu warten, war unruhig und fühlte sich noch fremder.

Ihm war es egal, wo sie lag. Sein Desinteresse war demütigend.

In zweieinhalb Stunden würde er sich beim ersten Ton des Weckers aufrichten, mechanisch seine Beine aus dem Bett schwenken und in seinem gestreiften Pyjama im angrenzenden Bad verschwinden. Die Morgentoilette dauerte exakt elf Minuten.

»Denise, ich muss heute zeitig ins Büro«, sagte er dann, egal ob sie die Augen offen oder geschlossen hatte. Fast gleichzeitig fiel die Schlafzimmertür ins Schloss.

Damit begann fast jeder Tag. Sie stand auf, fühlte sich lebendig oder tot, wankte ins Bad. Im Spiegel sah sie ohne großes Bedauern ihre Schönheit schwinden, richtete ihr Gesicht nach den immer gleichen Routinen her und ging nach unten.

Der Blutwurstmarmor im Esszimmer verursachte ihr regelmäßig Ekel, mit seiner Farbe von Innereien und den erratischen hellgrauen Einsprengseln.

Sie würde das Frühstück vorbereiten, Ludwig und Rafaela wecken, ihren Streit anhören und nach der zweiten Ration Schnaps gieren.

Neben ihr waren die Atemzüge ihres Mannes in ein tiefes Pfeifen übergegangen. Der Alkohol in ihr tauchte den frühen Morgen in Gleichmut.

8

Alexander sah unverschämt gut aus, mit seinem Grübchenlächeln, den markanten Zügen und den grau melierten Locken. Lässig lenkte er das Cabrio die Küstenstraße entlang. Das Meer funkelte, als schwämmen Diamanten auf der Wasseroberfläche. Der Himmel war azurblau. Doro konnte den Fahrtwind und die Sonnenstrahlen auf ihrer Haut spüren.

»Wo möchtest du heute Abend essen?«, fragte Alexander, nahm die rechte Hand vom Lenkrad und legte seinen Arm um Doros Schulter.

Knoblauchduftende Scampi kamen ihr in den Sinn, dazu ein Glas kühler Weißwein. Sie sah das Gericht vor sich, ihr lief das Wasser im Mund zusammen.

Doch auf einmal bekamen die mit Zitrone und Kräutern garnierten Tiere Beine. Blitzschnell wuchsen sie ihnen aus den angebratenen Körpern, und sofort flitzten sie vom Teller davon. Doro schauderte es, gleichzeitig drang ein lautes Klingeln in ihr Ohr. Sie fragte sich, ob es das Essen von seiner Flucht abhalten sollte?

Wieder schrillte es durchdringend. In der nächsten Sekunde verschwand Alexander wie ein platzender Luftballon vom Sitz des Cabrios. Panik überlief Doro, der Wagen rauschte fahrerlos dahin.

Sie schreckte hoch und riss die Augen auf. Ein oder zwei Sekunden suchte sie nach Orientierung.

Scheiß Traum, pochte es in ihrem Kopf. Weg damit. Weg mit den Bildern. Alexander-Romantikträume versauten ihr den halben Tag. Den Rest der Nacht sowieso.

Doro kam in der Realität ihres dunklen Schlafzimmers an. Ihre Augen schnellten nach links. Auf dem Nachttisch leuchtete das kleine Display des Telefons, das ein lautes Klingeln von sich gab.

Hektisch griff sie nach dem Gerät. Die angezeigte Rufnummer steigerte das Alarmgefühl in ihr. Ortsgespräch, zweiundvierzig acht am Anfang der Zahlenfolge.

»Anders, hallo?« Ihre Stimme war knarzig vom Schlaf.

»Frau Anders? Polizeirevier vierzehn. Wir haben Ihren Sohn aufgegriffen.«

Verdammt, nein. In Doro verkrampfte sich alles. Gleichzeitig wussten Mutter und Polizistin in ihr, dass »aufgegriffen« zu den bestmöglichen Wörtern gehörte, wenn Kollegen nachts anriefen. Unendlich viel besser als »Unfall«, »gefunden«, »festgenommen« oder Ähnliches.

»Was ist mit Constantin?«, fragte sie.

»Er wurde in eine Ausnüchterungszelle verbracht. Wir haben ihn in der Innenstadt aufgelesen, völlig betrunken. Zuerst war er kaum ansprechbar. Dann hat er sich übergeben, leider schon im Einsatzfahrzeug. Danach wusste er zumindest seinen und Ihren Namen.«

»Ich hole ihn ab«, haspelte Doro. »Ich beeile mich.« Rasch überschlug sie die Fahrzeit Richtung Binnenalster. »Bin in fünfzehn Minuten da.«

Sie legte auf, sprang aus dem Bett und zog sich in Windeseile an. Benommen und hellwach zugleich rannte sie aus der Wohnung, die zwei Treppen herunter und quer über die Straße zu ihrem Auto.

Die Fahrt führte sie am bunten, szenigen Karolinenviertel und den grünen Wallanlagen vorbei, sie hatte keinen Blick für die Schönheit der Stadt in den frühen Morgenstunden. Die Straßen waren noch frei, sie gab Gas.

Endlich kam der dunkelrote Backsteinbau des Kommissariats in Sicht, zahlreiche Streifenwagen parkten davor.

Doro stellte ihr Auto in zweiter Reihe ab und eilte zum Eingang. Kurz darauf öffnete ein Streifenbeamter die Metalltür zu einem winzigen gefliesten Raum. Doro trat ein, es roch säuerlich.

Mit angewinkelten Beinen und verdrehtem Oberkörper lag Constantin auf der Pritsche. Den Bruchteil einer Sekunde lang fürchtete Doro, er sei tot. Schon kniete sie vor ihm, fasste ihn an, am Arm, an Schulter und Brust.

»Constantin.« Sie schluckte, ihre Kehle war wie zugeschnürt. »Constantin, wach auf.«

Ihr Sohn öffnete die Augen. Sein junges Gesicht sah so krank aus, auf dem Parka klebte Erbrochenes. Er starrte sie an und dabei durch sie hindurch.

»Komm«, sagte Doro eindringlich. »Wir fahren nach Hause.«

Constantin murrte irgendetwas Unverständliches.

Doro griff ihn um den Oberkörper, richtete ihn auf und streifte die verschmutzte Jacke ab. Dann zog sie ihn ein Stück nach vorn. Mühsam kam er auf die Beine.

»Kannst du gehen? Komm, ich stütze dich.«

»Will schlafen«, kam es lallend aus seinem Mund.

»Das kannst du. Zu Hause.« Doro hakte ihren Sohn unter und schleppte ihn aus der Zelle.

»Als Kollegin muss ich Ihnen nichts erzählen über den Alkoholkonsum von Fünfzehnjährigen?«, meinte der Beamte.

»Fast sechzehn«, murmelte Doro.

»Jou. Denn. Der Gebührenbescheid für die Reinigungskosten geht Ihnen zu. Alles Gute.«

»Danke«, sagte Doro und verließ mit Constantin die Wache.

Während sie ihn zum Parkplatz manövrierte, erinnerte sie sich daran, wie er sich als kleiner Junge bei Infekten übergeben hatte. Sie hatte ihn festgehalten, gefühlt, wie sein Herz wild pochte, der dünne warme Körper sich zusammenkrampfte. Sie hatte ihm übers Haar gestreichelt und ihn getröstet. »Es wird bald wieder gut, Consti. Morgen geht's dir besser.«

Gerade erschienen ihr ihre Sorgen von damals so klein.

»Ich dachte, du bist bei Papa«, sagte sie, als sie ihn auf den Beifahrersitz ihres Autos verfrachtet hatte. »Warum lässt der dich nachts in der Stadt unterwegs sein?«

Constantin antwortete nicht. Doro sah seine glasigen Augäpfel zur Seite wegdriften. Ihr dämmerte es. »Du warst gar nicht bei Papa.«

Alexander und sie hatten die Kontrolle verloren.

Sie zog den Gurt über Constantins Brust und hakte ihn ein. Dann ließ sie sich auf den Fahrersitz fallen und knallte die Tür zu. Constantin kippte nach rechts ans Beifahrerfenster.

Das Bild des toten Gabriel Otto blitzte in Doros Kopf auf. Entsetzt wischte sie es weg und startete den Motor.

9

Für Doro war die Nacht vorbei. Sie hatte Constantin wie einen Zombie in sein Zimmer gelotst und ihn aufs Bett gelegt. Noch während sie seine Schuhe auszog, war er eingeschlafen. Doro hatte ihm eine Flasche Wasser auf den Nachttisch gestellt und einen Eimer davor. Anschließend hatte sie versucht, noch einmal einzuschlafen. Es war ihr nicht gelungen. Schließlich hatte sie einen starken Kaffee gekocht und sich an den Küchentisch vor ihren Laptop gesetzt.

Es fiel ihr schwer, sich zu konzentrieren. Sie wusste nicht, ob der Vorfall mit Constantin eigentlich harmlos war oder der Auftakt zu einer Talfahrt, die sie nur mit größter Anstrengung stoppen konnte.

Sie bemühte sich, erst einmal ruhig zu bleiben. Vielleicht klärte sich alles auf, wenn sie in ein paar Stunden mit Constantin reden konnte.

Angestrengt fixierte sie den Computerbildschirm. Sie hatte die Protokolle zu den gestrigen Befragungen aufgerufen, wollte sichergehen, nichts übersehen zu haben.

Weitere Bewohner des Gebäudes, in dem Gabriel Ottos Wohnung lag, hatten Angaben gemacht. Den Äußerungen zufolge herrschte in dem Haus allerdings Anonymität. Anscheinend pflegte man, wohlhabend und beschäftigt, wie man war, kaum Nachbarschaftskontakte. Einige Leute konnten Gabriel Ottos Namen und sein Aussehen nicht direkt zusammenbringen, ihn nicht als Bewohner des Penthouse zuordnen. Niemand hatte Interna aus seinem Privat- oder Geschäftsleben beigetragen.

Die Aussagen der Mitarbeiter aus seinem Restaurant kamen Doro nicht viel ergiebiger vor. Eine Frau aus dem Service hatte als Einzige Trauer und Bestürzung gezeigt. Sie hatte haltlos zu weinen begonnen und völlig die Fassung verloren. Bei den anderen Angestellten überwogen Frust und Enttäuschung. Die Stimmung, die Doro bereits in der Restaurantküche wahrgenommen hatte, setzte sich fort.

»Haben Sie irgendeinen Verdacht, wer Herrn Otto getötet haben könnte?«, hatten die Ermittler jede Person gefragt.

Doro erinnerte sich an betroffene Mienen und ratloses Kopfschütteln. »Wir haben für ihn gearbeitet«, stand in den Protokollen. »Ansonsten haben wir nicht viel mitbekommen.« – »Er war wohl alleinstehend und kinderlos. Na ja, und sehr ehrgeizig. Mehr weiß ich auch nicht.« – »Erfolg ruft immer Neider auf den Plan. Aber umgebracht?«

Doro griff nach der Kaffeetasse neben sich und trank einen Schluck. Sie hatte zu viel Zucker reingekippt, die Süße klebte an ihrem Gaumen.

Langsam scrollte sie im Text der Befragungsprotokolle herunter.

»Gallo war herrisch und ein Egomane«, hatte die Patissière gesagt. »Sicher hat er auf seinem Weg Menschen überrannt.«

»Wissen Sie etwas darüber?«

»Nein, nichts Genaues.«

»Hatten Sie Einblicke in sein Privatleben? Beziehungen, Liebschaften?«

»Es gab im Laufe der Zeit einige Frauen, mit denen er an der Bar Champagner getrunken hat. Sie wechselten. Gallo hat sich stets von seiner charmanten Seite gezeigt, die andere bekamen Gäste nicht zu sehen. Mehr kann ich Ihnen dazu nicht sagen.«

»Ein charismatisches Arschloch«, hatte Ben gewohnt auf den Punkt kommentiert – bei der weiteren Befragung der geschassten Carolin Freitag auf dem Revier. Die war derselben Ansicht gewesen. »Gallo dachte, er könne sich alles nehmen, was er will. Er war ein Satyr und ein Hedonist.«

Bemerkenswerte Wortwahl für eine Köchin, hatte Doro gedacht. Aber die Frau hatte ja auch eine gebildete Schwester. Alexanders Neue war promovierte Kunsthistorikerin.

Doro sah von dem Laptop weg an die dunkelgrün gestrichene Wand gegenüber. Dort hing ein großes gerahmtes Kinderbild von Constantin.

Der Impuls, Alexander anzurufen, überwältigte sie schier. Sie wollte ihn aus seinem selbstgefälligen Jungvater-Schlaf reißen und ihn anbrüllen: »Kümmer dich um deinen Sohn!«

Mit einem Mal kamen der ganze Schmerz über die Trennung und die Wut wieder hoch. Alexander war gegangen und hatte sich ein neues Familiennest gebaut. Am meisten darunter gelitten hatte Constantin. Und er hatte es am wenigsten zeigen wollen.

Ruckartig stand Doro auf und ging zu seinem Zimmer. Die Tür hatte sie offen gelassen.

Sie trat an sein Bett und betrachtete ihn, das schmale Gesicht, das hellbraune wellige Haar, die gerade Nase. Seine Atemzüge waren tief und gleichmäßig.

Wie hübsch er ist, dachte sie. Und wie stur und verschlossen. Sanft strich sie über seine Wange, die Haut war weich und warm.

Es würde eine Weile dauern, bis er seinen Rausch ausgeschlafen hatte. Am liebsten wäre sie bei ihm geblieben, doch angesichts des aktuellen Mordfalls ging das nicht. Der Spagat zwischen Kind und Job begleitete sie seit vielen Jahren, gerade schmerzte er höllisch.

Doro drehte sich um und nahm ein Blatt Papier und einen Stift von Constantins Schreibtisch.

»Bitte bleib heute zu Hause. Ich rufe dich gegen Mittag an.« Sie zögerte einen Moment. »Kuss, Mama«, schrieb sie darunter. Dann ging sie duschen, zog frische Sachen an, schaute noch einmal nach ihrem schlafenden Sohn und fuhr aufs Revier.

10

»Eingedicktes Schweineblut kann geschmacklich eine unglaubliche Länge und Tiefe ergeben. Das war den Generationen vor uns noch bekannt. Diese Scheu vor Blut ist ohnehin ganz unangemessen. Blut ist pure Lebensenergie. Nichts anderes.«

Doros Augen flogen über den Bildschirmtext. Sie las ein Interview mit Gabriel Otto, das vor etwa einer Woche in einer örtlichen Tageszeitung erschienen war.

»Meine Philosophie heißt Respekt und Ganzheitlichkeit. Es ist nicht in Ordnung, Tiere zu töten und die Hälfte eines Körpers als Unrat zu behandeln. Früher wurde alles verwertet. Mit unserem Konzept kehren wir zurück zu den Wurzeln. Auf exzellentem Niveau.«

»Wie wichtig ist Ihnen die Herkunft Ihrer Produkte?«, hatte der Journalist gefragt.

»Ganz klar: oberste Priorität. Saisonal, regional, ökologisch. In meine Küche schaffen es nur Produkte von Tieren, die ein artgerechtes, gutes Leben nach zertifizierten Standards hatten. Man schmeckt es, ob das Leben gut war. Der Geschmack setzt den Maßstab.«

Doro klickte den Text weg. Sie ging zur Trefferliste zurück, die die Suchmaschine für »Gabriel Otto« und »Hamburg« ausgegeben hatte, und öffnete das Video einer im letzten Monat ausgestrahlten Talkshow. Die Moderatorin war bekannt, die übrigen Gäste ebenfalls. Gabriel Otto fügte sich nahtlos in die Promi-Runde ein. Doro streamte bis zu seinem Redebeitrag vor.

»Herr Otto, können Sie uns das Rezept für echte Mutterliebe verraten?«, fragte die Moderatorin investigativ-charmant.

Gabriel Otto lächelte. Sein mittelmäßig attraktives Gesicht bekam etwas Gewinnendes. »*In medias res*. Ich sehe, Sie haben sich mit meiner Philosophie befasst«, meinte er augenzwinkernd und mit angenehmer Stimme. »Es geht beim Essen nicht nur ums Essen. Wir können es uns schlicht nicht mehr erlauben, davor die Augen zu verschließen. Das, was wir zu uns nehmen, macht uns aus. Essen, Schlafen und Lieben sind holistische Dinge. Es ist eine gesellschaftliche Notwendigkeit, sich von der Wegwerfkultur abzuwenden.«

»Nun ja«, sagte die Moderatorin. »Ich könnte mir das auch mit Spaghetti aglio e olio vorstellen. Muss es denn der Kuheuter sein?«

»Wir nennen das Gericht nicht umsonst ›Mutterliebe‹«, antwortete Otto bestimmt. »Das Nährende des Muttertiers ist ein ganz ursprünglicher energetischer Wert, den wir unseren Gästen anbieten. Es ist viel mehr als ein ideenreich zubereitetes Stück Fleisch. Schon La Varenne, der bedeutendste französische Küchenchef des siebzehnten Jahrhunderts, hat Euter zubereitet und damit Maria von Medici erfreut. Die Lust am Essen lässt sich mit für uns ungewöhnlichen Gerichten auf eine ganz neue Art erleben.«

Gabriel Otto wirkte auf Doro überaus vital und sehr männlich. Sie begann zu verstehen, was Frauen an ihm angezogen hatte. Seine Lebenskraft spiegelte sich in Ausdruck und Gesten, er war eloquent, selbstsicher und die richtige Prise provokant.

»Es käme auf einen Versuch an.« Die Moderatorin schmunzelte.

»Ich lade Sie herzlich ein. In unserem Restaurant bieten wir Glück im Mund.« Ottos Grinsen hatte nahezu diabolische Energie. Dann wurde er ernster. »Doch ganz zentral ist auch das Tierglück. Ich bin ein großer Anhänger der Zero-Waste-Bewegung. Privat habe ich mich längst auf das Wesentliche reduziert. Und in meinem kulinarischen Konzept setze ich Nachhaltigkeit kompromisslos um.«

Doro dachte an Gabriel Ottos Penthouse und seinen Wagen. Sie hatte begriffen, worum es ging, und schloss die Videodatei. Nachdenklich sah sie aus dem Bürofenster.

Die gestrige Einsatzplanung hatte ein Großaufgebot an Polizeikräften mobilisiert. Systematisch wurde nach nützlichen Hinweisen aus der Bevölkerung gefahndet. Ein Mord am helllichten Tag mitten in der Stadt sollte Zeugen auf den Plan rufen. Es sei denn, der Täter oder die Täterin hatte unauffällig die Tiefgarage über das Wohngebäude verlassen können. Oder lebte gar im Haus.

Auf ihrem Computer öffnete Doro Fotos vom Tatort und die des sichergestellten Großkalibergeschosses. *Glück im Mund*, hallte es in ihren Ohren nach.

Hinter ihr klang ein lautes »Morgen« durchs Büro. Ben war reingekommen. Er musterte Doro und stockte. »Gut geschlafen?«

»Ging so.«

»Bei mir war's auch später«, erwiderte er bestens gelaunt und schaltete seinen Rechner ein.

»Ich hoffe, du hast dich nicht bis zur Besinnungslosigkeit betrunken«, murmelte Doro.

»Was?«

»Ach, nichts.«

Ben runzelte die Stirn. Dann verschwand das meiste seines Oberkörpers hinter dem Computerbildschirm. Ein herzhaftes Gähnen war zu hören, dabei tippte Ben auf der Tastatur herum.

»Wir haben gerade die Daten zu Gabriel Ottos Handyverbindungen bekommen«, sagte er. »Die der letzten Wochen hat die KT bereits erstausgewertet.«

Doro ging zu ihm und beugte sich über seine Schulter.

»Okay«, sagte er gedehnt. »Lass mal sehen …« Der tabellenförmig angelegte Text glitt auf dem Monitor langsam nach oben. »Die Techniker haben eine Denise Klimantat als frequenten Kontakt angeführt. Schau hier.«

Doro folgte mit den Augen dem Mauszeiger auf dem Bildschirm.

Offenkundig hatte Gabriel Otto eine nähere Beziehung zu dieser Frau gehabt. Ihre Nummer war häufig angewählt worden.

»Klimantat«, sagte Doro. »Geh bitte mal zu den Personendaten.«

Ben scrollte zum Ende der Tabelle.

»Denise Klimantat«, las Doro vor. »Geboren am 11. 6. 1980 als Denise Lejeun in Coburg, verheiratet seit dem 9. 9. 2008 mit Hubert Josef Klimantat.« Darunter stand die Anschrift, eine Adresse im wohlhabenden Hamburger Stadtteil Harvestehude.

Doro richtete ihren Oberkörper auf. »Na, so was.«

»So was, *was*?«, fragte Ben.

»Tja.« Doro schnalzte mit der Zunge. »Du bist halt noch nicht so lange in Hamburg. Hubert Klimantat ist Richter am örtlichen Landgericht. Vor einigen Jahren ist er außerdem in die Politik gegangen. Parteibücher hat eh ein großer Teil der Richter. Klimantat ist in den Senat gewählt worden und repräsentiert die wahren Werte in unserer Gesellschaft.«

»Was du alles weißt.«

Doro wusste noch mehr. Zum Beispiel, dass Hubert Klimantat und Michael sich duzten. Beide hatten ein Boot im Hamburger Jachthafen westlich von Blankenese liegen, Michael seit etwa einem Jahr. »Bötchen« sagte er dazu.

Doro erinnerte sich daran, wie sie mit ihm in einem Hotelbett in Berlin gelegen hatte, sie waren beide auf derselben Tagung gewesen.

»Wie heißt denn dein Bötchen?«, hatte Doro gefragt.

Michael neckte sie und knabberte an ihrem Ohrläppchen. »Dorothea der sieben Meere.«

»Mach dich nicht lustig.«

»Okay. Ich habe es Havarie genannt.«

»Es heißt Caren, oder?«

Michael hatte ausgesehen wie ein Junge, den man auf frischer Tat ertappt hat.

»Das ist heiß.« Bens Stimme holte Doro aus ihren Gedanken. »Guck mal, was die sich getextet haben. Gabriel Otto hatte was mit der Richtersgattin.«

Doro zog einen Stuhl heran, setzte sich und fixierte den Bildschirm.

Der aktuellste Chat stammte vom Montag, dem Tag, bevor Gabriel Otto erschossen wurde. »Morgen um eins bei dir?«, hatte Denise Klimantat geschrieben. »O. k.«, war Ottos knappe Antwort.

»Die beiden waren unmittelbar vor Ottos Tod verabredet«, sagte Doro und überflog die anderen Nachrichten.

Sie waren meist mit zwei, drei Tagen Pause dazwischen gesendet worden und ebenfalls kurz gehalten. Es ging um Treffen, um Zeit- und Ortsangaben. Manchmal fand sich ein Zusatz.

»Morgen um halb eins bei mir. Natürlich willst du.«

»Am Dienstag gegen drei.«

»Habe einen Termin, am Freitag geht's nicht.«

»Ich hol dich um zwölf ab. Zieh das geblümte Kleid an«, schrieb Gabriel Otto. »Hubert ist zwei Tage in Leipzig. Nein, du kannst nicht über Nacht bleiben. Die Kinder ...«, schrieb Denise Klimantat.

Der Ton wirkte auf Doro nicht sonderlich verliebt.

»Seit wann haben die beiden sich solche Nachrichten geschickt?«, fragte sie.

»Warte ...« Ben suchte weiter unten im Text. »Die lokale Speicherung des Chat-Verlaufs auf Ottos Handy reicht rund drei Monate zurück. Das Gerät ist nicht älter. Frühere Nachrichten bekommen wir auch vom Provider nicht. Aber lass mal sehen.« Er kniff die Augen zusammen. »Die ältesten verfügbaren Chats mit Denise Klimantat wirken, als sei die Affäre zu der Zeit schon länger im Gange.«

Der Stil der Nachrichten war gleichbleibend nüchtern.

»Am Montagabend bei mir?«, las Doro. »Ludwig ist krank, ich kann heute nicht.« »Natürlich kannst du.«

»Wer ist Ludwig?«, fragte Ben.

»Kind? Hund? Wir werden es erfahren. Neben ein paar anderen Dingen, schätze ich. Lass uns Denise Klimantat einen Besuch abstatten.«

11

»Was ist das denn? Etwa die Dire Straits? So was hört ja meine Mutter.« Ben lehnte sich auf dem Beifahrersitz zurück und kaute geräuschvoll mit offenem Mund auf seinem Kaugummi.

»Erinnert mich an früher. An meine ersten Partys und so. An ein bisschen heile Welt.«

Doro bog nach links ab. Gitarrenriffs klimperten durch den Innenraum des Wagens.

Entschieden drückte Ben auf einen der Knöpfe am Radio, das Gerät sprang von CD auf einen Popsong um.

»Waren bestimmt toll, deine Partys?« Vor Bens Mund formte sich eine Kaugummiblase. Mit einem lauten Plöpp ließ er sie zerplatzen.

Doro schwieg und bremste an einer roten Ampel ab. Sie stand neben einer alten Kastanie im grünen und teuren Harvestehude.

Aus polizeilicher Sicht passierte hier nicht viel. Für Einbrecher war das Viertel reizvoll, aber heikel, die Gebäude waren zu gut gesichert. Vermisst wurden allenfalls entlaufene Katzen, und Randale überließ man anderen Stadtteilen.

Doro setzte den Blinker, das leise Ticken erklang im Takt des Synthesizer-Rhythmus. »Ich musste heute Nacht Constantin vom Revier vierzehn abholen«, sagte sie.

»Oh. Was hat er angestellt?«

»Wohl zu wild gefeiert. Er war total betrunken. Es war ziemlich schrecklich, ich hab Angst bekommen.« Die Ampel schaltete auf Grün, Doro gab Gas.

»Mach dir nicht zu viele Sorgen«, beschwichtigte Ben. »Irgendwie gehört das zum Großwerden dazu. Das rüttelt sich alles wieder zurecht, glaub mir.«

»Hm.«

Doro arbeitete gern mit Ben zusammen. Als sie seinerzeit seine Bewerbungsunterlagen gelesen hatte, war sie neugierig geworden. Er war mit der Bundeswehr im Auslandseinsatz gewesen, hatte danach Politikwissenschaft studiert und dann im Polizeidienst angefangen. Mittlerweile wusste sie, dass er immer noch einmal im Jahr für eine Woche mit seinen Eltern auf einen Campingplatz in Süddeutschland fuhr, Erbseneintopf mochte, Fallschirm sprang und in kritischen Situationen nicht zimperlich war. Das meiste aus seinem Leben war Doro unbekannt, aber sie wusste bei ihm und seiner direkten Art, woran sie war.

Langsam fuhr sie in eine Dreißigerzone ein. Das Laub der Bäume entlang der Straße begann sich zu verfärben, Blätter flatterten über den Gehweg. Hinter schmiedeeisernen Zäunen thronten pompöse Stadtvillen und Backsteinbauten. Einige eingewachsene Grundstücke waren mit schmucken Einfamilienhäusern bebaut.

Doro sah auf die Richtungsangabe des Navis. Aus dem Autoradio trällerte Plastikmusik, Jazz oder Haydn hätte in diese Gegend gepasst.

»Hatte Gabriel Otto also was mit zwei verheirateten Frauen, seiner Nachbarin von untendrunter und dieser Denise Klimantat?«, fragte Ben unvermittelt und kaute weiter Kaugummi.

»Nicht zu vergessen die Champagnerfrauen an der Bar seines Restaurants«, bemerkte Doro.

Ben streckte seine langen Beine aus, sie passten kaum in den Fußraum des Wagens. Er hob die Arme und kreuzte die Finger hinter dem Kopf ineinander. Insgesamt war er zu groß für dieses Auto.

»Ich war gestern Abend übrigens noch mit Carolin ein Bier trinken«, meinte er beiläufig.

»Was?« Doros Stimme war schneidend. »Mit wem?«

»Carolin Freitag halt.«

Doro schnappte nach Luft. »Wir haben die Frau erkennungsdienstlich behandelt. Es gibt einen Tatverdacht. Ihr Alibi ist unbestätigt. Ob sich ihr Handy gestern Mittag in der Funkzelle, in der ihre Wohnung liegt, befand, wissen wir noch nicht.«

Ben winkte ab. »Die war's nicht.«

»Was macht dich da so sicher?« In Doro stieg Ärger auf.

»Meine Unterhaltung mit ihr. Ich wollte noch mal nachhaken, mehr erfahren. Dienstlich, verstehst du?« Ben nahm die Arme herunter und verschränkte sie vor der Brust. »Außerdem habe ich gestern gegen zweiundzwanzig Uhr kurz mit der Freundin in Melbourne gesprochen. Sie hat das Telefonat am Mittag bestätigt.«

»Da sitzt du abends in der Kneipe und prüfst mal eben nebenher die Aussage einer Tatverdächtigen?«

»Wenn neun Stunden Zeitverschiebung im Spiel sind«, maulte Ben. »Und überhaupt sagt mir mein Instinkt, dass Carolin Freitag nichts mit dem Mord zu tun hat.«

»In hundert Metern links abbiegen«, erklang die Stimme des Navis. »Das Ziel befindet sich auf der rechten Seite.«

»Instinkt?«, wiederholte Doro. »Oder eher Testosteron? Ich hoffe, es ist beim Biertrinken und Reden geblieben. Du kannst doch als Ermittler nicht einfach …«

»Sie haben das Ziel erreicht«, meldete das Navi.

»Angekommen«, sagte Ben. In Doros Ohren klang es unangenehm zweideutig.

Sie bremste ab und hielt vor der Garageneinfahrt der Hausnummer sechzehn. Dabei wurde ihr Blick von einer Bewegung im Rückspiegel angezogen. Ein silbergrauer Mercedes SUV schoss mit erheblichem Tempo heran, die Lichthupe blitzte.

Unwillkürlich verkrampfte sich Doro, sie sah den Wagen bereits auf ihren auffahren. Nur knapp vor der Stoßstange kam der Mercedes zum Stehen.

»Was will der denn?« Ben drehte den Kopf über die Schulter, schnallte sich ab und stieg aus.

Von hinten erklang eine laute Frauenstimme. »Hallo, Sie da. Fahren Sie bitte. Sie können hier nicht halten. Das ist Privatbesitz.«

Doro stieg ebenfalls aus und näherte sich dem Mercedes. Auf dem Fahrersitz saß eine blonde Frau, sie hatte durch das heruntergelassene Seitenfenster gerufen.

»Gnädigste, das ist eine öffentliche Straße«, erklärte Ben. »Und da die Bewohner dieses Hauses gar nicht wegfahren *sollen*, bleiben wir dort stehen.«

»*Wir* wohnen hier«, sagte die Frau. »Ich möchte in meine Einfahrt. Machen Sie Platz.«

»Ach, das trifft sich gut. Dann sind Sie Denise Klimantat?« Ben zückte seinen Dienstausweis und hielt ihn ihr vor die Nase. »Kripo Hamburg. Wir haben ein paar Fragen an Sie. Steigen Sie bitte aus.«

»Kripo? Was …?« Denise Klimantat sah verständnislos drein.

»Bitte«, sagte Ben nachdrücklich.

Einen Moment lang zögerte Denise Klimantat. Schließlich surrte die Seitenscheibe nach oben. Das Motorgeräusch erstarb, gleichzeitig hüpfte der Wagen ein kleines Stück nach vorn, der Oberkörper der Frau ruckelte.

Ein paar Sekunden später wurde die Fahrertür geöffnet. Ein schlankes Bein, das in einem beigen Riemchenpumps endete, streckte sich vor. Denise Klimantat stieg aus.

Doro beherrschte die Kunst, jemand zu betrachten, ohne zu starren. Sie nahm Details wahr, ohne dass ihr Blick darauf verweilte.

Denise Klimantats Gesicht war sehr attraktiv, das maskenhafte Make-up konnte dem kaum etwas anhaben. Ihre Kleidung war teuer und geschmackvoll. Sie trug einen weißen knielangen Rock mit bunten Punkten und einen taubenblauen Seidenpulli. Allein der Schmuck an Fingern und Handgelenk konnte vermutlich eine Familie ein Jahr lang finanzieren.

»Gehen wir bitte kurz ins Haus«, sagte Doro.

»Mit reinkommen? Zu uns?« Denise Klimantats Augen weiteten sich. »Also. Nun gut. Sicher. Wenn's sein muss.« Sie hob ihre Handtasche an und kramte fahrig darin, ohne etwas herauszunehmen. Schließlich trat sie an das Gartentor und legte ihren Zeigefinger auf ein kleines Scannerfeld. Mit einem Brummen entriegelte sich das Schloss. Sie drückte das Tor auf und ging voran.

In einem gepflegten Grundstück lag ein weißes Haus mit Flachdach und großen Fenstern. Denise Klimantat stöckelte über einen schmalen Pflastersteinweg darauf zu. Links und rechts der Haustür standen kugelrund geschnittene Buchsbäume, neben einem wachte ein steinerner Löwe mit aufgerissenem Maul.

Umständlich nestelte Denise Klimantat einen Schlüsselbund aus ihrer Tasche und öffnete die Haustür. Doro und Ben traten hinter ihr ein. Sie warf Handtasche, Auto- und Hausschlüssel auf ein antikes Schränkchen in der mit braunrotem Marmor gefliesten Diele. Dann ging sie vor in einen offenen Wohnbereich.

»Dort entlang, bitte.«

Manchmal hätte Doro gern gestarrt und ihr ganzes Tun auf *Ansehen* beschränkt, wie im Zoo oder im Museum. Zum Beispiel jetzt. Die Einrichtung der Klimantats wirkte auf sie wie ein Stelldichein von Madame Pompadour und Andy Warhol. Antiquitäten, Kristallleuchter und roter Samt trafen auf moderne Kunst und Bauhausdesign. Dazu hingen mehrere goldglänzende Christus-Ikonen an den Wänden.

Doro sog Luft ein. Im Raum lag ein Geruch nach Kaffee und Eiern.

Zwischen der offenen Küche und der blutroten Couchgarnitur stand ein Esstisch mit jeder Menge Lebensmitteln und vier Gedecken darauf. Zwei davon waren unbenutzt. Auf einem der anderen beiden Teller war ein regelrechtes Massaker aus weich gekochtem Ei und Marmeladentoast angerichtet.

»Entschuldigen Sie die Unordnung. Ich habe gerade die Kinder weggebracht«, erklärte Denise Klimantat. »Ludwig muss pünktlich zur Schule, die Kleine … Ich kam noch nicht zum Aufräumen. Worum geht es, sagten Sie?«

Wir haben noch gar nichts gesagt, dachte Doro und antwortete: »Um Gabriel Otto. Sie kannten ihn, nicht wahr?«

»Hm?« Denise Klimantat trat an den Frühstückstisch und stapelte mit lautem Klirren die vier Tassen aufeinander. »Wer?«

»Frau Klimantat, bitte, ersparen wir uns die Umwege. Wir haben zuverlässige Informationen darüber, dass Sie sich häufig getroffen haben. Sie hatten eine Affäre mit Gabriel Otto.«

»Was?« Ein helles Lachen klang durch den Raum. »Also bitte. Das ist ja absurd. Geradezu unverschämt.« Fahrig packte Denise Klimantat den leer gegessenen Teller auf den mit den Essensresten, am Rand quoll Ei heraus. »Ich bin glücklich verheiratet.«

Das sagen alle, dachte Doro.

»Warum haben Sie sich dann immer wieder mit Herrn Otto verabredet?« Ben musterte das unappetitliche Geschirr. »Haben Sie gemeinsam gekocht?« Die Ironie war nur zu hören, wenn man Ben besser kannte.

»Warum fragen Sie überhaupt danach?« Denise Klimantat wandte sich um und stellte die Teller auf die Spüle. Anschließend balancierte sie den Tassenstapel hinterher. »Das ist doch … in meinem Privatleben kann ich …«

»Gabriel Otto wurde ermordet.« Bens Ton war arglos, er passte nicht zu dem Satz.

Scheppernd fielen die Tassen um. Porzellan zerbrach.

»Oh nein.« Denise Klimantat hob die Hände und bedeckte das Gesicht. Einen Moment lang wusste Doro nicht, ob der Ausruf den kaputten Tassen gegolten hatte.

Denise Klimantats schlanker Oberkörper beugte sich vor, die Schulterblätter zeichneten sich unter dem dünnen Stoff des Pullovers ab. Plötzlich folgten die Beine der Vorwärtsbewegung. Torkelnd rannte Denise Klimantat aus der Küche. Wenige Sekunden später schlug eine Tür im Eingangsbereich zu. Doro tippte auf die Gästetoilette.

»Was ist mit der Frau?«, raunte Ben. »Die ist merkwürdig.«

Doro nickte. Sie sah sich um. Für die Stilmischung der Einrichtung fehlten ihr immer noch die passenden Worte.

Auf dem Regal hinter der Couch stand ein großformatiger Silberrahmen. Das Foto zeigte zwei Kinder. Der etwa siebenjährige Junge hatte sehr kurzes Haar und einen kritischen Gesichtsausdruck. Er erinnerte Doro an die Jungs auf alten Schwarz-Weiß-Fotos aus dem letzten Jahrhundert, die in Matrosenanzügen steckten und anscheinend schon den Ernst des Lebens begriffen hatten. Vor ihm posierte ein drei- oder vierjähriges Mädchen mit braunen Augen und dunklen Locken. Sie strahlte in die Kamera.

Doro hörte klackernde Absätze, Denise Klimantat kam zurück. Sie war bleich, ihr Lippenstift verschmiert, auf dem feinen Strickpulli prangte ein ockerfarbener Fleck.

Ben betrachtete sie unverhohlen. »Geht's wieder?«

Die Frage ignorierend, stakste sie auf eine große hölzerne Weltkugel zu, die auf gedrechselten Beinen neben der Couch stand. Sie klappte die obere Hälfte auf. Das Erdinnere beherbergte Schnapsflaschen, in der Äquatorgegend waren ein paar Whiskeygläser untergebracht. Denise Klimantat langte nach einer Flasche mit hellbraunem Inhalt und goss einen ordentlichen Schluck in eines der Gläser. Ohne zu zögern, kippte sie den Alkohol herunter.

Doro bekam eine Ahnung, was *merkwürdig* bedeutete. Bereits als sie Denise Klimantat ins Haus gefolgt waren, hatte sie gemeint, Alkoholdunst wahrzunehmen.

»Was ist mit Gabriel passiert?« Denise Klimantat stellte den benutzten Whiskeybecher in die Weltkugel zurück und klappte sie zu.

»Er wurde erschossen. In seinem Wagen, in der Tiefgarage seines Hauses«, antwortete Doro.

Denise Klimantat stierte glasig vor sich hin. Ihr Gesicht war klassisch und ebenmäßig, seine Schönheit hatte bereits Spuren des Alters um die vierzig herum abbekommen. Doch während die Zeit sanft mit der Haut umgegangen war, schien es, als habe etwas anderes die Vergänglichkeit mit Druck vorangetrieben.

»Ist es tatsächlich passiert«, murmelte Denise Klimantat.

»Was meinen Sie damit?« Doro forschte in den blauen Augen der Frau. »Hat sich Herr Otto bedroht gefühlt?«

Denise Klimantat setzte sich auf einen der Stühle am Esstisch. Sie wirkte abwesend und in Gedanken, schwieg sekundenlang.

»Ich weiß nichts Genaues«, sagte sie schließlich. »Doch es gab in letzter Zeit wohl einige … Vorfälle. Gabriel hat von einem anonymen Brief berichtet und davon, dass ein Beutel mit stinkenden Innereien vor seiner Wohnungstür gelegen hat. Er war erbost darüber. ›Ich lass mir meinen Erfolg nicht kaputtmachen‹, hat er geschrien.«

»Wissen Sie, was in dem Brief stand?«, fragte Ben.

»Nicht wirklich. Gabriel meinte, es gefiele jemandem nicht, dass er mit seinem Konzept so erfolgreich war. ›Da will einer, dass ich von der Bildfläche verschwinde. Aber nicht mit mir‹, hat er gesagt.«

»Wann war das?«

»Vor etwa zwei Wochen.«

»Wir haben den Nachrichtenaustausch von Herrn Ottos Handy ausgelesen«, bemerkte Doro. »Sie waren gestern Mittag um dreizehn Uhr mit ihm verabredet. Wenig später wurde er erschossen.«

»Oh Gott.« Denise Klimantat krallte ihre Finger in den Haaransatz. »Ich nahm die Verabredung nicht wahr, ich hatte zu der Zeit ein Gespräch bei der Bank, an das ich vorher nicht gedacht hatte. Dummerweise hatte ich auch mein Handy nicht dabei, um Gabriel eine Nachricht zu schicken. Ich war etwa bis vierzehn Uhr in diesem Termin. Gabriel und ich haben uns nicht gesehen.« Sie sah auf, in ihrem Gesicht lag Verzweiflung. »Begreifen Sie, was das bedeutet? Womöglich wäre er sonst noch am Leben.«

»Bei welcher Bank waren Sie?«, fragte Doro.

»Bei der Rothner Privatbank. Es ging um die Finanzierung eines Objekts in Dresden. Mein Mann möchte es kaufen. Nach dem Gespräch habe ich die Kinder abgeholt.«

»Wir werden das überprüfen«, sagte Ben.

»Natürlich«, flüsterte Denise Klimantat. »Können Sie meinem Mann bitte nichts von meinem Kontakt zu Gabriel sagen?«

»Wie lang ging Ihr Verhältnis schon?«, fragte Doro zurück.

Denise Klimantat machte eine abwinkende Handbewegung. »Verhältnis kann man es gar nicht nennen. Mein Mann und ich … wir haben uns etwas auseinandergelebt. Er ist beruflich sehr eingespannt. Ab und zu habe ich was mit Gabriel unternommen. Aber es war …«, sie stockte, »… es war nichts Ernstes.«

»Sie haben meine Frage nicht beantwortet. Seit wann haben Sie Herrn Otto getroffen?«

»Seit zwei Jahren. So in etwa.«

Doro deutete zu dem Foto auf dem Regal. »Sind das auf dem Bild dort Ihre Kinder?«

»Ja. Ludwig und Rafaela.« Denise Klimantats Züge wurden weich. »Sie sind mein ganzes Glück.«

»Das kann ich verstehen«, erwiderte Doro ungewohnt sanft.

Neben ihr räusperte sich Ben. »Haben Sie irgendeine Vermutung, wer Herrn Otto umgebracht haben könnte?«

Denise Klimantat schob die diamantbesetzte Uhr an ihrem Handgelenk vor und zurück. »Nein. Viele Einblicke in sein Leben hatte ich nicht. Es war eine recht oberflächliche Verbindung. Vermutlich hatte Gabriel aber einige Neider. Er war ehrgeizig und manchmal rücksichtslos.«

»Inwiefern?«, fragte Ben.

»Oh, nicht mir gegenüber. Ich habe ihn nur hin und wieder über Geschäftliches sprechen hören, über Lieferanten, Mitarbeiter. So etwas. Er verfolgte seinen Weg sehr willensstark.«

So sehr, dass ihn nur der Tod davon abbringen konnte?, überlegte Doro.

»In Ordnung, Frau Klimantat. Wir werden vermutlich noch einmal auf Sie zukommen.« Unverhohlen betrachtete Ben die Globus-Bar. »Erst einmal wünschen wir Ihnen einen schönen Tag.«

Doro verdrehte innerlich die Augen. Sie wandte sich zum Gehen. In dem Moment wurde die Haustür aufgeschlossen, ein großer, schlanker Mann Anfang fünfzig kam durch die Diele heran.

»Guten Tag«, sagte er mit fester, leicht näselnder Stimme. »Darf man fragen, wer Sie sind?«

Erschrocken sprang Denise Klimantat auf. »Hubert, was machst du denn hier?«

Der Mann überhörte die Frage und sah Doro und Ben auffordernd an.

»Kriminalpolizei. Dorothee Anders. Das ist mein Kollege Ben Fleck. Wir ermitteln in einem Mordfall.«

»Worum geht es genau?«, fragte Hubert Klimantat kühl.

Einmal mehr wurde Doro bewusst, dass Polizeiarbeit für Juristen nichts latent Einschüchterndes hatte, sie war Teil des Alltagsgeschäfts. Darin glichen sie Gewohnheitsverbrechern.

»Gabriel Otto wurde gestern Mittag erschossen«, sagte Ben. »Kannten Sie ihn?«

»Der Name ist mir nicht geläufig.«

»Ihre Frau kannte ihn.«

Hinter Ben ließ sich Denise Klimantat wieder auf den Stuhl fallen.

»So?« Die Bemerkung ihres Mannes trug kein erkennbares Interesse. »Ich hatte den Eindruck, dass Sie gerade im Gehen begriffen waren«, fuhr er fort, die Hände in die Hüften stützend. Sein dunkelgrauer Zweireiher saß korrekt und streng, damit passte er perfekt zu seinem Gesicht.

»Ja«, sagte Ben. »Aber wo Sie schon hier sind, wüssten wir gern auch von Ihnen, was Sie gestern Mittag zwischen dreizehn und vierzehn Uhr getan haben.«

»Ich war bei Gericht.« Die dünnen Lippen verkniffen sich. »War's das?«

»Fast.« Ben setzte ein liebenswürdiges Lächeln auf. »Sie möchten eine Immobilie in Dresden kaufen?«

Erstaunt blickte Hubert Klimantat zuerst zu seiner Frau und dann zu Ben. »Was geht Sie das an?«

»Hatte Ihre Frau nicht gestern einen Termin bei der Bank?«

»Doch. Und nun bitte ich Sie, zu gehen. Falls Sie noch Fragen haben, richten Sie diese schriftlich an mein Büro.« Hubert Klimantat wies zur Haustür.

»Ihre Frau darf aber schon noch für sich selbst antworten?«, fragte Ben. »Oder läuft das auch über Ihr Büro?«

»Auf Wiedersehen«, sagte Hubert Klimantat ohne jede Regung.

»Schon gut.« Ben hob jovial die Hand und deutete auf die Bar. »Am besten, Sie genehmigen sich auch erst mal einen auf die Unannehmlichkeit.«

Mitunter fragte sich Doro, ob Ben einfach unerschrocken war oder ein Sozialkrüppel.

»Auf Wiedersehen«, sagte sie und verließ mit ihm das Haus.

12

»Fällt dir überhaupt auf, wie du aussiehst? Ist dir das völlig gleichgültig? Und diese ganze Unordnung, der reinste Schweinestall.« Hubert zeigte auf die zerbrochenen Tassen. »Die einfachsten Dinge bekommst du nicht hin.« Seine Mundwinkel gingen nach unten, das spitze Kinn kräuselte sich. »Nichts kannst du richtig.«

»Ich räume es gleich weg«, nuschelte Denise. »Warum bist du um diese Zeit nach Hause gekommen?«

»Muss ich mich in meinem eigenen Haus vorher anmelden?« Huberts Ton war drohend.

»Natürlich nicht.«

»Ich brauche ein paar Unterlagen aus meinem Arbeitszimmer.« Er drehte sich um und eilte aus dem Raum.

Denise hörte seine Schritte auf den Marmorfliesen, die Ledersohlen der handgefertigten Schuhe klangen wie helle Trommelschläge. Sie huschte zur Bar, goss sich noch einen Whiskey ein und kippte ihn herunter.

»Denise!«, klang es scharf aus dem Arbeitszimmer.

Erschrocken knallte sie den Deckel der Bar zu.

»Komm her!«

Ihre Hand umklammerte noch immer das Glas. Wie betäubt öffnete sie einen der Küchenschränke und stellte es zwischen die unbenutzten Teller. Ihr war schwindelig, sie stützte sich an der Anrichte ab.

»Wie lange soll ich noch warten?«, schrie Hubert.

Denise wankte in den Flur und von dort ins Arbeitszimmer.

Die Rollos waren halb heruntergelassen. Der Raum war in Schwarz, Weiß und Grau gehalten, er hatte keine Farben. Aktenordner waren in Reih und Glied geordnet, exakt rechteckige Papierstapel wie Klötze aufeinandergesetzt.

Hubert stand vor seinem Schreibtisch, die Arme in die mageren Hüften gestemmt. In seinem Gesicht war blanker Zorn. »Hast du Unterlagen verräumt?«

»Nein, natürlich nicht.«

»Wer soll es sonst gewesen sein? Der Heilige Geist?« Huberts Stimme erinnerte Denise an einen Diamantbohrer. Speichel floss in ihrem Mund zusammen. Sie schluckte.

»Vielleicht die Putzfrau. Oder die Kinder«, sagte sie leise.

»Ach?« Huberts buschige Brauen hoben sich. »Du beschuldigst deine eigenen Kinder? Du weißt genau, dass sie nicht in mein Arbeitszimmer dürfen. Warum schiebst du sie vor? Tut eine Mutter das?«

Denises Beine drohten nachzugeben.

»Vielleicht bist du nicht geeignet als Mutter. Womöglich bist du *ungeeignet*.«

Denise schwankte. Sie drehte sich um und setzte mit großer Anstrengung einen Fuß vor den anderen.

»Ich rede mit dir!«, rief Hubert.

Sie bewegte sich wie eine Schiffbrüchige. Hör auf!, wummerte es in ihrem Schädel. Hör endlich auf!

Bei der Spüle angekommen, griff sie nach den zerbrochenen Tassen, zog mit der anderen Hand den Müllschlucker auf und warf die Scherben hinein.

Ein dunkelroter Tropfen fiel auf das weiße Porzellan, dann noch einer. Blutregen auf Schnee. Denise hob die rechte Hand, unterhalb des Daumens klaffte ein Schnitt.

Vom Flur her erklang die Ledersohlentrommel. Denise drückte ein Küchentuch auf die Wunde, ihre Schneidezähne bohrten sich in die Unterlippe.

Hubert hatte eine schwarze Aktenmappe unter dem Arm. »Ich fahre mit dem Mercedes zurück zum Gericht«, sagte er. »Wo ist der Schlüssel?«

»Vorn auf der Kommode.«

Eilends verschwand Hubert Richtung Diele. »Da ist er nicht«, rief er.

Denise stockte. »Doch«, erwiderte sie unsicher. »Er muss dort sein, ich habe ihn dahin gelegt.«

»Hältst du mich für blind? Da ist kein Schlüssel.« Huberts Ärger steigerte sich hörbar.

»Nicht?«, wisperte Denise. »Ich weiß nicht genau …«

Im Stechschritt kam Hubert in die Küche und ließ schnaubend seinen Blick durch den Wohnbereich schweifen. Dann steuerte er das Regal hinter der Couch an. Er stand davor und wandte Denise seinen Anzugrücken zu.

»*Hier* ist er.« Blitzschnell fuhr er herum und hob den Schlüssel hoch. »Du bist eindeutig nicht ganz bei dir. Wie immer.« Denise registrierte ein spöttisches Lächeln. »Heute gegen neunzehn Uhr bin ich zurück. Ich bin gespannt, ob du ein Abendessen für die Familie auf den Tisch bekommst.« Er begab sich zum Ausgang. Wenige Meter von Denise entfernt hielt er noch einmal inne und musterte sie wie Ungeziefer.

»Was den Besuch der beiden Polizisten betrifft, hoffe ich um deinetwillen, dass du mit der Sache nichts zu tun hast.«

Er riss die Haustür auf, kurz darauf knallte sie hinter ihm zu.

Mit weichen Knien stand Denise da. Sie sehnte sich nach zwei kräftigen Armen, nach einer liebevollen Stimme, zärtlichen Berührungen.

Bald wieder. So lange musste sie durchhalten.

13

»Sie müssen verstehen, dass unser Institut für absolute Diskretion bürgt. Bereits seit sechsundvierzig Jahren. Unser Ruf ist exzellent, auch international.« Markus Korn faltete die gepflegten Hände auf der Mahagoniplatte des Schreibtischs, die goldenen Manschettenknöpfe glänzten. »Nehmen Sie zum Beispiel diverse Größen aus Wirtschaft und Politik. Die Rothner Privatbank genießt das vollste Vertrauen ihrer Klienten. Von uns getätigte Transaktionen sind stets auf ein Optimum ausgelegt, in Hinsicht auf …«

»Herr Korn, wir möchten kein Konto bei Ihnen eröffnen«, unterbrach Ben, als handele es sich um die Überraschung des Tages. »Wir möchten lediglich eine Auskunft.«

Markus Korn lehnte sich in seinem gediegenen Lederstuhl zurück. Auf dem Schreibtisch herrschte die Art von Ordnung, die durch die Abwesenheit von Dingen entsteht. Neben dem Flachbildschirm stand allerdings ein filigran gearbeitetes Buddelschiff. Ob dem Stück eine besondere Symbolik zukam, wusste Doro nicht. Aber in dem holzgetäfelten Büro dachte sie an schmucke Kapitänsuniformen und Säcke voller Goldmünzen.

»Wie ich bereits erwähnte, ist Diskretion bei uns oberstes Gebot, insofern …«

Doro ließ Markus Korn nicht ausreden. »Hatten Sie gestern zwischen dreizehn und vierzehn Uhr ein Kundengespräch?«

In dem glatt rasierten Gesicht des Bankers herrschte aufgeräumte Freundlichkeit. »Ja, Frau Klimantat war zu dieser Zeit in meinem Büro.«

Doro stutzte. »In dem Fall haben Sie kein Problem, die Auskunft zu erteilen?«

»In dem Fall nicht.«

»Warum nicht?«

Markus Korn räusperte sich. Aus seinem Nasenloch ragte ein dunkles Haar, wahrscheinlich hatte er es bei der Morgentoilette übersehen. »Weil Herr Doktor Klimantat uns diesbezüglich von der Schweigepflicht entbunden hat.«

Neben Doro stieß Ben belustigt Luft aus. »Hat er extra angerufen, damit Sie seiner Frau ein Alibi verschaffen?«

Markus Korn verzog keine Miene. »Davon kann wohl kaum die Rede sein. Das Gespräch mit Frau Klimantat ist ein eingetragener Termin in unserem zentral geführten Kalender.«

»Wann wurde das Gespräch vereinbart?«, fragte Doro.

»Vor etwa einer Woche.«

»Aha.« Wieder betrachtete Doro das Buddelschiff. »Admiral« stand in winziger Goldschrift am Bug. Das ist wenigstens ein unverfänglicher Name, dachte sie und fragte an Markus Korn gewandt: »Würden Sie Ihre Aussage beeiden?«

»Beeiden? Diese kleine Auskunft?«

»Beantworten Sie bitte meine Frage. Wie Sie sicher wissen, kann Meineid mit Haftstrafen geahndet werden.«

Markus Korn verschränkte seine Finger ineinander, die Nägel waren perfekt manikürt. »Wenn es die Umstände erfordern, ist ein Eid für mich kein Problem«, gab er gelassen zurück.

Er wäre ein guter Spieler, vermutete Doro. Vielleicht ist er einer.

»Wir möchten noch einmal mit Ihrem Geschäftsführer sprechen«, sagte sie. Kollegen hatten gestern bereits Gerald Weiland als Nachbarn von Gabriel Otto befragt.

»Ich höre bei seiner Sekretärin nach, ob er Sie empfangen kann.« Markus Korn hob den Telefonhörer.

»Tun Sie das«, sagte Ben. »Falls er es nicht kann, gehen wir trotzdem zu ihm.«

Der Banker hüstelte und tippte auf das Wahlfeld des Telefons.

Kurz darauf ließ Gerald Weiland bitten.

Doro und Ben liefen über einen breiten Gang mit Porträts ernst schauender Männer an den Wänden. Am Ende des Flurs wurden sie von einer Frau in den Fünfzigern in Weilands Büro gelotst.

Hoppla, dachte Doro, als der Mann ihr zur Begrüßung die Hand entgegenstreckte. »Pretty Woman« war einer der Filme ihrer Jugend gewesen, seinerzeit hatte sie ihn mit einem verzückten Lächeln im Gesicht angesehen. Als Polizistin erschien ihr die Geschichte später geradezu lächerlich. Aber dieser Richard-Gere-Typ war in ihrem Kopf geblieben – nicht eben originell, dafür hartnäckig. Und ungeachtet ihrer Oma, die zu sagen pflegte: »Von einem schönen Teller isst du nie allein.«

Alexander gehörte zu dieser Kategorie von Männern, Gerald Weiland ebenfalls.

»Ich grüße Sie«, ließ er mit warmer Stimme verlauten. Doro registrierte Lachfältchenaugen, grau meliertes Haar, einen festen Händedruck. »Nehmen Sie Platz. Was kann ich für Sie tun? Ich habe gestern Abend schon mit Kollegen von Ihnen gesprochen.«

Ben fläzte sich auf einen der Stühle vor dem Schreibtisch. »Ist Ihnen in letzter Zeit eine Tüte mit Innereien in Ihrem Wohnhaus untergekommen?«, fragte er ohne Umschweife.

Mann, dachte Doro. Geht's noch platter?

»Wie bitte?«

»Wir haben Hinweise, dass Gabriel Otto bedroht wurde«, fügte Doro an. »Dabei war von besagten Innereien und einem Drohbrief die Rede. Ist Ihnen diesbezüglich etwas aufgefallen? Eine fremde Person im Haus, ein strenger Geruch?«

»Nein«, antwortete Gerald Weiland mit einem charmanten Lächeln. »Das hätte ich Ihren Kollegen sicherlich mitgeteilt.«

»Wo waren Sie gestern zwischen dreizehn und vierzehn Uhr?« Doro wiederholte eine der Fragen, die Weiland bereits gestellt worden waren.

Er nahm den Telefonhörer ab und drückte auf zwei Tasten.

»Ja bitte?«, erklang eine Frauenstimme aus dem Lautsprecher.

»Bettina, wo war ich gestern Mittag zwischen eins und zwei?«, intonierte er nahezu demonstrativ.

»In Ihrem Büro.«

»Danke.« Weiland legte auf.

Bettina, der gute Geist des Businessmannes, dachte Doro. Weilands Gehabe erschien ihr reichlich selbstgefällig.

»Was macht Ihre Frau eigentlich so den ganzen Tag?«, fragte Ben und streckte behaglich die langen Beine aus.

»Oh, sie ist erwachsen und hat viele Interessen. Um sie mache ich mir keine Sorgen.« Weiland schmunzelte, auf seinen Wangen zeichneten sich Grübchen ab.

»Kann es sein, dass Gabriel Otto zu diesen Interessen gehörte?« Ben bohrte nach.

Einen Augenblick sah Gerald Weiland irritiert drein. Dann lachte er auf, es klang offen und herzlich. »Ach, daher weht der Wind. Nein, ich glaube nicht, dass Herr Otto meine Frau interessiert hat. Aber fragen Sie sie doch selbst.«

Betrügt man so einen?, überlegte Doro. Man wird von so einem betrogen. Siehe Alexander. Themawechsel. Sie wollte einen tieferen Einblick in Weilands Leben bekommen. »Kinder haben Sie keine?«

»Ich habe einen Sohn aus erster Ehe.« Und ich bin wahnsinnig stolz auf ihn, schwang für Doro in dem Satz mit.

Sie dachte kurz nach. »Wann war Denise Klimantat zuletzt hier?«

»Das wissen Sie bereits. Gestern gegen dreizehn Uhr.«

»Kennen Sie die Klimantats näher?«

»Ich habe einige Male mit ihnen gesprochen, doch es gibt kein persönliches Verhältnis.«

»Ist Ihnen an Frau Klimantat nichts aufgefallen?«, fragte Ben.

»Was soll mir aufgefallen sein?«

»Dass sie ein Alkoholproblem hat, zum Beispiel?«

»Oh, das tut mir leid.« Weilands Ton trug Bedauern. »Ich habe nichts dergleichen bemerkt.«

Etwas an seiner verbindlich freundlichen Art irritierte Doro. Sie konnte sich den Mann gut in Shorts und Poloshirt auf einem Segelboot vorstellen. Oder mit seinem Sohn beim

Beachvolleyball. Sind Geschäftsführer spießiger Privatbanken so sympathisch?

Ihr Handy brummte. Sie zog es aus der Jackentasche. Alexander.

Unter normalen Umständen hätte sie den Anruf weggedrückt, doch nach dem Vorfall der letzten Nacht mit Constantin zögerte sie.

»Denise Klimantat hatte außerdem *auch* ein Verhältnis mit Gabriel Otto«, sagte Ben neben ihr mit lauerndem Unterton.

»Muss ich das wissen?«, erwiderte Gerald Weiland.

Doros Handy brummte noch immer. Sie stand auf und ging zur Tür.

Ben dozierte unbeirrt weiter. »Also, Promiskuität ist ja nicht ohne Risiko, wenn man bedenkt, dass etliche Krankheiten …«

Was wird das?, dachte Doro, trat aus dem Raum und nahm das Gespräch an.

»Hallo, Alexander. Was gibt's?«

»Sag mal, was ist denn bei euch los?«

Das war definitiv die falsche Frage. In null Komma nichts war Doro auf hundertachtzig.

»Was heißt *bei euch los*? Hast du nichts damit zu tun? Constantin war doch angeblich gestern bei dir. *Du* könntest dich mal mehr um deinen Sohn kümmern, darauf achten, wann er wo ist und was er tut.«

Am Telefon entstand eine Pause.

»Eben hat er bei mir angerufen«, sagte Alexander. »Ich bin im Büro. Julia hat ihn von dir abgeholt, er wollte zu uns und heute auch dableiben.«

Doros Magen krampfte. »Wir müssen uns absprechen.«

»Wenn du eh nie zu Hause bist, hast du doch gar keine Kontrolle.«

Normalerweise war Alexander ein Businessmensch, souverän und sachlich. Gespräche mit Doro liefen regelmäßig an *normalerweise* vorbei. Eine giftgrüne Antwort lag ihr auf der Zunge, mit Mühe schluckte sie sie herunter.

»Ich rufe Constantin später an«, sagte sie und legte auf. Bedrückt ging sie zurück in Gerald Weilands Büro.

»Die habe ich letztes Jahr live gesehen«, meinte der gerade und wies auf Bens T-Shirt. »System of A Down« stand in roten Lettern über einem Adlerprint.

Blödsinn, fand Doro. Leute wie du hören kein Alternative Metal.

»Mein Sohn Constantin wollte unbedingt zu dem Konzert«, fügte Weiland an.

Okay, ich möchte jetzt gehen, dachte Doro.

»Ach, tatsächlich?« Ben kratzte sich am Kopf. »War bestimmt gut, oder?«

»Nun ja, die Geschmäcker sind verschieden.« Weiland zwinkerte.

»Wie fanden Sie's eigentlich in Gabriel Ottos Restaurant?«, fragte Doro schroff. »Sie waren doch mit Ihrer Frau dort. Hat es Ihnen geschmeckt?«

»Meine Frau und ich waren nur einmal da. Etwas gewöhnungsbedürftig, würde ich sagen.«

»Was ist denn Ihre Lieblingsküche?« Doros Stimme war kratzig.

»Gehoben italienisch.«

»Danke, wir finden allein raus«, sagte sie und ging.

14

Sie mochte seine muskulösen Arme. Es gefiel ihr, wenn er sie mit diesen kräftigen Händen packte und hielt. Seine Muskeln hatte er vom Sport, nicht von körperlicher Arbeit, es waren Fitnessstudioprodukte. Doch wen kümmerte das?

Sein Gesicht kam nah an ihres heran. Der Mund war warm und behutsam, so als küssten sie sich zum ersten Mal. Er schaffte es immer wieder, sie in Entzücken zu versetzen.

Während des Kusses zerrann die Zeit, lief auseinander, machte einen Bogen und drei Schleifen und verlor sich im Nirgendwo.

Irgendwann lösten sich ihre Münder voneinander, sein Kopf wich langsam zurück. Gedankenverloren sah er sie an.

»Der arme Hubert«, sagte er. »Hat zu Hause eine untreue Säuferin.«

»Er ist wirklich zu bedauern«, erwiderte Doro ohne jedes Mitgefühl und schmiegte sich an Michaels nackte Schulter.

Neuerdings rasierte er sich die Brusthaare. Doro hielt das für reichlich amerikanisch. Sie strich über die Haut, es fühlte sich stoppelig an.

»Überhaupt die ganze Untreue«, sagte sie. »Sodom und Gomorrha.«

»Du übertreibst.« Michaels Fingerspitzen spielten mit einer ihrer Haarsträhnen.

»Wir möchten eine erkennungsdienstliche Behandlung von Charlotte Weiland, der Frau des Bankdirektors«, sagte Doro. »Einen DNA-Abgleich mit den in Ottos Bett gefundenen Haaren.«

»Doro, was soll das bringen? Was habt ihr gewonnen, wenn ihr belegen könnt, dass sie eine Affäre mit dem Koch hatte?«

»Ein Motiv ihres Ehemanns zum Beispiel.«

»Ach? Wie bei Hubert Klimantat? Weiland und Klimantat sind ziemlich große Nummern. Außerdem haben beide ein Alibi für die Tatzeit. Mit der aktuellen Faktenlage bekommst du den Untersuchungsrichter nicht überzeugt, in dieser Richtung zu ermitteln.«

»Dann rede du mit ihm. Einer der Herren könnte einen Killer engagiert haben. Bei dem Tathergang ist das durchaus denkbar.«

»Also, Doro. Wegen ein bisschen außerehelichem …« Michael hielt inne. »Ich sehe die Hintergründe eher in Gabriel Ottos beruflichem Umfeld. In der Konkurrenz unter den Spitzenköchen. Wer sind Ottos Mitbewerber? Wer wollte ihn von der Spitze verdrängen? Was ist mit diesem Drohbrief, von dem du berichtet hast?«

Er rekelte sich unter der honiggelben Bettwäsche. Doro fand, dass er ausgezeichnet in ihr Schlafzimmer passte. Leider waren seine Besuche flüchtig wie der Rauch einer ausgeblasenen Kerze.

Im warmen Dämmerlicht sah sie an die Decke, eine Spinne hatte in einer der oberen Ecken des Raumes ihr Netz aufgezogen. Eigentlich hatte Doro nicht vor, es zu entfernen.

»Ben hat den halben Nachmittag recherchiert und herumtelefoniert«, sagte sie. »Wenn man von dieser Gourmetszene keine Ahnung hat, ist es schwierig, sich ein Bild zu machen, wer Gabriel Ottos Konkurrenten waren. In Hamburg gibt es aktuell elf Sternelokale, in ganz Deutschland über dreihundert. Jedes Jahr kommen Neuzugänge hinzu, aber es werden auch Streichungen vorgenommen, Restaurants verlieren also ihren Stern. Wer bundesweit wirklich Anwärter auf eine dieser Auszeichnungen ist, ist schwer zu sagen, das sind Insider-Infos. Und wie wahrscheinlich ist es, dass einer der Mitbewerber angereist ist, um Otto erst zu bedrohen und später zu erschießen?«

»Ihr solltet dem trotzdem nachgehen«, meinte Michael. »Zumindest bei den Konkurrenten in unserem Umkreis. Es geht um zahlende Gäste, um Reputation und Ruhm. Jeder will der Platzhirsch sein. Ein neues Sternelokal zieht von einem anderen Kunden ab. Womöglich gibt es tiefe persönliche Feindschaften unter örtlichen Spitzenköchen.«

Doro betrachtete das riesige Bild seitlich über ihrem Bett. Tosend stürzten die gewaltigen Niagarafälle herab, die schäumenden Fluten trugen alle Farbschattierungen, die Wasser haben kann.

»Was hat Gabriel Otto überhaupt mit diesem Drohbrief und dem Beutel Innereien gemacht?«, fragte sie.

Halb belustigt neigte Michael den Kopf. »Denkst du, er hat das Zeug verkocht?«

»Wer weiß?« Doro grinste. »Bist du froh, dass du mit Caren nicht mehr bei ihm essen musst?«

»Na ja. Sie kam auf die Idee, ersatzweise an dem Wochenende nach Paris zu fliegen.«

»Oh.« Doro empfand einen Stich, den sie nicht empfinden wollte. »Nein, im Ernst … Ich meine, warum ist Otto nicht zur Polizei gegangen?«

»Wahrscheinlich hat er dem Ganzen keine allzu große Bedeutung beigemessen. Oder er wollte nicht, dass etwas an die Öffentlichkeit gelangt.« Michael unterdrückte ein Gähnen. »Was ist mit dieser entlassenen Köchin, Carolin Freitag?«

»Ben war gestern Abend mit ihr ein Bier trinken«, antwortete Doro angesäuert. »Angeblich rein dienstlich. Heute Nachmittag habe ich das Ergebnis der Schmauchspur-Analyse bekommen. Negativ. Natürlich könnte Carolin Freitag bei der Tat Handschuhe getragen haben. Außerdem gilt der Nachweis von Schmauchspuren ja ohnehin seit Jahren bestenfalls als Indiz, aber nicht als Beweis.« Sie hielt inne, dabei erinnerte sie sich an Bens zufriedenen Gesichtsausdruck. »Das von Carolin Freitag angegebene Alibi für die Tatzeit hat sich vor ein paar Stunden bestätigt. Sie hatte gegen Viertel nach eins mit einer Freundin telefoniert. Über den Mobilfunkanbieter haben wir die Info erhalten, dass ihr Handy in der Funkzelle, in der ihre Wohnung liegt, eingebucht war. Ich habe dennoch die Jagdwaffen bei ihrem Vater prüfen lassen.«

»Und?

»Auf ihn sind zwei Gewehre und eine Pistole registriert, alles andere Kaliber als das beim Mord an Gabriel Otto verwendete.« Doro rieb über ihren Nacken. »Carolin Freitag ist übrigens die Schwester von Alexanders Frau.«

»Was?« Michael lachte auf. »Wie viele Einwohner hat Hamburg?«

»Genau. Bei so einem Zufall macht die Arbeit doppelt Freude. Zum Glück besteht bei mir alles andere als ein Nahverhältnis zu ihr, ich kann also unbefangen weiterermitteln.«

Doro atmete Michaels Duft ein, es gefiel ihr, dass er kein Parfum benutzte. Gedanklich kehrte sie in Gabriel Ottos Penthouse zurück.

»Wir haben mit der KT den sichergestellten Laptop des Toten erstausgewertet«, sagte Michael, als sei er ihr dorthin gefolgt. »Mails, Rezepte, geschäftliche Dokumente, Fotos. Das alles genauer anzusehen, wird etwas dauern. Die Ergebnisse der Kontenprüfung kennst du ja. Die Erbschaft von Ottos Mutter und sein Einkommen der letzten anderthalb Jahre ergeben ein kleines Vermögen.«

Doro nickte. Sie hatte sich ausführlicher mit Gabriel Ottos Leben beschäftigt. Er war Einzelkind, der Vater schon früh verstorben. Die nächsten Angehörigen waren zwei Cousinen. Doro hatte mit ihnen telefoniert, eine lebte in Frankreich, die andere in Bayern. Beide gaben an, dass sie seit Jahren keinen Kontakt mehr zu ihrem Cousin gehabt hatten. Ob ihnen bewusst gewesen war, dass sie als Erbinnen infrage kamen, hatte Doro nicht ausmachen können. Es erschien ihr den Gesprächen nach unwahrscheinlich. Wenn kein Testament mehr auftauchte, erhielten die beiden Frauen ein Schreiben vom Nachlassgericht.

Die nahe gelegene Kirchturmuhr schlug drei Mal. Doro mochte den tiefen, vollen Klang. Mitten in der Großstadt verband sie mit ihm etwas ländlich Anheimelndes.

Beiläufig sah Michael auf seine Armbanduhr. »Du, ich muss los. Caren kommt gleich vom Pilates nach Hause.« Er schlug die Bettdecke zurück und stand auf.

Doro war an diese Art Abschiede gewöhnt. Doch mitunter riefen sie bei ihr ein Gefühl hervor wie Schorf auf der Seele.

Angefangen hatte die Geschichte mit Michael vor einem Jahr. Sie hatten damals gemeinsam an einer Sache gearbeitet, es ging um bewaffneten Raubüberfall. Michael war abends noch zu ihr ins Büro gekommen, sie brüteten über den Ermittlungsakten.

»Frau Anders, Sie haben Substanz«, hatte er irgendwann zu ihr gesagt.

»Bitte was?« Für einen Moment hatte sich Doro an ein altes Gemäuer erinnert gefühlt, nicht mehr neu, aber solide.

»Das war ein Kompliment«, hatte Michael angefügt. »Gehen Sie mit mir was trinken? Es ist spät, und ich könnte ein Bier und eine Currywurst vertragen.«

»Hm …« Doro hatte seine Einladung nicht recht einordnen können. »Wartet zu Hause nicht Ihre Frau auf Sie?«

»Wir warten grundsätzlich nicht aufeinander. Die Ehe ist doch kein Wartesaal.«

Damit war Doro neugierig geworden. »Ach nein? Da kenne ich mich gar nicht so gut aus. Ich habe erst eine hinter mir.«

»Kommen Sie mit rüber ins ›Thadeus‹, ich erklär's Ihnen.« Die Stimme war sanft geworden.

In der Eckkneipe waren es mehrere Biere gewesen. Das Gespräch dabei hatte Doro an ein kurzweiliges Flipperspiel erinnert, die Kugel lief schnell zwischen Abgeklärtheit, Charme, Witz und Tiefe. Später, vor Doros Haus, hatte Michael sie zum Abschied geküsst. »Du bist so echt.«

Drei Tage danach war er in ihrem Bett gelandet. Und seither immer wieder. Doro fühlte sich zu ihm hingezogen, die Treffen mit ihm waren Inseln der Nähe, wenn ihr Job sie in menschliche Abgründe blicken ließ. Manchmal quälte es sie, dass sie Michael nicht ganz haben konnte. Manchmal machte es alles umso reizvoller.

Im Halbdunkel des Raumes sah sie ihm zu, wie er seine Socken überstreifte. Die Wirbelsäule erinnerte sie an einen langen Gebirgsgrat.

»Ich möchte mir die Fotos auf Gabriel Ottos Laptop anschauen«, sagte sie, auf den aktuellen Fall zurückkommend.

»Frauen, Reisen, viele Bilder aus dem Restaurant. Ein paar Babyfotos sind auch dabei.«

»Babyfotos?« Das Klingeln des Telefons durchschnitt Doros Frage. Es lag neben dem Bett. Sie sah auf das Display und erschrak. Eine Nummer ihrer Dienststelle wurde angezeigt.

Constantin ist bei seinem Vater, beruhigte sie sich. Alexander wird ihm nicht erlaubt haben, wieder loszuziehen.

»Willst du nicht drangehen?« Michael stieg in seine Anzughose.

Doro griff nach dem Telefon. »Anders, hallo?«

»Frau Anders, Michalsky hier. Bei uns ist eine Meldung eingegangen, anonym. Im Moorfleeter Holzhafen treibt ein toter Mann. Er hat eine Plastiktüte über dem Kopf, ist wohl ein Fall für Sie. Die Feuerwehr rückt zur Bergung an.«

»Danke, ich fahre hin.« Doro legte auf und sprang aus dem Bett. »Ein Toter im Moorfleeter Hafen«, erklärte sie nahezu erleichtert.

Verwundert guckte Michael sie an. »Du wirkst fast, als würdest du dich darüber freuen.«

»Wie man's nimmt. Zurzeit sind mir berufliche Anrufe lieber als private.«

15

Der Moorfleeter Hafen war eine verlassene Anlage in der Billwerder Bucht, südöstlich der Hamburger Hafencity. Etliche Schiffswracks gammelten vor sich hin, die Holzstege waren brüchig und morsch, das Gelände war sich selbst überlassen.

In der Eile hatte Doro ihre Jacke vergessen, sie fröstelte. Das dunkle, undurchsichtige Wasser vor ihr verstärkte das Gefühl.

Einige Meter vom Ufer entfernt schaukelte eine korpulente Person mit ausgestreckten Armen wie ein menschlicher Korken auf der Wasseroberfläche. Die grellen Scheinwerfer der Einsatzfahrzeuge erleuchteten die gespenstisch wirkende Szenerie. Darüber rotierten die Kegel des Blaulichts in der Dunkelheit.

Das Feuerwehrboot war an die Leiche herangefahren, zwei Männer in orangefarbener Schutzkleidung hantierten mit Bergungsstangen.

»Und hopp«, schallte es zu Doro hin. »Hoch damit.«

Auf Kommando hoben die Feuerwehrleute den leblosen Körper an Bord. Wassertriefend kam er an Deck an. Doro hörte ein dumpfes Platschen, unwillkürlich musste sie an einen erlegten Wal denken.

Der Mann lag auf dem Rücken. Einige der Knöpfe seines

hellen Hemdes standen offen und entblößten einen speckigen Bauch, fahlweiß wie Schwarte in einer Metzgerstheke.

Die gelbe Plastiktüte über dem Kopf des Toten trug die Aufschrift eines Discounters. Das Bild hatte etwas Entwürdigendes.

»Wir bringen ihn vorn an den Pier«, rief einer der Feuerwehrmänner.

»In Ordnung«, sagte Doro.

Etwa hundert Meter entfernt gab es einen kleinen Landungssteg. Das Boot fuhr mit der leblosen Fracht davon, die Wellen brachen die braungrüne Wasseroberfläche.

Doro lief los zum Pier. Ein kalter Wind wehte sie an, frierend zog sie die Schultern hoch.

Schräg gegenüber, an der anderen Seite des Hafenbeckens, befand sich ein verlassenes Lagerhaus, daneben waren ein paar alte Boote vertäut. Vor Jahren war Doro einmal mit Alexander und Constantin auf dem Gelände gewesen, Constantin hatte die Schiffswracks sehen wollen. Er war ganz still geworden.

Der Moorfleeter Hafen war eher etwas für Ortskundige. Wenn der Tote gewaltsam gestorben war, konnte der Fundort einen Hinweis auf den Täter geben.

Hinter Doro fuhr ein Auto an. Sie drehte sich um, es war Bens angerosteter Kleinwagen. Er hatte ihn aus dem Fuhrpark der AWO übernommen, auf der Fahrerseite war immer noch der Schriftzug »Essen auf Rädern« zu lesen.

Ben stieg aus. Man konnte ihn auch mitten in der Nacht aus dem Bett holen, und er sah nicht anders als gewöhnlich aus. Was allerdings an dem *Gewöhnlich* lag.

»Hey, Doro.« Mit verwuscheltem Haar und hängenden Jeans kam er auf sie zu. »Wissen wir schon, wer es ist?«

»Nein. Die Feuerwehr hat ihn gerade erst rausgehoben. Sie bringen ihn dort vorn an Land.«

»Alles klar.« Ben schlurfte neben Doro her. »Sorry, es hat ein bisschen länger gedauert. Ich war schon im Bett.« Er kaute genüsslich auf einem Kaugummi.

»Erzähl's mir nicht«, nuschelte Doro.

»Hä, wieso?«, fragte Ben. Dann grinste er breit. »Du etwa auch?«

»Nein«, log Doro. »Ich etwa nicht. Ich will bloß nicht wissen, wann oder mit wem …« Der Notarztwagen raste an ihnen vorbei, als gäbe es noch etwas zu retten. Ihm folgte ein Streifenwagen. Die Autos hielten beim Pier.

Doro und Ben kamen näher. Zwei Feuerwehrleute transportierten gerade die Trage mit dem Toten über den Holzsteg. Mit sichtbarer Anstrengung brachten sie ihn an Land.

»Über zwei Zentner«, meinte der vordere der Männer, als sie ihre Fracht auf dem lehmigen Boden absetzten. »Wer macht die Tüte ab?«

»Ich«, antwortete Ben, ohne zu zögern.

Am Anfang ihrer Dienstzeit hatte Doro bei ähnlichen Gelegenheiten eine schaurige Erwartung überfallen, die ihr schon vor dem eigentlichen Anblick eine Gänsehaut bereitet hatte. Mittlerweile erwartete sie nichts mehr. Das, was man sah, übertraf ohnehin jede Vorstellung.

»Hier.« Ein Sanitäter reichte Ben ein Paar Einmalhandschuhe. Der streifte sie über und nahm die Verbandschere an, die ihm der Sani ebenfalls hinhielt. Dann ging er in die Hocke und durchtrennte die Kordel, die die Tüte am Hals der Leiche festschnürte.

Ben schien sich auf nichts vorbereiten zu müssen. Entschlossen schnitt er das Plastik nach oben auf. Wasser rann heraus, grünlich blaue Haut wurde sichtbar. Die Tüte klappte auseinander.

»Ah nee«, entfuhr es dem Sani, er wandte sich ab. Der Notarzt neben ihm räusperte sich.

Das Gesicht des Toten hatte die Farbe einer reifenden Pflaume. Die Augen starrten weit aufgerissen, der Mund stand offen, die Zunge quoll bis zu den Schneidezähnen vor. Die entstellten Züge hatten sich zu einem irren Grinsen geformt, als habe diabolischer Wahnsinn den Tod überlebt. Ein Schauer überlief Doro, dabei stieg ein übler Geruch von dem Toten zu ihr auf.

»Ich sehe nach, ob er Ausweispapiere bei sich hat«, sagte Ben. Er schob seine behandschuhten Finger in die vorderen Hosentaschen und tastete. »Nichts drin. Könnt ihr mir helfen, ihn zu drehen?«

»Klar.« Einer der Feuerwehrmänner kniete sich neben die Leiche. Gemeinsam mit Ben drückte er eine Flanke vom Boden hoch. Ben durchsuchte die Gesäßtaschen.

»Leider auch nichts.« Er ließ den Toten auf den Rücken zurücksacken und richtete sich auf. »Bei dem Gesicht können wir einen Lichtbildabgleich zur Identitätsfeststellung vergessen.«

»Bleiben erst mal die Vermisstenmeldungen.« Doro wandte sich an den Notarzt. »Können Sie sagen, woran er genau gestorben ist?«

»Tja.« Der üppige dunkle Schnäuzer des Mannes wuchs über die Oberlippe, aus dem weißen Polohemd ragten sehr behaarte Unterarme.

»Ertrunken?«, meinte er. »Erstickt?«

»Ach echt?«, bemerkte Ben.

Der Arzt hüstelte. Mit erkennbarem Unwillen trat er näher an den Toten heran und ging in die Hocke. Er drehte den verformten Kopf leicht zur Seite und besah sich den Hals. Die Kehle entlang liefen dunkle Striemen.

»Kann sein, dass er die zugefügt bekommen hat, als er noch lebte. Aber genau kann das die Rechtsmedizin feststellen.«

»Und seit wann ungefähr ist er tot?«, fragte Doro.

»Hochkommen tun sie ja nach unterschiedlich langer Zeit. Faustregel sind so drei Tage.« Der Arzt stand aus der Hocke auf.

»Das wissen wir selbst«, meinte Ben ausgesucht freundlich. »Genauer haben Sie's nicht?«

»Guter Mann, ich bin Arzt. Ich kümmere mich um die, bei denen noch was zu machen ist.«

»Schon gut.« Doro zitterte, vom Wasser her streifte sie ein feuchtkalter Wind.

Einige Meter entfernt fuhr ein weißer Transporter an, hinter ihm folgte ein schwarzer Van. Die Kriminaltechniker hatten bei Wasserleichen nicht übermäßig viel zu tun – dafür sorgte das Wasser. Organisches Fremdmaterial war in der Regel nicht mehr vorhanden, und den Fundort selbst musste man auch nicht nach Spuren absuchen.

Nach einer umfassenden Fotodokumentation konnte der Tote in dem schwarzen Wagen mit den verhangenen Scheiben seine Reise in die Rechtsmedizin antreten.

16

»Grüß Gott, Frau Kirchgasser.« Doro nickte der Gerichtsmedizinerin zu. Die stand in einer bodenlangen Gummischürze am Sektionstisch und hatte beide Hände im Brustkorb der Wasserleiche versenkt. Beim Eintritt von Doro und Ben sah sie auf.

»Ah, die Frau Anders. Und ihr fescher Kollege, der Herr Ben, ist auch dabei. Einen recht schönen guten Abend.« Doktor Magda Kirchgasser grinste wie ein Gnom. »Da haben S' mir ja an stattliches Mannsbild angeliefert. Bisserl adipös, aber immer noch besser als so an dürres Gerippe.«

»Na ja, Frau Kirchgasser, da gehen die Geschmäcker womöglich auseinander«, sagte Doro.

»Ah gäh, so, wie der jetzt ausschaut, will ihn natürlich keine mehr.« Die Rechtsmedizinerin zog die Hände hervor und machte damit eine abwinkende Bewegung. An dem blauen Latex klebten Blutspuren und ein Gewebestückchen.

Der Tote lag mit eröffnetem Torso auf dem Sektionstisch. Der Hauptschnitt ging immer vom Halsansatz bis zum Schambein. Danach wurde mit der Rippenschere der Brustkorb geöffnet und das Brustbein samt Rippen entnommen, um freien Zugriff auf die Organe zu haben.

Doro schaute genauer hin. Lunge, Magen und Gedärme

waren auch für sie als Nichtmedizinerin gut zu erkennen. Dazu eine Menge gelblich weißes Fettgewebe, unter der Haut und überall im Bauchraum.

In dem Organbecken des Sektionstischs lag ein gräulicher Klumpen, blassrote Flüssigkeit hatte sich in der Ablaufrinne gesammelt. Immer noch hatte der Tote dieses wahnsinnige Grinsen im Gesicht.

Doros Blick richtete sich davon weg und glitt durch den Raum, entlang der Stahlschränke mit den Schüsseln und Behältern darauf, über die große Waage und die diversen Sektionswerkzeuge. Unvermittelt kam ihr Gabriel Ottos Restaurantküche in den Sinn. Der Vergleich brachte Unwohlsein mit sich.

»Zum Schädel sind wir noch ned kommen«, sagte Magda Kirchgasser fast entschuldigend. »Aber wo der Gute auch so nett lächelt.«

Doro kannte die Rechtsmedizinerin seit etlichen Jahren. Sie war Ende fünfzig, stammte aus dem Burgenland und verstand sich gut *mit die Tod'n*. Mitunter kam sie Doro selbst wie ein Wesen aus einer Art Zwischenwelt vor – und wie ein schrullig-liebenswerter Exot im hanseatisch kühlen Hamburg.

Zwei, drei Mal hatte Doro Alkoholdunst bei ihr gerochen. Zumindest stirbt von ihren Kunstfehlern niemand mehr, hatte sie gedacht.

Vor etwa anderthalb Jahren hatte sie Magda Kirchgassers Trinkfestigkeit live erlebt. Doro hatte sie zufällig in einer Kneipe bei sich um die Ecke getroffen. Der Abend hatte desaströs in Schnaps geendet, Doro wollte nicht daran zurückdenken. Sie und Magda teilten die Erfahrung, dass sich ihre

Ehemänner umorientiert hatten, diverse andere Details aus Magdas Leben hatte Doro verdrängt. Und bei ihrem ersten Zusammentreffen im Sektionsraum nach jenem Abend waren beide wieder zum *Sie* übergegangen.

»Was können Sie uns denn Schönes zur Todesursache erzählen?« Ben verschränkte seine Finger ineinander, drückte sie durch und ließ die Gelenke knacken.

»Mei, wenn's nach dem gegangen wär, hätt der schon noch weiter Bier trinken und Schnitzel essen mögen.«

»Sie meinen, bei seinem Tod hat jemand nachgeholfen?«, fragte Ben.

»Kann man so sagen. Die Strangmarken um den Hals sind ihm beigebracht worden, als er noch lebte. Dass er nicht ertrunken, sondern erstickt ist, lässt sich gut nachweisen. Schaun S' hier.« Magda Kirchgasser winkte Ben zu sich heran. Der ging zwei Schritte vor und beugte sich über die Leiche.

»Es gibt diverse Einblutungen an den Augenlidern und der Mundschleimhaut, außerdem Stauungsblutungen am Hals. Noch interessanter ist des da am Herzerl.« Sie griff in den Brustkorb, hob das faustgroße Organ heraus und wies mit dem Zeigefinger der anderen Hand auf eine Stelle unterhalb der Mitte. Doros Magen krampfte.

»Das sind sogenannte Tardieu-Flecken, punktförmige Blutungen am Herzbeutel. Die entstehen durch den Blutdruckanstieg beim Erstickungsvorgang.« Magda Kirchgasser hielt Ben das Organ unter die Nase.

Der nickte. »Ah ja. Genau. Ich seh's.«

Mit zufriedenem Ausdruck legte sie das Herz zurück. »Der Rudi kann das gleich alles fotografieren. Der macht bei uns auch die Schädelarbeiten. Guter Mann.«

Für einen Moment hatte Doro das Gefühl, die weiß gekachelten Wände kämen auf sie zu. Sie beförderte sich gedanklich an einen einsamen Meeresstrand mit frischer Brise. »Wann ist der Mann gestorben?«, fragte sie.

»Ich tät sagen, vor zwei Tagen etwa, also die Nacht von Montag auf Dienstag.« Magda Kirchgasser hatte schiefergraue Schatten unter den Augen. Sie war klein, ihre Wangen waren fahl und die Zähne schlecht. Dennoch ging eine große Vitalität von ihr aus.

»Die Lebenden soll'n auch leben, woaßt? So lang, wie sie's können«, hatte sie seinerzeit in der Kneipe nach dem x-ten Korn gemeint. Wahrscheinlich ist das der Punkt, hatte Doro gedacht.

»Die Korpulenteren haben gemeinhin an' größeren Auftrieb«, fuhr Magda Kirchgasser fort. »Die Gasbildung halt. Der hier kam recht früh wieder an die Wasseroberfläche. Den Spuren nach wurd er mit Seil oder Kordel stranguliert. Wir konnten Faserspuren an der Haut vom Hals feststellen.«

»Moment«, warf Ben ein. »Die Kordel war um die Plastiktüte gebunden, die der Mann über dem Kopf hatte. Das heißt wohl, er wurde erst damit stranguliert, und dann wurde die Tüte befestigt.«

»Vielleicht wollt jemand des Gesicht ned mehr sehn«, sagte Magda Kirchgasser. »Beim Transport der Leiche. Oder auch schon vorher beim Drosseln.«

Sie ging zu einem der Metallschränke, die Gummischürze gab bei jedem ihrer Schritte ein klatschendes Geräusch von sich. Mit einem weißen Kunststoffbehälter kam sie zum Tisch zurück.

»Andere äußere Verletzungen, die schwer oder tödlich waren, haben wir nicht festgestellt«, sagte sie. »Ein paar Hämatome hat er halt. Des seht's ja selbst.«

Sie nahm eine Schere, hantierte im Bauchraum herum und beförderte etwas Purpurfarbenes daraus in den Behälter. Anschließend stellte sie ihn auf die große Waage.

»Den Autopsiebericht kriagt's ihr in den nächsten Stunden, Serologie und Toxikologie dauern wie gewohnt länger«, äußerte sie mit ihrer kräftigen Stimme. »Ach, eins noch.« Sie drehte sich zu Doro und Ben um. »Wieso habt's ihr mir den ohne Namen eingeliefert?«

»Weil wir noch nicht wissen, wer er ist«, antwortete Doro.

»Ah gäh? Des wisst's ihr ned? Seid's ihr Vegetarier oder woas?« Magda Kirchgasser stieß ein kehliges Lachen aus.

»Wie bitte?«, fragte Ben.

»Des woaß man doch. Lokalprominenz sozusagen.« Magda Kirchgasser zwinkerte Doro zu. »Des is Martin Overbeck. Der Besitzer vom örtlichen Schlachthof.«

17

»Mein Mann und ich haben uns vor einem halben Jahr getrennt.« Heike Overbeck saß in einem rosafarbenen Morgenmantel im kaltweißen Licht der Küchenlampe. Sie zerknüllte ein Papiertaschentuch in ihrer Hand, Nase und Augen waren gerötet. »Zu viele fleischliche Gelüste. Wenn Sie verstehen, was ich meine.«

Überall dasselbe, dachte Doro.

»War er Ihnen zu dick, oder hat er Sie betrogen?«, fragte Ben.

Verständnislos sah Heike Overbeck ihn an, der dunkle Pony endete exakt über den Brauen.

Im Prinzip kannte Ben die Antwort ohnehin. Auf der Fahrt zum Haus der Overbecks hatte Doro Martin Overbeck gegoogelt. Er war gern als Wohltäter aufgetreten, hatte die Renovierung eines Kindergartens im Osten der Stadt finanziert und regelmäßig die Hamburger Tafel beliefert. Mehrere Fotos hatten ihn mit attraktiven Damen an seiner Seite gezeigt. Dabei hatte er stets mindestens eine Hand irgendwo am Körper der Frau gehabt.

»Wie auch immer.« Ben drückte seinen Rücken auf dem harten Küchenstuhl durch.

Gegenüber saß Helmut Bülthoff vom Kriseninterventionsteam. Doro war froh, dass sie seit einer Weile Todesnachrichten den Angehörigen in Begleitung eines geschulten Psychologen überbrachten. Polizisten waren mit derartigen Situationen oft überfordert, die Mitarbeiter vom KIT gingen professioneller damit um. Außerdem blieben sie bei den Leuten, wenn die Beamten wieder aufbrachen. Sie warteten ab, bis ein Auffangnetz um die Menschen herum griff, manchmal verhinderten sie Kurzschlusshandlungen.

Wenn Doro den Schock der Angehörigen in seiner ganzen Wucht miterlebte, ihren überwältigenden Schmerz vor sich hatte, belastete sie das auch nach vielen Dienstjahren noch.

Auf eine andere Art furchtbar und dabei gespenstisch waren Reaktionen, die Verdrängungshandlungen gleichkamen. Doro hatte einen Mann erlebt, der ihr sagte, er müsse jetzt ins Büro, sie solle ein andermal wiederkommen. Eine Frau, deren erwachsene Tochter verunglückt war, ging zum Herd und wollte Essen kochen.

Mitunter ließen Körper und Geist das Begreifen zunächst nicht zu. Dann kam es später, es kam immer. Häufig mit umso größerer Wucht.

Heike Overbeck hatte nicht geschrien und war nicht zusammengebrochen. Sie wirkte ziemlich gefasst. Ein Teil der Wahrheit zum Tod ihres Mannes stand allerdings noch aus.

»Ich verstehe das nicht«, sagte sie und schniefte in ihr Taschentuch. »Martin konnte doch gut schwimmen. Wieso haben Sie ihn tot aus dem Hafenbecken gezogen? Er war doch … er hätte sich doch …«

»Frau Overbeck«, sagte Doro behutsam. »Ihr Mann ist keines natürlichen Todes gestorben. Er wurde erdrosselt. Wohl schon vor zwei Tagen.«

»Erdrosselt?«, wiederholte Heike Overbeck entsetzt.

Helmut Bülthoff beobachtete sie aufmerksam. Auf das, was die Angehörigen fragten, bekamen sie eine Antwort. Ansonsten sollten Einzelheiten zu den Umständen nicht direkt auf die Todesnachricht folgen. Mitunter hatten Polizisten und Psychologen hierzu jedoch unterschiedliche Auffassungen.

Doro stellte die unvermeidliche Frage. »Haben Sie irgendeinen Verdacht, wer Ihren Mann umgebracht haben könnte?«

Abrupt erhob sich Heike Overbeck. Sie ging zur Spüle, drehte das Wasser an und wusch sich die Hände. »Hat er's übertrieben, ja?«

»Was übertrieben?«, fragte Doro.

»Mit seinen Spielchen. Mit den Frauen.«

Nicht das noch, dachte Doro.

Heike Overbeck trocknete die Hände an einem Geschirrtuch ab, sie wrang es zwischen ihren Fingern.

»Was denken Sie, warum wir uns getrennt haben? Ich habe das nicht mehr ausgehalten, seine Vorlieben. Wir haben zwei kleine Jungs. Sollen die nach ihrem Vater geraten? Ich will, dass sie ordentliche Männer werden.« In Entschlossenheit stand Heike Overbeck vor den holzfurnierten Einbauschränken. Etwa in Kopfhöhe lief eine aufgeklebte Bordüre mit Efeumuster die Wände entlang. »Oh Gott, wie sag ich's bloß den Jungs? Die hängen doch so an ihrem Vater. Die können doch nicht ohne ihn aufwachsen.«

»Frau Overbeck, wenn Sie möchten, bin ich oder ein Kollege bei Ihnen, wenn Sie Ihren Söhnen die Nachricht überbringen«, erklärte Helmut Bülthoff.

Heike Overbeck senkte die Lider. »Ja, vielleicht.« Sie zögerte. »Waren Sie schon im Betrieb?«

»Nein«, antwortete Doro. »Der hat doch um diese Zeit

geschlossen, oder nicht?« Es war kurz vor Mitternacht. Bereits seit einiger Zeit kämpfte Doro gegen Müdigkeit an. Die letzte Nacht mit ihren wenigen Stunden Schlaf machte sich bemerkbar.

»Ach ja, natürlich.« Heike Overbeck fuhr sich mit der Hand durchs Gesicht. »Die Arbeit beginnt wieder um sechs Uhr morgens.«

Meine hoffentlich nicht, dachte Doro. »Ihr Mann ist nicht als vermisst gemeldet worden. Kam es häufiger vor, dass er für sein berufliches und privates Umfeld einfach verschwand?«

Helmut Bülthoff rückte seine Brille auf dem Nasenrücken zurecht. »Frau Overbeck, wenn Sie die Fragen zu sehr belasten, beenden wir das an dieser Stelle.«

»Frau Overbeck, wir sind sicher, dass es Ihnen ein großes Anliegen ist, bei der Aufklärung des Verbrechens mitzuwirken.« Ben war von seinem Wesen her hartnäckig. Ein paarmal während ihrer gemeinsamen Arbeit hatte er Doro trotz seiner Körpergröße an einen kleinen Terrier erinnert.

»Soweit ich weiß, wollte Martin am Dienstagmorgen auf Geschäftsreise nach Osteuropa. Dort hatte er mehrere Handelspartner, von denen er günstig Schlachtgut bezog. Meist brach er in aller Frühe mit seinem Wagen auf, wenn er sie besuchte.« Heike Overbeck schlurfte zum Küchentisch zurück und setzte sich. Ihre Haut war sehr hell, die Brauen dick und gerade, der Morgenmantel spannte über den Hüften.

»Geht es Ihrem Betrieb gut?«, fragte Ben. »Oder gibt es finanzielle Probleme?«

»Das Geschäft läuft ausgezeichnet.« Die Antwort kam prompt und mit hörbarem Stolz. »Doch andererseits war das das Problem«, fügte Heike Overbeck gedämpfter an. »Für

Martin war es wichtig geworden, in den besseren Kreisen zu verkehren, mit den feinen Leuten gleichzuziehen. Das hier war ihm alles nicht mehr gut genug.«

Die Overbecks bewohnten ein kleines Einfamilienhaus aus den Fünfziger- oder Sechzigerjahren in einem gutbürgerlichen Viertel. Die Straßen waren ruhig, bepflanzte Vorgärten und Terrassen mit gestreiften Markisen prägten das Bild. Doro kannte eine Menge Leute, für die dieses Idyll unerreichbar war.

»Mein Mann hat sehr viel gearbeitet. Oft verließ er als Letzter die Firma und war morgens um sechs schon wieder im Büro. Das Familienleben blieb dabei natürlich auf der Strecke. Zumal, wenn jemand noch seinem Freizeitvergnügen nachgeht.« Heike Overbecks Mund verzog sich in Bitterkeit. Dann atmete sie seufzend aus und krallte die Finger in ihre Kurzhaarfrisur. »Wie geht es nun mit unserem Betrieb weiter? Martin hatte doch alle Fäden in der Hand. Als Schlachthof haben Sie heutzutage keinen leichten Stand mehr. Allein schon wegen der ganzen Vegetarier und dieser Möchtegern-Tierschützer. Die tun so, als täten wir etwas Unanständiges.«

Doro hatte ein Kratzen im Hals, sie hustete.

»Frau Overbeck, wir müssen Sie das fragen«, begann sie heiser. »Wissen Sie, zu welchen Frauen Ihr Mann Kontakt hatte? Frequentierte er bestimmte Bars oder Klubs?«

»Ich weiß von nichts.« Die Stimme war hart wie Beton. »Ich wollte es auch nicht wissen. Ich komme aus einem anständigen Stall.«

Plötzlich wurde Doro sehr warm. Es fühlte sich an, als ob in ihrem Inneren ein Ofen angefacht worden wäre. Sie streifte die Ärmel ihres Pullis so weit es ging nach oben. Auf der Fensterbank stand eine kleine Gießkanne neben Orchideentöpfen. Doro sehnte sich nach einer kalten Dusche.

»Sagt Ihnen der Name Gabriel Otto etwas?«, fragte Ben.

»Der Koch? Ja, sicher. Martins neuer Freund.« Es klang abschätzig. »Martin war öfter in seinem Restaurant. Die beiden haben im Frühjahr auch eine Kurzreise nach Italien gemacht. Um neue Inspirationen zu bekommen, hat Martin gesagt. Dass ich nicht lache.«

»Denken Sie, es ging nicht darum?« Ben hakte nach.

»Dieser Koch hat Martin doch die Flausen mit der besseren Gesellschaft in den Kopf gesetzt. Martin faselte von Kreativität, Innovation, Savoir-vivre.« Heike Overbecks Augen blitzten. »Wir sind ein Schlachthof!« Sie schlug mit der flachen Hand auf die Tischplatte.

»Mama?«

Doro fuhr herum. Vor der offenen Küchentür stand ein etwa achtjähriger Junge. Sein rundes Gesicht war unleidlich und knittrig vom Schlaf.

»Tobias! Ach Gott, nein! Was machst du hier?«

»Wer sind die Leute da?«

»Das hat nichts zu bedeuten. Geh wieder ins Bett«, wies Heike Overbeck an.

Behutsam legte Helmut Bülthoff seine Hand auf ihren Unterarm, dabei deutete er ein Kopfschütteln an.

Die Wahrheit duldet selten Aufschub. Doro erinnerte den Satz von einem früheren Einsatz mit Bülthoff. Sie stand auf.

»Frau Overbeck, wir verabschieden uns. Herr Bülthoff bleibt bei Ihnen. Wir melden uns wieder.«

Als Doro an dem Jungen vorbeiging, hatte sie den Impuls, ihm übers Haar zu streichen. Sie tat es nicht. Als Polizistin betraf sie das, was nun folgte, nicht. Als Mutter schüttelte es sie vor Mitleid. Bedrückt verließ sie mit Ben das Haus.

»Was hältst du von der Frau?«, fragte er, als sich Doro wenig später auf dem Beifahrersitz anschnallte.

»Sie ist verbittert von den Eskapaden ihres Mannes. Ihre bürgerliche Welt verträgt das nicht.«

Ben fuhr los, Doro ließ die Seitenscheibe herunter. Der kalte Nachtwind blies ihr ins Gesicht.

»Hitzewallungen?«

»Was?« Doro glaubte, sich verhört zu haben. »Also echt jetzt. Fragst du als Nächstes noch nach dem Verfallsdatum?«

»Jaja, schon gut.«

»Kümmer dich um deine Hitze«, maulte sie und hielt den Unterarm aus dem Fenster.

Schweigend bog Ben um eine Straßenecke. »Vermutlich erbt Heike Overbeck ja das Schnitzel-Imperium«, meinte er nach ein paar Hundert Metern.

»Hm.« Doro ließ sich den Fahrtwind um die Nase wehen.

Plötzlich wurde ihr Blick von etwas festgehalten.

Auf der rechten Straßenseite, zurückgesetzt hinter einem großflächigen Parkplatz, war einer der Discounter, von dem die Tüte über Martin Overbecks Kopf stammte.

»Sieh an«, sagte Ben, der das Geschäft ebenfalls bemerkt hatte. »Ob Frau Overbeck auch dort einkauft?«

Das Klingeln von Doros Handy kam ihrer Antwort zuvor. Sie zog es aus der Tasche. »Kirchgasser privat« stand auf dem Display.

Umgehend nahm sie den Anruf an und stellte auf Lautsprecher um, sodass Ben mithören konnte. »Hallo, Frau Kirchgasser.«

»Griaß Sie, Frau Anders. I hoff, i hab Sie ned aus Ihrem wohlverdienten Schlaf gerissen?«

»Nein, nein. Wir sind eben erst von der Witwe des Toten aufgebrochen.«

»Des Madel is bestimmt untröstlich«, klang es knarzig durch den Wagen.

Doro wusste nicht recht, ob Sarkasmus in dem Satz mitschwang. »Na ja. Wie man's nimmt.«

»Also, i wollt Sie noch über was informieren, was von Belang sein könnt.« Ein Kichern schlich sich aus dem Lautsprecher. »A bisserl kurios is des scho'.«

Ben drehte den Kopf zu Doro, in seinem Ausdruck lagen Amüsement und Spannung zugleich.

»Schießen Sie los«, sagte Doro.

»Der Rudi, ihr wisst's, mein Schädelmann, der hat an der Nasopharynx, also am Nasenrachen, was kleben sehn. Zuerst hat er gedacht, es is a Stückerl Hirn, weil's so hellgrau war.«

Doro rieb sich über Stirn und Nacken. Gerade überkam sie das Bedürfnis, sich zu Hause die Bettdecke über den Kopf zu ziehen.

»Aber es war an Zettel, oder besser gesagt, an Teil davon, an Fetzen. An bedruckter Fetzen. Wenn's ihr mich fragt, ein Teil von einem Kassenzettel.«

Unwillkürlich hielt Doro die Luft an.

»Des Thermopapier is robust, auch der Druck. Wasserfest, fettbeständig. Kann schon sein, dass eure KT damit was anfangen kann.«

»Wir kommen vorbei, Frau Kirchgasser.« Noch während Doro sprach, bremste Ben ab. Dann wendete er den Wagen und steuerte die Rechtsmedizin an.

18

Meist nahm sie ein Taxi, wenn sie zu ihm fuhr, und trug einen Hut oder einen Seidenschal, den sie um ihr Haar schlang. Sie ließ sich direkt vor die Haustür fahren, die Umgebung kannte sie gar nicht. Dieses Viertel wollte sie auch nicht kennen.

Zwischen ihren Beinen war es feucht. Die Bettwäsche aus gemustertem Frotteestoff roch nach Weichspüler. Denise hatte das Bittersüße des Martinis noch auf der Zunge und seinen sanften Antrieb in den Adern.

Franco bereitete immer einen Snack vor, Käsewürfel, Schinken mit Melone, Oliven oder Salami. Sie aß nie etwas.

Gabriels Tod beschäftigte sie, sie konnte nicht einfach darüber hinweggehen, immerhin war er jahrelang in ihr gewesen. Manchmal hatte sie das Gefühl gehabt, er stülpe ihr Innerstes nach außen, wie bei einer Feige, die man auseinanderklappt, um sie zu verzehren.

Gabriels Zahl war die Vierundvierzig gewesen. Sie hatte schon bei seiner Geburt festgestanden, oder bei seiner Zeugung. Jeder Mensch hatte seine Zahl, Neununddreißig, Sechsundsechzig, Dreiundsiebzig. Die Anzahl der Lebensjahre, das Roulette der Endlichkeit.

Man durchlebte einmal im Jahr seinen Todestag, das Datum, an dem man starb. Nachdem die Jahre abgelaufen waren, endete an diesem Tag alles.

Denise hatte in Gedanken verschiedene Daten für sich anprobiert, fast wie Kleider. Meist wählte sie Tage um die Monatsmitte herum, der Sommer erschien ihr passender als der Winter. Stundenlang konnte sie sich damit beschäftigen.

Gabriel war morgens aufgestanden und seinem Tod entgegengegangen, unwissend und wie immer nur mit sich selbst beschäftigt. Dann war es einfach so vorbei gewesen. Jemand hatte es beendet.

»Cinderella, ich will dich für mich.« Francos Atem roch nach Knoblauch und Kaffee. »Lass dich scheiden.«

Um mit dir in diesem Loch zu leben?, dachte Denise. »Ja, bald«, sagte sie.

»Die Kinder können bei uns sein. Ich bin gespannt, deine kleine Prinzessin kennenzulernen.«

Im Leben nicht, dachte Denise. »Das wäre schön.«

Franco schälte sich aus dem Bett, sein Körper bestand aus festem Fleisch und Muskeln. Auf seiner linken Schulter prangte ein großes Tattoo, zwei Schlangen, die sich ineinanderrankten. Denise mochte es nicht. »Das sind wir beide«, hatte er zu ihr gesagt.

Er ging aus dem Raum und kam mit einer Schachtel Zigaretten und einem Feuerzeug wieder. Mit der linken Hand kratzte er sich am Bauch, seine Beine waren wie Baumstämme.

»Gibst du mir auch eine?«, bat Denise.

»Sicher.« Franco zog mit den Lippen zwei Zigaretten aus

der Packung und zündete sie an. Er blies den ersten Zug aus und reichte eine Denise.

»Danke.«

Zu Hause rauchte sie nie. Hubert wäre außer sich geraten, wenn sie es getan hätte.

Unter ihrem Lungenzug glomm die Zigarettenspitze auf. Der Nikotindunst füllte Kopf und Brust, Denise fühlte sich angenehm benebelt. Am Abend kam oft das Genusstrinken, wie ein Dessert für jemand, der schon satt ist.

»Meine Firma läuft immer besser.« Wieder blies Franco Rauch aus, die Schwaden waberten vor ihm hoch. »Bald muss ich jemand einstellen. Ich hab mehr Anfragen, als ich allein schaffen kann.«

Neben dem Bett stand eine Davidstatue aus Steinzeug, sie hielt eine runde Glasplatte. Es war ein billiges Ding aus dem Baumarkt, Franco hatte einen Aschenbecher daraufgestellt.

Denise sog an ihrer Zigarette. »Das ist toll«, sagte sie ohne Interesse.

Misstrauisch kniff Franco die Augen zusammen und schob sein Becken ein Stück vor. »Oder ist dir nicht gut genug, was ich mache?«

»Unsinn.«

»Bin *ich* dir nicht gut genug?« Franco wurde lauter.

»Bitte. Natürlich bist du gut. Ich liebe dich doch.«

»Du kannst es ruhig sagen, eh?« Energisch schnippte er die Zigarettenasche ab. Unmittelbar darauf zog er wieder am Mundstück, sein Brustkorb hob sich, unter den Achseln spross dunkles Haar.

»Komm wieder ins Bett«, sagte Denise. Es sollte lasziv klingen und kam verwaschen.

Franco zögerte einen Moment. Dann setzte er sich auf den Rand der Matratze. Denise roch seinen Körper. »Geh, hol mir noch einen Martini«, sagte sie.

»Cinderella, du trinkst zu viel.«

»Nenn mich nicht so.«

Franco stand auf. »Musst du wegen ihm so viel trinken? Ich weiß genau, dass er dich nicht gut behandelt.« Er strich sich das dicke schwarze Haar zurück, die Spitzen bogen sich hinter den Ohren nach außen. »Wenn er dich quält, kriegt er es mit mir zu tun.« Die Zigarette in den Mundwinkel geklemmt, schlug sich Franco mit der flachen Hand auf den Unterarm. Die goldene Uhr schlackerte an seinem Gelenk. Denise hatte sie ihm zum Geburtstag geschenkt.

»Ich bin durstig«, sagte sie. »Geh.«

Breitbeinig begab sich Franco in die Küche.

Einen noch, dachte Denise. Danach fahre ich. Sie drückte die Zigarette im Aschenbecher aus. Benebelt angelte sie ihre Spitzenunterwäsche vom Boden vor dem Bett. Das Hemdchen hatte unten ein rosa Volant.

»Tanzen kannst du gut«, hatte ihre Mutter früher zu ihr gesagt. »Was sonst noch, weiß ich nicht.«

Denise hörte Francos nackte Füße auf dem Laminatboden des Flurs. Er kam mit einem halb vollgegossenen Wasserglas zurück. Der Martini schwappte bei jedem Schritt.

»Ich bin verrückt nach dir.« Am Bett angekommen, presste Franco seinen nassen Mund auf ihren, seine Zunge drängte vor.

Hubert hatte sie zu ihm getrieben. Wenn man einen Mann wie Hubert hatte, brauchte man einen Mann wie Franco.

Aber eigentlich war es wie Wüste und Sintflut.

Denise löste ihre Lippen und wich zurück. Sie nahm das Glas, musste mit seinem Inhalt Geschmack wegspülen, die Wände ihres Mundes bittersüß tapezieren.

»Ich will dich heiraten«, sagte Franco. »Will dich für mich allein. Für uns gibt es kein Zurück mehr.«

Er hatte einen kleinen Steinmetzbetrieb. Vor einer Weile hatte er bei ihnen die Marmorfliesen der Gartentreppe ausgebessert. Denise hatte ihn einfach verführt. Sie war schon morgens ziemlich betrunken gewesen. Hubert hatte sie noch vor dem Frühstück niedergemacht.

»Nichts kannst du richtig«, hatte es in ihren Ohren gehallt.

Das erste Mal hatte er es vor Jahren im Bett zu ihr gesagt.

Bei Franco machte sie alles richtig.

19

Es war noch früh am Donnerstagmorgen, Doro hatte sich aus dem Bett quälen müssen. Als der Wecker geklingelt hatte, war sie gefühlt gerade erst in den Tiefschlaf gesunken. Jetzt saß sie mit dem ebenfalls noch zerknitterten Ben im Büro. Er gähnte herzhaft und rekelte sich auf seinem Stuhl.

»Bin gespannt, wann wir was zu diesem TSE-Code hören«, sagte er. »Einige Zeichen waren ja kaum lesbar.«

Der neuerliche Besuch der Gerichtsmedizin in der vergangenen Nacht hatte Doro und Ben zumindest nicht mehr in den Sektionsraum geführt. Magda Kirchgasser hatte in ihrem Büro gesessen und ihnen einen kleinen Plastikbeutel ausgehändigt, in dem ein Fetzen Papier sichergestellt war.

»I tät vermuten, dass der noch in der Einkaufstüte war, die Overbeck überm Kopf hatte. Des Wasser kann so was beim Einströmen in den Körper dann an die Nasopharynx spülen«, hatte sie quirlig wie immer erklärt. »Wir hoam's euch den Fetzen schon a bisserl auseinandergefaltet, der war ja ganz verklebt. Der Rudi is an guter Feinmotoriker. Der hat als junger Mann a Zahntechnikerlehre gemacht. Aber dann hat er seinen Wirkungskreis erweitert, vom Zahn zum Kopf.« Ein kehliges Lachen hatte den kleinen Büroraum erfüllt, Ben hatte munter mit eingestimmt.

»Bedauerlicherweise isses grad ned der Teil vom Zettel, wo die Adresse vom Laden und die Kaufzeit draufstehn«, hatte Magda Kirchgasser weiter erläutert. »Und verschluckt hat Overbeck diesen Teil leider auch ned, den hätt i ja gefunden.« Mit ihrer kleinen, flinken Hand machte sie eine Kreisbewegung. »Allein mit der Kaufsumme von zehn einundfünfzig und a Pfandbuchung könnt's ihr freilich nix anfangen. Aber schaut's mal da. Der Bandwurm-Code dort, TSE-Signatur steht davor. Soweit i weiß, hat des was mit der Kassenbuchung zu tun. Jeder Buchungsvorgang bekommt a eigene Signatur.«

Ben hatte den Beutel näher an die Augen gehalten. »Das heißt, wir sollten jemand finden, der uns diesen Code wieder in die Einkaufsinformationen übersetzt?«

»Tät i meinen.« Magda Kirchgasser nickte. »Müsst's ihr schaun, wer des kann.«

»Das Finanzamt.«

»Echt? Doro, woher weißt du das denn?«

»Weil mein Schwager einen Fahrradladen hat und eine neue Registrierkasse anschaffen musste.« Doro konnte sich noch an Ralfs missmutige Erzählung bei einer Familienfeier erinnern. »Das TSE-System dient der Vermeidung von Steuerhinterziehung. Mit einer Prüfsoftware kann das zuständige Finanzamt die verschlüsselten Codes wieder auslesen und kontrollieren, welche Warenbuchungen dahinterstehen. Jede TSE-Kasse muss dort gemeldet sein.«

Anerkennend schob Ben sein Kinn vor. Dann wurde seine Miene skeptisch. »Auf dem Finanzamt erreichen wir jetzt wohl keinen mehr.«

»Guter Scherz.« Magda Kirchgasser hatte die Handflächen

auf die Oberschenkel klatschen lassen. Für Doro war es das Signal zum Aufbruch gewesen. Sie und Ben hatten sich verabschiedet, der Beutel mit dem Zettel war an die Kriminaltechnik gegangen.

Müde trat Doro ans Fenster des Büros und betrachtete die morgendliche Autoschlange ein paar Stockwerke unter ihr. »Da dieser Papierfetzen eine unserer heißesten Spuren ist, hoffe ich, dass man beim Finanzamt auch früh zu arbeiten anfängt. Unsere KT tut das sowieso.«

Bens Wuschelkopf deutete ein Nicken an. Einige Sekunden schwiegen sie.

»Wir haben noch ein paar andere Baustellen«, sagte Ben schließlich. »Was machen wir jetzt mit Denise Klimantat? Also, ich würde sagen, wir nehmen ihr erst mal den Führerschein ab.«

»Was bringt das?«, fragte Doro. »Außer natürlich, dass sich ihr Mann ärgert und wir ein paar unschuldige Leben vor einer Alkoholikerin am Steuer retten.«

Ben führte seine Kaffeetasse zum Mund und schlürfte einen Schluck. »Allein aus dem ersten Grund lohnt es sich schon.« Er hielt mit spitzen Fingern das Fax hoch.

Hubert Klimantats Anwalt hatte es gestern Abend um einundzwanzig Uhr dreiundvierzig ans Polizeirevier geschickt. Darin führte er unter Zuhilfenahme mehrerer Paragrafen aus, dass die Polizei nicht mehr unangekündigt und *überfallartig* in einem Haus, in dem zwei Kinder lebten, aufzutauchen habe. Etwaige Kommunikation solle ausschließlich über die Anwaltskanzlei erfolgen.

»In Ordnung«, sagte Doro. »Wenn Denise Klimantat keinen Führerschein mehr hat, wird sie Taxi fahren. Eine Observation bekommen wir für sie nicht durch. Doch vielleicht erzählt uns der ein oder andere Taxifahrer, wohin die Reise gegangen ist.«

»Exakt«, bestätigte Ben.

»Die Kollegen von der Streife sollen sie kontrollieren, wenn die Kinder nicht im Wagen sind. Vormittags oder bevor sie sie von Schule und Kindergarten abholt.«

»Ich kümmer mich drum.« Herzhaft biss Ben in sein Croissant, Krümel stoben auf die Schreibtischplatte. Er kaute und trank einen Schluck Kaffee hinterher. »Auf ein Wurstbrot hab ich heute Morgen verzichtet«, meinte er schmatzend. »Bei dem, was wir uns gleich angucken.«

»Eine Firmenbesichtigung wird es hoffentlich nicht.« Doro griff nach ihrer Jacke. »Lass uns los.«

Das Klingeln des Telefons ließ sie innehalten.

»Alexander mobil«, zeigte das Display an. Sofort hob sie den Hörer ab. »Ist was mit Constantin?«

»Guten Morgen, Dorothee«, sagte Alexander am anderen Ende der Leitung gedehnt. Danach schwieg er.

»Was?«, blaffte Doro. »Wo ist unser Sohn?«

»Er ist ganz normal zur Schule gegangen.«

Erleichtert ließ sich Doro auf ihren Stuhl fallen. Beim gestrigen Telefonat mit Constantin war er ziemlich zerknirscht gewesen. Ihre Hoffnung, dass sein Leben nun wieder den gewohnten Gang ging, hielt an. Doch einen Moment später krabbelte Misstrauen in ihr hoch. »Warum rufst du dann an? Um diese Zeit?«

Wieder hörte sie sekundenlang nichts.

»Du, Julias Schwester Carolin war gestern Mittag bei uns«, meinte Alexander schließlich.

Doro kannte diesen Ton. Er war freundlich und verhieß nichts Gutes.

»Sie sagte, es gäbe Ermittlungen gegen sie. In einem Mordfall. Sie sagte, du würdest diese Ermittlungen führen?«

Sicherheitshalber antwortete nun Doro erst einmal nicht.

»Dorothee, das kann ja wohl nicht dein Ernst sein. Mordverdacht? In unserer Familie?«

Unserer Familie?, dachte Doro. *Nicht dein Ernst sein?*

Sie schnappte nach Luft.

»Ach, an der Sache ist hauptsächlich mein Kollege dran«, erwiderte sie mit Gänseblümchenstimme. »Ich geb ihn dir mal.«

Doro reichte Ben den Hörer. »Für dich. Mein Ex-Mann.«

Mit einem Fragezeichen im Gesicht nahm Ben das Gespräch an. »Ben Fleck, hallo?«

Doro drehte sich wieder zum Fenster.

Nur ein paarmal übertönte Bens »Hm«, »Aha«, »Ah so« das gleichförmige Brummen des Berufsverkehrs. Dann hörte er zu, etwa eine halbe Minute lang. Schließlich holte er Luft und legte los.

»Herr Anders, es ist noch früh am Morgen, und womöglich sind Sie noch nicht ganz bei sich. Wären Sie es, würde ich ernsthaft an Ihrem Verstand zweifeln.«

Doro schob ihre Hände in die Hosentaschen und guckte gen Zimmerdecke.

»Denn wie sonst kann jemand auf die Idee kommen, wir würden unsere Arbeit nach Familienangelegenheiten ausrichten? Man könnte meinen, Sie versuchen, polizeiliche Ermittlungen zu behindern. Herr Anders, machen Sie sich nicht unglücklich. Sie haben kleine Kinder.«

Jetzt übertreibt er, dachte Doro.

Am anderen Ende der Leitung sagte Alexander irgendetwas.

»Gut, Herr Anders, dann verstehen wir uns«, erwiderte Ben. »Ihnen noch einen schönen Tag. Grüße an die Familie.« Unwirsch knallte er den Hörer auf den Apparat.

»Hast du Carolin Freitag gestern nicht mehr mitgeteilt, dass ihr Alibi so weit bestätigt wurde?«, fragte Doro.

»Doch. Am Abend. Aber sie hat es wohl nicht mehr deinem *Ex-Mann* mitgeteilt.« Er schüttelte den Kopf. »Mischt der sich da ein ... Los, komm, wir fahren.« Der Rest des Croissants verschwand in seinem Mund, dann eilte er aus dem Büro.

Wenig später saß er neben Doro im Dienstwagen.

»Ich habe mich gestern Nacht noch auf der Internetseite vom Schlachthof Overbeck umgesehen«, sagte er.

Doro hatte wie ein Stein geschlafen, trotz der Bilder des aufgeschnittenen Martin Overbeck in ihrem Kopf. Vor dem Weckerklingeln hatte sie jedoch ein wirrer Traum geweckt. Darin stand Overbecks Sohn im Türrahmen der elterlichen Küche, auf den Schultern hatte er den Kopf eines Steinbocks getragen.

»Wenn Schlachthäuser Glaswände hätten, würden alle Menschen vegetarisch leben«, äußerte Ben ungewohnt philosophisch.

»Ah so?«

»Sagt Paul McCartney.«

»Hm.«

»Auf Overbecks Internetseite ist es allerdings sehr idyllisch«, fuhr Ben fort. »Viel Natur und kein Blut. Bei den Fotos könnte man denken, die machen Ökotourismus – glückliche Kühe, vergnügte Schweine, artgerechte Schlachtung, immer das Tierwohl im Blick. Und der kernige Typ mit der Schweinehälfte über der Schulter sieht aus wie Brad Pitt.«

»Was erwartest du?«, fragte Doro. »Doch wohl nicht die Realität.«

»Natürlich nicht. Die Overbecks gehören zu den drei größten Schlachthöfen im Norden. Sie erlegen etwa fünfzehntausend Schweine pro Woche, dazu viele Rinder und Kälber. Der Betrieb hat hundertzwanzig Mitarbeiter, einen eigenen Fuhrpark, nationalen und internationalen Verkauf.«

»Da ergaben sich eine Menge Kontakte für Martin Overbeck, auch viel Konfliktpotenzial. Dazu noch sein Privatvergnügen, wie es seine Frau ausdrückte.« Doro stand hinter ungefähr einem Dutzend anderer Autos vor einer roten Ampel. Der morgendliche Verkehr erforderte Nerven. Und laut Navi waren es noch dreieinhalb Kilometer bis zum Ziel.

»In den nächsten Tagen werden die sicher was zum Tod des Chefs auf ihre Webseite stellen«, mutmaßte Ben. »›Der Herr des Bolzenschussapparats ist von uns gegangen.‹«

Die Ampel schaltete auf Grün, langsam setzte sich die Autokolonne in Bewegung.

»Seit wann war Overbeck Chef des Betriebs?«, fragte Doro.

»Der Schlachthof ist ein inhabergeführtes Familienunternehmen. Der Senior Willi hat es an seinen Sohn Martin übergegeben, auch dazu gab es ein Foto auf der Seite. Martin ist gelernter Metzger und hat noch einen Diplom-Kaufmann draufgesetzt. Damit war er für den Berufsalltag gerüstet.«

Doro bog nach links ab, die Straße erweiterte sich auf zwei Fahrspuren je Richtung, Doro beschleunigte. Im Innenraum des Wagens hatte sich der frische Geruch von Bens Duschgel ausgebreitet, sie fand es angenehm.

»Was denkst du?«, fragte sie. »Hängen die Morde an Gabriel Otto und Martin Overbeck zusammen?«

Es gab Zufälle, in der Polizeiarbeit begegneten sie einem häufig. Doros Erfahrung nach kam es seltener vor, dass man Zusammenhänge übersah, als dass man welche konstruierte, die es nicht gab. Bei dem Koch und dem Metzger hielt sie einen Zufall allerdings für unwahrscheinlich.

»Als ich auf der Internetseite unterwegs war, kamen mir Parallelen zwischen diesem Gallo und Overbeck in den Sinn«, antwortete Ben. »Natürlich erst mal die Sache mit dem Fleisch, den getöteten Tieren und ihrer Weiterverarbeitung. Aber da ist noch was. Es hat mit Außendarstellung zu tun, mit unternehmerischem Erfolg und Scheinheiligkeit. Gallos Konzept vom Respekt der Kreatur gegenüber, Overbecks Gerede vom Tierwohl. Irgendwie ist das eine Soße.«

Doro nickte. Direkt vor ihr grellten Bremslichter auf, sie trat in die Eisen, der Sicherheitsgurt arretierte. Kurz standen auch die Autos hinter ihr. Dann ging es wieder langsam vorwärts.

»Im Prinzip sind Gallo und Overbeck nur Dienstleister für den Markt. Doch womöglich geht es um die Art und Weise, wie sie ihr Business betrieben haben«, fuhr Ben fort.

»Denkst du an militante Tierschützer?«

»Könnte sein. In Großschlachtereien werden die Schweine mit CO_2 betäubt, die Vorstufe zum Erstickungstod.«

Doro runzelte die Stirn. »Und Gallo wurde quasi per Bolzenschuss erledigt?«

»Wer weiß?« Ben verschränkte die Arme vor der Brust, das Leder seiner Jacke knirschte. »So abwegig finde ich das nicht.«

Sein Handy gab einen Glockenton von sich. Er zog es aus der Hosentasche, tippte darauf herum und las. Doro registrierte, wie sich seine Mundwinkel nach oben bogen. Schließlich steckte er das Telefon wieder weg und sah geradeaus durch die Windschutzscheibe.

»Ganz schön viel Verkehr, was?«, bemerkte er beiläufig.

Bleib mir weg mit viel Verkehr, dachte Doro und grummelte: »Acht Uhr morgens halt.«

»Übrigens hat Carolin Freitag heute schon ein Vorstellungsgespräch in einem ziemlich renommierten Restaurant. Die Arbeitsbedingungen sind deutlich besser als bei Gallo. Wahrscheinlich verdient sie sogar mehr.«

»Ben, was soll das mit der Frau?«, platzte Doro heraus, sie zog auf der linken Spur an einem Lkw vorbei. »Berufliches und Privates zu vermischen, ist ein absoluter Anfängerfehler.«

»Ich habe bisher überhaupt nix vermischt.«

»Ach ja? Für mich klingt das irgendwie anders. Du hast dich doch in die verguckt.«

»Pfh«, schnaubte Ben. »Wie gut, dass du dich niemals in verheiratete Staatsanwälte vergucken würdest. Da könnte sich auch ganz schön was vermischen.«

»Jetzt halt aber mal die Luft an!« Unter Doros Ärger mischte sich Erstaunen über Bens Ton. Einen Moment lang kam es ihr vor, als würde sie mit Constantin streiten. Ging es jetzt plötzlich auch bei Ben um Abgrenzung und das eigene Profil?

»Alles, was ich sagen wollte, war, dass auch Carolins vermeintliches Motiv, Gallo zu töten, angesichts ihrer beruflichen Chancen in sich zusammenfällt.« Ben klang versöhnlich. »Dein Ex-Mann hat schon recht.«

Doro drehte den Kopf und ließ Ben einen trockenen Blick zukommen.

»Es gibt keinen Grund, noch gegen Carolin zu ermitteln. Eben am Telefon im Büro ging's mir nur ums Prinzip.«

Schweigend konzentrierte sich Doro auf den Verkehr vor ihr. Einige Sekunden verstrichen.

»Carolin erinnert mich an Lara«, sagte Ben leise.

»An wen?« Direkt nachdem Doro gefragt hatte, fiel es ihr wieder ein. So ungefähr das Einzige, was sie über Bens Beziehungsleben wusste, war, dass er mit Anfang zwanzig sehr verliebt in eine Lara gewesen war. Sie hatte ihn damals für seinen besten Freund verlassen.

»Was soll das dann jetzt werden? Nachholspiele?« Sofort tat ihr der Ausdruck leid. Sie wusste nur zu gut, wie sehr sie Alexander nach der Trennung nachgetrauert hatte.

»Ich habe nie wieder jemand wie Lara getroffen«, meinte Ben. »Es fühlt sich irgendwie gut an.«

Gemeinhin sprachen sie über Intuitionen, Eindrücke, Vermutungen. Über Gefühle so gut wie nie. Dass Ben es tat, musste einiges bedeuten.

»Verstehe«, murmelte Doro. »Und trotzdem …«

Aus den Augenwinkeln registrierte sie Bens herausfordernden Gesichtsausdruck.

»Und trotzdem«, setzte er scharf nach, »ist mir mein Job wichtig.«

Fast hätte Doro ihm beschwichtigend die Hand auf den Oberschenkel gelegt. »Dann ist es ja gut.«

20

Fünfzehn Minuten später fuhr sie auf das Gelände des Schlachthofs Overbeck ein. Ein Lkw kam ihr entgegen, »Overbeck bringt Qualität«, verkündeten dicke rote Blockbuchstaben auf der Plane. Daneben war eine Familie abgebildet, die strahlend am Esstisch saß, auf den Tellern saftige Steaks und ein Brokkoliröschen.

Vor Doro und Ben lag ein typisches Firmengelände mit mehreren großen Hallen und einem lang gezogenen, mehrstöckigen Bürogebäude. Doro lenkte den Wagen direkt davor und parkte über dem auf dem Asphalt aufgebrachten Halteverbotszeichen.

Sie stiegen aus, eine gläserne Drehtür führte in das Gebäude.

Direkt im Eingangsbereich war eine große Tafel aufgestellt. Martin Overbecks Konterfei prangte darauf, gut genährt und lebensfroh lachte es den Betrachter an.

»Wir trauern um unseren Chef«, war über das Foto geschrieben, darunter fanden sich die Lebensdaten.

Fast wie auf einem Grabstein, dachte Doro.

Martin Overbeck war vierundvierzig Jahre alt geworden. »Unser ganzes Mitgefühl gilt seiner Familie«, las Doro weiter.

Schräg hinter der Tafel befand sich ein Stehtisch mit einem Kondolenzbuch. Eine junge Frau schrieb gerade etwas hinein, eine ältere stand mit traurigem Gesicht neben ihr.

Hinter Doro und Ben kamen noch mehr Mitarbeiter ins Gebäude und hielten vor der Tafel inne. »Oh nein«, hörte Doro einen Mann gepresst sagen.

Sie ging auf die beiden Frauen an dem Stehtisch zu und zeigte ihren Ausweis.

»Kripo Hamburg. Wo können wir jemand von der Geschäftsführung antreffen?«

»Gottchen«, keuchte die ältere Frau. Sie hatte spitze, rot geschminkte Lippen und eine sehr gebräunte Haut. »Polizei? Wieso das denn?«

»Können Sie bitte meine Frage beantworten.«

»Also, ich weiß nicht ...«

»Frau Overbeck hat ihr Büro im dritten Stock«, sagte die jüngere Frau. »Aus dem Fahrstuhl heraus links, am Ende des Ganges.«

»Danke.«

Doro und Ben setzten sich in Bewegung Richtung Aufzug, einige Mitarbeiter warteten schon davor. Ein paar Augenblicke später traf er ein. Nacheinander betraten alle die Kabine.

Die Metalltür schloss sich, surrend ging es nach oben. Es herrschte betretenes Schweigen. Die Beschäftigten der Firma Overbeck sahen mit ernsten Gesichtern zu Boden.

Im ersten Stock stiegen zwei Männer aus. »So schnell kann's gehen«, hörte Doro den einen sagen, bevor die Aufzugtür wieder zuging.

Im zweiten Stock leerte sich die Kabine weiter. Eine Frau fuhr bis in die dritte Etage mit. Beim Aussteigen warf sie Doro und Ben einen prüfenden Blick zu.

»Frau Overbeck finden wir dort drüben?«, fragte Ben, nach links weisend.

Die Mitarbeiterin nickte stumm.

Neben Ben lief Doro über den Gang, an dessen Wänden gerahmte Gütesiegel und Urkunden hingen. »Lückenloser Herkunftsnachweis«, las sie im Vorbeigehen, »Umweltschutz großgeschrieben – Inbetriebnahme der eigenen Vorkläranlage«.

Sie erreichten das Büro am Ende des Flurs. »Claudia Overbeck – Marketing und Vertrieb« stand auf einem kleinen Schild neben dem Türrahmen.

Doro klopfte an und trat, ohne abzuwarten, mit Ben ein.

Hinter einem schwarzen Schreibtisch saß eine Frau um die vierzig mit dunkler Kurzhaarfrisur und heller Haut. Einen Moment stutzte Doro. Die Ähnlichkeit mit Heike Overbeck war frappierend.

»Wer sind Sie?«, fragte Claudia Overbeck erstaunt. Ihr Ausdruck wechselte ins Ärgerliche. »Ich möchte nicht gestört werden.«

»Kripo. Dorothee Anders, das ist mein Kollege Ben Fleck.« Wieder zeigte Doro ihren Ausweis. »Wir haben ein paar Fragen zu Martin Overbecks Tod. Er war Ihr Bruder?«

»Ja«, antwortete Claudia Overbeck. »Aber ich habe zu tun. Der Betrieb muss weiterlaufen. In unserer Branche können wir uns keinen Ausfall erlauben. Wir können das Vieh nicht leben lassen.«

Ein paar Sekunden lang wusste Doro nichts zu erwidern.

»Dürfen wir Platz nehmen?«, fragte Ben freundlich, peilte einen der Stühle vor dem Schreibtisch an und setzte sich.

»Haben Sie mich nicht verstanden? Ich habe wirklich gerade keine Zeit für Ihre Fragen, ich weiß ohnehin nicht, wo mir der Kopf steht. Es gibt tausend Dinge zu erledigen.« Unter die Strenge mischte sich eine Spur Verzweiflung.

»Frau Overbeck, Ihr Bruder wurde ermordet. Wir glauben schon, dass Sie etwas Zeit aufbringen können«, sagte Ben.

Die Augen der Frau weiteten sich, der Unterkiefer klappte herunter. »Ermordet?«, fragte sie ungläubig. »Das kann doch nicht sein.«

»Sie wissen nichts davon?« Doro trat an den Schreibtisch und setzte sich ebenfalls. »Wer hat Sie denn über den Tod Ihres Bruders informiert?«

»Seine Frau rief heute Morgen in aller Frühe an. Sie sagte, Martin sei in einem Hafenbecken ertrunken. Ich war völlig fassungslos.« Abrupt stand Claudia Overbeck von ihrem Stuhl auf. Um ihren Hals baumelte eine Kette mit einem Hufeisenanhänger, der schwarze Hosenanzug saß eng auf den Hüften. »Heike hat nichts von einem Verbrechen gesagt. Wie kann man so …? Es ist unfassbar.« Sie ballte die Hände zu Fäusten. »Aber es sieht Heike ähnlich«, zischte sie.

»Wie meinen Sie das?«, fragte Doro.

»Ich meine gar nichts«, konterte Claudia Overbeck scharf.

»Ihr Bruder wollte Dienstag früh auf Geschäftsreise nach Osteuropa«, sagte Ben nach einer kurzen Pause. »Haben Sie keine Nachricht von dort erhalten, dass er nicht eingetroffen ist?«

»Nein. Mir ist nichts dergleichen mitgeteilt worden.«

»Frau Overbeck, der Todeszeitpunkt liegt vermutlich am Montagabend oder in der Nacht. Wann hat Ihr Bruder an diesem Tag die Firma verlassen?«, fragte Doro.

»Das weiß ich nicht genau. Er ging meist als Letzter. Als ich gegen neunzehn Uhr aufbrach, war er noch in seinem Büro.«

»Steht sein Wagen auf dem Firmengelände?«

»Meines Wissens nicht. Sein Parkplatz ist leer, dort stand das Auto, als ich Montagabend aufgebrochen bin. Martin fuhr immer mit dem Wagen nach Hause.«

Fahrzeugfahndung, dachte Doro. »Hatte Ihr Bruder Feinde? Gab es Konflikte, beruflich oder privat?«

»Privat?« In Claudia Overbecks Ton lag leichter Spott.

»Ja?«

»Nein. Nicht dass ich wüsste.«

»Frau Overbeck, Sie führen ein erfolgreiches Familienunternehmen«, sagte Ben. »Hat Ihre Schwägerin auch im Betrieb mitgearbeitet?«

»Heike?« Claudia Overbeck lachte trocken. »Genau sechs Monate lang. Wissen Sie, mein Bruder hat das Handwerk von der Pike auf gelernt. Er hat eine Metzgerlehre absolviert, sich mit dem Betrieb gründlich vertraut gemacht, alle Arbeitsbereiche durchlaufen.« Claudia Overbeck nahm wieder auf ihrem Bürostuhl Platz. Sie faltete die Hände ineinander. Die Finger trugen keine Ringe, die Nägel waren sehr kurz. »Tja. Dabei ist Martin auch Vorarbeiter beim Ausbeinen von Schinkenfleisch gewesen – und traf auf Heike. Mein Vater hatte sie eingestellt. Sie war jung, ungelernt, hatte nur Mittlere Reife. Sie hat Martin schöne Augen gemacht, man kann es nicht anders bezeichnen. Irgendwas hat er wohl an ihr gefunden.«

Ben räusperte sich, Doro konnte seine Gedanken wie eine Wurstkette an sich vorbeiziehen sehen.

»Heike hat sich schnell in der Familie eingenistet. Nach einem halben Jahr hörte sie auf zu arbeiten und schuf Martin ein behagliches Zuhause, wie sie es ausdrückte. Bald darauf war sie schwanger.«

Doro stutzte. »Ich dachte, die beiden Söhne seien jünger.«

»Tobias und Erik, ja. Ich rede von Jonas, dem ältesten. Er ist erwachsen, lebt in Hannover und arbeitet in der IT-Branche. Mit dem Betrieb wollte er nichts zu tun haben.«

Als habe er ein Stichwort bekommen, setzte sich Ben gerade hin. »Wie ich Ihrer Internetpräsenz entnehmen durfte, sind Sie stets auf die Qualität Ihrer Produkte und nicht zuletzt auf das Tierwohl bedacht. Offen gesagt, habe ich das nicht ganz verstanden, weil Töten ja nun mal Töten ist. Ich könnte mir vorstellen, dass Sie als Großbetrieb mitunter Probleme mit Menschen haben, denen lebendige Tiere lieber sind als tote.«

»Sie meinen, mit Tierschützern?«, fragte Claudia Overbeck kühl. »Nein, mit denen haben wir keine Probleme.«

»Ach? Keine bösen E-Mails, Anfeindungen, schlechte Publicity im Netz?«

»Nein. Und falls doch, wissen wir damit umzugehen.«

»Nämlich wie?«

»Gar nicht. Unsere Kunden sind ausschließlich Mäster, Metzgereien und andere Fleisch verarbeitende Betriebe. Die interessieren unser Preis und die Zertifizierungen, nicht unser Image bei Vegetariern. Das hat für uns faktisch keine Relevanz.«

»Verstehe.« Ben nickte. »Warum reden Sie dann überhaupt vom Tierwohl?«

»Weil sich eine stressarme Schlachtung positiv auf die Fleischqualität auswirken kann.«

»Die ist ja auch der Spitzengastronomie wichtig«, ergänzte Doro. »Nach unseren Informationen hatte Ihr Bruder näheren Kontakt zu einem Koch namens Gabriel Otto.«

»Spielerei.« Claudia Overbeck winkte ab. »Privatvergnügen. Wir machen unseren Umsatz mit Mengen und Tonnen, nicht mit Portiönchen in einem Exotenrestaurant.«

»Dürfen wir uns in Ihrem Betrieb ein wenig umsehen?«, fragte Ben.

»Kann ich Sie davon abhalten?«

»Nicht wirklich.« Er stand auf. Im selben Moment öffnete sich die Bürotür, eine junge Frau in heller Bluse und schwarzem Rock kam herein.

»Frau Overbeck, da ist ein Staatsanwalt in Begleitung mehrerer Polizisten. Er möchte Zugang zu geschäftlichen Dokumenten, Computern und so. Was soll ich tun?«

»Sie müssen eigentlich gar nichts tun«, hörte Doro eine ihr vertraute sonore Stimme. Michael trat ins Büro, hinter ihm zwei uniformierte Beamte.

»Guten Morgen, Herr Faller«, grüßte Ben. »Frau Anders und ich wollten gerade runter in die Produktion. Ein gutes Stück Fleisch weiß man doch immer zu schätzen.«

Die Ironie war nicht zu überhören. Außerdem war Ben schlagfertiger als Doro. Die fühlte sich überfahren.

Der letzte Kontakt mit Michael war der sehr private gestern Abend in ihrer Wohnung gewesen. Dass er auch am Fall Overbeck dran war, hatte er ihr bislang nicht mitgeteilt. Im heiklen Konstrukt von Bett und Büro taten sich Unwuchten auf. Doro konnte erwarten, informiert zu werden. In diesem Fall auch unabhängig von ihrer persönlichen Beziehung.

»Es wäre von Vorteil, wenn unsere Ermittlungen nicht von denen der Staatsanwaltschaft gekreuzt würden«, platzte sie heraus.

Michael hob eine Augenbraue. »Kompetenzgerangel, Frau Anders?«

»Mitnichten, Herr Staatsanwalt. Wir kennen unsere Kompetenzen.«

»Davon bin ich überzeugt.« Ein gewinnendes Lächeln begleitete den Satz. »Die Arbeit der ermittelnden Polizeibehörde wird auch von mir überaus geschätzt, da besteht …«

»Jep«, unterbrach Ben. »Sehr schön. Doro, lass uns runter zum Schlachthaus.« Er schien kurz davor, sie am Ärmel aus dem Raum zu ziehen.

Empörung lag Doro auf der Zunge, kribbelte, wollte raus. *Micha, was denkst du dir?*

Sie zögerte. Schließlich setzte sie sich in Bewegung.

»Merkst du was?«, fragte Ben auf dem Gang. »Wer im Glashaus sitzt, …«

»Themawechsel!«

»Oh, den werden wir gleich haben.«

21

»Nee, so kommen Sie da nicht rein. Erst durch die Hygieneschleuse und Schutzkleidung an.« Streng zeigte der Mann auf ein Edelstahldrehkreuz. »R. Richter« stand auf dem Namensschild an der linken Brustseite seines Kittels. »Ich komme mit und gebe Ihnen Anzüge und Kopfbedeckung.«

Doro und Ben folgten Herrn Richter in einen hell gefliesten Raum. Unmittelbar hinter dem Drehkreuz war ein langes Stahlbecken mit mehreren Wasserhähnen und Desinfektionsmittelspendern montiert. Eine Mitarbeiterin in weißem Schutzanzug reinigte sich gerade die Hände, ihr Haar war unter einer Haube verborgen. Doro dachte an eine Operation am offenen Herzen.

»Das muss alles seine Ordnung haben«, stellte Herr Richter im Kasernenhofton klar. »Kontrolliert jeden Tag der Amtstierarzt.« Er ging zu einem Regal, nahm zwei in Plastikfolie eingeschweißte Päckchen mit Kleidung heraus und reichte sie Doro und Ben. »Anziehen. Auch die Hauben und die Überzieher für die Schuhe. Dort hinten ist der Durchgang.« Er wies auf einen Vorhang aus hellen Kunststoffstreifen. »Der Kollege an der Hochbahn nimmt Sie in Empfang.«

Hochbahn?, fragte sich Doro. Sie zog Anzug und Haube aus der Folie und streifte beides über. Neben ihr verwandelte sich Ben in einen ziemlich großen weißen Gartenzwerg.

»Die Schuhe nicht vergessen«, plärrte Herr Richter.

»Jaja.« Ben verdrehte die Augen und bückte sich.

Mit hellblauen Plastikbeuteln über den Boots schlurften sie zu dem Kunststoffvorhang. Doro hielt die Streifen auseinander und trat hindurch.

Das Bild traf sie wie ein Schlag.

Eine nicht enden wollende Schlange lebloser Schweinekörper baumelte kopfüber in geringem Abstand zueinander an einer Deckenbahn, die sie vorwärtstransportierte. Die Tiere bewegten sich wie in einem bizarren Ballett, an einem Hinterlauf aufgeknüpft und durch den Transport in Schwingung geraten. Es war surreal. Als hinge der Himmel voller Schweine.

Die Bahn beförderte die Tiere auf zwei Männer in grünen Kitteln zu. Sie stachen jedem Schwein eine Art Lanze mit Schlauch daran in die Kehle. Doro verstand nicht. Waren die Tiere noch nicht tot gewesen?

»Ach, du Scheiße«, entfuhr es Ben.

Es war laut in der Halle, metallisches Klappern und Maschinengeräusche erzeugten einen hohen Lärmpegel. In der Luft lag ein befremdlicher Geruch, eine undefinierbare Mischung aus kaltem Fleisch, Blut, versengten Haaren und Schmierfett.

Ein junger Mann in grünem Oberteil und langer weißer Gummischürze kam auf sie zu. »Sind Sie die Leute von der Polizei?«

»Ja.« Doro wollte schnellstmöglich wieder aus dieser Halle heraus.

»Marvin Faulhaber, ich bin Vorarbeiter im Bereich Entbluten und Abflammen.«

Was für eine Gesprächseröffnung, dachte Doro. Super für jede Party.

»Deshalb die Lanze mit dem Schlauch dran?«, fragte Ben scheinbar interessiert. »Entbluten?«

»Auch. Aber mit dem Kehlschnitt werden die Tiere erst getötet, vorher sind sie nur bewusstlos.«

Doro registrierte aufkommende Übelkeit.

»Mein Kollege Tarek da hinten prüft an den Augen, ob die Schweine wirklich tot sind«, rief Marvin Faulhaber gegen den Lärm an.

Ein Mann mit dunklem Haar und kräftigen Unterarmen zog ein baumelndes Tier nach dem anderen am Ohr zu sich heran und fasste ihm ans Auge.

»Wie, die sind doch da schon ausgeblutet?«, wandte Ben ein.

»Kann trotzdem sein, dass noch eins zuckt.« Marvin Faulhaber hob die Schultern. »Schweine sind zäh.«

»Herr Faulhaber, sind Sie ein paar Minuten hier abkömmlich und können uns draußen einige Fragen beantworten?« Doro hatte Probleme, sich zu konzentrieren.

»Geht leider nicht. Ich muss am Band bleiben.«

»Sie wissen, dass Ihr Chef tot ist? Er wurde ermordet, daher ermitteln wir.« Bens Wangen waren rosig wie ein Babypopo.

»Ermordet?« Marvin Faulhabers hübsches Gesicht erstarrte. »Wer macht denn so was?«

Trotz des Absaugschlauchs an der Kehllanze rann den Schweinen eine Menge Blut aus Maul und Nase. Es tropfte auf den Betonboden und wurde dort von Gummistiefeln in einen schlierigen Film verteilt. Doro schluckte.

»Ist Ihnen etwas zu Anfeindungen Herrn Overbeck gegenüber bekannt?«, fragte Ben.

»Anfeindungen?«, wiederholte Marvin Faulhaber stirnrunzelnd. Seine Arbeitshandschuhe waren rot verfärbt, die Blutspuren zogen sich hoch bis zu den Ellbogen.

»Betriebe wie dieser sind ja nicht unumstritten.«

»Ach, das.« Marvin Faulhaber winkte ab. »Ab und an gibt's mal Schmierereien am Haupttor oder an der Außenmauer. Kommt man morgens an, und da steht ›Mörder‹ oder ›Schweine-KZ‹ oder so was. Einmal haben sich sogar ein paar Bekloppte vor einen Viehtransporter geworfen, um ihn aufzuhalten.«

»Tatsächlich?«, fragte Ben.

»Alles halb so wild.« Marvin Faulhaber lachte. Er hatte reizende Grübchen und helle, gerade Zähne. »Passt halt nicht allen, was wir hier tun.« Mit dem blutigen Zeigefinger schob er den Schaft seines linken Handschuhs ein Stück zurück und sah auf die Armbanduhr. »Hey, Mustafa!«, rief er und winkte einem Kollegen zu. Der hantierte in einigen Metern Entfernung vor einer Anlage, aus der es bedenklich dampfte. »Du kannst gleich in die Pause.«

»Also Ihres Wissens gab es keine ernsthaften Schwierigkeiten mit dem Tierschutz?«, versicherte sich Ben.

Doro hatte sich innerlich aus dem Gespräch verabschiedet und war mit ihrem Magen beschäftigt. Sie richtete ihren Blick in einen anderen Teil der Halle. Ein Fehler, wie sie sofort erkannte. Dort fielen die Organe aus den aufgeschnittenen Schweinekörpern heraus wie blutfeuchte Lumpen.

»Tierschutz? Wir sind ein Vorzeigebetrieb«, erwiderte Marvin Faulhaber. »Im Prinzip zumindest. Wir beruhigen die Schweine sogar im Zutrieb zur CO_2-Narkose.«

»Oh«, machte Ben. »Wie das denn?«

»Mit Panflötentönen und grünem Licht.«

Will der uns verarschen?, dachte Doro.

»Wir betäuben die Tiere in kleinen Gruppen, sodass die anderen Artgenossen nicht zusehen müssen. Bis zur fertigen Hälfte dauert's dann keine zehn Minuten mehr.«

»Beachtlich.« Ben klappte die Unterlippe nach vorn. »Wie ist das Arbeitsklima im Betrieb? Sind die Mitarbeiter zufrieden?«

»Für mich war Herr Overbeck ein guter Chef. Keine Probleme. Die Bezahlung ist in Ordnung, nach Tarif plus die Zulagen. Ich will meinen Job hier echt behalten.«

Doros Blick irrte umher. Man kann nirgends hingucken, ohne den Tod zu sehen, dachte sie. Es gibt keine Atempause für die Augen. Sie war einiges gewohnt, doch die Masse an toten Leibern machte ihr zu schaffen.

»Kennen Sie zufällig einen Koch namens Gabriel Otto?« Ben verlagerte lässig sein Gewicht von einem Bein auf das andere.

»Ist das dieser Typ, der die Euter und so abholt? Das haben Kollegen erzählt. Also, manche Leute sind echt schräg drauf.« Marvin Faulhaber schüttelte den Kopf. »Gesehen habe ich den Mann aber nie.«

Wieder ging die Lanze in den Schweinehals, und die nächste und die nächste. Dazu die Maschinengeräusche. Doro brach der Schweiß aus. Ein riesiger Bottich mit siedendem Fett stand vor ihrem geistigen Auge. Und die Schweine am Haken tanzten, in einer Luft zäh wie Schmalz.

Sie hatte genug und stieß Ben an. »Entweder die Arbeiter reden woanders mit uns, oder Kollegen können hier weiter befragen. Ich bin raus.«

Ben zögerte einen Moment, dann nickte er.

»Herr Faulhaber, wir müssen leider wieder los. Sie hören von uns, wir setzen das Gespräch in anderen Räumlichkeiten fort.«

»Ach ja. Gut. Ist halt am Anfang ein bisschen gewöhnungsbedürftig in so einem Betrieb.« Marvin Faulhaber zwinkerte Doro zu.

»Eine Frage hätte ich noch.« Ben zupfte an seiner Haube herum. »So rein interessehalber. Was machen Sie denn mit dem ganzen Blut? Das wird doch nicht alles zu Blutwurst verarbeitet?«

»Das geht an eine Firma, die daraus Dünger herstellt.« Marvin Faulhaber grinste. »Biodünger. Für gesundes Gemüse.«

Doro drehte sich um und verließ im Stechschritt die Halle. Sie knallte durch den Kunststoffvorhang, schälte sich in Rekordzeit aus ihrem weißen Anzug und zwängte sich durch das Drehkreuz der Hygieneschleuse.

Knapp drei Minuten später saß sie mit Ben im Auto. Ohne Kommentar war sie auf der Beifahrerseite eingestiegen. Ben fuhr los.

Vom Werksgelände bogen sie auf die zweispurige Zufahrtsstraße ab. Ein Tiertransporter kam ihnen entgegen. Doro sah Schweinenasen, die an die Lüftungsschlitze gereckt waren.

Nach ein paar Hundert Metern stand eine Imbissbude am Straßenrand. »Moni's Brutzler«, verkündete die Leuchtreklame über der Tür.

»Halt da mal an«, sagte Doro.

»Was? Willst du *jetzt* eine Grillwurst?«

Doro gab ein Geräusch zwischen Stöhnen und Würgen von sich.

»Ich brauch einen Schnaps.«

22

»Ich hab was für euch.« Kriminalkommissar Enno Holle war ins Büro gekommen. Er legte eine blaue Mappe auf Doros Schreibtisch und hielt einen USB-Stick hoch. Am Mittelfinger steckte ein dicker Silberring mit Totenkopf. »Neuigkeiten zur Fahndung nach Overbecks Wagen.«

Enno trug einen angesagten Hipsterbart und faszinierende Schuhe – dunkelgrün changierende, spitze Stiefel. Unweigerlich blieb Doros Blick daran hängen. Sie hätte sie sofort in ihrer Größe gekauft.

»Die Stadt ist echt voller Kameras«, meinte Enno. »U-Bahnen, öffentliche Gebäude, sogar Kitas. Überall halt. Bei den Verkehrsüberwachungskameras wird es allerdings dünner. Mit den Hunderten von Fluss-Sensoren und Zählschwellen an den Ampeln können wir nichts anfangen. Aber …«, er reichte Doro den USB-Stick, »bei der Überprüfung zur eingegrenzten Uhrzeit Montagnacht haben die in der Verkehrsleitzentrale was gefunden. Martin Overbecks Audi fuhr gegen ein Uhr zwölf bei Allermöhe über die A 25 Richtung Osten.«

»Sehr gut.« Doro steckte den Datenträger an ihrem Rechner ein. Währenddessen ging Enno Holle zu der großen Straßenkarte von Hamburg, die an der Wand hing, und orientierte sich kurz.

»Hier etwa ist die Kamera installiert.« Er zog einen gelben Marker vom Rand der Karte ab und pikste ihn in die dicke blaue Linie der Autobahn. »Ich habe den Videoausschnitt mit dem Audi drauf schon vergrößert bekommen. Ihr kennt allerdings die Qualität dieser Verkehrsflussvideos. Die ist nicht mit der von Radarfotos vergleichbar.«

Doro bewegte die Computermaus und konzentrierte sich auf den Bildschirm. Ben stellte sich hinter sie.

Ein Videoplayer öffnete sich, er zeigte eine Schwarz-Weiß-Aufnahme. Doro klickte auf den *Play*-Pfeil.

Ein dunkler Wagen näherte sich, andere Fahrzeuge waren nicht zu sehen. Als der Audi den minimalen Abstand zur Kamera hatte, hielt sie das Video an.

»Es sitzt nur einer im Auto.«

»Genau. Die JPG-Datei auf dem Stick enthält das deutlichste Bild, das wir von dem Fahrzeug isolieren konnten«, erklärte Enno. »Das Gesicht des Insassen ist nicht zu erkennen, allerdings …«

Doro öffnete das Foto. »… ist es nicht Overbeck.«

»Das sehe ich auch so«, bestätigte Ben. »Der Fahrer ist viel schmaler.«

»Vermutlich ist es Overbecks Mörder. Nachdem Overbeck im Moorfleeter Hafen ins Wasser geworfen wurde, ist der Täter mit dem Audi geflüchtet.« Doro fixierte das Bild, als wolle sie ihm mehr Informationen abringen. Doch es gab lediglich die Kontur des Insassen wieder.

»Die Leitzentrale hat tatsächlich nur diesen einen Ausschnitt von dem Wagen?«, fragte sie.

Enno zog ein bedrucktes Blatt aus der blauen Mappe. »Hierauf sind die Verkehrskameras im Umkreis markiert.

Irgendwo vor der nächsten Aufzeichnungsmöglichkeit ist Overbecks Wagen verschwunden.«

Prüfend betrachtete Doro den Ausdruck und reichte ihn Ben.

»Ich gebe die Info an die Kollegen«, sagte er. »Die Suche soll im eingrenzbaren Raum intensiviert werden.«

Doro nickte.

»Was hat die weitere Befragung der Mitarbeiter in Overbecks Schlachthof ergeben?«, fragte sie Enno.

Der legte den Kopf schräg. »Ich fand's gar nicht so schlimm. Na ja, mein Opa hatte eine Metzgerei. Wir haben einige Leute bei Overbeck im Pausenraum befragt, andere noch in der Produktion. Dazu die Angestellten in den Büros. Die Befragungsprotokolle sind zum Teil fertig, ich kann euch bereits ein paar Dinge zusammenfassen.«

»Tu das.« Wieder rutschte Doros Blick zu Ennos Stiefeln. »Coole Schuhe, übrigens.«

»Danke. Die hat meine Freundin ausgesucht. Es gibt da so einen Laden in Altona …«

»Entschuldigung, störe ich?«

Enno war von einer kernigen Frauenstimme mit hanseatischem Einschlag unterbrochen worden. Doro drehte sich um. Im Rahmen der offenen Bürotür stand eine kräftig gebaute Streifenbeamtin.

»Nein, gar nicht. Kommen Sie rein«, sagte Doro.

Die Polizistin trat heran. »Ich wollte Ihnen wegen Denise Klimantat Bescheid geben.«

»Ja?«

»Eins Komma eins Promille um vierzehn Uhr fünfunddreißig. Das heißt absolute Fahruntüchtigkeit, auch wenn Sie der Frau kaum was angemerkt haben. Die ist eine sehr gepflegte Erscheinung, will ich mal sagen.« Die Beamtin kratzte sich an der Stirn. »Aber nützt ja nix, ne? Wir haben die Fahrerlaubnis eingezogen, die Sache geht ihren Gang.«

»Danke schön«, sagte Doro.

»Frau Klimantat hat ziemliches Theater gemacht, hat gemeint, sie muss ihre Kinder abholen«, fuhr die Kollegin fort. »Ich dachte, hat die noch alle Latten am Zaun? Kinder durch die Gegend kutschieren, gasig, wie die ist? Also, in den Nobelkarossen steckt auch nicht mehr Verstand drinne als im Opel Corsa.«

»Keinesfalls«, stimmte Ben zu. »Danke nochmals, dass Sie die Angelegenheit übernommen haben.«

»Gern. Da ist allerdings noch was.«

Instinktiv stieg in Doro ein ungutes Gefühl auf.

»Wir haben Frau Klimantat eine Straßenecke von ihrem Haus entfernt angehalten«, erklärte die Polizistin. »Während wir den Atemalkohol kontrollierten, habe ich bemerkt, dass ein Mann mit seinem Handy Fotos von der gegenüberliegenden Straßenseite aus gemacht hat. Ich habe gerufen, er solle das lassen. Er hat noch kurz weitergeknipst, dann ist er eilig verschwunden.«

Einige Sekunden lang schwiegen alle.

»Der Name Klimantat ist in unserer Stadt nicht unbekannt«, fügte die Kollegin an. »Da hat wohl jemand die Frau erkannt.«

»Es ist nicht mehr zu ändern.« Ben ging zum Fenster. »Warten wir ab, ob die Sache an die Öffentlichkeit gelangt.« Er nahm die kleine messingfarbene Gießkanne vom Aktenschrank und goss die einzige Grünpflanze im Raum. Es war ein ausgedünnter Ficus mit rappeligen Zweigen. Ben hatte ihn noch nicht aufgegeben.

»Jedenfalls wissen Sie Bescheid«, sagte die Streifenbeamtin und verließ mit einem norddeutschen »Tschüs denn« das Büro.

»Ihr habt Klimantats Frau die Pappe abnehmen lassen?«, fragte Enno, nachdem die Tür ins Schloss gefallen war.

»Das war längst überfällig.« Ben stellte die Gießkanne zu heftig ab.

»Hätte sie Boot fahren sollen.« Halb belustigt zupfte Enno an seinem Bart.

Doro wusste, was er meinte. Die absolute Fahruntüchtigkeitsgrenze bei Schiffsführern lag über lange Jahre hinweg erst bei eins Komma sieben Promille. Für eine Stadt am Wasser war das durchaus ein Risiko. Auch heute noch kreuzten am Wochenende haufenweise Betrunkene auf ihren Booten über die Wellen.

Hubert Klimantat gehört sicher nicht dazu, dachte Doro. Michael auf seiner »Caren« auch nicht.

Sie schüttelte den Gedanken ab. »Okay, Enno, was gab's noch bei der Befragung von Overbecks Mitarbeitern?«

»Diese Zwischenfälle mit Tierschützern haben mehrere Angestellte bestätigt. Offenbar wurde aber nie die Polizei verständigt, bei uns gibt es diesbezüglich nichts im System. Angeblich wollte Claudia Overbeck kein großes Ding daraus machen. Sie lässt Graffiti umgehend entfernen, und die Leute, die den Tiertransporter aufhalten wollten, ließ sie von eigenen Mitarbeitern vom Gelände tragen.«

»Im Ernst?«, fragte Ben.

Enno hob die Schultern. »Darüber hinaus gibt es im Prinzip noch zwei auffallende Punkte. Einmal den, dass Overbeck kürzlich einen Mitarbeiter entließ, der zugedröhnt im Bereich Zerlegung gearbeitet hat. Die hantieren da mit großen Messern, das geht also gar nicht. Der Mann hat geflucht und gedroht, als er die Kündigung bekommen hat.«

An Carolin Freitag denkend, hatte Doro ein Déjà-vu. Ben guckte aus dem Fenster.

»Wir haben jemand zur Meldeadresse des Mannes geschickt«, fuhr Enno fort. »Seine ganze Familie lebt dort. Die Mutter hat angegeben, ihr Sohn sei seit einer Woche bei seinem Cousin in Aachen. Diesen Cousin haben wir telefonisch erreicht, er hat das bestätigt.«

»Man kann natürlich zwischendurch von Aachen hierherfahren und wieder zurück«, sagte Doro. »Was ist mit dem zweiten Punkt?«

»Das ist etwas pikant. Auf Overbecks Privatleben angesprochen, berichtete ein Angestellter, dass er den Chef vor etwa zwei Wochen im ›Walzwerk‹ gesehen habe.«

»Sieh an«, grummelte Ben.

Das »Walzwerk« war ein neu eröffnetes Edelbordell am Stadtrand.

Overbeck hatte es in den letzten Monaten in einige Online-Gazetten geschafft, als »Wirtschaftsboss und Wohltäter«. Doro erinnerte sich an Fotos, auf denen er bei einer Party eine Tierärztin mit einem »von« im Namen ebenso rotwangig strahlend im Arm hielt wie die neunzehnjährige Kandidatin eines Talentwettbewerbs. Für Doro war ein unangenehmes Bild aus Biederkeit und Exaltiertheit entstanden, etwas Aufdringliches, Bemühtes, Unpassendes. Wie Mettwurst mit Kirschkonfitüre, hatte sie gedacht.

»Tatsächlich war ja früher ein Stahlwalzwerk in dem Gebäude untergebracht, es ist ein Zeugnis eindrucksvoller Industriearchitektur«, erklärte Enno. »Der Laden ist exklusiv, hochpreisig und erfüllt besondere Wünsche. Unser Informant war dort von seinem besten Freund zum Fünfunddreißigsten eingeladen gewesen. Als Geburtstagsgeschenk.«

»Wie bitte?«, fragte Doro.

»Na ja«, meinte Enno. »Es gibt schlimmere Geschenke.«

»Sag das mal deiner Freundin.«

Enno räusperte sich. »Angeblich saß Martin Overbeck mit einer Dame an der Bar, die eine kupferrote Wallemähne und Beine bis zu den Ohrläppchen hat. Das war zumindest die Beschreibung des befragten Mitarbeiters. Nach dem, was Overbecks Frau euch erzählt hat, solltet ihr euch den Laden vielleicht mal ansehen.«

»Machen wir«, antwortete Ben prompt.

Doro rollte mit den Augen. Unter Ennos Schnäuzer zogen sich die Mundwinkel nach oben.

»Gab es eigentlich etwas in Overbecks Wohnung, das uns voranbringt?«, fragte er.

Dort waren Doro und Ben nach dem Kurzbesuch im Schlachthof gewesen. Martin Overbeck hatte nach der Trennung von seiner Frau eine Dreizimmerwohnung in der Hafencity bezogen – im selben Stadtteil wie Gallo. Die Einrichtung hatte auf Doro neu und stillos gewirkt. Sie hatte an einen wohlhabenden Mann ohne Geschmack gedacht, der durch ein Möbelhaus geht, mit dem Finger auf alles Mögliche zeigt und beim Rausgehen gar nicht mehr weiß, was er gekauft hat.

»Insgesamt war unsere Suche eher unergiebig. Overbeck hat viele Möbel und wenige persönliche Dinge in der Wohnung. Wir haben ein paar Unterlagen durchgesehen, Laptop oder Handy haben wir nicht gefunden. Auch keine Anhaltspunkte für seine Vorlieben.« Sie hielt inne. »Außer man bezeichnet Essen als eine. Er hat etliche Kochbücher.«

»Verstehe«, sagte Enno.

»Bei dem erschossenen Koch gibt es zurzeit noch keine heiße Spur«, fügte Ben an. »Die Auswertung der in Gallos Wagen und in seinem Bett sichergestellten DNA-Spuren hat keine Übereinstimmung mit bereits erkennungsdienstlich behandelten Personen erbracht. Aus der Bevölkerung gab es bislang keine zielführenden Hinweise oder Augenzeugenberichte. Der Täter oder die Täterin muss recht unauffällig gekommen und wieder verschwunden sein.«

Doro nahm einen Kuli von der Schreibtischplatte und drehte ihn zwischen den Fingern. Sie sah an Enno vorbei auf die weiße Schrankwand gegenüber, in der sich über die Jahre eine Batterie von Aktenordnern angesammelt hatte. »Dass Gallo offenkundig mit den Ehefrauen stadtbekannter Persönlichkeiten im Bett war, stellt für den Untersuchungsrichter kein hinreichendes Verdachtsmoment dar. In Gallos beruflichem Umfeld sind wir noch nicht weitergekommen.« Sie warf Ben einen vielsagenden Blick zu. »Zumindest nicht dienstlich.«

Ben öffnete den Mund, zeitgleich klingelte Doros Telefon. Den Bruchteil einer Sekunde wirkte es, als habe Ben das Läuten hervorgebracht.

Auf dem Display des Geräts stand »Vogt«, ein interner Anruf.

Doro nahm den Hörer ab. »Hallo, Peter, was gibt's?«

»Moin, Doro. Ich habe Informationen zu dem TSE-Code auf diesem Kassenzettel.«

Doro stellte den Apparat auf laut. »Klasse, schieß los.«

»Wir mussten ein bisschen rumprobieren. Zwei Zeichen des Codes konnten wir nicht klar identifizieren, da das Papier an den Stellen Knicke aufweist. Wir haben mit einer Beamtin vom Finanzamt mehrere Kombinationen in deren Prüfsoftware eingegeben, dabei konnte nur eine ausgelesen werden. Für die ist eine Kassenbuchung zu einem Einkauf über zehn Euro einundfünfzig gelistet, natürlich inklusive der gekauften Waren. Die Kasse und die Filiale lassen sich eindeutig zuordnen.«

Schöne neue Digitalwelt, dachte Doro. »Und?«

»Der Einkauf wurde vor sieben Tagen in dem Markt im Karl-Arnold-Ring in Wilhelmsburg getätigt.«

Dort, wo Carolin Freitag wohnt, dachte Doro.

Ben räusperte sich. »Barzahlung oder Karte?«, fragte er laut.

»Barzahlung. Das ist die schlechte Nachricht.«

»Gibt es auch eine gute?«, wollte Doro wissen.

»Ja. Die Kassen sind kameraüberwacht. Die Videos werden nur eine Woche archiviert, dann überspielt. Wir haben Glück, der Ausschnitt vom Einkäufer existiert noch, ich habe ihn zur Verfügung gestellt bekommen. Kurz nach neunzehn Uhr hat ein Mann um die dreißig mit Parka und dunkler Wollmütze seine Einkäufe in der mitgekauften Plastiktüte verstaut.« Peter Vogt machte eine Pause, Doro wartete ungeduldig. »Die Videoaufnahme selbst ist nicht sehr gut aufgelöst. Für einen biometrischen Gesichtsabgleich wird es nicht reichen. Aber wir können ein möglichst deutliches Standbild isolieren und damit an die Öffentlichkeit gehen.«

»Super«, sagte Doro. »Wir kommen gleich zu dir rüber und sehen uns den Ausschnitt an.«

23

»Constantin, ich verstehe immer noch nicht, wie das passiert ist.«

»Ich hab wohl was getrunken?« Die blassen Wangen waren trotzig eingezogen, die Lippen schmal.

»Bitte, Consti, du weißt, was ich meine.«

Es war Donnerstagabend, Doro saß mit ihrem Sohn am Küchentisch. Die Hängelampe warf ein warmes Licht auf Schüsseln, Soßentopf und die beiden leer gegessenen Teller.

»Das wird jetzt aber kein Verhör, oder?«, fragte Constantin sarkastisch.

Doro seufzte. »Warum hast du vorletzte Nacht so viel getrunken? Warst du allein oder mit Freunden? Und warum warst du nicht bei Papa, wenn du sagst, dass du dort bist?«

»Warum, warum«, maulte Constantin.

Doro stand auf und begann, das benutzte Geschirr vom Abendessen abzudecken. »Du bist erst fünfzehn. Papa und ich müssen wissen, wo du bist. Hast du eine Ahnung, was in dieser Stadt alles passieren kann?«

»Du weißt es sicher.«

»Ja. Ich habe Angst um dich, wenn du abends unterwegs bist und dich zudröhnst.«

»Papa ist echt cooler als du.« Constantin stützte den Kopf auf die Ellbogen und starrte vor sich hin. Sein welliges Haar hing ihm in die Stirn. »Der kommt mir nicht mit Moralpredigten.«

Damit muss *der* sich auch zurückhalten, dachte Doro und schwieg. Sie räumte Teller in die Spülmaschine, Porzellan klapperte aneinander. Constantin goss sich ein Glas Wasser nach und trank es in einem Zug leer.

»Dein Vater und ich werden uns zukünftig besser absprechen, wann du wo bist«, sagte sie.

Constantin sah auf, mit einer Mischung aus Traurigkeit und Ärger in seinem Gesicht. »Tu doch nicht so, als würdet ihr an einem Strang ziehen. Ihr könnt euch doch gar nicht mehr vernünftig unterhalten.«

Doro war getroffen. Es fühlte sich wie Brennnesseln auf der Seele an, und sie wusste, dass es die Wahrheit war, die wehtat. Dabei hatte sie nie so werden wollen. Noch heute standen ihr die Bilder ihrer Hochzeit mit Alexander vor Augen, bei der ihre Eltern an getrennten Tischen platziert worden waren, um Stress zu vermeiden. Die beiden waren seit ihrer Trennung wie Hund und Katz, die Scheidung lag mittlerweile zwanzig Jahre zurück. Und Doro konnte keinen von ihnen besuchen, ohne sich Lamentos über den jeweils anderen anzuhören. *Dein Vater fliegt mit seiner Freundin neuerdings in den Süden. Mit mir ist er da nie hingeflogen.*

Seufzend schloss sie die Klappe der Spülmaschine.

»Doch«, erwiderte sie an Constantin gewandt. »Natürlich können wir uns unterhalten. Du bist unser Sohn, wir kümmern uns beide um dich.«

Constantin schob die Ärmel seines Kapuzenpullis nach

oben. Auf der Brust prangte ein schwarz-gelber Heavy-Metal-Print, den Doro nicht mochte.

»Vielleicht sollte ich besser bei Papa leben«, sagte Constantin leise.

»Was?« Doros Kehle zog sich zusammen. »Das geht überhaupt nicht. Wie kommst du auf so eine Idee? Auf gar keinen Fall.«

»Du bist doch eh nie da.«

»Natürlich bin ich da. Papa ist derjenige, der total viel arbeitet, er ist nicht da.«

»Aber Julia und die Mädchen.« Constantin senkte die Lider mit den dichten Wimpern. »Die haben wenigstens eine Familie.«

In der kleinen Küche war es warm. Um den Tisch herum standen drei Stühle und eine gemütliche Eckbank. Überall hingen Fotos, gemalte Bilder, Erinnerungsstücke von gemeinsamen Reisen und aus Constantins Kindheit. In einem großen Kalender waren Doros und Constantins Termine eingetragen. Hier lebt eine Familie, dachte Doro. Und wusste, dass es nicht stimmte.

Sie legte ihrem Sohn den Arm um die Schultern. »Ich bin immer für dich da.«

Constantin hielt ein paar Augenblicke still, Doro spürte, wie er atmete. Dann wand er sich aus ihrer Umarmung.

»Ich geh in mein Zimmer.«

»Ähm, du …« Doro zauderte.

»Was?«

»Ich muss leider gleich noch mal weg.«

Und lasse mein Kind allein, um in einen Puff zu fahren, dachte sie.

»Klasse«, sagte Constantin knapp.

»Consti, es geht nicht anders. Wir haben gerade zwei Fälle, ich muss mit Ben zu einem Außentermin. Keiner der Kollegen konnte einspringen.«

»Aber du hast ja zum Glück Zeit.« Constantin war schon aus der Küche verschwunden. Kurz darauf schlug die Tür seines Zimmers zu.

Elender Mist, dachte Doro. Es zerriss sie fast. Gerade hätte sie liebend gern mit berufsuntätigen Kunsthistorikerinnen wie Julia getauscht.

Wehmütig betrachtete sie ein Babyfoto von Constantin an der Kühlschranktür. Alexander und sie hatten sich seinerzeit eigentlich ein zweites Kind gewünscht. Dann hatte sie anderthalb Jahre nach Constantins Geburt wieder angefangen zu arbeiten, Alexander hatte sich selbstständig gemacht. Beide hatten viel zu tun, begannen über Anteile an der Hausarbeit und der Kinderbetreuung zu streiten, irgendwann auch über andere Dinge. Doro war häufig mit Job und Kind allein gewesen, Alexander auf Geschäftsreise. Wenn er wiederkam, strahlte Constantin. Sie waren so glücklich mit ihrem Sohn gewesen. Nur nicht mehr miteinander.

Dennoch hätte Doro es laufen lassen, um der Familie willen und auch Alexanders wegen. Sie hatte ihn selbst im Zorn attraktiv gefunden. Er war ihr Mann gewesen, charmant, klug und geradeheraus. So hatte er ihr dann auch ohne Umschweife mitgeteilt, dass er sie verlassen werde.

Doros Handy piepste. Sie nahm es vom Küchentisch. »Steh unten«, hatte Ben geschrieben.

Eilig verließ sie die Küche, zog Jacke und Boots an und klopfte an Constantins Zimmertür.

Kein Ton drang nach draußen. Doro öffnete.

Gebannt saß ihr Sohn mit Kopfhörern vor dem Computermonitor, seine rechte Hand bewegte ruckartig den Joystick. Doro kam heran. Auf dem Bildschirm lief ein fotorealistischer Mann durch höhlenartige Gänge, in der Hand ein MG.

Als Doro neben Constantin stand, zuckten seine Augen in ihre Richtung und sofort wieder zum Bildschirm. Er nahm die Kopfhörer nicht ab.

»Bis später«, sagte Doro laut und strich ihm über die Schulter. Constantin starrte geradeaus.

Unvermittelt drückte ihm Doro einen Kuss aufs Haar.

»Eehh«, machte er genervt.

Sie setzte einen Luftkuss hinterher und blies ihn mit einer theatralischen Geste zu ihm hin. Sein hübscher Mund bog sich zu einem schiefen Grinsen. Doro hoffte, dass es nicht nur daher kam, weil sie blöd ausgesehen hatte.

Sie verließ die Wohnung und lief das Treppenhaus runter auf die Straße.

Mit laufendem Motor wartete Bens Wagen. Doro stieg ein. Sie fuhren mit »Essen auf Rädern« ins Bordell.

24

Rund zwanzig Minuten später erreichten sie den goldverzierten Backsteinbau aus der Gründerzeit. Das Gebäude erstrahlte im Licht unzähliger im Boden eingelassener Scheinwerfer.

Ben fuhr auf den ausgeschilderten Parkplatz hinter dem Haus, der von der Straße aus nicht einsehbar war. Er stellte sein Auto neben Fahrzeugen einer deutlich anderen Preisklasse ab.

Sie stiegen aus und begaben sich um das Gebäude herum zum Eingang. Ben pfiff durch die Zähne.

Der lange rote Teppich war von Fackeln gesäumt. Links und rechts des Eingangsportals standen zwei Damen in weißen, tief ausgeschnittenen Smokings. Sie trugen perlmuttfarbene Zylinder und atemberaubende High Heels.

»Herzlich willkommen«, grüßte eine der beiden. Die andere präsentierte ein Zahnpastalächeln und hielt die massive, eisenbeschlagene Tür auf. »Wir wünschen Ihnen einen angenehmen Aufenthalt.«

Hinter dem Eingang gelangte man in einen kleinen Vorraum. An der linken Seite befand sich eine Art Garderobe. Allerdings sah Doro keine Kleiderhaken, sondern eine Menge kleiner, mahagonivertäfelter Schließfächer. Sie waren fortlaufend nummeriert, in einigen steckten goldene Schlüsselchen.

»Darf ich um Ihre Mobiltelefone bitten?« Die junge Frau neben den Fächern war ebenso hübsch wie ihre Kolleginnen vor der Tür.

»Wieso das denn?«, fragte Ben.

»Um die Diskretion in unserem Hause zu wahren.«

»Wir haben gar keine Handys«, erwiderte Ben prompt. »Also, keine dabei. Meine Freundin verträgt die Strahlung nicht.«

Die Frau lächelte den zunächst ungläubigen Ausdruck in ihrem Gesicht weg.

Bekräftigend nickte Doro. »Ich bekomme sofort Migräne davon. Bloß keine Strahlung.«

Ohne sich länger aufzuhalten, ging sie auf die Klapptür zu, die vor ihr lag, Ben folgte ihr. Aus den Augenwinkeln nahm sie wahr, dass die Frau bei den Schließfächern den Hörer von einem an der Wand montierten Telefon abnahm.

Doro stieß die Tür auf, sie traten ein.

Für einen Moment blieb ihr die Luft weg. Einer ihrer Ausbilder hatte einmal gesagt: »Kennst du *einen* Puff, kennst du alle.« Wie sie nun bemerkte, war das nicht ganz richtig.

Vor ihr öffnete sich ein riesiger hoher Raum, einem Kirchenschiff gleich. Die gotischen Fensterbögen mit den bunten Glasornamenten bekräftigten den Eindruck, in einem Sakralbau zu stehen. Statt eines Altars dominierte allerdings eine monumentale Bar aus dunklem Holz den Raum. Die meterlangen Flaschenregale waren so verspiegelt, dass das Auge Mühe hatte, reale Dinge oder deren Abbilder jeweils als solche zu erkennen.

Auf Barhockern saßen ein paar bildschöne Frauen, neben ihnen Männer in teuren Anzügen. In einigen Metern Höhe lief eine Galerie rund um den Raum, eine alte Wendeltreppe mit aufwendigen Schnitzereien führte rechts von der Bar nach oben.

»Leck mich fett«, raunte Ben neben Doro.

Eine blonde Frau kam zu ihnen heran, sie sah wie ein Pin-up-Girl aus den Fünfzigerjahren aus. »Einen wunderschönen guten Abend. Ich bin Alice. Wir freuen uns sehr, dass Sie unsere Gäste sind. Darf ich Sie zu einem Glas Champagner einladen?«

»Gern«, antwortete Ben. »Da sagen wir nicht Nein.«

Doro warf ihm einen fragenden Blick zu. Währenddessen setzte Alice ein gewinnendes Lächeln auf. »Begleiten Sie mich bitte zur Bar.« Sie stöckelte auf Killer-Heels voran, ihr Po wippte unterhalb der schwarzen Korsage hin und her.

»Sie hat *einladen* gesagt«, brummelte Ben und schlurfte mit den Händen in den Hosentaschen auf die Bar zu.

Doro folgte ihm. Sie wunderte sich kurz darüber, dass weibliche Gäste in diesem Etablissement kein Stirnrunzeln hervorriefen. Dann fiel ihr ein, dass man ja auch besondere Wünsche erfüllte.

»Bitte schön.« Formvollendet reichte Alice zwei Champagnerflöten an.

Die anderen Gäste an der Bar waren in anregende Gespräche vertieft. Die Damen schauten verheißungsvoll, die Herren hoben Whiskeybecher und ließen genießerisch alten Bourbon über die Zungen rollen. Einige Eheringe glänzten in goldener Zuverlässigkeit.

»Prost.« Ben trank einen ordentlichen Schluck.

Doro nippte. Augenblicklich verteilte sich ein Bouquet von Aromen in ihrem Mund, klar, fruchtig und vielschichtig. Sie war angenehm überrascht und nahm noch einen Schluck. Davon eine Flasche und ein nettes Gespräch mit einem lieben Menschen, dachte sie. Doch vermutlich entwickelt sich der Abend anders.

»Was kann ich noch für Sie tun?«, fragte Alice. Doro fühlte sich an »Genie in a Bottle« erinnert. »Der Gast ist bei uns König.«

»Das ist schön«, sagte Ben. »Wo findet man das heutzutage noch?« Er trank sein Glas leer. »Hm, ausgezeichnet. Muss man den zweiten selbst zahlen, oder geht der auch aufs Haus?«

»Die Kostennote buchen wir gern diskret über Ihre Karte ab«, antwortete Alice freundlich.

Bevor sie am Ende nicht mehr dazu kam, trank auch Doro ihr Glas aus. Einen solchen Tropfen konnte man nicht verkommen lassen.

»Liebes Fräulein Alice«, begann Ben. »Wir ermitteln in einem Mordfall. Können wir bitte mit dem Geschäftsführer dieser Einrichtung sprechen?«

Alice behielt das charmante Lächeln im Gesicht, sie zuckte mit keiner Wimper. »Einen Moment, bitte.«

Ihr Modelkörper setzte sich mit eleganten Schritten in Bewegung, hin zu einer dunkelhaarigen Frau mittleren Alters, die im Chanel-Kostüm an der Bar saß. Alice beugte sich zu ihr und flüsterte ihr etwas ins Ohr.

Vertraulich legte die Frau dem Herrn neben ihr die Hand auf den Unterarm und sagte ein paar Worte. Dann kam sie zu Doro und Ben.

»Margit Lilienweiss, guten Abend. Was kann ich für Sie tun?«

»Kripo Hamburg. Ben Fleck, das ist meine Kollegin Anders. Wir möchten den Geschäftsführer sprechen.«

»Das bin ich.«

»Ah so? Gut. Es geht um den Mord an einem Ihrer Kunden.«

Ein Gesichtsmuskel der Frau vibrierte. »Begleiten Sie mich bitte ins Backoffice, dort entlang.«

Sie steuerte auf eine dunkle Holztür an der rechten Seite des Raumes zu. An der Wand daneben war ein kleines Scannerfeld angebracht, auf das sie ihren Zeigefinger legte. Dann drückte sie das Schloss auf und ging vor in einen spärlich beleuchteten Gang.

»Darf ich Sie bitten, sich auszuweisen?«

Ben und Doro zeigten ihre Ausweise, flüchtig sah Margit Lilienweiss darauf.

»Danke. Bitte folgen Sie mir.«

Sie stieg eine Metalltreppe herunter, ihre hohen Absätze hallten blechern auf den Stufen.

Im Keller öffnete sie eine graue Brandschutztür, die in einen nüchtern eingerichteten Büroraum führte. Das einfache weiße Mobiliar bildete einen starken Kontrast zum Prunk des Gastraums.

»Nehmen Sie Platz.« Margit Lilienweiss wies auf ein Paar Holzstühle und setzte sich hinter den Schreibtisch. An der Wand rechts von ihr zeigten zwei Monitore das Geschehen im Gastraum aus unterschiedlichen Perspektiven.

Sie faltete die Hände ineinander, die Sehnen traten unter der Haut hervor.

»Mord, sagten Sie? Das ist ja schrecklich.« In dem Satz lag so viel Mitgefühl wie in einem Hagelschauer. »Ich denke allerdings nicht, dass ich Ihnen in der Sache behilflich sein kann.«

»Kennen Sie diesen Mann?« Doro zog ein Foto von Martin Overbeck aus ihrer Jackentasche, es stammte von seiner Internetseite.

»Bedaure.« Margit Lilienweiss deutete ein Kopfschütteln an. Ihre Oberlippe war knittrig, das Rouge saß rechteckig auf den Wangenknochen.

»Er war bei Ihnen zu Gast.«

»Das sind viele.«

»Eine Dame mit langem roten Haar hat sich um ihn gekümmert.«

»Natascha?« Die Miene blieb teilnahmslos. »Und was wollen Sie von ihr?«

»Nur mit ihr sprechen«, antwortete Ben. »An anderen Dienstleistungen sind wir nicht interessiert. Bitte lassen Sie sie in Ihr Büro kommen.«

»Ich weiß nicht, ob das möglich ist.«

»Aber wir wissen es. Sonst gehen wir nach oben und mischen Ihren Laden auf, bis wir sie irgendwo finden.«

Ben, charmant wie immer, dachte Doro.

Margit Lilienweiss musterte ihn abschätzig. Sie beugte sich zu einem kleinen Mikrofon neben der Tastatur vor und drückte einen Schalter. »David, Natascha in mein Büro.«

Auf einem der Monitore sah Doro, dass sich ein Barmann in Bewegung setzte. Der Nachbarbildschirm zeigte wenig später, wie er die Wendeltreppe nach oben stieg. Der Mann schien über In-Ear-Kopfhörer mit der Chefin verdrahtet zu sein.

»Was haben Sie denn alles im Programm?« Ben streckte seine Beine aus. »Man hört, dass Sie auch ungewöhnliche Wünsche erfüllen.«

»Wir sind ein serviceorientiertes Unternehmen«, antwortete Margit Lilienweiss sachlich. »Unsere Muttergesellschaft ist börsennotiert, wir setzen ein stringentes Konzept um.« Sie lächelte spröde. »Natürlich immer im Einklang mit den gesetzlichen Vorgaben.«

Doros Blick, der zwischen Margit Lilienweiss und den Monitoren hin- und hergewechselt hatte, verharrte abrupt auf einem Bildschirm. Eine große, schlanke Frau mit welligem roten Haar stieg vor dem Barmann die Wendeltreppe herunter.

Ben setzte sich gerade hin. »Haben Sie den Namen Martin Overbeck schon einmal gehört?«

»Nein. Wir fragen unsere Gäste nicht nach ihren Namen.«

»Gabriel Otto?«

»Bedaure, auch nicht.« Margit Lilienweiss bot eine kühle Fassade. Sie war eine routinierte Geschäftsfrau, tumb strenge Puffmütter waren wohl passé.

»Sie buchen doch über Kreditkarten ab«, wandte Doro ein. »Natürlich sind Ihnen Namen bekannt.«

»Viele unserer Gäste zahlen bar.«

Einige Augenblicke lang herrschte Schweigen im Raum. In die Stille hinein klopfte es am Metall der Bürotür.

»Herein«, rief Margit Lilienweiss.

Zögernd trat die Frau, die eben die Treppe heruntergestiegen war, ein.

Wow, dachte Doro und musste länger hinsehen als nötig. Natascha war ungewöhnlich schön, eine Venus mit einem

Engelsgesicht. Ihr wallendes Haar leuchtete kupferfarben und floss in dicken Strähnen über Schultern und Rücken. Die Haut war hell und makellos.

Ben guckte wie gebannt. »Aha«, sagte er.

Was auch immer das bedeuten soll, dachte Doro.

»Guten Abend«, grüßte sie. »Dorothee Anders, Kripo Hamburg. Sie sind wer?«

»Natascha.«

»Wie weiter?«

»Köhler. Ähm … eigentlich Nadja. Nadja Köhler.«

»Wir haben einige Fragen an Sie. Kennen Sie den Mann auf diesem Foto?« Doro hielt ihr das Bild von Overbeck hin.

Statt zu antworten, sah Nadja Köhler unsicher zu ihrer Chefin.

»Sie können offen sprechen«, meinte die.

»Ja, das ist Hartmut.«

»Hartmut?«, wiederholte Doro.

»So hat er sich vorgestellt. Er war mehrfach mein Gast. Soweit ich weiß, hat er immer nur mich gebucht.«

Wen wundert's, dachte Doro. Nadja Köhlers dunkelgrünes Seidenkleid schmiegte sich an eine klasse Figur. Die schwarzen Strümpfe umhüllten sehr lange Beine.

»Das heißt, Sie sind mit ihm aufs Zimmer und haben ihn … bedient?«, fragte Ben.

»Ich habe mich um sein Wohlbefinden gekümmert.« Nadja Köhler sah zu Boden und knetete ihre Finger. An einem steckte ein auffälliger Ring mit einem dunkelroten Stein.

»Wir haben Gäste, die beruflich unter einem hohen Leistungsdruck stehen«, ergänzte Margit Lilienweiss im Ton einer

Topmanagerin. »Wir sehen uns als einen positiven Faktor in der Work-Life-Balance.«

Super Beschreibung für einen Puff, dachte Doro.

»Welche Präferenzen hatte Herr Overbeck denn in Ihrem Wellnessprogramm?«, fragte sie Nadja.

»Leichte Erziehung.«

»Bitte was?«

»Na ja.« Nadja zögerte. »Es ging schon etwas strenger zur Sache.«

»Wie dürfen wir das verstehen?«

»Ich weiß nicht … Also, ob …«

»Bitte, Frau Köhler«, sagte Ben. »Wir sind einiges gewohnt.«

Nadja trat von einem Bein auf das andere, ihre schwarzen Lackpumps waren mit silbernen Nieten verziert.

»Hartmut hat gern Halsbänder getragen. Mit Leine oder Kette. Er hat sich auch den blauen Traum gewünscht.«

»Was?«, fragte Ben. Doro überlegte, ob der Ausdruck etwas mit Alkohol zu tun hatte.

»Manche bezeichnen es so, wenn man durch Abschnüren der Luftzufuhr in einen Trancezustand gerät oder auch kurz bewusstlos wird.«

Vor Doros geistigem Auge erschienen die Bilder aus Overbecks Schlachthof, sie musste an sich halten.

»Entschuldigung, Sie haben Ihren Kunden bis zur Bewusstlosigkeit stranguliert?«, fragte sie ungläubig.

»Nein, so weit gehen wir grundsätzlich nicht.«

»Aber fast, oder wie?«

Nadja hob ihre runden Alabasterschultern.

»Und nach Ihrer Behandlung ist Herr Overbeck stets

quietschfidel aus dem Zimmer marschiert?« Ben war merklich von den Socken.

»Wenn Sie es so ausdrücken möchten.«

»Was haben Sie am vergangenen Montagabend gemacht?«, fragte Doro.

»Da war ich bis dreiundzwanzig Uhr hier, danach bin ich nach Hause. Meine Mitbewohnerin kann bestätigen, dass ich dort war.«

»Wie heißt sie?«

»Andrea Zissel. Wir wohnen in Altona.«

Doro beobachtete Nadja, ihre mädchenhafte, zurückhaltende Art, die eher unsichere Körpersprache. Das alles passte nicht zu ihrem Arbeitsgebiet. Oder aber Nadja fühlte sich aus bestimmten Gründen in diesem Gespräch unwohl. Doro kam ein Gedanke.

»Hatten Sie Kontakt zu Herrn Overbeck außerhalb dieses Etablissements?«, fragte sie.

»Nein.« Nadja schüttelte entschieden den Kopf.

»Unseren Damen ist es vertraglich untersagt, irgendeine Form des Kontakts zu Gästen aufzunehmen, die über ihre Tätigkeit im ›Walzwerk‹ hinausgeht«, erklärte Margit Lilienweiss.

»Aha«, machte Ben. »Wieso?«

»Aus Gründen der Diskretion.«

»Nicht eher, damit keine Win-win-Situation entsteht, an der Sie nicht mehr beteiligt sind?«, fragte Doro. »Gleiche Dienstleistung für weniger Geld, aber das Mädchen bekommt vom Kunden die ganze Summe?«

»Ach bitte.« Margit Lilienweiss winkte ab. Nadja hielt die Lider gesenkt.

»Machen Sie das hier hauptberuflich?«, fragte Doro sie.

»Nein, nur als Nebenjob. Eigentlich studiere ich Kunstgeschichte.«

Bevor sie es verhindern konnte, entfuhr Doro ein stoßartiges Lachen. »Tja, die schönen Künste«, nuschelte sie.

»Ist bei Ihren Behandlungen schon mal was schiefgelaufen?« Ben nahm den Gesprächsfaden auf.

»Nein, natürlich nicht.«

»Unsere Damen arbeiten höchst professionell«, pflichtete Margit Lilienweiss bei.

»Davon bin ich überzeugt. Passen Sie auf, Frau Köhler, wie die Sache weitergeht.« Doros Stimme wurde schärfer. »Wir werden unter anderem anhand der Kreditkartendaten von Herrn Overbeck herausfinden, ob er in der letzten Zeit Hotels besucht hat. Die werden wir alle abklappern und Ihr Passfoto vorzeigen. Und wenn Sie mit ihm dort waren, haben Sie ein Problem. Nicht wegen Ihres Jobs hier, sondern weil es um Mord geht. Martin Overbeck wurde stranguliert.«

Nadjas Schultern kippten nach vorn, ihr Kehlkopf rutschte unter der zarten Haut hoch und runter.

»Wir lassen Ihnen unsere Kontaktdaten da.« Doro zog eine Visitenkarte aus ihrer Jackentasche. »Falls Sie uns noch etwas mitzuteilen haben, melden Sie sich.« Sie stand auf. Ben erhob sich ebenfalls.

»Tschüs«, sagte er. »Und noch frohes Schaffen.«

Sie verließen das Büro und stiegen die Treppe hoch ins Erdgeschoss.

Der Gastraum hatte sich gefüllt. Im Vorbeigehen glaubte Doro, einen grauhaarigen hageren Mann zu erkennen, den sie zuletzt in einer Nachrichtensendung gesehen hatte.

Sie drückte die schwere Eingangstür auf.

»Auf Wiedersehen«, flötete eine der weiß gewandeten Damen. »Bis bald. Kommen Sie gut nach Hause.«

»Sie auch«, erwiderte Ben und trottete neben Doro zum Parkplatz. »Denkst du, Nadja meldet sich?«

»Abwarten.«

»Overbeck könnte natürlich noch bei anderen Frauen gewesen sein«, meinte er nachdenklich. »Aber gegen Nadja fällt alles andere ziemlich ab. Zumindest optisch.«

»Hm.« Doro öffnete die Beifahrertür. Ben klemmte sich hinters Lenkrad, startete den Motor und parkte aus.

Kürzlich hatte Doro von einem Bordell gehört, in dem keine Frauen, sondern Sexpuppen zur Verfügung standen. Einen Polizeieinsatz hatte es dort auch schon gegeben – ein Freier hatte eine der teuren Dolls zerstört.

Merkwürdige Branche, dachte sie. »Aber der Schampus war gut«, murmelte sie vor sich hin.

Ben schmunzelte und stupste sie in die Seite. »Ich habe die Marke gesehen. Du kriegst eine Flasche zum Geburtstag.«

25

»Denise!« Huberts Stimme gellte aus dem Erdgeschoss bis ins Schlafzimmer.

Denise erschrak, augenblicklich kroch kalte Angst in ihr hoch. Sie hörte Schritte auf der Treppe. *Tak tak tak*, schnell kamen sie näher. Zu schnell.

Sie zog die Bettdecke über den Kopf. Sekunden später knallte die Zimmertür an die Wand. Die Decke wurde weggerissen, Denise vom schützenden Dunkel ins Helle des Morgens katapultiert.

»Was fällt dir ein?« Hubert war rasend. Er hatte eine zusammengefaltete Zeitung in der Hand. Mit aller Wucht schlug er sie Denise über den Kopf. »Jetzt weiß die ganze Stadt, dass du säufst. Ist dir klar, was das bedeutet?«

Er zerrte an ihrem Arm, ein reißender Schmerz fuhr bis in ihren Brustkorb. »Los, steh auf, du versoffenes Stück!«

Wie von Sinnen riss er an ihr, sie rutschte über die Bettkante und fiel auf den kalten Fliesenboden.

»Wie kannst du es wagen, mich so der Lächerlichkeit preiszugeben?«

Denise krümmte sich, die Zeitung flog vor ihr Gesicht.

»Sieh's dir an!«, schrie Hubert. »Kein Wort hast du mir gesagt. Ich erfahre es aus diesem Schmierblatt!«

Denise verengte die Augen zu Schlitzen. Sie sah ein kleines Foto, auf dem sie vor einem Polizeiwagen in das Atemtestgerät blies. »Alkohol am Steuer«, titelte die Überschrift. »Hubert Klimantats Ehefrau künftig per pedes unterwegs?«, stand kleiner darunter.

Aus Angst hatte Denise nichts von der gestrigen Kontrolle erzählt, es war die gleiche Angst, die jetzt in ihr war.

»Denkst du auch mal an die Kinder?« Huberts Stimme hatte sich verändert, sie war lauernd geworden. »Sind dir die Kinder völlig egal?«

Sie waren das Einzige, was ihr nicht egal war.

»Sieh mich an, wenn ich mit dir rede«, befahl Hubert. Er war der Richter.

Denise hob den Kopf, stützte ihren Oberkörper ab und rappelte sich hoch auf die Bettkante. Sie atmete schwer.

»Von Aufstehen hat niemand was gesagt«, keifte Hubert. Blitzschnell kam er heran und riss sie wieder zu Boden.

In Denises Hirn verschwamm alles in einem See der Leere. Sie schaltete sich ab. Die stärkste Rüstung war die Gleichgültigkeit.

»Weißt du, was mich da draußen erwartet?«, schrie Hubert. »Was es mich kosten wird, meine Reputation wiederherzustellen? Öffentliche Entschuldigung, geheuchelte Betroffenheit ...« Er hielt inne, stemmte die Hände in die Hüften und kräuselte die schmale Nase. »Du wirst in eine Entzugsklinik gehen.« Er musterte sie wie ein lästiges Insekt. »Da gehörst du längst hin.«

Klinik, hallte es in Denises Ohren nach. Nein, dachte sie mit der Entschlossenheit der Abhängigen. Ich lege den Mantel aus Trost nicht ab.

»Nein«, sagte sie. »Keine Klinik.«

Sie sah den Fuß heranschnellen, ein Geschoss aus glänzend schwarzem Leder. Es traf sie an der Brust, ein stechender Schmerz durchzuckte sie, etwas knackte, die Luft blieb ihr weg. Der Schmerz wurde dumpf wie das Poltern eines einstürzenden Gebäudes.

»Man muss dich vor dir selbst schützen«, zischte Hubert.

»Papa, warum liegt Mama da?«

Die Stimme ihres Sohnes klang ängstlich und von weit her. Denise wollte aufstehen und konnte es nicht, ein bleischweres Gewicht drückte sie zu Boden.

»Sie ist hingefallen, Ludwig. Es ist nicht schlimm. Geh bitte wieder in dein Zimmer.«

»Aber …«

»Geh, Ludwig. Mama macht euch gleich Frühstück.« Hubert strich über seine sehnige Kehle. »Das wirst du ja wohl können«, fügte er gedämpft zu Denise hin an. »Ich muss ins Büro. Schadensbegrenzung betreiben. Heute Mittag fahre ich dienstlich nach Berlin, ich komme erst Sonntagabend zurück. Los, steh auf. Reiß dich am Riemen.«

Denise sah schwarze Schuhe weggehen, die Zimmertür fiel ins Schloss.

Sie kratzte die letzten Willenskrümel zusammen und zog sich am Bettrand nach oben. Schwindel überfiel sie, aus ihrer Nase rann etwas Warmes. Heute würde sie länger im Bad brauchen, doch sie musste die Kinder pünktlich wegbringen. Taxi fahren. Verzweifelt klammerte sie sich an den Ablauf des Morgens, trockenes Stroh zwischen ihren Fingern.

Sie wankte ins Bad. Blut rann auf die weißen Fliesen, die Tropfen zersprangen in ausgefranste Kreise.

Denise sah in den Spiegel. Ihr Gesicht war schmerzverzerrt. Vorsichtig hob sie ihr Pyjama-Oberteil, die Haut hatte sich bereits blau-violett verfärbt.

Das Bild riss sie weg in einen Strudel aus Trauer. Ihr kleiner Samuel. Er war still auf die Welt gekommen, im achten Monat. An einem grauen Novembertag, zwei Jahre nach Ludwigs Geburt.

Sie hatten ihr das leblose Bündel auf den Bauch gelegt. Hubert war aus dem Raum gegangen.

Samuels Haut war bläulich und blutverschmiert gewesen, die Augen geschlossen, Nase und Mund wulstig. Er war warm gewesen, trug ihre Körperwärme in sich, hatte keine eigene. Sie streichelte ihn, hatte geglaubt, ihn zum Leben erwecken zu können. Sie hatte es geglaubt, bis sie ihn ihr wegnahmen.

»Nehmen Sie Abschied, Frau Klimantat.«

Sie hatten ihn in Decken gehüllt und rausgebracht.

Tage danach stand sie allein an seinem kleinen Grab, Hubert war nicht dabei. »Nichts kannst du richtig«, hatte er gesagt. »Es ist deine Schuld, allein deine.«

Nach der Beerdigung hatte sie Ludwig von der Tagesmutter abgeholt, war nach Hause gefahren und hatte getrunken, bis die Übelkeit stärker als der Schmerz gewesen war. Sie hatte sich übergeben müssen und wieder getrunken.

In der darauffolgenden Zeit ekelte sie der Alkohol an, sie hatte den Ekel niedergetrunken. Wäre Ludwig nicht gewesen, hätte sie sich umgebracht.

Sie hatte ausgerechnet, wie oft Samuels kleines Herz geschlagen hatte, in ihrem Körper, in der warmen Bauchhöhle. Fünfunddreißig Millionen Mal. Samuels Zahl war fünfunddreißig Millionen gewesen. Viel mehr als die aller anderen.

Denise drehte kaltes Wasser auf und schaufelte es mit den hohlen Händen ins Gesicht. Als sie sich abtrocknete, bot ihr Spiegelbild nur noch Verzweiflung. Sie musste sich nicht mehr herrichten. Da draußen war sie ohnehin verbrannt.

Sie hatte an ihrem Leben in Wohlstand und Gleichgültigkeit festhalten wollen, in einer Art unausgesprochenem Übereinkommen. Eben hatte es Hubert aufgekündigt. Er würde dafür sorgen, dass sie in einer Klinik verschwand.

Langsam ging sie hinüber in Ludwigs Zimmer. Mit angezogenen Knien saß er auf dem Boden. »Musst du zum Arzt, Mama?«, fragte er kaum hörbar.

»Nein, es geht schon. Wasch dich bitte und komm runter zum Frühstück.« Schnell drehte sie sich um, in ihrer Brust riss es. »Ich wecke Rafaela.«

Ihre Kleine lag noch schlafend im Bett, eingehüllt in die Decke mit den bunten Regenschirmen. Denise betrachtete das wunderhübsche Gesicht. Rafaela war der Engel, den Samuel ihr geschickt hatte. Unter Huberts misstrauischen Blicken hatte sie den kostbaren Schatz in ihrem Bauch getragen. Mit eisernem Willen hatte sie ihr Trinken reduziert, die Gier nach Alkohol wie einen Teufel im Nacken. Sie hatte sich die Unterstützung einer Psychologin geholt, wahnsinnig viel gegessen, Unsummen in Boutiquen ausgegeben, um jeden trockenen Tag gekämpft. Rafaela war in ihrer ganzen Entwicklung langsamer, als Ludwig es gewesen war, aber sie lebte.

Denise ging zum Fenster, drückte auf den Schalter und ließ den elektrischen Rollladen nach oben fahren.

Das Verstehen brach wie Sonnenstrahlen durch den Nebel.

Es war Zeit, Gabriels Erbe anzutreten.

26

Scheiße, ist das warm heute, dachte Doro. Sie strippte ihren Wollpulli über den Kopf und warf ihn neben sich auf den Schreibtisch. Leider übersah sie die Kaffeetasse. Erst das wollgedämpfte Geräusch ihres Umkippens erinnerte sie daran.

»Mist«, fluchte sie und riss den Pullover hoch. Der hellgraue Strickstoff hatte eine braune Lache eingesogen.

Im Unterhemd sprang Doro zu dem Aktenschrank, auf dem die Kaffeemaschine stand, und griff das darauf liegende Geschirrtuch. Genervt tupfte sie damit an dem riesigen braunen Fleck herum. Dann steuerte sie den Heizkörper an und hängte den Pulli darüber. Das Metall war kalt. »Heizung erst Mitte Oktober.« Die mürrische Feststellung des Hausmeisters fiel ihr wieder ein. »Sparen und frieren.«

Eigentlich hatte der Freitagmorgen nicht schlecht begonnen. Doro hatte mit Constantin gefrühstückt und ihren einigermaßen entspannten Sohn in die Schule verabschiedet. Gestern Abend hatte er sich nach ihrer Rückkehr aus dem »Walzwerk« sogar überreden lassen, mit ihr auf der Couch zu lümmeln und amerikanische Serien zu gucken. Doro hatte gehofft, in seinem Leben zwischen Kind und Mann noch ein kleines Fensterplätzchen zu haben.

Am gestrigen Abend hatte außerdem Nadja Köhlers Mitbewohnerin Kollegen von der Bereitschaft gegenüber bestätigt, dass Nadja am Montag nach der Arbeit in der gemeinsamen Wohnung gewesen war. Doro ging trotzdem davon aus, dass sie noch nicht alles Relevante zu den Begegnungen von Nadja und Overbeck wusste.

Sie setzte sich wieder vor ihren Computer, ein entzückendes dunkelhaariges Baby lachte ihr entgegen. Es war auf einem der Fotos abgebildet, die von Gallos Laptop stammten. Im Eigenschaftsfeld der Bilddatei wurde als Urheber »Cinderella« angezeigt, das Foto war etwa fünf Jahre alt. Es gab drei weitere Bilder, die dasselbe Baby zeigten.

Nachdenklich betrachtete Doro das runde Gesichtchen, die braunen Augen und das dichte Haar. Dabei fügten sich in ihrem Kopf zwei Puzzleteile zusammen.

Hinter ihr surrte das Faxgerät. Sie wandte sich um und zog ein bedrucktes Blatt heraus. Es stammte aus der Rechtsmedizin.

Doro überflog den Inhalt. Magda Kirchgasser hatte die Toxikologie zu Martin Overbeck geschickt. Kein Befund. Keine Drogen, keine Medikamente, serologisch unauffällig. Todesursache war, wie vermutet, die Strangulation.

Sie schob das Fax auf Bens Schreibtisch. Gleichzeitig öffnete sich die Bürotür.

»Huch. Ist der Sommer zurück?«

Doro fuhr herum. Ben war reingekommen und beäugte sie in ihrem Unterhemd.

»Haha.« Sie deutete zur Heizung. »Riesenkaffeefleck.«

»Gibt's denn noch welchen, oder hast du alles verschüttet? Ein Schluck, bevor's losgeht, wäre nicht schlecht.«

»Es ist noch was in der Kanne. Am besten greifst du schnell zu.«

Ben ging zum Aktenschrank, goss sich einen Becher voll, warf drei Zuckerwürfel hinein und trank. »Sind schon Hinweise zu unserem Tütenkäufer aus dem Discounter eingegangen?«, fragte er schmatzend.

»Es gibt nie keine Hinweise, wenn wir mit einem Bild an die Öffentlichkeit gehen. Das weißt du selbst. Das Problem besteht darin, die Spreu vom Weizen zu trennen.«

Auf dem Video hatten die Ermittler einen mittelgroßen, schlanken Mann gesehen. Beim Verstauen seiner Einkäufe in der Plastiktüte hatte er fahrig gewirkt, den Kassenzettel hatte er halb zerknüllt hinterhergestopft. Vermutlich war dieser dann irgendwann zerrissen und ein Teil in der Tüte geblieben.

»Es wäre halt gut, man hätte den richtigen Hinweis.«

Doro merkte auf. Ben hatte einen erwartungsvollen Ausdruck im Gesicht.

»Was ist los?«, fragte sie. »Was meinst du?«

»Ich habe das Foto aus dem Discounter eben Carolin gezeigt.«

»Ah. Caarolin.« Doro dehnte den Namen in vager Erwartung. Eben?, dachte sie. Früh am Morgen?

»Sie glaubt, dass sie den Mann schon mal gesehen hat.«

»Wirklich?«

»Sie denkt, es ist Kais Mitbewohner.«

»Kai wer noch mal?«

»Ihr ehemaliger Kollege in Gallos Küche. Kai Jansen. Er wohnt mit einem Mann zusammen, der in der autonomen Szene unterwegs ist. Carolin ist ihm bei Kais Geburtstagsparty begegnet, hat aber den Namen vergessen.«

In Doro stieg Anspannung auf. »Das heißt, es gibt womöglich eine Zielperson? Und du schlürfst hier Kaffee? Los, komm!« Mit einem Schwall Adrenalin in den Adern eilte sie aus dem Büro.

Drei Sekunden später kehrte sie zurück. Grinsend stellte Ben seine Tasse ab. Doro riss den Pulli von der Heizung und streifte ihn über. Ihr Bauch wurde kalt, sie schauderte und zog ihre Jacke an. Mittlerweile stand Ben auf dem Flur.

»Kommst du, Doro?«

Manchmal hätte sie ihn hauen mögen.

Einen Augenblick hielt sie inne, öffnete dann die Schreibtischschublade und steckte ihre Dienstwaffe ein.

»Kai Jansens Adresse habe ich rausgesucht«, sagte Ben, während er neben Doro die Treppen runterlief. »Lämmersieth heißt die Straße, liegt in Barmbek, Nähe Dulsberg. Ich habe auch bereits die Kollegen von der Bereitschaft informiert.«

Auf dem Parkplatz vor dem Revier angekommen, knallte Doro das Blaulicht aufs Dach des Dienstwagens. Rasant parkte sie aus und fuhr los, Ben telefonierte. »Ja, genau, wir sind in einigen Minuten vor Ort. Sichert bitte das Gebäude.«

Doro beschleunigte den Wagen, so gut es ging, der Berufsverkehr war zäh. Noch vor zwanzig Jahren hatte man mit Blaulicht und Einsatzsirene den Verkehr teilen können wie Jesus das Wasser. Heutzutage war die Angelegenheit sperriger. Etliche Autofahrer sahen nicht gut und hörten schlecht. Vielleicht war auch der Unwille gestiegen, sich gängeln zu lassen.

Doro blinkte sich mit der Lichthupe den Weg bis zur nächsten roten Ampel frei, bremste ab und tastete sich in die Kreuzung vor. Erneut beschleunigte sie und lavierte sich voran. Die Straße wurde vierspurig, der Verkehr weniger dicht.

»Ist schon komisch, dass der Mann aus dem Discounter ausgerechnet Kai Jansens Mitbewohner ist, oder?«, sagte Ben. »Unser Verdacht, dass die beiden Morde zusammenhängen, scheint sich zu bestätigen. Aber ich frage mich, wo genau die Verbindung liegt. Haben die da eine Killer-WG?«

»Das wird's sein.«

Die linke Spur war frei, Doros rechter Fuß senkte sich nach unten. Am Straßenrand flammte das grellrote Licht einer Radarfalle auf.

»Vermutlich Streckenrekord«, bemerkte Ben.

Doro raste weiter. »Was sagt denn *Carolin* zu den beiden Toten? Ihr habt doch bestimmt darüber gesprochen.«

»Du meinst, wie sie Kai Jansen einschätzt?«

»Zum Beispiel.«

Vor Doro zog ein silbergrauer Porsche Boxster auf die linke Fahrbahn und fuhr mit siebzig Sachen vor ihnen her. Doro schloss dicht zu ihm auf. Am Heck klebte ein Totenkopfsticker, »Speed is what I need«, stand darunter.

»Das glaub ich jetzt nicht«, grollte Ben.

Doro drückte auf die Lichthupe, der Porsche gab Gas, Doro auch. Nach ein paar Sekunden scherte er endlich rechts ein. Doro fuhr vorbei. Währenddessen drehte sich Ben zum Beifahrerfenster, schlug sich mit der Hand auf den Unterarm und hob gleichzeitig den Mittelfinger an die Scheibe.

»Nicht zu fassen«, maulte er. Mit einem Kopfschütteln wandte er sich wieder Doro zu. »Also, dieser Kai Jansen … Carolin sagt, er sei ruhig, verschlossen und zu langsam fürs ›Mercurio‹ gewesen. Aber Gallo hat ihn in Ruhe gelassen, ihm Arbeiten zugeteilt, die wenig zeitkritisch waren. Kais Vater und Gallo hatten zusammen in der Schweiz gearbeitet.«

Doro dachte nach und schwieg. Kurze Zeit später fuhr sie über eine Brücke im Stadtteil Barmbek, hier gab es viele Mietblocks aus der Nachkriegszeit. Manche sahen wie eine braune Wand aus.

»Wagen zwei dreiundzwanzig vor Zielobjekt«, kam es über Funk.

»Danke. Wir sind gleich da«, antwortete Doro. Sie bog nach rechts ab und stellte Martinshorn und Blaulicht aus. »Bislang ergibt sich bei Kai Jansen kein Motiv. Warum sollte er seinen Chef, der ihm wohlwollend gesonnen war, umbringen?«, fragte sie.

»Carolin meinte, sie wurde aus Kai nie schlau. In Gallos Küchenhölle wirkte er wie ein Fremdkörper. Er ließ sich nicht von der Hektik anstecken, aber an den Erfolgen nahm er auch nicht teil. Carolins anderer Kollege, Dario, hat ihn Taucherglocke genannt.«

»An der nächsten Kreuzung links abbiegen. Das Ziel befindet sich auf der rechten Seite«, meldete die Stimme des Navis.

Doro fuhr den Lämmersieth entlang. Vor dem Zielgebäude, einem rotbraunen mehrstöckigen Backsteinbau, parkte ein Streifenwagen. Doro hielt dahinter, sie war nervös. Reflexartig griff sie an die Innenseite ihrer Jacke, wo die Waffe steckte. Sie dachte an Constantin, daran, ihn am Abend zu sehen, mit ihm zu essen und zu reden. Die Gedanken an ihren Sohn waren immer bei ihr, vor allem bei heiklen und gefährlichen Einsätzen.

Sie stiegen aus. Die uniformierten Kollegen warteten am Hauseingang. Neben der jahrzehntealten Tür aus trübem Glas und Metall verliefen die Klingeln in zwei vertikalen Reihen nebeneinander. Etwa in der Mitte stand »Jansen/Marquart«.

»Dritter Stock, würde ich sagen«, meinte Ben.

Doro läutete im Erdgeschoss.

»Hallo?«, brummte ein Mann durch die Sprechanlage.

»Polizei, bitte öffnen Sie.«

»Um was geht's?«

»Machen Sie bitte die Tür auf!«, befahl Doro.

Das Summen des Öffners ertönte. Vor den Streifenbeamten liefen Doro und Ben das Treppenhaus hoch. Im dritten Stock schwenkten sie nach links, die Kollegen von der Bereitschaft nach rechts.

»Hier ist es«, sagte einer von ihnen unmittelbar darauf, er stand vor einer braunen Wohnungstür.

Doro atmete tief ein, sie kam mit Ben heran. Die uniformierten Kollegen brachten sich in Position. Ben drückte auf den Klingelschalter, das grelle Läuten drang bis nach draußen.

Die Ermittler warteten. Alles blieb still. Ben klingelte nochmals, dann ein drittes Mal.

Doro hörte Schritte. Die Wohnungstür öffnete sich einen Spaltbreit. Blitzartig schossen die Bereitschaftspolizisten vor, stürmten in den Eingang und hielten den Mann fest, der dort stand.

Es war Kai Jansen.

Doro zog ihre Waffe und lief mit Ben an ihm vorbei in den Flur. »Herr Marquart!«, rief sie. »Polizei! Kommen Sie mit erhobenen Händen heraus!«

Links war eine Tür halb offen. Doro stieß sie bis zum Anschlag auf und kontrollierte das Zimmer. Es war niemand darin, leise Musik lief, auf einer Schlafcouch lag zerwühltes Bettzeug.

Sie folgte Ben in den Nachbarraum. Ein Schreibtisch stand unter dem Fenster, daneben ein Bett und ein abgestoßener Sessel. Doro öffnete den Kleiderschrank. Bis auf ein paar hineingeworfene Klamotten war er leer.

Die Ermittler überprüften Küche und Bad, Marquart war nicht da.

»Ist okay.« Doro nickte den Polizisten zu, sie ließen Kai Jansen los.

»Wo ist Ihr Mitbewohner?«, fragte sie.

»Thomas? Keine Ahnung.« Kai Jansens rotblondes Haar hing strähnig in sein blasses Gesicht. »Den habe ich seit Montagmorgen nicht mehr gesehen.«

27

»Brauchen Sie dafür nicht einen Durchsuchungsbeschluss?« Kai Jansen saß auf einem der Küchenstühle und kaute nervös an einem Daumennagel.

»Gefahr im Verzug. Die Staatsanwaltschaft ist informiert.« Doro hatte Michael angerufen und rechnete mit seinem baldigen Eintreffen vor Ort. In der Kürze des Gesprächs war sein Ton mild gewesen, wie eine unausgesprochene Entschuldigung für den gestrigen Clash in Overbecks Büro. Er konnte das, ohne sich zu verbiegen.

Mittlerweile waren zwei weitere Streifenwagen im Lämmersieth angekommen, die Polizisten durchsuchten die Wohnung, insbesondere Thomas Marquarts Zimmer.

Eine junge Beamtin kam in die Küche. In ihrer latexblauen Hand hielt sie ein Clownskostüm. »Das war ganz unten im Kleiderschrank.«

Verwundert betrachtete Ben das Stück.

»Eventuell war Marquart bei der Clownarmee dabei«, meinte Doro.

»Wobei?«

»Da war vor einigen Jahren was in München, Demo der Autonomen gegen die Sicherheitskonferenz. Eine größere Gruppe trug Clownskostüme.«

»Ach so. Die neue Form der Vermummung.«

»Wenn du so willst«, erwiderte Doro. »Womöglich hat Marquart das Kostüm aber auch nur als Verkleidung bei einer anderen Gelegenheit getragen.«

»Seine übrigen Kleidungsstücke sind fast alle schwarz«, erklärte die Polizistin.

Die Phase hatte ich auch mal, dachte Doro.

»Das könnte ein Hinweis auf seine Nähe zum Schwarzen Block sein.« Ben trommelte mit den Fingerspitzen auf die königsblau gestrichene Platte des Küchentischs. Sie klebte.

»Könnte«, sagte Doro.

Schon vor Jahrzehnten war Schutzausrüstung gegen das Vorgehen von Sicherheitskräften bei Demonstranten verboten worden. Sie galt als passive Bewaffnung. Seitdem setzten Teile der autonomen Szene auf die Strategie, in geschlossenen Reihen uniform schwarz aufzutreten. Zu Großereignissen reisten Autonome aus ganz Europa an. »Wer international einlädt, bekommt internationale Gäste«, hieß es in der Szene.

»Außerdem haben wir noch ein paar Antifa-Aufkleber und Flugblätter gefunden«, sagte die Beamtin. »Das Material sieht allerdings schon älter aus. Heute arbeitet man wohl mehr mit digitalen Medien.« Sie hob die Schultern. »Wir machen in dem anderen Zimmer weiter.«

Ruckartig stand Kai Jansen auf. »In meinem?«

»Setzen Sie sich bitte wieder«, forderte Doro. »Wir haben noch einige Fragen an Sie.«

Kai Jansen zögerte. Er war groß und muskulös, doch seine Körpersprache wirkte weich. Sein Blick irrte umher, die Arme waren an die Hüften gepresst. Er sank auf seinen Stuhl zurück.

»Herr Jansen, noch einmal von vorn. Es ist uns bekannt, dass Ihr Mitbewohner in der autonomen Szene aktiv ist«, sagte Ben.

Die Information hatte ein Kollege durchgegeben, Marquart war nach einer örtlichen Demo im System erfasst worden.

»Davon weiß ich nichts.«

»Das glauben wir Ihnen nicht. Sie wohnen zusammen.« Ben wurde streng. »Sie haben permanent privaten Kontakt.«

»Ich habe keine Ahnung von diesen Autonomen, das interessiert mich nicht. Was wollen die überhaupt?«

»Das müssen wir Ihnen doch nicht erklären«, polterte Ben.

Doro fragte sich, ob es überhaupt so einfach zu erklären war. Die Szene war völlig zerfasert. Von einem schwulen *Sex-In* vor dem Dom in Fulda bis hin zu lebensgefährlichen Straßenschlachten war alles drin. Die Aktionen waren spontan oder von langer Hand geplant. Sie hatten alle möglichen Flaggschiffe der Unterdrückung und Fremdbestimmung im Visier, vom Bordell bis zur Sicherheitskonferenz.

Overbecks Schlachthof konnte ein Ziel gewesen sein. Nach Faschismus, Kapitalismus und Sexismus war auch die Ausbeutung von Tieren zu einem Thema für Teile der Szene geworden. Die Taktik der direkten Aktion richtete sich mitunter auch gegen Einzelpersonen, das war der Polizei bekannt.

»Sagt Ihnen der Name Martin Overbeck etwas?«, fragte Ben.

»Nein.« Kai Jansens blasse Wimpern waren kaum sichtbar, die Augen wirkten seltsam nackt.

»Doch, Sie kennen den Mann. Er ist der Besitzer eines

lokalen Schlachthofs und saß mit Ihrem Chef im Restaurant, um bei teurem Wein über neue Ideen nachzusinnen.«

»Ach, der«, nuschelte Kai Jansen.

»Genau. Er wurde umgebracht«, erklärte Ben scharf. »Ihr Chef und sein Kumpel – beide ermordet. Halten Sie das für einen Zufall?«

Kai Jansen sah auf die Tischplatte.

»Haben Sie mit Ihrem Mitbewohner über Overbeck gesprochen? Wusste er, dass Gallo und Overbeck miteinander bekannt waren?«

»Nein.«

»Er wusste es nicht?«

»Ich habe nicht mit Thomas über meine Arbeit gesprochen.«

»Wissen Sie, wie viele Tiere täglich in Overbecks Schlachthof ihr Leben lassen?«

»Keine Ahnung.«

»Sie haben Teile davon verarbeitet. Hat Ihnen Ihr Job eigentlich Spaß gemacht?«

Kai Jansen rieb sich mit der flachen Hand durchs Gesicht. »Was soll die Frage? Der Job war okay für mich.«

»Ihr Vater hat gemeinsam mit Gallo in der Schweiz gearbeitet«, fuhr Ben fort.

Kai Jansen stutzte. »Woher wissen Sie das?«

»Wir wissen es eben. Konnten Sie deshalb bei Gallo arbeiten? Weil Ihr Vater sich für Sie eingesetzt hat?«

»Mein Vater ist tot«, antwortete Kai Jansen tonlos.

Einen Augenblick war es still.

»Kommt es häufiger vor, dass Ihr Mitbewohner tagelang verschwindet?«, fragte Doro.

»Manchmal schon. Keine Ahnung, wo er dann ist.«

»Sie haben sicher seine Handynummer.«

Kai Jansens Pupillen schnellten zur Seite. »Nein.«

»Natürlich haben Sie die. Wo ist Ihr Handy?«

»Verloren.«

Ben stand auf und verließ die Küche. Zusammengesunken saß Kai Jansen vor dem gerahmten Che-Guevara-Poster, das an der Wand hing. Es war das millionenfach gedruckte Bild, auf dem Che die Mütze mit dem Stern trägt. In Doros Wohngemeinschaft hatte es vor einem Vierteljahrhundert den Flur geziert. Der WG waren eine Anwältin, ein Sonderpädagoge und eine Kriminalbeamtin entsprungen.

Doro fragte sich, wie weit das Revoluzzertum von Kai Jansen und Thomas Marquart ging.

»Im Zimmer verloren.« Ben war zurückgekommen und hielt ein Handy hoch. »Verraten Sie uns den Zugangscode?«

Kai Jansen schwieg.

»Herr Jansen, bitte. Wollen Sie ein Verfahren wegen Behinderung polizeilicher Ermittlungen und Beihilfe zur Flucht?« Ben klang wie ein gutmütiger Dorfpfarrer. »Das wird mit Haftstrafen geahndet.«

Jansens Kiefer mahlten aufeinander.

»Ich warte«, sagte Ben.

»Eins, drei, vier, acht.«

Ben gab die Ziffernfolge ein und ließ seinen Daumen über das Display gleiten. »Ah, da ist der Herr Marquart.« Er ging mit dem Telefon in den Flur und sprach dort mit einem Polizisten. »Handy-Ortung«, hörte Doro ihn sagen.

Dann kam er zurück und zog ein gefaltetes Blatt Papier aus seiner Jackentasche. »Das ist die Liste von Dingen, die

Thomas Marquart vor ein paar Tagen in einem Discounter eingekauft hat. Milch, Thunfisch, Marmelade, Tütensuppe, Shampoo. Eingepackt hat er das alles in eine Plastiktüte.« Ben ließ seine Worte ein paar Sekunden wirken. »Die Tüte haben wir schon. Die anderen Sachen werden wir in Ihrem Haushalt suchen.«

Er öffnete den Kühlschrank. Neben ein paar Stickern klebte eine Schwarz-Weiß-Postkarte an der Tür. Sie zeigte einen Polizisten mit Helm und Schweinenase.

Ben beugte sich vor und inspizierte den Inhalt. »Für jemand, der in der Spitzengastronomie arbeitet, ziemlich spärlich.« Er angelte ein Marmeladenglas heraus und sah auf die Liste. »Wer sagt's denn.«

»Ich sehe im Bad nach.« Doro verließ die Küche.

Im Flur lief sie fast in Michael hinein. Mit schwungvollen Schritten hatte er gerade die Wohnung betreten.

»Hoppla.« Sein Blick lief von Doros Gesicht zu ihrem kaffeefleckigen Pulli. »Hübsches Muster.«

Doro verzog die Mundwinkel.

»Du könntest ihn ausziehen«, flüsterte Michael.

Kopfschüttelnd schnalzte Doro mit der Zunge. »Ich muss ins Bad, Shampoo suchen.«

»Shampoo? Die Zielperson habt ihr schon?«

»Leider nein. Wir haben Thomas Marquart zur Fahndung ausschreiben lassen. Seit eben kennen wir immerhin seine Handynummer. Die Verbindungsdaten werden überprüft.«

»In der Liste des Verfassungsschutzes ist er nicht unter den bekannten Autonomen aufgeführt«, bemerkte Michael. »Er scheint keine Leitfigur zu sein. Hattet ihr ihn im Hellfeld?«

»Nein. Bislang ist er polizeilich nur einmal bei einer Demo aufgefallen und erkennungsdienstlich behandelt worden.« Doro drängte sich an Michael vorbei, stieß die angelehnte Badtür auf und ging hinein. Michael folgte ihr.

»Was ist mit Kai Jansen? Er kann die bewusste Plastiktüte im gemeinsamen Haushalt gefunden und sie zur Tat benutzt haben. Hat er ein Alibi für den Montagabend beziehungsweise die Nacht, als Overbeck starb?«

»Er hat in Gallos Restaurant gearbeitet – es war ja der Abend, an dem Carolin Freitag rausgeschmissen wurde«, sagte Doro. »Wir wissen noch nicht, wie lang genau Jansen in der Küche war. Reichen die Umstände derzeit für einen Haftbefehl gegen ihn?«

»Das muss der Richter entscheiden. Meines Erachtens nicht.« Michael wurde ernst, er kam dicht an Doro heran. »Hubert Klimantat hat mich eben angerufen«, sagte er. »Er möchte, dass wir wegen Persönlichkeitsrechtsverletzung und übler Nachrede ermitteln. Ich nehme an, du weißt, um was es geht?«

»Um seine Frau?«

»Darum, dass sie heute Morgen in der Zeitung war. Beim Pusten.«

»Oh. Gingen die Fotos tatsächlich an die Presse?«

»Ihr wart informiert?« Michael kräuselte die Lippen.

»Nur darüber, dass ein Unbekannter während der Alkoholkontrolle fotografiert hat.«

»Hubert ist außer sich. Ich konnte seine Zorntirade nur abwürgen, weil ich sagte, dass ich dringend hierhermüsse. Er will, dass jemand für die Rufschädigung zur Verantwortung gezogen wird.«

Doro hob die Schultern. »Die Redaktion der Zeitung?«

»Doro, er glaubt, dass die Sache von euch angezettelt wurde«, flüsterte Michael. »Er hat Ben und dich auf dem Kieker. Ich sag's dir als … Freund.« Seine braunen Augen suchten ihre. Einen Moment lang hingen ihre Blicke aneinander fest.

»Klimantat hätte längst dafür sorgen müssen, dass seine Frau nicht betrunken Auto fährt.« Doro justierte ihr Sichtfeld von Michael weg. Auf dem Rand der türkis gefliesten Badewanne stand eine Shampoo-Flasche der Marke, die Thomas Marquart gekauft hatte.

»Wo seht ihr den Zusammenhang zwischen den beiden Morden?«, fragte Michael.

»Wir wissen es noch nicht. Overbeck könnte ein Ziel militanter Tierschützer gewesen sein. Bei Gallo passt das nicht recht.« Doro angelte das Shampoo vom Badewannenrand. Gleichzeitig klingelte ihr Handy. Sie zog es aus der Hosentasche und stellte die Flasche wieder ab.

»Anders, hallo?«

»Mohnhaupt vom Innendienst. Frau Anders, wir hatten gerade einen Anruf. Ein Journalist möchte einen verantwortlichen Beamten im Mordfall Gabriel Otto sprechen. Er sagte, er habe Hinweise. Mehr wollte er am Telefon nicht rausrücken. Er verlangte, persönlich mit einem Zuständigen zu sprechen.«

»Hat er seine Kontaktdaten hinterlassen?«

»Nur eine Mobilnummer. Haben Sie was zu schreiben?«

Doro tastete mit der Hand in ihrer Jackentasche und förderte einen alten Einkaufszettel zutage. »Kuli?«, fragte sie leise zu Michael hin. Der zog einen Stift aus seinem Jackett und reichte ihn ihr.

»Ja«, sagte Doro ins Telefon. »Ich höre.«

Der Kollege gab eine Handynummer durch, Doro kritzelte die Zahlen auf das zerknitterte Papier.

»Danke. Ich rufe gleich dort an«, erklärte sie und legte auf. »Ein Informant, der angeblich was zu Gallos Tod weiß. Ich telefoniere draußen mit ihm.«

28

Vor der Tür lief Doro über das grau gesprenkelte Steinzeug des Etagengangs. Sie lehnte sich ans Treppengeländer und wählte die aufgeschriebene Nummer.

»Hallo?«, sagte eine tiefe Männerstimme.

»Anders, Kriminalpolizei. Mit wem spreche ich bitte?«

»Klaus Müller.«

»Sie hatten auf dem Kommissariat angerufen.«

»Ja. Ich denke, ich kann Ihnen etwas mitteilen, das Sie interessieren wird.«

»Dann tun Sie das bitte.« Doro fuhr mit zwei Fingern über den braunen Handlauf des Geländers.

»Nicht am Telefon.« Ein trockenes Lachen erklang. »Da weiß ich ja gar nicht, mit wem ich spreche.«

»Ich weiß es auch nicht«, erwiderte Doro. »Woher haben Sie Ihre Informationen?«

»Ich arbeite für einen bekannten TV-Sender. Auf Hinweis eines Informanten hin haben mein Team und ich im Umfeld der sogenannten Spitzengastronomie recherchiert, insbesondere zu Herrn Ottos hochgelobtem Restaurant.« Der Mann räusperte sich.

Raucher, dachte Doro. »Wir können uns im Kommissariat treffen. Nennen Sie eine Uhrzeit.«

Wieder erklang das stoßartige Lachen. »Frau Anders, man kennt mich. Ich habe ein *Fernsehgesicht*. Wenn ich zu Ihrer Wache komme, steht das morgen in der Zeitung.«

Tatsächlich? Doro zögerte. An der Wand gegenüber strahlte die runde Lampe der Treppenhausbeleuchtung wie der Vollmond.

»Gut. Wo treffen wir uns?«

»Kennen Sie den alten Tschechen-Hafen?«

»Ja.«

»Dort an der Schranke. In etwa einer halben Stunde?«

»In Ordnung. Aber ich bin noch in Barmbek, es könnte etwas länger dauern.«

»Alles klar.«

Doro beendete das Gespräch und verharrte am Treppenabsatz. In Gedanken ging sie diverse TV-Sendungen durch, mit dem Namen Klaus Müller konnte sie keine bekannte Person verbinden. Nachdenklich kehrte sie in die Wohnung zurück.

Michael war bei den Polizisten in einem der Schlafzimmer. Ben saß noch in der Küche und fühlte Kai Jansen auf den Zahn.

»Wie lange haben Sie am Montagabend im Restaurant gearbeitet?«

»So bis halb zwölf, zwölf, wie immer eben.«

»Wir werden das überprüfen.«

»Es kann auch ein bisschen früher gewesen sein.«

»Ben, kommst du mal bitte?«, sagte Doro.

Ben erhob sich und ließ Kai Jansen allein am Tisch sitzen. Blass und verschlossen starrte er zu Boden.

»Ich fahre zum Tschechen-Hafen«, erklärte Doro, als Ben

neben ihr im Flur stand. »Ein Fernsehjournalist namens Klaus Müller behauptet, er habe Informationen zu Gallos Tod.«

»Wieso trefft ihr euch am Hafen?«

»Müller meinte, er sei eine öffentliche Person. Er möchte nicht im Polizeirevier gesehen werden.«

»Lauter Promis in dem Fall?« Ben runzelte die Stirn. »Mir sagt der Name nichts. Ich komme mit.«

»Nein, mach du hier weiter. Es ist helllichter Tag, und so einsam liegt der Hafen nicht. Mohnhaupt vom Revier hat Klaus Müllers Handynummer.« Doro hielt einen Moment inne. »Wir müssen Müllers Anruf nachgehen, auch nach seinen Bedingungen. Bis später. Ach, das Shampoo vom Kassenbeleg ist übrigens im Bad.« Sie hob verabschiedend die Hand und eilte aus der Wohnung.

Kurz darauf saß sie im Dienstwagen und zog den kleinen Tablet-PC aus dem Handschuhfach. Sie gab »Klaus Müller« und »Journalist« im Suchfeld des Internetbrowsers ein. Die Menge der angezeigten Treffer war unüberschaubar, die der passenden Fotos ebenfalls.

Doro überflog die Bilder. Alle und keiner, dachte sie. Bei alternativen Schreibweisen des Namens ergab sich ein ähnliches Sammelsurium.

Sie legte das Tablet auf den Beifahrersitz, startete den Motor und fuhr los.

Ihre Gedanken wanderten zurück zu den Babyfotos, die Gallo auf seinem Laptop hatte. Im Prinzip war die Sache klar.

Die beiden Kinder auf dem Porträt im Wohnzimmer der Klimantats sahen sich so wenig ähnlich, die Augen der Kleinen glichen denen von Gallo, ihr Alter heute und das Alter der Babyfotos auf Gallos Laptop passten … »Cinderella« als Urheber der Bilddateien …

Doro erinnerte sich auch an die nahezu lieblose Chat-Kommunikation zwischen Denise und Gallo. Es musste etwas anderes geben, was die beiden verband. In Hubert Klimantats kühlem Plüschbunker wuchs ein kleines Kuckucksmädchen auf. Ob Klimantat es wusste? Bei einem hochintelligenten Mann, wie er einer war, ging Doro davon aus. Unter Umständen war er noch intelligenter und wollte es gar nicht wissen.

Und Doro konnte es beim aktuellen Stand der Dinge nicht beweisen. Niemals würde ein Gericht derzeit einen Vaterschaftstest anordnen.

Sie hielt vor einer roten Ampel und trommelte mit den Fingerspitzen aufs Lenkrad. Was bedeutet es, wenn Hubert Klimantat nicht Rafaelas Vater wäre?, überlegte sie. Ergibt sich ein Motiv für einen Mord – nach über fünf Jahren, die das Kind auf der Welt ist?

Kannte Gallo seine Tochter, hatte er sie regelmäßig gesehen? Hatte er gedroht, alles ans Licht zu bringen? Machte er Ansprüche als Vater geltend?

Doro erschien das unwahrscheinlich. Der egomanische Koch war auf dem Höhepunkt seines Schaffens gewesen, hatte seinem Erfolg alles untergeordnet. Seine Interessen und Prioritäten hatten vor seinem Tod eher woanders gelegen.

Die Ampel wurde grün, Doro fuhr los, zehn, fünfzehn Minuten durch den Stadtverkehr.

Was ist mit Gallos Vermögen?, fragte sie sich. Mit seinem Erbe? Denise Klimantat lebt in großem Wohlstand. Ob sie eine Entscheidung zwischen Gallos Geld und dem ihres

Mannes trifft? Stellt Gallos Vermögen ein Mordmotiv für sie dar? Für eine Frau, die alles hat?

Doro spürte ihren Eindrücken nach, sie war unsicher. Denise Klimantats Alkoholkrankheit ließ das Bild, das Doro von ihr hatte, verschwimmen, es war nicht recht greifbar. Als würde man durch eine leere Flasche sehen, dachte sie. Vielleicht war Denise aufgrund ihrer Krankheit auch sehr impulsiv, wog gar nicht ab, handelte irrational?

Die Stadt glitt an Doro vorbei, sie fuhr weiter nach Süden bis zum Wasser.

Der Tschechen-Hafen nahe den Elbbrücken war ein Stück Geschichte, das schon weitgehend verblichen war. Der Hafen bot Tschechien gemäß den Regelungen des Versailler Vertrags einen zollfreien Zugang zum Meer. In den Siebziger- und Achtzigerjahren hatte dort Hochbetrieb geherrscht, mittlerweile war die Anlage verlassen worden, und der Verfall setzte ein. Das Gelände war wenig frequentiert, ab und an patrouillierten Kollegen von der Streife dort.

In Doros Kopf wirbelten die Gedanken durcheinander, drifteten von den Mordfällen ins Private, auch wenn sie immer versuchte, beide Welten auseinanderzuhalten. Es war Freitag. Constantin würde heute Abend wohl kaum zu Hause bleiben wollen.

Eine leise Furcht überlief sie. Mit ihr kam ein Hitzeschwall, der sie das Seitenfenster öffnen ließ. Der Fahrtwind griff ihr Haar auf, in der kühlen Luft lag herbstlicher Frühnebel. Doro näherte sich dem Hafengelände.

Irgendwann einmal hatte sie gelesen, dass männliche Orkas ein Leben lang bei ihren Müttern blieben. Die kümmerten sich bis zum Tod um die längst erwachsenen Muttersöhnchen, die keine Anstalten machten, in der weiten Meereswelt das Abenteuer zu suchen. Gerade kam Doro die Vorstellung seltsam reizvoll vor.

Sie drehte das Gesicht zu der kühlen Brise hin, der Verkehr um sie herum wurde weniger, die Gegend einsamer. Hinter ihr schloss ein schwarzer Pick-up auf.

Die Straße machte eine Biegung und führte dann zum Hafengebiet. Die Strecke war jetzt frei, kein Auto vor Doro, sie beschleunigte.

Zügig fuhr sie um eine Kurve und erreichte eine Brücke. In einiger Entfernung standen zurückgesetzte Lagergebäude und Industriehallen.

Plötzlich ließ eine Bewegung ihren Blick zum Rückspiegel schnellen. Der schwarze Pick-up zog auf die freie linke Spur, war neben ihr und hielt das Tempo. Eine Sekunde lang überwog das Erstaunen, dann schoss Adrenalin in Doros Körper. Zur Rechten trennten sie nur ein schmaler Gehweg und ein unzuverlässig wirkendes Geländer vom Wasser.

Hinter dem Steuer des Pick-ups saß jemand mit Sonnenbrille und Schirmmütze, Doro umklammerte das Lenkrad.

Im selben Moment zog der Fahrer ein Stück vor und dann scharf nach rechts. Das tiefe Motorenpoltern dröhnte in Doros Ohren, die schwarze Karosserie war nur ein paar Zentimeter entfernt.

Doro bremste ab, ihr Oberkörper wurde in den Gurt gedrückt.

Vor ihr entfernte sich der Pick-up mit wehender Auspufffahne. Das Kennzeichen war verdeckt, ein Stück der Ladeplane bis zur Anhängerkupplung heruntergezogen. Schließlich verschwand er aus Doros Sichtfeld.

»Was war das denn?«, murmelte sie, der Schreck saß ihr noch in den Gliedern.

Im Rückspiegel registrierte sie, dass hinter ihr wieder ein Pkw auf die Brücke auffuhr. Sie atmete tief durch, beschleunigte ihren Wagen und steuerte den Tschechen-Hafen an.

29

Einige Minuten später erreichte sie das Gelände und hielt in der Nähe der Schranke. Sie sah sich aufmerksam um. Dann stieg sie aus und ging los.

Die ehemaligen Lager- und Verwaltungsgebäude waren verlassen, vom Wasser her wehte eine steife Brise. Doro zog ihre Jacke enger um die Hüften, die Dienstwaffe drückte bei jedem Schritt an ihre Rippen.

Ein grauhaariger Mann in einer fellgefütterten Lammlederjacke stand bei der Schranke und rauchte. Doro war nur noch wenige Meter entfernt, der Mann wandte sich zu ihr – Doro stockte.

Sie hatte ihn tatsächlich schon einmal gesehen, genau genommen mehrfach. Auf dem Fernsehbildschirm und das letzte Mal im »Walzwerk«.

Small world, dachte sie und fragte: »Herr Müller?«

»Ja. Guten Morgen. Sie sind Frau Anders, nehme ich an.«

Doro nickte.

In Müllers sonnengegerbtem Gesicht gab es kein Anzeichen des Wiedererkennens.

»Wenn es Ihnen recht ist, lassen Sie uns ein Stück gehen.« Er setzte ein sprödes Lächeln auf, neben Mund und Nase verliefen tiefe Falten. »Da entlang?« Er wies zur Wasserkante.

Doro deutete in die andere Richtung, der Straße folgend. »Wir können dort reden.«

Klaus Müller sog an seiner Zigarette, die Glut glomm auf. Mit zusammengekniffenen Augen hielt er den Rauch in der Lunge, blies ihn aus und warf die Kippe auf den Boden. »Wie Sie wollen.« Er trat auf den Stummel, die kleine Qualmfahne erstickte.

Doro setzte sich in Bewegung, Klaus Müller ging neben ihr. Im Fernsehen sieht er wesentlich jünger aus, dachte sie und kam zur Sache. »Was haben Sie zu berichten?«

Müller klärte seine volltönende Stimme mit einem Räuspern. »Nun, wie Sie sicher wissen, war Gabriel Otto vor seinem Tod ein viel beachteter Koch, medienpräsent mit seinem Konzept der Neuen Nachhaltigkeit.«

»Das ist uns bekannt.«

Im Schlendergang setzte Klaus Müller einen Fuß vor den anderen, seine braunen Lederschuhe waren neu und elegant.

»Einer von Ottos Mitarbeitern ist an uns herangetreten. Er hat uns darüber informiert, woher Otto seine Ware bezog und wie es sich mit dem vermeintlichen Respekt gegenüber der Kreatur verhielt.« Er drehte den Kopf zu Doro, sie nahm den Geruch von kaltem Rauch wahr. »Wie es tatsächlich mit der Neuen Nachhaltigkeit bestellt ist.«

»Wir kennen die Verbindung zum Schlachthof Overbeck.«

»Ach ja?« Müller wirkte überrascht. »Wir hatten einen Bericht dazu geplant. Wollten offenlegen, dass die Gäste ein Vermögen für Schlachtabfälle bezahlen und die radikale Nachhaltigkeit ein Fake ist.« Ein trockenes Lachen erklang. »Post mortem können wir den Beitrag in die Tonne treten.«

»Wer ist Ihr Informant?«

»Einen Namen kann ich Ihnen nicht nennen.«

»Sie haben sich sicher mit ihm oder ihr getroffen. Beschreiben Sie die Person.«

»Es war ein Mann«, sagte Klaus Müller. »Rötlich blondes Haar, ziemlich groß, eher blass. Er wirkte verhalten. Es schien ihm dennoch ein echtes Anliegen zu sein, die Gegebenheiten in Gabriel Ottos Küche an die Öffentlichkeit zu bringen.«

Kai Jansen, dachte Doro. »Wissen Sie, warum es Ihrem Informanten so wichtig war, mit Ihnen zu sprechen?«

»Er sagte, er verabscheue Unaufrichtigkeit. Otto ginge schlecht mit den Leuten um, mit seinen Gästen und den Mitarbeitern. Er sei ein Lügner und Betrüger.«

Was ist zwischen Gallo und Kai Jansen gewesen?, überlegte Doro. Welchen Groll hegte Jansen, und warum hat wiederum Gallo ihn nachsichtig behandelt?

Sie liefen an einer demolierten Telefonzelle vorbei, der Apparat war ausgebaut. In einiger Entfernung sah Doro eine alte Frau mit zwei Plastiktüten den Weg entlangschlurfen.

»Wir hatten bei Gabriel Otto angefragt, ob er uns ein Interview gibt«, fuhr Klaus Müller fort. »Er hat bereitwillig zugesagt. Als er während des Gesprächs merkte, in welche Richtung es ging, hat er abgebrochen und uns die Verwertung der O-Töne untersagt.«

»Und?« Doro ahnte, dass Müller noch mehr zu berichten hatte.

Der zog eine Schachtel Reval aus seiner Jackentasche, nahm ein Feuerzeug und eine Zigarette heraus und zündete sie an. »Ich bin ein Journalist alter Schule.« Der Satz kam mit dem ausgeblasenen Rauch aus seinem Mund, das J hatte er hanseatisch hart ausgesprochen. »Die Presse hat einen klaren

Informationsauftrag, auch wenn es einigen nicht gefällt. Ich gebe nicht so schnell auf. Meine Hartnäckigkeit ist bekannt.«

In Doros Ohren klang Selbstgefälligkeit mit.

»Das bedeutet?«, fragte sie.

»Ich habe mich weiter mit Gabriel Otto befasst, unterstützt von einem meiner Mitarbeiter. Wir haben uns in seinem Berufs- und Privatleben umgesehen. Er hatte eine Affäre mit einer verheirateten Frau.«

Nur mit einer?, dachte Doro und sagte möglichst unbedarft: »Das haben viele.«

»Der Ehemann dieser Frau ist Richter und Mitglied des Senats.« Klaus Müller inhalierte einen tiefen Lungenzug.

»Hubert Klimantat«, erwiderte Doro. »Auch das ist uns bekannt.«

Mit einem feinen Lächeln drehte sich Klaus Müller zu ihr. Die Gesichtshaut war wie Leder, die sumpfgrünen Augen von Schlupflidern gesäumt. »Mein Mitarbeiter und ich, wir waren nicht die Einzigen, die sich für Gabriel Ottos Leben interessiert haben.«

»Nein?« Doro wurde hellhörig.

»Es gab einen Mann, der wiederholt auftauchte und von meinem Mitarbeiter beobachtet wurde. Und zwar dabei, wie er Otto beobachtete. Vor allem mittags war er da, wenn Otto das Restaurant verließ, Besorgungen machte oder zu sich nach Hause ging.«

»Können Sie diesen Mann beschreiben?«, fragte Doro.

»Meinem Mitarbeiter zufolge dunkelhaarig, stabil gebaut, zwischen dreißig und vierzig.«

»Genauer haben Sie's nicht?«

»Leider nein.«

»Wir würden gern ein Phantombild anfertigen lassen«, sagte Doro nach einer kurzen Pause.

»Ich informiere meinen Mitarbeiter. Er wird sich bei Ihnen melden.«

»Bitte umgehend. Es ist dringend.«

Fast waren sie zu der alten Frau aufgeschlossen. Sie hinkte, ihre Plastiktüten waren mit Kleidung vollgestopft.

»Warum haben Sie uns erst heute kontaktiert? Gabriel Otto ist seit Dienstag tot. Sie sind Journalist, Sie wussten zeitnah von dem Mord.«

»Ich habe abgewogen.« Klaus Müller hustete und warf die halb gerauchte Zigarette auf den Boden. »So wie es seriöse Journalisten tun, bevor sie vertrauliche Informationen an die Polizei geben. Wir bewegen uns immer in einem Spannungsfeld, was die Loyalität den Informanten gegenüber betrifft.«

Doro sparte sich einen Kommentar. »Haben Sie auch zum Tod von Martin Overbeck etwas zu berichten?«, fragte sie.

»Nein.« Die Antwort kam schnell und entschieden, ohne eine Nachfrage. Doro war klar, dass Klaus Müller wusste, um wen und um was es ging.

»Kannten Sie ihn?« Sie dachte an das »Walzwerk«. »Eventuell von Begegnungen irgendwo in der Stadt?«

»Nein.«

Doro war unsicher, ob sie die Puffbesuche ansprechen sollte. Sie ließ es sein. »Hat Ihr Informant, also Gabriel Ottos Mitarbeiter, auch über Overbeck gesprochen?«, fragte sie stattdessen.

»Nicht explizit.«

»Ein Bericht über seinen Schlachthof stand nicht auf Ihrer Agenda?«

»Nein.«

»Warum war das Thema Gabriel Otto für Sie als Journalist interessant? Seine Gäste haben von einer Speisekarte ausgewählt und das serviert bekommen, was sie bestellt haben. Es war ihre freie Entscheidung, es zu essen.«

Klaus Müller betrachtete scheinbar interessiert ein paar struppige Hecken. »Es ging um Ottos Konzept. Selbstgerechte Emporkömmlinge haben mich schon immer abgestoßen. Abgesehen davon war das Thema journalistisch ein gefundenes Fressen.« Ein süffisantes Schnalzen erklang.

»Verstehe. Haben Sie noch mehr Informationen für uns?«

»Ich denke, ich habe Ihnen schon einiges berichtet.«

»Ja, sicher. Vielen Dank dafür.« Doro blieb stehen, Klaus Müller stoppte neben ihr. Ein paar Sonnenstrahlen zwängten sich durch das Grau des Himmels.

»Kennen Sie zufällig jemand, der einen schwarzen Pick-up fährt?«, fragte Doro.

Ein blasiertes Lächeln deutete sich an. »Haben Sie was gegen Geländewagen in der Stadt?«

In Doro flammte Ärger auf. »Ich habe was gegen Wildwest-Gehabe auf der Straße. Fahren Sie immer so? Wie viele Anzeigen haben Sie denn schon kassiert?«

»Fällt das auch in Ihren Arbeitsbereich?«

Was für ein arroganter Typ, dachte Doro, sie hatte tatsächlich Lust, ihn anzuzeigen.

»Nein«, sagte sie kühl. »Bei mir geht es um Mord.«

»Dann wünsche ich Ihnen viel Erfolg in diesem Bereich.«

»Danke.« Doro wandte sich zum Gehen. »Einen schönen Tag noch.« Sie blinzelte arglos. »Und später einen angenehm entspannten Feierabend im Kreise Ihrer Lieben.«

30

Nachdenklich saß Doro in ihrem Wagen. Wieder war Denise Klimantat ins Spiel gekommen. Es gab jemand, der Gallo beobachtet und dabei mutmaßlich auch von dessen Affäre mit Denise erfahren hatte. Ein Privatdetektiv, engagiert von Hubert Klimantat?

Doro ließ den Motor an, parkte aus und fuhr los. Das tiefe Dröhnen eines Nebelhorns klang vom Fluss zu ihr hin. Die Sonne kämpfte sich durch das Grau, als führe sie einen freundlichen Mittag im Schilde.

Ob heute Morgen Hubert Klimantat die Kinder zur Schule und in den Kindergarten gebracht hat? Ob Denise Fahrrad fährt oder mit öffentlichen Verkehrsmitteln? Wohl doch eher mit dem Taxi, dachte Doro.

Sicherlich hatte es Ärger zwischen Hubert und Denise gegeben, in Anbetracht des wütenden Anrufs von Klimantat bei Michael konnte sich Doro nichts anderes vorstellen. Hubert Klimantat hatte bei ihrer Begegnung auf sie kalt und streng gewirkt, seine Frau ängstlich.

Doro kam der Gedanke, bei den Klimantats vorbeizufahren. Sie wollte noch einmal mit Denise sprechen – auch wenn ihr Ehemann es untersagt hatte. Vermutlich war es gerade deshalb angebracht.

Auf das Navi schielend, gab sie die Adresse ein. »Die Route wird berechnet«, klang es aus dem Lautsprecher, auf dem Display schlängelte sich eine blaue Linie stadteinwärts.

Während Doro der Navigation folgte, huschte ihr Blick immer wieder zu Außen- und Rückspiegel, aufmerksam beobachtete sie den Verkehr um sich herum. Die Fahrzeuge wechselten, keines blieb länger in ihrem Sichtfeld, der Pick-up tauchte nicht mehr auf.

Einige Minuten später umfing sie wieder das dichte Autogewirr der Großstadt, es wurde auf den Gehwegen von zahllosen Menschen flankiert. Alle liefen geschäftig irgendwohin, unzählige Ziele, Pläne und Termine in Tausenden von Köpfen.

Doro schaltete den CD-Player ein, Mark Knopfler klimperte »Sultans of Swing«. Nach ein paar Takten ging es Doro auf die Nerven. Sie machte die Musik aus, hing ihren Gedanken nach und lavierte sich durch die Stadt.

Schließlich öffnete sich die Gegend. Leute und Autos wurden weniger, das Gewimmel wich einer wohlhabenden Bewegungsfreiheit. Doro gelangte nach Harvestehude.

Dekorativ vergitterte Grundstücke säumten die Straße. Nach wenigen Hundert Metern erreichte sie das Haus der Klimantats. Sie stellte ihren Wagen ab und stieg aus.

Ruhig lag das Gebäude inmitten des gepflegten Gartens. Über den Sommer war er ordentlich bewässert worden, den Pflanzen ging es prächtig.

Doro drückte ihren Zeigefinger auf die Klingel am Zaun und wartete. Ein paar Vögel zwitscherten aus den Kronen ringsum stehender Bäume, ansonsten blieb alles ruhig. Sie läutete nochmals – vergeblich.

Alle Klimantats ausgeflogen, dachte sie. Oder Denise öffnet nach dem gestrigen Tiefschlag mit ihrem Führerschein niemandem mehr.

Einem plötzlichen Impuls folgend, sah sich Doro um. Dann stützte sie sich in einer schnellen Bewegung auf dem Gartentor ab, spannte ihre Muskeln an und sprang darüber.

Eilig lief sie über den gepflasterten Gehweg, ein Stück vor der Haustür bog sie ab. Die Löwenstatue neben dem Eingang erschien ihr wie eine steingewordene Disneyfigur. Doro steuerte die Rückseite des Hauses an.

Hubert Klimantat würde sie zweifellos anzeigen, wenn er sie erwischte. Doro hoffte, dass er bei Gericht war oder einer seiner anderen bedeutsamen Verpflichtungen nachging. Sie huschte entlang der hochgewachsenen Sträucher. Die Panoramafenster des Erdgeschosses wirkten in einigen Metern Entfernung wie riesige dunkle Spiegel.

Während Doro näher heranpirschte, war ihr selbst nicht ganz klar, was sie gerade tat. Sofern Denise Klimantat zu Hause war, würde sie sie kaum über die Terrasse hineinlassen, wenn sie das Läuten an der Tür ignoriert hatte. Womöglich würde sie auch sofort ihren Mann benachrichtigen.

Vorsichtig ging Doro bis zu den großen Wohnzimmerfenstern. Sie legte ihre Hände an die Scheibe, um die Spiegelung zu verhindern, und spähte ins Innere des Hauses.

Im Wohnbereich war niemand, die rote Couch trug nur ein paar samtene Kissen. Weiter vorn stand der Esstisch. Das Frühstücksgeschirr war nicht abgeräumt worden, auf den Tellern häuften sich Reste von Toast, Apfelstücken und Ei. Einer der Hängeschränke war offen, an der teuren Kaffeemaschine brannte ein kleines rotes Lämpchen. Die goldgerahmten Ikonen blickten fromm leidend von ihren Wänden in den Raum.

Doro bewegte sich zur Terrassentür und drückte dagegen. Sie war abgeschlossen.

Natürlich, dachte Doro und stand unschlüssig da. Schließlich machte sie sich auf den Rückweg zur Frontseite des Hauses.

Dort angelangt, lief sie Richtung Gartentor. Unter den Sohlen ihrer Boots spürte sie die unebenen Pflastersteine des schmalen Weges. Fast war sie beim Ausgang angekommen, als sie das Tackern eines Dieselmotors hörte. Im selben Moment hielt ein Taxi direkt vor dem Tor an.

Auf dem Beifahrersitz saß Denise Klimantat. Sie sah durch die Scheibe nach draußen, Doros und ihr Blick trafen sich. Doro blieb stehen.

Denises Arm bewegte sich zum Fahrer hin. Sie zahlte, öffnete die Autotür und stieg aus. Dabei krümmte sie sich merkwürdig, Schmerz flog über ihr Gesicht, sie sah elend aus.

»Was machen Sie da?« In Trenchcoat und weit geschnittener Hose stand sie vor dem Gartentor Doro gegenüber, die sich immer noch auf dem Grundstück befand. Die Situation zwischen Hausherrin und Eindringling war befremdlich.

»Ich wollte mit Ihnen sprechen«, antwortete Doro. »Geht es Ihnen nicht gut? Hatten Sie einen Unfall?«

»Es ist alles in Ordnung.«

Doro war klar, dass das Gegenteil der Fall war. Am Ende war Hubert Klimantat nicht nur mit Worten ausfällig geworden.

Denise legte ihren Finger auf das kleine Scannerfeld. Das Summen des Öffners ertönte, sie drückte das Tor auf. »Lassen Sie mich durch.«

»Oh, sicher.« Doro wich zurück. Allerdings kam Denise auf dem schmalen buchsgesäumten Weg nicht so einfach an ihr vorbei. Blass und zerzaust stand sie vor Doro.

»Hat Ihr Mann Sie geschlagen?«

»Unsinn.« Ungehalten schwenkte Denise nach links, Doro trat in dieselbe Richtung. Reflexartig erfolgten die gleichen Bewegungen nach rechts.

»Lassen Sie mich vorbei!«, rief Denise.

»Frau Klimantat, bitte. Einen Augenblick.«

»Ich möchte nicht mit Ihnen reden. Hat mein Mann sich nicht deutlich ausgedrückt?«

»Doch, das hat er. Das tut er wohl immer? Überdeutlich?«

»Was soll das heißen? Ich will ins Haus.«

Intuitiv entschied Doro, Denise mit ihrem Verdacht direkt zu konfrontieren. »Frau Klimantat, Ihre Tochter … Sie ist nicht von Ihrem Mann.«

»Wie bitte? So eine Unverschämtheit.«

»Sie ist von Gabriel Otto, nicht wahr?«

»Gehen Sie mir aus dem Weg! Oder ich rufe die Polizei.«

»Ich bin die Polizei. Antworten Sie bitte auf meine Frage.«

»Ich zeige Sie an wegen Hausfriedensbruch. Mein Mann zeigt Sie an.« Die Stimme überschlug sich, eine zitternde Hand kam nach vorn.

Mit plötzlicher Wucht schmerzte Doro der Anblick der Frau, das Leben, das sie führte, die Abhängigkeit. Mensch, Denise, dachte sie. Stell dich doch psychologisch mal gerade hin.

»Frau Klimantat, ich kann Ihnen helfen, eine Übergangslösung zu finden, wenn Sie sich trennen möchten.«

Die blassen Lippen öffneten sich einen Spalt. Fahrig strich Denise eine Haarsträhne zurück, ein Sonnenstrahl fiel auf ihre Schultern.

»Hat Gabriel Otto Sie auch schlecht behandelt? Oder waren Sie glücklich mit ihm?«

Denise warf den Kopf zurück. »Machen Sie mir Platz.«

»Hatte er Kontakt zu Rafaela? Haben sich die beiden regelmäßig gesehen? Weiß Ihr Mann davon?«

Blitzschnell ging Denises Arm nach oben, dabei verzog sich ihr Gesicht in Schmerzen. Sie holte aus und drosch ihre Handtasche auf Doro zu. Die konnte gerade noch ausweichen, der Schlag ging ins Leere, Denise kam ins Straucheln. Unmittelbar darauf holte sie erneut aus.

»Ist okay«, sagte Doro beschwichtigend. »Ich gehe schon. Legen Sie sich am besten ein wenig hin. Vielleicht sollten Sie auch zum Arzt.«

»Hauen Sie ab!«

Mit drei Schritten war Doro am Gartentor.

»Wir melden uns wieder bei Ihnen«, sagte sie, das Grundstück verlassend.

Seltsam berührt stieg sie in ihren Wagen. Sie suchte im Kontaktverzeichnis ihres Handys und wählte.

»Holle«, meldete sich eine angenehme Stimme.

»Hi, Enno, hier ist Doro. Sag mal, du hast doch eine Menge Beziehungen in der Stadt.«

»Wie? Beziehungen?«

»Du kennst doch tausend Leute, meine ich. Kannst du bitte versuchen, über die Taxifunkzentralen informiert zu werden, wenn ein Wagen zu Denise Klimantats Adresse bestellt wird? Inklusive der Info über das Ziel der Fahrt?«

Am anderen Ende der Leitung war es still. »Irgendwas Offizielles haben wir nicht bei dieser Informationsbeschaffung?«, fragte Enno schließlich.

»Nein. Das läuft nur über den informellen Weg.« Doro räusperte sich. »Die Staatsanwaltschaft ist ja etwas zurückhaltend, was Ermittlungen zu den Klimantats betrifft.«

»Verstehe. Ich sehe, was ich tun kann.«

»Klasse, danke.« Doro legte auf und fuhr los. Als sie am Gartentor der Klimantats vorbeikam, stand Denise noch an der Haustür. Ihr Gesicht war halb der Straße zugewandt. Zuerst dachte Doro, die Miene sei wieder schmerzverzerrt. Dann erkannte sie ein wahnwitziges Lachen.

31

Denise zog den Haustürschlüssel aus ihrer Tasche und schloss auf. Sie betrat die Diele, ließ ihre Handtasche auf den Boden fallen und wankte vor in den Wohnbereich. Im selben Moment schrak sie zusammen.

Sie hatte das Frühstücksgeschirr doch abgeräumt gehabt. Wieso stand der Esstisch voll?

Oder hatte sie die Sachen in der morgendlichen Eile stehen lassen? Unsicherheit kroch hoch, sie breitete sich über das Erinnern wie ein Schleier. Denise ließ ihre Fingerspitzen über die Tischplatte gleiten.

Wer hätte das Geschirr wieder aufdecken sollen? Das war absurd. Ich habe es stehen lassen, dachte sie. Dass man sich so täuschen kann.

»Komm, Ludwig, ab nach oben, Zähne putzen.« Vor ihrem geistigen Auge erschien ein Bild, Ludwigs Teller in ihrer Hand, wie sie ihn vom Tisch zur Spüle getragen hatte.

Oder war das gestern Morgen gewesen?, überlegte sie. Ein Tag wie der andere. Nein, heute war ein besonderer Tag.

Sie steuerte auf ihren Freund, den Globus, zu. An manchen Tagen bedeutete er die Welt für sie.

Der Deckel klappte hoch. Sie griff ein Whiskeyglas, goss einen alten, milden Weinbrand hinein und trank einen

Schluck. Ihr Brustkorb schmerzte, sie hatte schon zwei Tabletten genommen. Der Weinbrand war wie das zuversichtliche Lächeln, das ein Arzt seiner verordneten Medizin mitgibt.

Mit dem Glas begab sie sich zur Couch und streckte sich auf dem roten Samtpolster aus.

Die Frau auf dem Amtsgericht hatte eine schlechte Haut und Haarausfall gehabt, neben ihrem Computer hatte eine grasgrüne Brotdose gestanden. »Sie wollen also einen Erbschein beantragen?«, hatte sie gefragt und misstrauisch geschaut. »In Vertretung Ihrer fünfjährigen Tochter.«

»Genau.«

»Haben Sie denn einen Abstammungsnachweis von dem Kind dabei?«

»Nein. In der Geburtsurkunde meiner Tochter ist mein Mann als Vater angeführt.«

»Ach ja?«

Denise hasste Behördengänge jeder Art. Dieser kostete sie alles, was sie an Selbstbeherrschung aufbringen konnte.

»Hubert Klimantat«, fügte sie an.

»Klimantat?« Die Brauen der Frau schnellten nach oben. »Wirklich?«

»Ja. Aber meine Tochter ist die rechtmäßige Erbin von Gabriel Otto.«

»Otto? Gabriel?«

»Hören Sie«, Denises Stimme war hoch und laut gewesen, »ich möchte von Ihnen nicht als Bittstellerin behandelt werden. Mein Mann ist Jurist. Ich weiß, wie … Ich lasse mich nicht so … von oben herab. Sie sollten Ihrer Aufgabe nachkommen und mir einen Erbschein ausstellen.«

»Ansonsten wird Ihr Mann in der Sache tätig?« Die Pupillen hinter den Brillengläsern waren groß wie Knöpfe. »Frau … äh, Klimantat. Um einen Erbschein zu bekommen, müssen Sie einen Nachweis über die Abstammungsverhältnisse Ihrer Tochter erbringen. Wenn das Kind während der Ehe mit Ihrem Mann geboren wurde, ist es ein eheliches Kind.«

»Was soll das heißen?«, haspelte Denise. »Soll das heißen, ich muss … einen Vaterschaftstest machen lassen?«

»Zum Beispiel. Dem müssen allerdings in der Regel beide Elternteile zustimmen.«

In Denises Kopf hatte es zu kreisen begonnen. Gabriel. Oder Hubert? Zustimmen. Unmöglich.

»Das geht nicht.«

»Tja.« Die Frau hatte mit den Achseln gezuckt.

»Was, tja?«, rief Denise. »Ich bin nicht hierhergekommen, um mir *tja* anzuhören.«

Wieder hob die Frau die Schultern, sie steckten in einer grauenhaft gemusterten Bluse. Abends wartet zu Hause höchstens eine Katze auf dich, dachte Denise. Ihre Kehle war trocken. Sie beugte den Kopf nach vorn, der Schmerz in der Brust wurde stärker. Ungeduldig nestelte sie in ihrer Handtasche, die auf ihren Knien stand, und zerrte einen Brief heraus. Gabriel hatte ihn ihr nach Rafaelas Geburt geschrieben.

»Hier.« Denise streckte der Frau das gefaltete Blatt hin. »Ein Brief des Vaters.« Sie stockte. »Des leiblichen … biologischen.«

… Du weißt, dass ich nicht Rafaelas Vater sein werde, auch wenn ich es bin. Ich habe nie ein Kind gewollt. Wir sollten es dabei belassen, dass ich meinen Samen auf ein fremdes Feld gesät habe …

Denise hatte gesehen, wie die Augäpfel hinter den Brillengläsern im Lesen hin- und hergewandert waren.

»Aha«, hatte die Frau schließlich gemeint. »Nun ja.« Sie zog ein bedrucktes Blatt aus einem der grauen Ablagekästen auf ihrem Schreibtisch. »Das ist ein Antragsformular, Sie können es ausfüllen. Die Angelegenheit wird geprüft werden, Sie hören vom Gericht.«

Denise hatte einen Moment gezögert. »Erbscheinsantrag« stand in fetten Buchstaben auf dem Formular.

»Bitte schön.« Die Frau legte einen Kuli neben das Blatt, in ihrem runden Gesicht lag ein Anflug von Mitgefühl. Für Denise war es unerträglich. »Darf ich eine Kopie von diesem Brief machen? Wir heften sie dem Antrag bei.«

Denise hatte genickt und fahrig die Felder auf dem Formular ausgefüllt, ihre Schrift war klein und krakelig gewesen.

Nachdem sie endlich das Büro verlassen hatte, war sie geradewegs zu der Toilette am Ende des Ganges gerannt. Die Medizin aus ihrer Handtasche hatte ihr gutgetan.

Sie legte ihre Beine übereinander, trank das Whiskeyglas leer und stellte es vor der Couch ab. Langsam entspannte sie sich und stützte den Kopf mit einem der Kissen.

Sie hätte Rafaela nicht mit Gabriel teilen wollen. Er hatte sich alles genommen, was er begehrte, verschlang es gierig. Aber nicht ihre Tochter.

Denise ließ ihre Gedanken treiben, von ihr selbst gefaltete Papierschiffchen auf schaukelndem Wasser. Es war ein aufregendes Gefühl, die Dinge angegangen zu sein. Ein wenig Angst machte es ihr, doch die Entscheidung war gefallen.

»Koste das!« Gabriels Befehl klang ihr noch immer in den Ohren. Womöglich würde sie seine Stimme nie loswerden.

Sie hatte unzählige Dinge probiert. Geeiste Perlen einer sonderbaren Flüssigkeit, salzig-süße Schäume, Fleisch, das außen glatt wie Schmierseife war und innen faserig. »Koste das!«

In ihrer Erinnerung sah sie Gabriel wie einen Derwisch um den riesigen Herd in seiner Wohnung wirbeln. »Wie viele Mägen hat ein Schaf, Denise? Natürlich weißt du das nicht. Es sind vier. Es kommt darauf an, dass man den richtigen zubereitet. Den besonderen. Koste!« Er hatte etwas aus einer kleinen Schale genommen und es durch ihre halb geöffneten Lippen geschoben. Sie kaute wehrlos, es schmeckte sehnig und dumpf.

»Wie findest du es?«

»Hm. Gut.« Sie schluckte, Widerwille brandete auf.

»Unsinn«, hatte er geschrien. »Ein klassischer Fehlversuch. Das ist ungenießbar.« Unvermittelt schlug er ihr auf den Rücken. »Leider daneben. Hier, trink noch was.« Er reichte ihr einen Cognacschwenker. »Du bist so schön, Denise.« Als sie zugreifen wollte, zog er das Glas weg. »Und so versoffen.« Mit einem diabolischen Grinsen war er näher herangekommen. Er drängte ihr seine Zunge in den Mund, der Cognac floss über ihre Bluse. Fünf Sekunden später stand er wieder an seinem Herd. In einer Pfanne köchelte brauner Sud, Dampf stieg auf. »Das Geheimnis liegt in der Soße«, dozierte er. »Markknochen scharf anbraten, dazu Wurzelgemüse. Später Anis, Nelken, Lorbeer, Piment, Rosmarin. Dann reduzieren lassen, so weit, wie es geht.« Er hatte schallend aufgelacht. »Wie Gehirnmasse im Promillerausch. Komm her und koste.« Schwungvoll rührte er in der Pfanne und hob einen Löffel mit dunkler Flüssigkeit heraus.

Denise probierte, es schmeckte hervorragend.

»Ja«, hatte sie gesagt. »Gut.«

»Brav. Und jetzt bück dich.«

Das alles war nach Rafaelas Geburt gewesen, und es war für Denise immer schlimmer geworden. Hubert hatte sie zu Hause links liegen lassen, mit Gabriel war sie auf seiner Maschine aus Gier, Überheblichkeit und Genusssucht gerast. Die Bremse der Selbstachtung hatte versagt, und es war unmöglich gewesen, während der Fahrt abzuspringen. Es hätte ihr den Hals gebrochen.

Denise tastete mit ihren Fingerspitzen die geschwollenen Rippen entlang. Was passiert jetzt mit dem »Mercurio«?, grübelte sie. Was wird aus *meinem* Restaurant?

Auf einmal sah sie sich in einem eleganten blauen Kleid zwischen den quadratischen Tischen. An einem saß ein älteres Ehepaar. »Sehr gut«, lobte der Mann und legte sein Besteck auf dem Teller ab. »Wie ich meine, fast noch besser als bei Herrn Otto.«

Denise lächelte. »Das freut mich.«

Die Frau tupfte sich mit der Damastserviette den Mund ab und nickte wohlwollend. »Das ›Mercurio‹ kann sich glücklich schätzen, von Ihnen fortgeführt zu werden.«

Blinzelnd hob Denise den Kopf vom Sofakissen. Wärme stieg in ihr auf.

Konnte sie eine erfolgreiche Gastronomin sein? Auf eigenen Füßen stehen, geachtet für ihren Erfolg?

Wo waren Gabriels Rezepte? Sie gehörten ihr ebenfalls, es war sein geistiges Erbe. Sie musste sich darum kümmern, sobald dieser Antrag durch war.

Gute Köche gibt es zuhauf, dachte sie. Ich suche mir den besten und stelle ihn ein.

32

»Hallo, Frau Anders. Wenn Sie Herrn Fleck suchen, der ist im Befragungsraum zwei.« Der Beamte vom Innendienst griente und schüttelte seine Hand, als habe er etwas sehr Heißes angefasst.

Doro runzelte die Stirn. »Okay, danke.« Sie lief über den Flur im Erdgeschoss des Reviers. Am Ende angekommen, öffnete sie die Tür auf der rechten Seite.

Das Erste, was sie sah, war eine rote Wallemähne. In glänzenden Wogen fiel sie über einen Rücken, der in eine schwarze Lederjacke gekleidet war. Neben dem in den Vernehmungstisch eingelassenen Mikrofon lag eine dunkelgrüne Fransenhandtasche. Schräg gegenüber saß Ben. Sein Ausdruck glich dem eines Insektenforschers bei der Betrachtung eines seltenen Schmetterlings. Mit Doros Eintreten richtete sich sein Blick von Nadja Köhler hin zu ihr.

»Hallo, Doro. Frau Köhler kam her, um uns etwas mitzuteilen.«

»Aha.« Wenig überrascht setzte sich Doro neben Ben. Ein schweres puderiges Parfum wehte ihr entgegen, es passte nicht in den kahlen weißen Raum. »Guten Tag, Frau Köhler.«

»Hallo«, wisperte Nadja und senkte die Lider.

So ein zartes Pflänzchen bist du nicht, dachte Doro.

Ben verschränkte die Finger ineinander. »Frau Köhler zufolge gab es doch Treffen zwischen ihr und Martin Overbeck außerhalb des ›Walzwerks‹«, sagte er. »Und zwar in verschiedenen Hotels. Die Verabredungen liefen über Handynachrichten, Overbeck meldete sich zwei, drei Mal im Monat. Das letzte Mal gesehen haben sich die beiden am Sonntagabend vor Overbecks Tod. Das Treffen fand im Novum Hotel statt.«

»Offenkundig ging das nicht tödlich aus, Overbeck war Montag noch in seinem Betrieb«, bemerkte Doro.

Nadja Köhler kramte ein Papiertaschentuch aus der Seitentasche ihrer Lederjacke und schnäuzte sich. Die feine, gerade Nase war gerötet, die ungeschminkten Augen wirkten mädchenhaft.

»Hätte es denn tödlich ausgehen können, Frau Köhler?«, fragte Doro.

»Natürlich nicht.« Der leidende Ausdruck in Nadjas Engelsgesicht machte es fast noch schöner.

»Wissen Sie, ob Herr Overbeck weitere Kontakte in die SM-Szene hatte?« Ben lehnte sich auf seinem Stuhl zurück. »Traf er andere Frauen oder auch Männer?«

»Davon weiß ich nichts. Wir haben ja auch nicht sehr viel geredet.«

»Ist klar.« Verständnisvoll nickte Ben. »Dann wissen Sie vermutlich auch nicht, ob sich Herr Overbeck bedroht fühlte?«

Kaum sichtbar schüttelte Nadja Köhler den Kopf, die schwere Haarpracht geriet nicht in Bewegung.

»Haben Sie über seinen Betrieb gesprochen?«, fragte Doro.

»Nein, ich wusste gar nicht, was er beruflich macht. Im

Nachhinein ist mir nur aufgefallen, dass …« Nadja Köhler stockte.

»Dass was?«

»Manchmal hat er Körperteilen so komische Namen gegeben, Flanke, Nuss oder Kamm.«

Doro presste Daumen und Zeigefinger in die Augenwinkel.

»Wie liefen Ihre Treffen ab?«, fragte Ben in nüchternem Ton. »Herr Overbeck hatte also eine Vorliebe für Strangulationsspiele?«

Hängende Schweine und Overbeck als Wasserleiche. Mit Mühe drängte Doro die Bilder zurück.

»Es gab feste Regeln«, antwortete Nadja verhalten. »Ich musste immer ein paar Dinge mitbringen, Overbeck hat sie bezahlt, aber sie lagen bei mir zu Hause.«

»Welche Dinge?«, fragte Ben.

»Halsband, Knebel, Seil, Federbund, so was halt. Und meine Kleidung natürlich.« Nadjas lange Wimpern senkten sich über die meergrünen Augen.

»So schwarzes Latexzeugs, oder wie?«, wollte Ben wissen.

»Nicht so richtig.« Nadja sah auf die Tischplatte. »Ich sollte was Unschuldiges tragen, eine Blümchenbluse oder den Konfirmanden-Look.«

Selten kam es vor, dass sich Doro fragte, ob es doch so etwas wie eine höhere Instanz gab, die Menschen aus dem Verkehr zog, wenn sie die Höchstgeschwindigkeit auf der Straße der Liederlichkeit erheblich überschritten hatten. Doch es kam vor, zum Beispiel jetzt.

»Wie viel hat Ihnen Overbeck für Ihre Dienste bezahlt?«, fragte sie.

»Dreihundert.« Nadja Köhler schniefte. »Ich brauche das Geld. Von zu Hause bekomme ich keine Unterstützung, BAföG auch nicht. Ich muss mich komplett selbst finanzieren. Und auf gewisse Art ist der Job … einfach. Man muss sich nur selbst abschalten können, auf Autopilot stellen, dann geht das.«

Wenn du dich da mal nicht irrst, dachte Doro.

»Hören Sie, ich habe überlegt, ob ich in der Angelegenheit weiterhelfen kann.« Jetzt sah Nadja Köhler flehend drein. »Aber ich habe mit Herrn Overbeck wirklich nicht über Persönliches gesprochen, ich habe keine Ahnung von seinem Leben. Ich bin nur hergekommen, weil ich im ›Walzwerk‹ nicht ganz die Wahrheit gesagt habe.«

Doro und Ben tauschten einen Blick.

»Okay«, sagte Ben gedehnt. »Dann nehmen wir Ihre Aussage zu Protokoll, das müssten Sie dann noch unterschreiben.«

Doro erhob sich. »Ich gehe hoch ins Büro.« Sie nickte Ben zu. »Du kommst hier sicher allein klar.«

»Moment.« Ben stand ebenfalls auf. »Warten Sie bitte kurz, Frau Köhler.«

»Natürlich.«

Er verließ mit Doro den Raum.

»Ich glaube kaum, dass uns der Fessel-Engel da voranbringt«, meinte er auf dem Flur.

»Ich auch nicht. Und noch mehr zu Overbecks Vorlieben möchte ich gar nicht wissen.«

Ben zog die Nase kraus. »Was ich dir noch sagen wollte … Von Dario Wies, dem zornigen Kollegen von Kai Jansen, habe ich erfahren, dass Jansen am Abend von Overbecks Tod nur bis zweiundzwanzig Uhr im ›Mercurio‹ gearbeitet hat.

Außerdem saß Overbeck an diesem Abend wieder mit Gallo im Restaurant und hat getrunken und herumphilosophiert. Kai Jansen wusste also, wo sich Overbeck aufhielt, und auch, wann er in etwa das Restaurant verlassen würde.«

»Sieh an. Hast du noch etwas aus Jansen herausgebracht?«

»Nicht wirklich. Er blieb verschlossen, war schweigsam oder ausweichend. Wir konnten ihn nicht mitnehmen, dein … also, Michael Faller meinte, einen Haftbefehl bekommen wir aktuell nicht durch.«

»Dachte ich mir.«

»Wie war's mit diesem Journalisten am Hafen?«, fragte Ben.

»Nun ja. Du kennst den Mann tatsächlich von der Mattscheibe. Darüber hinaus haben wir ihn auch live gesehen – gestern Abend im ›Walzwerk‹. Auf der Fahrt zum Hafen hat er mit seinem Pick-up auf Asphalt-Cowboy gemacht, und er ist auch sonst ein ziemlicher Unsympath.«

Ben machte eine wedelnde Handbewegung. »Puffgänger halt.«

»Einer seiner Mitarbeiter hat Gallo quasi aus Recherchegründen beobachtet«, fuhr Doro fort. »Und dabei festgestellt, dass Gallo noch von jemand anderem beschattet wurde.«

Leise pfiff Ben durch die Zähne.

»Klaus Müllers Mitarbeiter soll mit uns ein Phantombild dieses Beobachters erstellen. Er wird sich wohl zeitnah melden.« Doro wandte sich zum Gehen. »Bis später.«

Sie lief den weiß getünchten Flur entlang zum Treppenhaus, Ben kehrte in den Befragungsraum zurück.

Wenig später öffnete sie die Tür zu ihrem Büro, gleichzeitig schrak sie zusammen. »Huch!«

Auf ihrem Schreibtischstuhl saß Michael.

»Was machst du denn hier?« Sie ließ die Tür ins Schloss fallen und zog ihre Jacke aus. Der Kaffeefleck auf ihrem Pulli war einigermaßen getrocknet.

»Ich wollte mich nur vergewissern, dass du heil von deinem Treffen mit dem ominösen Informanten zurückgekehrt bist.« Michael stand auf und kam zu ihr heran. Sein Duft war klar und lebendig wie ein Gebirgsbach.

»Es war knapp«, sagte Doro. »Ich habe Anschläge mit einem schwarzen Pick-up und einer Louis Vuitton hinter mir.«

»Bitte?«

»Letzteres geht auf Denise Klimantats Konto. Sie sah mitgenommen aus, ich glaube, ihr Mann schlägt sie.«

»Hubert?«

»Hat sie *noch* einen?«

»Das kann ich mir nicht vorstellen.«

»Ich mir auch nicht.«

»Doro. Ich meine, dass Hubert sie schlägt.«

»Warum nicht? Tut man das in euren Kreisen nicht?«

»Doch, leider tut man das in allen Kreisen. Aber Hubert ist so korrekt.« Über Michaels Nasenwurzel kerbte sich eine Furche ein.

»Ich bin mir relativ sicher, dass Denises Tochter nicht von ihrem Mann, sondern von Gallo ist.« Doro warf ihre Jacke über einen der drei Stühle an dem kleinen Besprechungstisch.

»Wieso das?«

»Du erinnerst dich an die Babyfotos auf Gallos Laptop? Außerdem sieht das Mädchen ganz anders als ihr Bruder und auch als Denise oder Hubert aus. Ich habe Denise mit meiner Vermutung konfrontiert. Daraufhin hat sie versucht, mir ihre Handtasche über den Schädel zu ziehen.«

»Autsch.« Michael sog Luft ein. »Ich verstehe nicht, warum sie keine Entzugstherapie macht.«

»Du kannst deinen Kumpel Hubert ja beim nächsten Jachttörn darauf ansprechen.« Doro trat an ihren Schreibtisch heran und loggte sich am Computer ein. »Ich für meinen Teil würde gern bei den Klimantats weiterermitteln. Handykommunikation, Kontobewegungen, das ganze Programm.«

»Doro, beide Klimantats haben für die Zeit, zu der Gabriel Otto starb, ein Alibi. Wenn es keine eindeutigen Verdachtsmomente gibt, genehmigt dir kein Untersuchungsrichter entsprechende Anträge.«

»Dann muss es wohl ohne gehen«, murmelte Doro.

Michaels Ausdruck wurde skeptisch. Er schien zu überlegen.

»Meine Sekretärin hat übrigens in meinem Auftrag ein wenig recherchiert.« Seine Miene klärte sich auf. »Eine echte Perle, die gute Irene. Sie hat herausgefunden, wie Kai Jansens Vater gestorben ist.«

»Wie?«

»Während einer Bergtour in der Schweiz. Matthias Jansen ist am Säntis abgestürzt. Und rate, wer dabei war?«

»Tatsächlich?«

»Genau. Gallo. Und zwar nur er. Die beiden hatten seinerzeit ja im selben Restaurant gearbeitet. An einem freien Tag sind sie frühmorgens von der Schwägalp aufgebrochen und wollten zum Säntisgipfel. Die Route ist nicht übermäßig schwierig, allerdings ist Jansens Vater wohl auf Geröll ins Rutschen gekommen und unglücklich abgestürzt.«

»Wann war das?«, fragte Doro.

»Vor acht Jahren. Es gab natürlich eine Untersuchung, aber

man konnte Gabriel Otto keinerlei Verschulden nachweisen. Es handelte sich allem Anschein nach um einen tragischen Unglücksfall.«

»Wir wissen nicht, ob Kai Jansen das ebenfalls so sieht.«

»Tja.« Michael hob die Schultern. »Für Jansen könnte sich ein Motiv hinter diesen Ereignissen verbergen oder auch nicht. Bei der Durchsuchung seiner Wohnung haben wir keine Unterlagen oder Aufzeichnungen gefunden, die etwas mit seinem Vater zu tun haben. Gabriel Otto hat nach dem Unfall im ›Urnäscher Hof‹ gekündigt, ist nach Zürich und später nach Hamburg.«

Einige Sekunden lang war es still. Doros Gefühl nach hatte es etwas zwischen Kai Jansen und Gallo gegeben, das den Ermittlern noch nicht bekannt war. Aber hätte sich Gallo den Sohn eines Kollegen in die Küche geholt, an dessen Tod er Schuld trug?

Das Klingeln ihres Handys riss sie aus ihren Gedanken. Eilig zerrte sie es aus ihrer Jackentasche.

»Anders, hallo?«

»Tamke Trost. Mein Chef, Klaus Müller, hat mich informiert, dass ich mich wegen eines Phantombilds bei Ihnen melden soll.«

»Ja«, sagte Doro. »Gut, dass Sie anrufen. Wann können Sie bei uns auf dem Revier sein?«

»In einer halben Stunde etwa.«

»Super. Melden Sie sich bitte unten am Empfang, ich hole Sie dort ab. Bis gleich.«

Doro legte auf. »So langsam kommt Bewegung in die Sache.«

»Neue Hinweise?«

In knappen Worten berichtete Doro von ihrem Treffen mit Klaus Müller und von dem anstehenden Phantombild.

»Das bringt uns hoffentlich was«, meinte Michael. »Sofern der Mann auf der Zeichnung erkennbar ist.« Er kam zu Doro heran. »*Du* siehst übrigens entzückend aus heute.«

»Micha, bitte.«

»Was machst du Sonntagnachmittag?«

Doro zögerte. »Michael, ich bin kein Slot in deinem Terminkalender.«

»Das habe ich auch nie so gesehen. Aber wir haben nun mal beide auch unsere anderen Verpflichtungen. Ich bin verheiratet, du hast Constantin …«

»Das ist was völlig anderes«, patzte Doro.

Michael wich ein Stück zurück. »Stimmt.« Er sah an ihr vorbei, dabei wirkte er, als sei er plötzlich sehr weit weg. »Von ihm wirst du dich nie trennen.«

Doro stutzte. »Was soll das heißen?«

»Nichts.«

»Warum sagst du es dann?«

»Doro, bitte, es ist, wie es ist. Für einen größeren Schritt bin ich einfach noch nicht bereit. Lass uns genießen, was wir haben.«

Sie schwieg. Das Arrangement mit Michael war frei und freiwillig. Wenn sie Zweifel an der Sache hatte, musste sie nicht ihn dafür verantwortlich machen.

Trotzdem!, zog in roten Lettern an ihrem geistigen Auge vorbei.

»Weiß noch nicht mit Sonntag.« Sie drehte sich um.

»Falls du Lust und Zeit hast – ich habe beides.« Flüchtig berührte Michael ihre Hand.

In Doro kämpften Ja und Nein. Mitunter war ihre Abgeklärtheit ein Blatt im Wind. Wie in Zeitlupe wandte sie sich Michael wieder zu. Er fasste sie sanft an den Schultern.

Trotzdem. Ist Ambivalenz besser als Verzicht, wusste etwas in ihr.

Michael löste sich aus ihrer Nähe und ging zur Tür. »Melde dich.« Sein Ausdruck wurde ernst. »Auch bevor du irgendwelche Alleingänge in den aktuellen Fällen unternimmst.«

33

Nadja Köhlers Parfum lag noch in der Luft. Doro registrierte, wie Tamke Trost die Nasenflügel zusammenzog. Sein dunkles Haar war sehr kurz, die olivfarbene Haut von Muttermalen übersät.

»Schnüffeln Sie eigentlich öfter Leuten hinterher?«, fragte Ben. »Gehört das zu Ihrem Job?«

Wir brauchen den Mann noch, dachte Doro. Sei doch mal ein bisschen nett.

»Sonst wäre ich kein Journalist«, antwortete Tamke Trost ungerührt. »Oder allenfalls einer, der vom Sommerfest der Kaninchenzüchter berichtet. Mein Chef erwartet investigative Recherche und eine Berichterstattung jenseits vom Mainstream. Er ist da *oldschool*.«

»Ich habe ihn ja kennengelernt.« Doro lächelte gewinnend. »Er hat erklärt, dass zunächst ein Interview mit Gabriel Otto stattfand. Das verlief jedoch anders, als Otto erwartet hatte.«

Tamke Trost nickte. »Wir waren um die Mittagszeit in Ottos Restaurant verabredet. Er hatte klasse Amuse-Bouche aufgefahren, Pastetenhäppchen, wie ich sie noch nie gekostet habe. Dazu irgendetwas knusprig Frittiertes mit Meersalz, Zitronenöl und Kräutern. Saulecker. Die Teile stellten sich als Ferkelöhrchen heraus. Aber wir wussten ja in etwa, auf was wir uns einlassen.« Tamke Trost drückte seinen Rücken an die Stuhllehne. Der blaue Parker stand offen, der Oberkörper darunter war der eines Sportlers. »Ich meine, Gabriel Otto konnte kochen. Keine Frage.« Bedächtig faltete er die Hände oberhalb seines Ledergürtels. »Er hätte halt sein scheinheiliges Konzept überarbeiten sollen.«

»Nachdem Ihr Gespräch mit Otto wenig zufriedenstellend verlaufen war, hat Ihr Chef Sie beauftragt, ihn zu beobachten. Ist das richtig?«, fragte Doro.

»Beobachten … na ja. Natürlich nicht dauerhaft. Dazu fehlt uns die Zeit. Ich habe mich in seinem Umfeld umgehört und mir einen Überblick über seinen Tagesablauf verschafft. An ein paar Stellen habe ich dann genauer hingeschaut.« Tamke Trost fixierte den Kaffeefleck auf Doros Pulli.

Morgen bringe ich Wechselklamotten mit ins Büro, dachte sie und fragte: »Nämlich wo?«

»Zum Beispiel da, wo sein medienwirksam inszeniertes Konzept der Neuen Nachhaltigkeit ins Wanken gerät.«

»Sie meinen die Sache mit den verkochten Schlachtabfällen?«

»Genau. Es dauerte auch nicht lange, bis ich mitbekommen habe, dass Otto was mit der Frau von Hubert Klimantat hatte. Einmal hat die beim Hintereingang des Restaurants auf ihn gewartet. Er hat sie zur Begrüßung halb verschlungen. Ich fand's leicht abstoßend.«

»Haben Sie die beiden mal in der Öffentlichkeit zusammen gesehen?«

»Nie. Das kann sich die Klimantat wohl kaum erlauben. Selbst als Alkoholikerin nicht.«

»Ach, das wissen Sie auch?«

»Ich hab sie hinter dem Steuer ihres Wagens trinken sehen. Und ich war zufällig da, als sie mit ihrem fetten Mercedes die Schranke von Ottos Tiefgarageneinfahrt gecrasht hat. Wissen Sie, was die Frau dann tat?«

»Was?«, fragten Ben und Doro gleichzeitig.

»Sie ist ausgestiegen, hat auf Stöckelschuhen die abgebrochene Latte aus dem Weg geräumt und ist mit ihrer Dickschiffkarre die Einfahrt runter, als wäre nix passiert. Dabei hatte sie eine Zufahrtskarte für die Schranke. War halt einfach blöd, dass sie es nicht geschafft hat, rechtzeitig davor anzuhalten.«

»Sie hatte eine Karte?«, wiederholte Ben.

»Ja. Die Dates fanden bei Otto zu Hause statt. In der Regel tagsüber.«

»Hatte Denise Klimantat auch einen Schlüssel zu Gabriel Ottos Wohnung?«, wollte Doro wissen.

»Sie ist durch den Tiefgarageneingang ins Haus, für diese Tür hatte sie einen Schlüssel. Ob sie einen zu Ottos Wohnung hatte, weiß ich nicht. Aber bei den normalen Schließanlagen ist das ja meist ein und derselbe.«

»Gabriel Otto wurde am vergangenen Dienstagmittag erschossen. Zu dieser Zeit waren Sie nicht zufällig in der Nähe seines Apartments?«, fragte Ben.

»Nein, wir haben unsere Recherchen vor etwa zehn Tagen abgeschlossen. Mein Chef hatte den Beitrag über die Otto'sche Spitzengastronomie so gut wie fertig. Jetzt kann er ihn natürlich nicht mehr bringen.«

»Haben Sie etwas von Konflikten, Streitigkeiten oder Ähnlichem mitbekommen?«, fragte Doro. »Unseren Informationen nach hatte Gabriel Otto einen Drohbrief erhalten.«

»Nein, wer ihn umgebracht haben könnte, kann ich Ihnen nicht sagen.«

»Beschreiben Sie uns bitte den Mann, der Gabriel Otto ebenfalls beobachtete«, bat Ben, mittlerweile in freundlicherem Ton. »Wann war er in Ottos Nähe?«

»Es war ein Mann Mitte, Ende dreißig, nicht sehr groß, muskulös gebaut, südländischer Typ. Er hat dunkles, welliges Haar und ist recht attraktiv. Ich habe ihn drei, vier Mal gesehen, dabei war er leger gekleidet. Einmal drückte er sich vor der Einfahrt zu Ottos Tiefgarage herum, ein anderes Mal mittags vor seinem Restaurant.«

»Denken Sie, er ist Privatdetektiv?«, fragte Doro.

»Kann sein. Allerdings habe ich ihn nie Fotos schießen sehen oder so.«

Doros Blick forschte in Tamke Trosts kantigem Gesicht. Sein Mienenspiel blieb ruhig, auf Doro wirkte er kühl und selbstsicher.

»In Ordnung«, sagte sie. »Wir begleiten Sie zu unserem Spezialisten, der mit Ihnen das Phantombild anfertigt. Er wird Ihnen alles erklären. Grundsätzlich geht es nicht um die Erstellung eines Passfotos, sondern um das Herausarbeiten von charakteristischen Gesichtszügen, die auch noch verschiedene Sichtweisen offenlassen können. Im Schnitt dauert das Ganze etwa zwei bis drei Stunden.« Doro deutete ein Lächeln an. »Ich hoffe, Sie haben etwas Zeit mitgebracht?«

»Muss ja wohl.«

»Kaffee gibt's bei dem Kollegen auch.« Ben zwinkerte Doro zu und erhob sich.

Mit Tamke Trost verließen sie den Befragungsraum.

Auf dem Flur kam ihnen Enno Holle entgegen. Unweigerlich justierten sich Doros Pupillen auf seine Schuhe – schmale Schnürer aus königsblauem Wildleder.

»Hi«, grüßte Enno. »Ich wollte gerade zu euch.«

»Was gibt's?« Doro stellte sich mit ihm ein paar Schritte abseits.

»Overbecks Wagen wurde gefunden.«

»Tatsächlich? Wo?«

»In der Bille bei Bergedorf.«

»In?«

»Jep. Leider blöd für die Spurensicherung. Ein Feuerwehrtaucher ist runter, das Kennzeichen ist noch am Wagen. Es ist eindeutig Overbecks Audi.«

»Wer hat das Auto entdeckt?«

»Ein Kanufahrer. Dabei ist es von der Wasseroberfläche aus kaum zu sehen. Der Kanute hatte wohl scharfe Augen. Die Feuerwehr beginnt mit der Bergung. Es wird allerdings ein bisschen dauern, bis ein Kranwagen vor Ort eintrifft, dessen Ausleger lang genug ist. Der Uferbereich ist schlecht zugänglich.«

»Wir fahren hin«, entschied Doro. »Könntest du Herrn Trost bitte zu unserem Phantombildspezialisten bringen? Mit der Zeichnung gehen wir an die Öffentlichkeit, sobald wir den richterlichen Beschluss dazu haben. Das sollte schnell gehen.«

»Klar.« Enno reichte Doro einen Zettel. »Hier steht drauf, wo ihr genau hinmüsst.«

Vierzig Minuten später standen Doro und Ben in dem südöstlich gelegenen Hamburger Stadtteil Bergedorf. Mit seinem Backsteingotik-Schloss, dem schönen Hafen und der im Fachwerkstil gebauten Kirche war der Ort immer einen Ausflug wert. Dienstlich war Doro allerdings zum ersten Mal hier.

Sie sah auf die Bille. Der kleine Fluss lag dunkelgrün vor ihr, das Ufergelände war von Gebüsch gesäumt. Die Einsatzfahrzeuge der Feuerwehr waren so weit wie möglich herangefahren, auf der Straße parkten zwei Streifenwagen und der weiße Transporter der Kriminaltechnik.

»Wir haben direkt mit der Befragung der Anwohner begonnen«, meldete ein Polizeibeamter. »Bislang gab's noch nichts Verwertbares. Wohnen halt viele Familien mit Kindern hier, die schlafen ja nachts.«

Die mit Babys nur bedingt, dachte Doro. Sie ging ein paar Schritte vor, Dieselabgase stiegen ihr in die Nase.

Vor einigen Minuten hatte ein Kranfahrzeug der Feuerwehr ans Ufer herangesetzt. Der Teleskopausleger reichte bis über die Wasseroberfläche, die an der Hebekonstruktion befestigten Stahlketten verschwanden senkrecht in der Bille.

Einen Steinwurf entfernt ragten die otterartigen Neoprenköpfe von zwei Tauchern aus dem Wasser. Einer der Männer reckte seinen Daumen nach oben. Dann steuerten beide das Ufer an und kletterten über die Böschung aus dem Fluss.

Der schwere Motor des Einsatzfahrzeugs polterte, konzentriert beobachtete der Kranführer die Wasseroberfläche und betätigte einen Steuerhebel. Die an den Ketten befestigte Last wurde langsam angehoben.

Das Heck eines schwarzen Wagens tauchte auf. Die Rücklichter und das Kennzeichen wurden sichtbar, dann die Hinterachse mit den beiden Rädern. Die Unterseite des Fahrzeugs zeigte zum Ufer hin.

Der Kranausleger fuhr hydraulisch ein, mit einem gewaltigen Rauschen kam Overbecks Wagen ganz aus dem Fluss. Wasser strömte aus den geöffneten Seitenscheiben. Doro erinnerte die Luxuskarosse an eine überdimensionale Konservendose.

Achtzigtausend Euro versenkt.

»Jetzt vor!«, rief einer der Feuerwehrleute. Der Ausleger manövrierte den Audi zum Ufergürtel. Mit einem dumpfen Schlag wurde er an Land abgesetzt, die Karosserie wackelte auf der Federung. Dann stand der Wagen still, Wasser lief über die Türschweller und bildete Lachen im Gras.

»Das schöne Auto«, sagte der Feuerwehrmann schräg hinter Doro. »Echt man schade drum, ne?«

»Da machst du nix mehr dran.« Ben verschränkte die Arme vor der Brust. »Aber war bestimmt Vollkasko.«

Nickend schlurfte der Feuerwehrmann zur Straße.

Die Kollegen von der Kriminaltechnik kamen in ihren weißen Schutzanzügen heran. Einer öffnete die Fahrertür. Mit einem Wasserschwall wurde ein kleiner Fisch herausgeschwemmt, zappelnd landete er auf der Erde. Die KTler begannen mit ihrer Arbeit, sie öffneten die übrigen Türen und den Kofferraum.

Ben ging ein paar Schritte vor, bückte sich, griff den Fisch und warf ihn in hohem Bogen zurück in den Fluss.

»Irgendwie hab ich Hunger«, meinte er. »Gibt's in der Nähe nicht ein gutes Fischrestaurant?«

Doros Magen knurrte, sie versuchte es zu ignorieren.

Ein Kriminaltechniker räumte das Handschuhfach aus. Das triefend nasse Bordbuch, ein Brillenetui und drei CDs wanderten in Plastikbeutel. Am Rückspiegel des Audis baumelte ein kleines rosa Stofftier. Doro trat heran und beugte sich vor. Es war ein Ferkel mit einem Balletträckchen, das feucht herunterhing. Ausgetanzt.

»Pfh.« Sie atmete gepresst.

»Nadja Köhler hat mir noch ein paar Details von ihren Treffen mit Overbeck erzählt«, meinte Ben.

»Muss ich die kennen?«

»Nicht zwingend.« Er räusperte sich. »Warum fanden sich Overbecks Leiche und sein Wagen kilometerweit voneinander entfernt?«

Über dem Fahrersitz aus dunklem Leder hingen Algen. Doro dachte an das ausgerissene Haar einer Nixe.

»Ich halte es für wahrscheinlich, dass der Täter Ortskenntnisse von Bergedorf hat«, sagte sie. »Er wusste, dass er den Wagen hier versenken kann.«

»Frau Anders, sehen Sie mal.« Der Techniker, der den Fond des Wagens untersucht hatte, hielt seine Hand hoch. Zwischen Daumen und Zeigefinger baumelte eine rote Clownsnase.

34

»Das macht sechsundzwanzig fuffzig.« Der Taxifahrer nahm eine Geldbörse aus dem Seitenfach der Tür, seine Nappalederjacke knarzte und roch nach Essen.

Denise hatte ihr Portemonnaie griffbereit. Flink zog sie einen Zwanzig- und einen Zehn-Euro-Schein hervor. »Siebenundzwanzig, bitte.«

Stirnrunzelnd nahm der Mann das Geld an und gab ihr vier Münzen zurück. Denise warf sie achtlos in ihre Handtasche, öffnete die Beifahrertür und stieg aus. »Kommt, Kinder. Wir sind zu Hause.«

Ludwig kletterte auf der Fahrerseite aus dem Wagen. Denise half Rafaela von der Sitzerhöhung herunter und schlug die Autotür zu. Mit einer Auspufffahne fuhr das Taxi davon, Denise hustete.

Ludwig war schon am Gartentor, Rafaela sprang zu ihm, ihr blauer Mantel umhüllte sie wie eine Glocke aus dickem Wollstoff.

Über den Fingerscanner entriegelte Denise das Tor und stöckelte hinter den Kindern den gepflasterten Weg entlang zur Haustür. »Wie war's heute in der Schule, Ludwig?«, fragte sie.

»Wie immer.«

»Mama, warum fahren wir Taxi?« Rafaelas Stimme war hoch und laut. Ein silberner Haarreif glänzte in ihren Locken.

»Nur so.«

»Quatsch«, murrte Ludwig. »Es stand in der Zeitung. In der Klasse haben sie drüber geredet.«

»Worüber denn, mein Schatz?«

»Dass du keinen Führerschein mehr hast.« Ludwigs vorwurfsvoller Ton glich dem seines Vaters.

»Wie bitte? Ach, das … Ach was, das ist ja nur …« Denise zog den Schlüsselbund aus ihrer Tasche.

»Denise?«

Jäh fuhr sie herum, von einem Schlag zum nächsten begann ihr Herz zu rasen. Hinter einer Rhododendronhecke war Franco hervorgetreten. Perplex starrte Denise ihn an.

»Was machst du hier?«, zischte sie. »Bist du verrückt geworden?«

Franco kam heran. Er trug die teure Fliegerjacke, die Denise ihm gekauft hatte. »Du gehst nicht ans Telefon. Du weißt, dass ich das hasse, wenn du nicht …« Unverblümt fasste er sie an der Flanke, mit einem Schmerzenslaut wich Denise zurück.

»Was hast du?« Franco kniff die Brauen zusammen. Hinter seiner Stirn schien es zu arbeiten. »Bist du verletzt?«

»Wer ist das, Mama?« Rafaela wies mit ihrem kleinen Zeigefinger auf Franco. Ludwig stand mit skeptischem Ausdruck an der Haustür.

»Niemand, mein Schätzchen. Nur der …«

»Du bist also die kleine Rafaela?« Franco ging vor ihr in die Hocke. Mit seiner schwieligen Hand strich er über ihre

Wange, sie verzog das Gesicht. »So ein hübsches Engelchen bist du.«

»Geh weg!« Rafaela wich aus und versteckte sich hinter Denises Beinen.

»Du kannst nicht einfach so herkommen, mitten am Tag«, flüsterte Denise. »Das hatten wir doch besprochen.«

»Ich will aber nicht mehr länger warten.« Franco richtete sich auf. »Verstehst du?« Die Frage klang scharf.

»Ich will rein«, maulte Ludwig von der Haustür aus.

»Sicher, natürlich.« Denise streckte den Schlüssel wie eine kleine Lanze nach vorn, steuerte die Tür an und schloss auf. »Gehst du bitte auch ins Haus, Rafaela?«

»Der Mann da soll weg.« Das rosa Puppenmündchen bog sich nach unten.

»Ja, sicher. Gleich. Geh bitte rein.« Denise machte ein paar Schritte hin zu Rafaela und schob sie sanft Richtung Hauseingang.

»Los, komm«, befahl Ludwig seiner Schwester. »Du lahme Pimpe.«

»Ludwig! Du weißt genau, dass ich solche Ausdrücke nicht dulden kann«, tadelte Denise. Dabei fehlte ihr die Energie, irgendetwas dagegen zu unternehmen.

»Pimpe«, sagte Ludwig.

»Du darfst fernsehen, wenn du reingehst«, sagte Denise zu Rafaela.

»Aber richtig lange.«

»Jaja.«

Langsam trollte sich Rafaela zur Haustür. Dort gab ihr Ludwig einen Stoß. Die stämmigen Beinchen in der weißen Strumpfhose kamen ins Straucheln.

»Eehh«, rief Rafaela.

Denise war kurz davor, loszubrüllen. Endlich verschwanden die Kinder rempelnd in der Diele.

»War *er* das?«, fragte Franco, auf Denises Oberkörper deutend. »Der Scharfrichter? Hat er dich verletzt? Geschlagen?« Er kam ganz dicht heran, sie roch seinen Atem nach Kaugummi und Zigaretten.

»Ich bin die Treppe runtergefallen.«

»Cinderella, lüg mich nicht an.«

»Nenn mich nicht so.«

»Wann kommst du zu mir? Heut Abend? Du musst kommen. Sonst komme ich zu dir.«

»Bist du wahnsinnig?«, zischte Denise. Ihr Puls hämmerte in den Schläfen. Rafaela hat recht, dachte sie. *Der Mann da soll weg.*

»Ich lass mich nicht länger hinhalten.« Francos Gesicht war im Zorn hässlich geworden. »Das kannst du mit mir nicht machen.«

Seine Hände ballten sich zu Fäusten. Es stieß Denise ab. Sie wollte ihre Ruhe, sich auf die Couch legen und mit einem von Huberts teuren Rotweinen den Tag ausklingen lassen. Wenn er nicht da war, machte sie das häufig. Sie wusste, dass es ihn ärgerte.

»Heute Abend komme ich nicht von zu Hause weg«, sagte sie. »Ich bin mit den Kindern allein. Vielleicht morgen Vormittag für eine Stunde.«

»Ich will nicht bloß Stunden«, fauchte Franco.

»Jaja. Ich muss rein, die Kinder …«

»Los, küss mich!« Unvermittelt drückte Franco seinen halb geöffneten Mund auf ihren und drängte seine Zunge hinein.

Ein Quietschen entfuhr Denise. Sie versuchte zurückzuweichen, er hielt sie mit seinen kräftigen Handwerkerarmen fest. Es schüttelte sie, der Geschmack in ihrem Mund war schal. Francos Mund fing an zu saugen. Würgereiz ergriff Denise, ihr Brustkorb pochte in dumpfem Schmerz, der Magen zog sich zusammen.

»Nicht!«, stieß sie hervor. In ihrer Speiseröhre stieg brennende Flüssigkeit auf, Weinbrand, Espresso und ein paar anverdaute Trüffelpralinés. Mit der Kraft der Verzweiflung riss sie ihren Kopf zur Seite. Im Schwall spuckte sie über den kugelförmig getrimmten Buchs.

»Zu viele Schmerztabletten?«, fragte Franco und ließ sie los. »Die schlagen auf den Magen.«

Denise würgte und hustete, ihr Hals brannte.

»Mama«, rief Rafaela von der Haustür her, »Papa ist da!«

Blankes Entsetzen packte Denise, ihr Körper begann zu schlottern. Hubert hatte sich doch nach Berlin abgemeldet.

»Was?« Franco stützte die Arme in die Hüften. »Der ist da? Dann kann ich mit dem direkt reinen Tisch machen.«

»Bitte nicht«, keuchte Denise. »Nicht jetzt.« Ängstlich blickte sie zur Haustür. Im Rahmen stand nur ihre Tochter. Denise wischte sich mit dem Handrücken über den Mund und versuchte, die Kontrolle über ihren Körper wiederzuerlangen.

»Ich melde mich später«, haspelte sie. »Bitte geh.«

Sie eilte zum Eingang, den Kopf nach vorn gereckt. Unsanft schob sie Rafaela in die Diele, wankte hinein und warf die Haustür hinter sich zu.

Kurz lehnte sie ihren Rücken an die kühle Wand und rang nach Atem. Huberts kleiner schwarzer Rollkoffer stand vor dem Garderobenspiegel. Sie ging in den Wohnbereich. Erst mal brauchte sie einen Schluck Wasser.

Hubert saß auf einem der Stühle am Esstisch. Das Geschirr vom Frühstück war immer noch nicht abgeräumt.

»Hubert? Was machst du denn hier?«, fragte sie mit belegter Stimme.

»Denise?«, äffte er sie nach. »Ich wohne hier.«

Ludwig lachte auf. Er stand am Kühlschrank und biss in einen Schokoriegel.

»Ich dachte, du wärst schon in Berlin«, bemerkte Denise leise. »Hattest du nicht gesagt, du fährst direkt vom Büro aus?«

»Mitnichten. Oder hast du mich mit Gepäck das Haus verlassen sehen?«

»Nein. Ich war ja noch oben, als du am Morgen gegangen bist.«

»Wenn ein bisschen mehr Verstand in deinem Kopf wäre, hättest du mir meinen Koffer gepackt. Doch du bekommst es noch nicht einmal hin, den Frühstückstisch abzuräumen.« Huberts schmaler Mund verzog sich in Spott. »Arme Frau.«

In Denises Gehirn rotierte es. Hat er Franco gesehen? Hoffentlich nicht.

»Wer war der Mann da in unserem Garten?«, fragte Ludwig.

»Ein Mitarbeiter unseres Gärtners«, antwortete Denise wie aus der Pistole geschossen. »Er hat nach den Rosenstauden gesehen. Geh bitte nach oben und räum dein Zimmer auf.«

»Ich will auch Schokolade«, krähte Rafaela.

»Du hast schon so schlechte Zähne«, erwiderte Hubert kühl.

»Wann musst du los?« Denise nahm ein Glas aus einem Hängeschrank und ließ Leitungswasser hineinlaufen. Gierig trank sie.

»Kannst du es nicht erwarten?« Hubert rümpfte seine spitze Nase.

Nein, kann ich nicht, dachte Denise und sah, wie er langsam aufstand.

Er richtete sein Jackett und kam auf sie zu. Rasch wich sie zu Ludwig hin aus. Der biss in seinen Riegel und verließ die Küche. Seine Tritte entfernten sich auf der Treppe nach oben.

»Schokolade!«, plärrte Rafaela und riss die Kühlschranktür auf. Fast hätte Denise sie gegen den Kopf bekommen. Hubert war dicht vor ihr, schwarze Härchen ragten aus seinen Nasenlöchern, auf einem der Brillengläser war ein Fingerabdruck.

»Du riechst schlecht, Denise«, sagte er missbilligend.

Denise wand sich zwischen ihm und der Anrichte in ihrem Rücken heraus.

Im selben Moment klatschte etwas neben ihr auf den Boden. Weiße, zähflüssige Masse spritzte auf. Ein Joghurtbecher lag aufgeplatzt auf den Fliesen.

»Oh«, sagte Rafaela und reckte ihre Hand tiefer ins Innere des Kühlschranks.

»Putz das weg«, raunte Hubert. Hinter der Brille verengten sich die Augen. »Dein Gör wird es wohl kaum tun.«

Er wandte sich ab. Auf seinen klackernden Ledersohlen ging er zur Diele. Von dort war das Geräusch der Kofferrollen zu hören. Dann schlug die Haustür ins Schloss.

Denise atmete auf. Kurz darauf erschrak sie aufs Neue. Hoffentlich hatte sich Franco vom Grundstück verzogen.

Ihre Knie waren weich. Sie stützte sich am Rand der Spüle ab. Neben ihr zerschellte ein Glas Gurken auf dem Boden, das scharfe Geräusch fuhr, Granatsplittern gleich, in ihre Ohren.

»Ach nein«, sagte sie.

»Schokolade!«, forderte Rafaela und streckte sich auf die Zehenspitzen halb in den Kühlschrank hinein.

Unwirsch gab ihr Denise drei Riegel. Dann ging sie zur Weltkugel.

35

Sie betrachtete das Schwarz-Weiß-Bild vor sich. Der Mann war attraktiv, die markanten Wangenknochen, das ausgeprägte Kinn und die geschwungenen Lippen gaben dem Gesicht etwas Männliches und zugleich Sinnliches.

Auf Doro hatte keines der Phantombilder, die sie bislang gesehen hatte, sympathisch gewirkt. Dieses bildete eine Ausnahme, die sie als irritierend empfand. Die Zeichnung ging heute noch an lokale TV-Sender und die Presse.

In den vergangenen Stunden waren weitere Anwohner in Bergedorf befragt worden. Doro hatte ein Gespräch mit einer sechsunddreißigjährigen Frau protokolliert. Katja Kramer war Mutter einer drei Monate alten Tochter. Doro hatte in dem kleinen Wohnzimmer der Kramers gesessen und sich Notizen gemacht.

»Marie hat Montag auf Dienstag die halbe Nacht geschrien«, hatte Katja Kramer berichtet. »Ich habe sie herumgetragen, bis sie auf meinem Arm eingeschlafen ist. Wenn ich sie dann in ihr Bettchen gelegt habe, ist sie aufgewacht, und das ganze Spiel ging von vorn los.«

Kommt mir bekannt vor, hatte Doro gedacht. Aber die Zeiten sind lange her.

»Gegen halb zwei stand ich mit Marie in ihrem Kinderzimmer am Fenster«, war Katja Kramer fortgefahren. »Da ist mir ein schwarzer Wagen aufgefallen, eine von diesen teuren Limousinen. Das Auto fuhr langsam, als würde der Fahrer etwas suchen oder sich orientieren.«

Doro hatte Katja Kramer ein Foto von Overbecks Auto gezeigt.

»Ja, das kann der Wagen gewesen sein«, hatte sie bestätigt.

»Können Sie uns Hinweise zu den Insassen geben?«

»Nicht wirklich. Ich glaube, auf der Beifahrerseite saß niemand, aber ich bin mir nicht sicher. Bei dem Fahrer ist mir nichts Besonderes aufgefallen.«

»Führen Sie mich bitte zu dem Fenster, von dem aus Sie den Wagen gesehen haben?«

»Natürlich.«

Doro war mit Katja Kramer in den ersten Stock gestiegen. Dort hatte sie aus einem liebevoll eingerichteten Kinderzimmer auf die Straße geschaut.

»Das Auto fuhr von rechts nach links am Haus vorbei«, sagte Katja Kramer. »Ich habe also auf die Fahrerseite gesehen.«

»Können Sie den Fahrer etwas näher beschreiben? War er korpulent?«

»Ich kann leider nichts Genaueres sagen. Man hat nicht viel gesehen in der Dunkelheit, und ich war ja auch mit Marie beschäftigt.« Katja Kramer konnte ein Gähnen nicht unterdrücken, sie hatte Ringe unter den Augen und blasse Haut.

»Müde?«, hatte Doro gefragt.

»Und wie. Die letzten Nächte war es mit Marie nicht besser.« Katja Kramer lächelte matt. »Na ja, irgendwann schlafen sie ja durch.«

Und irgendwann wieder nicht mehr, hatte Doro gedacht und ihren betrunkenen Sohn vor Augen gehabt. »Alles Gute.« Sie hatte sich verabschiedet. »Danke für Ihre Auskunft.«

Angespannt stand sie von ihrem Bürostuhl auf und ging zu der großen Straßenkarte an der gegenüberliegenden Wand. Eine rote und zwei gelbe Linien schlängelten sich vom Moorfleeter Hafen über die Stelle, an der Overbecks Wagen aufgenommen worden war, bis nach Bergedorf. Die rote Linie markierte die kürzeste und wahrscheinlichste Route, die gelben zeigten Alternativen an.

Es gab drei Tankstellen entlang der Strecken. Deren Überwachungsvideos von Montagnacht wurden überprüft. Allerdings war nicht damit zu rechnen, dass Overbecks Mörder nach der Tat einen Zwischenstopp eingelegt hatte, um sich eine Cola oder Zigaretten zu kaufen.

Auch die Kameraaufzeichnungen an den U-Bahn- und S-Bahn-Haltestellen in dem Gebiet von Bergedorf wurden ausgewertet. Mit einer gewissen Wahrscheinlichkeit musste derjenige, der Overbecks Wagen versenkt hatte, mitten in der Nacht von dort wieder weggekommen sein.

Hinter Doro wurde die Bürotür aufgerissen.

»Hi, Doro«, grüßte Ben lautstark.

»Hi.« Doro ging zu ihrem Schreibtisch zurück. »Hier ist das Phantombild von heute Vormittag.« Sie reichte Ben den Ausdruck der Zeichnung.

Er musterte ihn kurz. »Recht ansehnlich«, meinte er.

»Genau. Regelrecht sympathisch. Weißt du, an wen ich denken musste?«

»Verrat's mir.«

»Unser Unbekannter auf dem Bild ist dem Journalisten

aufgefallen, weil er Gallo beobachtete. Womöglich ging es aber nicht um Gallo, sondern um seine Affäre.«

»Mit Denise«, ergänzte Ben. Er sah nochmals auf die Zeichnung. »Gut denkbar. Der Mann stand oder steht damit in einer Beziehung zu Denise.«

»Wobei ›Beziehung‹ genauer zu definieren wäre.«

»Ist das nicht klar? Gallo hatte mehrere Frauen am Start und Denise mehrere Männer«, sagte Ben lapidar. »Das kommt vor.«

Vermutlich sogar ziemlich oft, dachte Doro. »Kann sein«, sagte sie und schwieg ein paar Sekunden.

Ein Klopfen an der Tür durchschnitt die Stille.

»Herein«, rief Ben.

»Moin, ihr beiden.« Mit elegantem Schwung kam Enno Holle ins Büro. Sein meerblaues Jackett schimmerte edel, die Frisur war topp nach hinten gegelt.

»Hallo, Enno. Gibt's was Neues?«, fragte Doro.

Enno rieb über seinen Bart. »Ich habe meine Beziehungen spielen lassen.«

»Schon wieder Beziehungen«, nuschelte Ben.

»Wat?«

»Nix.«

»Also, ich kenne jemand, der Kontakte zu den beiden größten Taxifunkzentralen in Hamburg hat.«

»Erzähl.« Doro war gespannt.

»Denise Klimantat hat heute früh einen Wagen bestellt, um Sohn und Tochter in Schule und Kindergarten zu bringen. Gegen fünfzehn Uhr hat sie die Kleinen mit dem Taxi wieder abgeholt. Dazwischen, konkret heute Morgen, nachdem sie ihre Tochter abgeliefert hatte …« Enno zwirbelte an seinem

Schnäuzer und ließ die Spannung einen Moment wirken, »da war sie auf dem Amtsgericht Mitte.«

Doro und Ben tauschten einen erstaunten Blick.

»Was sie da wollte, kann ich euch leider nicht sagen«, fügte Enno an.

»Ihren Mann besuchen?«, fragte Ben.

»Der ist doch am Landgericht.« Doro zog ihr Handy aus der Hosentasche. »Bin gleich zurück.«

Während sie das Büro verließ, wählte sie Michaels Nummer. Auf dem Flur hielt sie wartend das Telefon ans Ohr, bis er das Gespräch annahm.

»Hallo, Doro. Ich wollte dich eben anrufen. Wie so oft warst du schneller.« Doro glaubte, sein Schmunzeln vor sich zu sehen.

»Denise Klimantat war heute früh auf dem Amtsgericht«, sagte sie.

»Genau darum geht's. Eigentlich ist diese Information nicht bei mir gelandet, sondern bei meiner Sekretärin. In der Kantine während der Mittagspause.«

»Welche Information?«

»Du hattest den richtigen Riecher. Denise Klimantat hat für ihre Tochter Rafaela einen Erbschein beantragt. Der Vater des Kindes sei Gabriel Otto.«

»Konnte sie das in irgendeiner Form belegen?«

»Angeblich gibt es einen handschriftlichen Brief von Otto. Darüber hinaus ist mir nichts bekannt.«

»Aha.« Doro fuhr mit der Schuhspitze über den Boden des Ganges.

»Ich habe in Huberts Büro angerufen«, sagte Michael gedämpft.

»Wie bitte?«

»Nun ja, zum einen kennen Hubert und ich uns, und zum anderen …«

»Willst du Denise ins offene Messer laufen lassen?«, unterbrach Doro aufgebracht. »Was glaubst du, wie Hubert Klimantat auf eine solche Information reagiert?«

»Reg dich ab, Doro. Ich habe ihn ohnehin nicht erreicht. Er ist dienstlich in Berlin. Abgesehen davon wird er unweigerlich von der Sache erfahren. Es wird ihm spätestens am Montag zugetragen werden.«

Doro atmete hörbar aus. »Das stimmt. Doch unter Umständen braucht Denise etwas Zeit, bis ihr Mann von diesem Antrag erfährt.«

»Um was zu tun? Mit den Kindern unterzutauchen?«

»Wer weiß? So, wie sie heute Morgen ausgesehen hat, wäre das vielleicht das Beste.« Doro hielt kurz inne. »Ergibt sich nun für die Staatsanwaltschaft eine geänderte Sachlage?«

»Du meinst, ob von unserer Seite aus Ermittlungen gegen Denise oder Hubert Klimantat eingeleitet werden?«

»Ja.«

»Doro, offiziell weiß ich noch von nichts. Womöglich stellt Gabriel Ottos Vermögen auch gar kein Motiv für eine so wohlhabende Frau wie Denise dar. Bei Hubert sehe ich auch nur eingeschränkt einen Anfangsverdacht. Wir müssen das prüfen. Die Angelegenheit wird den Dienstweg gehen.«

In Doros Innerem zündete jemand ein Streichholz an, es flammte auf, Hitze überlief sie, und das Glühen brachte Ungehaltenheit mit sich.

Männerbünde, Segeljacht-Freundschaften, Berufskumpanei – merkt der nicht, dass er sich auf die Seite eines Tyrannen schlägt?, dachte sie. Vielleicht hätte ich auch versucht, eine Freundin zu informieren, aber meine Freundinnen misshandeln nicht ihre Männer.

»Ah, stimmt, das macht man ja so in eurer Juristen-Hautevolee«, sagte sie kühl. »Dann geh du mal den Dienstweg. Und pass auf, dass du keinem auf die Füße trittst. Ich gehe woanders hin.« Sie legte auf, schob die Ärmel ihres Pullis nach oben und kehrte ins Büro zurück. Knapp informierte sie Enno und Ben über das Gespräch mit Michael.

»Könnte unangenehm werden für Denise«, meinte Enno. »Was wollen wir tun?«

»Ich fahre noch mal zu ihr«, sagte Doro. »Kann sein, dass niemand zu Hause ist, aber ich versuche es. Das hier nehme ich mit.« Sie schnappte sich den Ausdruck des Phantombilds, steckte ihn ein und eilte aus dem Raum.

Gegen siebzehn Uhr stieg sie aus dem Dienstwagen. Zum zweiten Mal an diesem Tag stand sie vor dem Gartentor der Klimantats. Sie läutete, einmal, dann wieder. Niemand öffnete.

Kurzerhand überkletterte sie das Tor, lief bis zur Haustür und klingelte Sturm. Sie wartete, den Finger auf den rechteckigen Schalter gepresst. Die Tür blieb verschlossen.

An Denises Stelle wäre ich auch weg, dachte sie, drehte sich um und wollte das Grundstück verlassen. Im selben Augenblick hörte sie ein Geräusch hinter dem hellgrauen Metall des Eingangs. Sie fuhr herum.

Langsam öffnete sich die Haustür ein Stück. Ein Junge mit Bürstenschnitt schaute Doro misstrauisch an.

»Was wollen Sie?«, fragte er.

»Oh, hallo«, sagte Doro freundlich. »Bist du Ludwig?«

Der Junge nickte.

»Mein Name ist Dorothee Anders. Ich bin von der Polizei. Kannst du bitte deine Mutter rufen?«

»Das geht nicht, sie schläft.«

»Um diese Zeit?«

Ludwig zuckte mit den Achseln.

»Kannst du sie bitte wecken?«

»Nein. Sie will das nicht.«

Doro überlegte. »Ist sonst alles okay bei euch?«, fragte sie.

Die Züge des Jungen verfinsterten sich zusehends. »Sicher.«

Konzentriert forschte Doro in dem feinen, abweisenden Gesicht. Sie zögerte. Dann zog sie das Phantombild aus der Jackentasche.

»Hast du diesen Mann schon mal gesehen?«

Ludwig richtete seine hellblauen Augen auf die Zeichnung und wieder auf Doro. Er schwieg.

Instinktiv legte sie nach. »Du könntest uns wirklich helfen. Ich glaube, du bist ein sehr aufmerksamer Junge.«

Unschlüssig schob Ludwig den Unterkiefer vor und zurück, sein Blick irrte umher. »Das ist ein Arbeiter vom Gärtner«, sagte er schließlich. »Er war heute Mittag bei uns und hat mit meiner Mutter im Garten gesprochen.«

»Welchen Gärtner beauftragen deine Eltern, weißt du das?«

»Ich glaube, ›Engelmann‹ steht auf dem Auto.«

Er ist tatsächlich ziemlich aufmerksam, dachte Doro. Fast mehr ein Erwachsener als ein Kind. Vielleicht wegen Denises

Alkoholsucht. Kinder von Abhängigen übernehmen oft viel zu früh Verantwortung.

»Danke, du hast das gut beobachtet.« Doro lächelte.

Ludwig wirkte zögerlich, er trat von einem Fuß auf den anderen.

»Ist noch was?«, fragte Doro.

»Sind Sie wegen dem Führerschein von meiner Mutter da?«

»Was? Nein, nein. Mach dir darüber keine Gedanken. Einen Führerschein kann man bald wiederbekommen.«

»Auch meine Mutter?«

»Natürlich. Im Prinzip schon.«

»Dann ist gut.« Der Junge schloss langsam die Tür.

Betroffen starrte Doro auf die graue Metallfront.

Dann lief sie zu ihrem Auto und rief Ben an.

36

»Mama, es ist *Freitag*.«

»Und du bist *fünfzehn*.«

»So gut wie sechzehn. Behandel mich nicht wie ein Kleinkind.«

»Constantin, zum wiederholten Mal: Nach dem, was vergangenen Dienstag passiert ist, habe ich Angst, dich um die Häuser ziehen zu lassen.«

»Jetzt chill mal«, blaffte Constantin. »Das war ein Ausrutscher. Ich betrink mich schon nicht wieder so.« Trotzig stierte er auf den leer gegessenen Teller vor sich, über die eine Hälfte verteilten sich Ketchup-Spuren.

Doro stand auf und begann, das Geschirr abzuräumen.

»Du kannst mich doch nicht einsperren, nur weil ich mal ein Bier zu viel hatte.«

»Consti, bitte. Wir reden nicht über ein Bier zu viel, das weißt du genau.« Doro war müde, der Tag war lang gewesen. Darüber hinaus hatte sie manchmal das Gefühl, die innere Hitze zündele an ihrem Nervenkostüm.

»Bei Papa wäre das echt nicht so ein Theater.«

Blut stieg in ihren Kopf, ihr Puls beschleunigte sich. Sie knallte die beiden Teller auf die Spüle, es schepperte durch die Küche. Constantin schaute auf.

»Kann sein, dass dein Vater seine Prioritäten anders setzt. Aber du lebst *hier*, und ich bin verantwortlich für dich.«

Zornig funkelte Constantin sie an. Doro erkannte die Traurigkeit unter der Wut. Es tat ihr weh.

»Vielleicht ja nicht mehr lange«, murmelte er.

Der Schmerz auf Doros Seele wurde drückend. Sie rieb sich über die Schläfen und stützte sich mit der anderen Hand an der Arbeitsplatte ab. Dieses Spiel hielt sie nicht durch, Constantin durfte sie nicht erpressen.

Doch das, was sie jedem anderen auf den Versuch geantwortet hätte, *Dann tu, was du nicht lassen kannst*, konnte sie ihrem Sohn nicht antworten.

Sie sammelte sich. Heute Abend gab es keinen Machtkampf mehr, Alexander würde nicht mit seiner kuscheligen Familie wie ein Damoklesschwert über ihr hängen.

»Okay«, sagte sie. »Höchstens bis halb elf, und ich möchte wissen, wo du hingehst.«

Ein paar Augenblicke schwieg Constantin. »Ich treff mich mit Paul«, meinte er dann. »Wir wollen ins ›Gaga‹.«

»Kommst du da rein?«

Über Constantins Gesicht huschte ein Grinsen. »Denke schon.« Er stand auf und verschwand in seinem Zimmer. Kurz darauf winkte er Doro vom Rahmen der Küchentür aus zu. »Bis später.«

»Halb elf!«, befahl sie streng.

»Jaja.« Schon fiel die Wohnungstür ins Schloss.

Doro war allein, das Nest war leer.

Seufzend räumte sie Schüsseln und Gläser vom Esstisch. Sie griff nach dem Parmesan und der unvermeidlichen Ketchup-Flasche und stellte beides in den Kühlschrank.

Auf dem untersten Glasboden lagen zwei Flaschen Flensburger. Das Bier ihrer Jugend. Die Dire Straits, eine kleine Dorfclique und Flens mit seinem kultigen Geräusch beim Öffnen des Bügelverschlusses.

Was für eine beschauliche Welt, dachte sie und nahm eine Flasche heraus. Was, wenn das Nest bald für immer leer ist?

Der Gedanke war ein Schlag in die Magengrube.

Constantins Weg ins Leben und das Gefühl, verlassen zu werden, lagen verdammt nah beieinander.

Doro legte das Flens zurück und stieß die Kühlschranktür zu. Kein guter Zeitpunkt, darüber nachzugrübeln, ermahnte sie sich. Ortswechsel. Raus hier.

Sie ging in den Flur, zog Schuhe und Jacke an und verließ die Wohnung.

Draußen auf der Straße waren Menschen unterwegs. Gut gelaunt schlenderten sie zu den umliegenden Kneipen oder wechselten mit der nächsten U-Bahn in partytauglichere Viertel wie die Sternschanze oder Sankt Pauli.

Doro lief den Gehweg entlang, die Hände in den Jackentaschen vergraben. Sie sog die kühle Abendluft ein und drängte ihre Besorgtheit zurück.

Ihr Arbeitstag hatte ebenfalls weniger erfreulich geendet, als sie gedacht hatte.

Norbert Engelmann war der Inhaber eines kleinen Gartenbaubetriebs. Er hatte zwei Angestellte, seine Frau Hilde machte die Buchhaltung. Doro und Ben hatten sie im Büro angetroffen, der Mann auf dem Phantombild war ihr nicht bekannt. Sie hatten sich die Personalpapiere der beiden Mitarbeiter zeigen lassen. Es gab keine Ähnlichkeit zwischen ihnen und dem Gesuchten.

»Hatten Sie irgendwann eine Aushilfe oder einen Saisonarbeiter, der diesem Mann gleicht?«, hatte Ben gefragt.

»Nein, sicher nicht.«

Norbert Engelmann bekam ein Foto des Phantombilds auf sein Handy geschickt, er war auf dem Rückweg von einer Baustelle im Süden der Stadt. Auch er kannte den Mann nicht.

»Damit steigt die Wahrscheinlichkeit, dass der Typ was mit Denise Klimantat hat«, hatte Ben erklärt, als sie wieder aufs Revier gefahren waren. »Ihr Sohn hat die beiden zusammen gesehen, und sie hat ihn angelogen, es sei ein Gärtner.«

»Mord aus Eifersucht?«, hatte Doro gefragt. »Der eine Liebhaber erschießt den anderen?«

»Im Morgengrauen auf einer Waldlichtung.« Ben hatte einen Mundwinkel verzogen. »Aber theoretisch möglich.«

Doro eilte weiter. Sie bog nach rechts um eine Häuserecke, eine Gruppe lachender Mädels mit einem Bollerwagen kam ihr entgegen. Sie waren rosa und weiß gekleidet, offensichtlich feierten sie Junggesellinnenabschied, eine trug ein Krönchen.

Bist du dir sicher?, dachte Doro und hastete an ihnen vorbei.

Nach der nächsten Kreuzung tauchte ein beleuchtetes Kneipenschild am Horizont der Straße auf. »Tante Wilma« stand in geschwungenen Lettern auf einem hellen Oval. Doro steuerte darauf zu.

Wenig später zog sie die Holztür mit den Butzenglaseinsätzen auf und trat ein. Die Wärme des Gastraums und das Stimmengewirr darin umfingen sie. An einfachen Tischen saßen bunt gemischte Leute, sie aßen Hausmannskost und tranken

Bier. Doro sah sich um und peilte einen freien Platz an der Theke an.

Der Wirt hieß Hansjörg. Er war klein, schmächtig und trug eine Nickelbrille. Vor einer Weile hatte er Doro erzählt, dass seine Tante Wilma mit fünfundfünfzig ihren Mann verlassen habe und mit einem zwanzig Jahre jüngeren Förster in die Slowakei durchgebrannt sei. »Die betreiben da eine Forellenzucht. Läuft gut, der Laden. Ein paarmal im Jahr schickt mir Wilma ein Paket Geräucherte rüber. Erste Sahne.«

Mit drei Bier intus hatte sich Doro für eine Sekunde in olivgrüner Gummihose in einem Teich stehen sehen. Ihr gegenüber schwang ein junger Kerl im Holzfällerhemd einen Fischkescher und grinste sie unverschämt herausfordernd an.

Nee, doch lieber nicht, hatte sie gedacht und rasch ihr Bier leer getrunken.

»Was darf's sein?« Hansjörgs Äuglein hinter den runden Brillengläsern zwinkerten freundlich. »Pils wie immer?«

»Ja, bitte.« Doro öffnete ihre Jacke und machte es sich auf dem Barhocker bequem. Hansjörg stellte ein Bier vor sie.

»Danke schön.« Sie hob das Glas an und trank. Das kühle Gebräu floss ihre Kehle herunter, es schmeckte ausgezeichnet.

Noch beim Trinken spürte sie einen durchdringenden Blick auf sich gerichtet. Sie stellte ihr Bier ab und drehte den Kopf.

»Sind Sie öfter hier?«, kam es in verwaschener Aussprache mit norddeutschem Einschlag von links. Ein Mann in den Vierzigern taxierte sie. Sein Hemdkragen stand offen, Brusthaar quoll heraus, weiter unten glänzte ein Ehering neu und frisch.

»Manchmal«, sagte Doro knapp und trank noch einen Schluck.

»Ich wohl nich, ne«, lallte der Mann. »Ich wohn jetzt in Sachsen.«

»Hm.«

»Da isses sowieso viel schöner.« Ein behaarter Handrücken schloss sich um ein halb gefülltes Henkelglas und hob es an. Gluckernd flossen drei oder vier Schlucke einen spitzen Adamsapfel entlang. Der Mann stellte sein Bier schmatzend wieder ab. »Ich war heut nur noch mal zu meiner Scheidung da. Auf'm Gericht.«

»Aha.« Doro sah auf den goldenen Ring an der rechten Hand.

»Scheidung von meiner ersten Frau, ne. Morgen fahr ich zurück zu meiner Verlobten. Nach Sachsen. Die hat da ein Landgasthaus.«

»Viel Erfolg«, murmelte Doro.

»Wie? Mit dem Gasthaus?«

»Mit was auch immer.«

»Pfh. Die Gerti hat da schon Pläne, die will was Gehobenes draus machen. Sauerbraten und Kartoffelsuppe bringt in der Gegend jeder. Damit kommsde nich weit.«

»Ach so.« Doro wandte sich ab und ließ ihren Blick durch den Raum schweifen. An den ockerfarbenen Wänden hingen ein paar gerahmte Bilder, auf den Fensterbänken standen Zimmerpflanzen. Flink bewegten sich zwei Kellner zwischen den Gästen, der Theke und dem Durchgang in die Küche hin und her. Doro kannte einen der jungen Männer, es war der Sohn einer Freundin.

Ihre Augen wanderten an ihm vorbei in einen hinteren

Winkel der Kneipe. Sie stockte. Unvermittelt hing sie an einem dunklen Kurzhaarschnitt fest, dann an dem Gesicht darunter. Es war das von Heike Overbeck, Martin Overbecks Witwe.

Ach was, dachte Doro. Heike Overbecks Haus lag im benachbarten Stadtviertel Eimsbüttel, aber Doro hatte sie noch nie in dieser Kneipe oder ihrem Kiez gesehen.

Ihre Augen glitten zu Heikes Gegenüber, einem Mann Anfang vierzig mit vollen Wangen, akkuratem Seitenscheitel und rahmenloser Brille. Er wiederum kam Doro irgendwie bekannt vor. Sie erfasste einen Ausschnitt der Tischplatte. Darauf ruhte die Hand des Mannes über der von Heike Overbeck.

Doro neigte sich ein Stück zur Seite, sodass sie halb von einem vor ihr stehenden Gast verdeckt war. Gespannt beobachtete sie Heike Overbeck und deren Begleiter. Er sah sie verliebt an.

Warum auch nicht, dachte Doro. Heike Overbeck und ihr Mann waren vor dessen Tod bereits seit Längerem getrennt gewesen. Die E-Mail-Nachrichten zwischen Overbeck und ihr, die die Ermittler eingesehen hatten, waren sachlich, es schien keinen Rosenkrieg gegeben zu haben.

Heike Overbeck strich sich eine Ponysträhne zurück und lächelte. Ein inneres Strahlen verlieh ihr eine besondere Attraktivität. An dem Kneipentisch saß eine ganz andere Frau als die, die Doro Mittwochnacht in der neonbeleuchteten Küche vor sich gehabt hatte.

Overbecks Betrieb war gut gelaufen, die Umsatzzahlen waren siebenstellig. Mit dem Erbe war Heike Overbeck eine reiche Frau.

Doro erhob sich. Sie schlängelte sich an etlichen Gästen vorbei hin zu dem Tisch. Erst als sie direkt neben Heike Overbeck stand, sah die zu ihr hin. Augenfällig brauchte sie einen Moment, bis sie Doro wiedererkannte. Das Lächeln in ihrem Gesicht erstarb und wich einem säuerlichen Ausdruck.

»Guten Abend, Frau Overbeck«, grüßte Doro freundlich. »So ein Zufall.«

»Abend«, sagte Heike Overbeck reserviert.

»Wir haben vergeblich versucht, Sie zu erreichen. Der Wagen Ihres Mannes wurde gefunden.«

»Ach? Wirklich?«

»Ja. In der Bille bei Bergedorf.«

Heike Overbeck zögerte. »Und?«

»Das Fahrzeug wurde sichergestellt und kriminaltechnisch untersucht.«

»Und?«, fragte Heike Overbeck erneut, sie wirkte unsicher. Ihr Begleiter zog seine Hand zurück und räusperte sich.

»Fällt Ihnen zu dem Fundort des Wagens etwas ein?«, fragte Doro.

»Bergedorf? Im Fluss?« Eine kurze Pause entstand. »Nein. Keine Ahnung.« Heike Overbeck kniff die kräftigen Brauen zusammen. »Das Auto ist kaputt, oder? Wenn es in der Bille lag?«

»Kann man so sagen.«

»Was passiert damit? Muss ich das abholen lassen?« Heike Overbecks Blick huschte zu ihrem Begleiter.

Ihre Fragen waren für Doro nicht eben die erwarteten. »Wenn alle Untersuchungen abgeschlossen sind, können Sie über den Wagen verfügen«, antwortete sie.

»Das Auto wird nicht mehr viel wert sein?«

»Frau Overbeck«, sagte Doro gedehnt. »Wissen Sie, ob einer Ihrer Mitarbeiter in Bergedorf oder der näheren Umgebung wohnt? Oder sonst jemand in Ihrem privaten oder geschäftlichen Umfeld?«

»Bergedorf? Hm. Also ... ich stamme daher. Aber sonst?«

»Tatsächlich?«

»Das heißt jetzt aber nichts?«

»Was sollte es heißen, Frau Overbeck?«

Die Frau blieb reglos, ihr Freund rutschte auf seinem Stuhl hin und her. Seine Gesichtsfarbe glich sich der seines hummerroten Hemdes an.

»Hören Sie, mein Mann und ich waren getrennt. Es war alles geregelt, ich habe einen wunderbaren ... ich bin wieder ...« Sie sah ihren Freund an. »Es gab keinerlei Grund, den Vater meiner Kinder ...« Sie stockte.

»Umzubringen?«, ergänzte Doro.

Heike Overbeck schwieg.

Ein paar Sekunden lang stand Doro abwartend neben ihr.

»Darf ich Ihren Namen erfahren?«, fragte sie dann Heike Overbecks Begleiter.

Der Mann rieb sich zögerlich am Ohrläppchen. »Gary«, sagte er.

»Gary wie?«

»Dnnffss.« Das Nuscheln war nicht zu verstehen.

»Wie bitte?«

»Dannefels.« Er trank einen Schluck von seinem dunklen Bier.

»Ah so. Danke. Dann wünsche ich Ihnen beiden noch einen schönen Abend.«

»Ebenso«, erwiderte Gary Dannefels, Heike Overbeck nickte nur.

Doro kehrte an den Tresen zurück. Neben ihrem halb vollen Bierglas stand ein volles.

»Trinken Sie noch einen mit mir«, forderte der frisch Geschiedene auf. »Ich geb einen aus.«

»Vielleicht ein andermal.« Doro leerte das angetrunkene Glas. »Ich muss los.« Sie kramte in ihrer Hosentasche und legte vier Euro auf den Tresen.

»Ein andermal bin ich nich mehr hier«, lallte der Mann mit hörbarem Vorwurf.

Doro drehte sich um und steuerte den Ausgang an. Gleichzeitig vibrierte ihr Handy in der Jacke. Sie zog es heraus, das Display zeigte einen Anruf vom Kommissariat. Doro drückte die Kneipentür auf, trat auf den Gehweg und nahm das Gespräch an.

»Anders.«

»Hallo, Frau Anders. Wir haben eben die Nachricht erhalten, dass der zur Fahndung ausgeschriebene Thomas Marquart aufgegriffen wurde. Im Fränkischen, bei Ansbach. Er wird nach Hamburg überstellt. Morgen früh ist er vor Ort.«

»Danke«, sagte Doro. »Das sind gute Neuigkeiten. Ist Ben Fleck schon informiert?«

»Bisher nicht.«

»Dann übernehme ich das. Danke nochmals.« Sie legte auf und wählte direkt im Anschluss Bens Nummer. Es dauerte eine Weile, bis er ranging.

»Hallihallo.« Im Hintergrund war Musik zu hören, stampfende Bässe dröhnten.

»Thomas Marquart wurde in der Nähe von Ansbach gefasst«, sagte Doro. »Morgen früh ist er in Hamburg. Wir treffen uns um acht auf dem Revier.«

»Alles klar«, rief Ben gegen die Musik an. Doro hörte ein Lachen in seiner Nähe. »Magst du noch auf ein Bier vorbeikommen?«, fragte er. »Wir sind im ›Viva‹.«

»Wer ist *wir*?«

»Carolin und ich. Wir feiern Carolins neuen Job. Am Montag geht's los.«

»Ah«, sagte Doro. »Nein, ich glaube nicht. Aber herzlichen Glückwunsch. Zum Job. Bis morgen dann.«

»Okay. Bis morgen.«

Die Musik verstummte, Doro steckte ihr Telefon zurück in die Tasche.

Sie ging nach Hause, angelte ein Flens aus dem Kühlschrank, ließ den Bügelverschluss ploppen und setzte sich vor ihren Laptop.

37

Doro hatte das Haus verlassen, während Constantin noch schlief. Er war pünktlich gewesen am Abend und Doro erleichtert. Sie hatte ihm morgens den Frühstückstisch gedeckt und einen Zettel geschrieben. »Kuss, Mama« würde sie sich wahrscheinlich nie abgewöhnen.

In der kühlen Herbstluft hatte sie die paar Kilometer bis zum Kommissariat auf dem Fahrrad hinter sich gebracht, die Bewegung hatte ihr gutgetan.

Auf dem Revier in der Nähe des Stadtparks angekommen, schloss sie die Tür ihres Büros auf und trat ein. Draußen graute der Samstagmorgen, auf den Straßen war noch nicht viel los.

Doro nahm einen Pulli und ein Shirt aus ihrer Tasche und verstaute beides in einem Aktenschrank. Dann loggte sie sich an ihrem Rechner ein und rief ein Datenbankprogramm auf.

Es hatte etliche Anrufe zu dem gestern veröffentlichten Phantombild gegeben, die gab es immer. Abzüglich der unsinnigen von Scherzkeksen – »Ich glaube, der Mann war im letzten Otto-Katalog, soweit ich mich erinnere, bei der Herrenunterwäsche« – waren einige geblieben, denen Kollegen nachgegangen waren. Bislang hatte kein Hinweis zu dem Gesuchten geführt.

Doro konzentrierte sich auf den Bildschirm.

»Hallo.« Bens laute Begrüßung ließ sie zusammenzucken. Am Ende des Wortes hatte sich seine Stimme gut gelaunt gehoben. Mit einem Tritt schloss er die Tür hinter sich und stellte einen Kaffeebecher vor Doro ab, aus dem es verführerisch duftete. »Einen wunderschönen guten Morgen.«

Was ist denn mit dem los?, dachte Doro. »Oh, Kaffee. Danke.«

»Aber nicht wieder verschütten.« Ben zwinkerte ihr zu und ließ sich mit einem zweiten Becher in der Hand auf seinem Stuhl nieder. Er schlürfte genüsslich. Sein Haar war noch feucht, es lockte sich um sein Gesicht. Vermutlich war er erst kürzlich der Dusche entstiegen.

»Hattest du einen schönen Abend?«, fragte Doro.

»Jo, schon.«

Doro öffnete eine Internetseite. »Ich habe gestern Abend ebenfalls ein glückliches Paar getroffen. Heike Overbeck saß mit ihrem neuen Freund im ›Tante Wilma‹.«

»So?« Ben trank noch einen Schluck und schwang ein Bein über das andere.

»Der Glückliche heißt Gary Dannefels«, erklärte Doro. »Und wir haben ihn im System.«

»Ach nee.« Ben stellte seinen Becher ab. »Soll ich raten, was er ausgefressen hat?

»Ja, mach mal.« Mit einem Schmunzeln lehnte sich Doro auf ihrem Stuhl zurück.

»Es hat was mit Geld zu tun.«

»Richtig.«

»Hm.« Demonstrativ legte Ben den Zeigefinger an einen Nasenflügel. »Heiratsschwindler?«

Doro lachte auf. »Bingo. Dir steht eine große Karriere bei der Kripo bevor.«

Bens Kinn kräuselte sich. »Ich hab's doch immer schon gewusst.«

»Nun ja, es war nicht ganz Heiratsschwindel«, fuhr Doro fort. »Zwei Frauen haben gegen Gary Dannefels Anzeige erstattet, im Abstand von anderthalb Jahren. Allerdings kam es nach Prüfung der Sachlage nicht zur Anklage. Die Frauen hatten Dannefels Geldgeschenke gemacht. Betrügerische Absichten seinerseits waren jedoch nicht eindeutig nachweisbar gewesen.« Sie verschränkte die Arme vor der Brust. *»In dubio pro reo.«*

»Und nun hat er sich die reiche Wurstkönigin ausgesucht?«

»Sieht so aus. Heike Overbeck wirkte gestern Abend glücklich und entspannt. Zumindest so lange, bis ich an ihren Tisch gekommen bin. Dannefels gibt sich als Unternehmensberater aus, vielleicht ist er es auch. Das ist seine Internetseite.« Sie drehte den Computerbildschirm zu Ben hin.

Die Webseite zeigte das Foto eines verbindlich lächelnden Gary Dannefels in dunkelblauem Anzug und gestreiftem Businesshemd. Die unter einem Link aufgeführten Referenzen waren beachtlich und eventuell diskutabel.

Ben betrachtete die Seite. »Denkst du, durch die Liaison ergibt sich ein Mordmotiv für Heike Overbeck oder ihren Liebhaber?«

»Ich bin nicht sicher. Wir haben keine klaren Hinweise in diese Richtung. Aber ich habe beantragt, die Kontenprüfung der Overbecks auch auf persönliche Konten von Heike auszuweiten, desgleichen auf ihre Handykommunikation.«

»Du denkst an einen Auftragsmord?« Eine nachdenkliche

Furche erschien über Bens Nase. »Theoretisch könnte es auch Verbindungen zu Kai Jansen oder Thomas Marquart gegeben haben.«

Doro nickte, hob den Kaffeebecher an und trank. Die Wärme des Getränks und sein Aroma waren klasse. Im nächsten Moment wurde ihr jedoch knallheiß. Koffein hatte neuerdings die Wirkung von Brandbeschleuniger.

»Ich habe mich gestern Abend im Netz auch in Foren und Blogs von Tierschützern umgesehen«, sagte sie. »Teilweise stehen sie in Verbindung mit der autonomen Szene. Es gibt die große, international organisierte *Animal Liberation Front*, daneben aber auch etliche regional agierende Gruppen.«

Sie hatte unterschiedlichste Beiträge gelesen, überlegte und flammende, manchmal waren ihre dienstlichen und privaten Ansichten über die Dinge nicht mehr recht übereingekommen.

»Man findet in den Foren klar geäußerte militante Absichten, aber umgesetzt wird davon so gut wie nichts«, sprach sie weiter.

»Zum Glück«, meinte Ben.

Etliche Posts waren Doro in Erinnerung geblieben. Die einer »Holly go Hunting«, deren Profilbild eine Amazone zeigte und die »Fleischesser ans Messer« forderte. Die eines Users, der sich als Lamm mit Reißzähnen darstellte, »Animal haters over Jordan«. Das Abfackeln von Mastbetrieben wurde proklamiert und die Kasernierung von Fleischkonsumenten in Schlachthöfen.

Doro sah auf die Uhr und stand auf. »Lass uns runter zu Thomas Marquart. Er müsste schon im Vernehmungsraum sein.«

Ben steckte den Plastikbeutel ein, der auf seinem Schreibtisch lag. Er enthielt die in Overbecks Wagen sichergestellte Clownsnase. Wie erwartet hatten nach der Liegezeit des Autos in der Bille keine DNA-Spuren an dem Fundstück gesichert werden können.

Doro und Ben verließen das Büro. Im Erdgeschoss angekommen, steuerten sie den Befragungsraum an. Kurz vor ihrem Ziel trafen sie auf Enno Holle.

»Moin, ihr beiden. Geht's los?«

Enno trug ein seidig schimmerndes Hemd in einem abenteuerlichen Paisleymuster. Doro war begeistert.

»Ja«, sagte sie. »Mal sehen, was wir aus Thomas Marquart herausbringen.«

»Ich habe ein bisschen recherchiert und rumtelefoniert«, erklärte Enno. »Marquart war vor etwa drei Jahren stationär in der Psychiatrie in Bamberg. Akute Psychose. Er wurde medikamentös eingestellt und wieder entlassen. Termine zur Wiedervorstellung und Kontrolle hat er nicht wahrgenommen.«

»Hat er Medikamente bei sich?«, fragte Doro.

»Nicht dass ich wüsste.« Enno machte eine verabschiedende Handbewegung und bog in den Raum ab, der an das Befragungszimmer angrenzte. Dort saßen bereits zwei Kollegen vor den Monitoren, über die sich die Vernehmung verfolgen ließ.

Doro und Ben betraten den Befragungsraum. Einen Augenblick stockte Doro. Der Mann, der dort saß, hatte nur bedingt Ähnlichkeit mit demjenigen auf dem biometrischen Passfoto, das die Ermittler von Thomas Marquart hatten. Seine Wangen waren schmal, fast eingefallen, die Haut wachsgelb. Das kurz geschorene Haar bedeckte kaum einen kantigen Schädel, die Augen lagen tief in ihren Höhlen.

Neben Thomas Marquart saß eine junge attraktive Frau. Doro kannte sie, es war Leila Kurttas. Doros Wissen nach hatte sie ihren Dreizehn-Stunden-Tag in einer großen Kanzlei vor einer Weile gegen die Selbstständigkeit eingetauscht. Bislang hatte Doro zwei, drei Mal mit ihr zu tun gehabt, Leila Kurttas übernahm Mandate als Pflichtverteidigerin.

»Guten Morgen, Herr Marquart, hallo, Frau Kurttas.« Doro setzte sich. »Mein Name ist Dorothee Anders, das ist mein Kollege Ben Fleck.«

Ohne ein Wort nahm Ben neben Doro am Vernehmungstisch Platz.

»Guten Morgen.« Leila Kurttas hatte die Hände übereinandergelegt, die Mimik unter dem dunklen Pagenkopf war ruhig. Doro kannte die Anwältin als korrekt, diszipliniert und ehrgeizig.

»Herr Marquart, wie war Ihre Reise aus dem Fränkischen zurück hierher?« Ben eröffnete das Gespräch, wohl wissend, wie wenig komfortabel der Transport von Verhafteten verlief.

Thomas Marquart schwieg.

»Kommen Sie bitte zur Sache«, sagte Leila Kurttas an Ben gewandt. Sie nahm einen goldenen Kugelschreiber und klappte den vor ihr liegenden Aktenordner auf.

»Herr Marquart, wie Sie wissen, stehen Sie im Verdacht, Martin Overbeck ermordet zu haben«, erklärte Doro. »Möchten Sie sich zu dem Tatvorwurf äußern?«

»Ich habe niemand umgebracht.« Das hagere Gesicht war abweisend, die Augen hatten einen fiebrigen Glanz.

»Was hat Sie nach Franken geführt?«, fragte Doro.

»Ich habe einen Freund besucht.«

»Einen Kollegen aus der autonomen Szene? Ihre Aktivitäten dort sind uns bekannt.«

»Meines Wissens ist mein Mandant bislang strafrechtlich nicht in Erscheinung getreten. Ein sozialpolitisches Engagement kann ihm wohl kaum zum Nachteil ausgelegt werden«, warf Leila Kurttas ein.

»Bitte, Frau Kurttas.« Ben klang genervt. Er wandte sich an Thomas Marquart. »Martin Overbeck war der Besitzer eines gut gehenden Schlachtbetriebs. Wir wissen, dass Ihr sozialpolitisches Engagement auf derartige Unternehmen abzielt. Und zwar in anarchistischer Selbstjustiz.« Er schlug mit der flachen Hand auf die Tischplatte. Damit waren die Rollen »guter Bulle, böser Bulle« verteilt. »Sie haben Martin Overbeck als kapitalistischen Tierquäler zur Strecke gebracht!«

»Unsinn«, schnauzte Thomas Marquart. Hinter einem seiner gelblichen Eckzähne klaffte eine Lücke. »Natürlich war Overbeck ein Schwein.«

»Sie kannten ihn also?«, fragte Doro.

»Nicht persönlich. Aber Leute wie er sind Schweine. Trotzdem hab ich ihn nicht auf dem Gewissen.«

»Sondern wer?«

Thomas Marquart hob die hageren Schultern, sie steckten in einem verflusten schwarzen Wollpulli.

»Kommt Ihnen das bekannt vor?« Ben zog den durchsichtigen Beutel mit der Clownsnase heraus und ließ ihn vor Marquart baumeln.

Dessen linkes Auge zuckte. Den Bruchteil einer Sekunde später verzog er spöttisch einen Mundwinkel. »Tragen Sie die?«

»Nein, Herr Marquart, aber Sie.«

»Entschuldigung.« Leila Kurttas ging dazwischen. »Der Aktenlage nach ist Ihr angebliches Beweisstück keines. Es fanden sich keine verwertbaren DNA-Spuren daran.«

»Aber der Rest der Verkleidung fand sich in Herrn Marquarts Zimmer«, antwortete Ben scharf. »Überbleibsel seines sozialpolitischen Engagements.«

»Ich bitte Sie, es gibt diese roten Nasen millionenfach.« Leila Kurttas winkte ab, ihr akkurater Pagenkopf vibrierte wie ein Vorhang aus Perlenschnüren. »Halten Sie sich an die Fakten und konstruieren Sie nicht irgendwelche Zusammenhänge.«

»Das ist ein gutes Stichwort«, sagte Doro freundlich. Im Prinzip war Leila Kurttas ihr sympathisch. »Herr Marquart, haben Sie eine Erklärung dafür, wieso eine von Ihnen gekaufte Plastiktüte über dem Kopf des Toten gefunden wurde?«

»Wir zweifeln die Identifizierung des auf einem Video sichtbaren Käufers an«, konterte Leila Kurttas. »Es kann sich ebenso gut um einen Mann handeln, der Herrn Marquart ähnelt.«

»Frau Kurttas, zweifeln Sie nicht«, sagte Doro. »Ihr Mandant ist zu erkennen. Zudem fanden sich die eingekauften Waren in seiner Wohnung.«

Thomas Marquart lehnte sich zurück. »Kann schon sein, dass ich das Zeug und die Tüte gekauft hab. Danach lag sie wohl in unserer WG. Ich nehme an, Kai hat sie benutzt.«

»Ihr Mitbewohner hat sie sich gegriffen und bei dem toten Martin Overbeck hinterlassen?«, fragte Ben mit hörbarem Sarkasmus.

»Was weiß ich. Vielleicht hat auch Besuch von Kai die Tüte mitgenommen, weil irgendwas darin transportiert wurde. Keine Ahnung.«

»Klar.« Doro nickte bedächtig.

»Denken Sie, ich bin so blöd, mit einer von mir gekauften Tüte 'nen Mord zu begehen?«, raunte Thomas Marquart.

Leila Kurttas warf ihm einen strengen Blick zu, im Schwingen ihres dichten Haares deutete sich ein Kopfschütteln an.

»Woher wissen Sie, dass der Mord *mit* der Tüte begangen wurde?«, fragte Doro.

»Hä? Was? Das weiß ich nicht. Ich weiß gar nix zu eurem Schlachthoftypen.« Thomas Marquart kippelte auf seinem Stuhl vor und zurück.

»Waren Sie in der letzten Zeit in Bergedorf?«, fragte Ben.

»Nee.« Die Antwort kam prompt.

Ben räusperte sich. »Obwohl Ihre Schwester dort lebt?«

Woher hat er das denn?, dachte Doro. Nicht schlecht.

»Wir sehen uns selten«, sagte Thomas Marquart.

»Trotzdem kennen Sie sich in Bergedorf aus.«

»Herr Fleck, wenn Sie auf den aktenkundig gemachten Fundort von Martin Overbecks Wagen anspielen«, bemerkte Leila Kurttas, »so lässt sich aus der Tatsache, dass die Schwester meines Mandanten in Bergedorf …«

»Frau Kurttas, es geht gar nicht um die Schwester.« Bens Ton war schneidend. »Es geht darum, dass uns Videos mehrerer Verkehrsüberwachungskameras vorliegen, die Ihren Mandanten in der Nacht von Montag auf Dienstag am Steuer von Overbecks Wagen zeigen. Und zwar vom Moorfleeter Hafen aus Richtung Bergedorf.«

Doro verzog keine Miene. Der Bluff gehörte zum Handwerk. Spätestens seit John Reid von der CIA war er eine etablierte Methode polizeilicher Ermittlungsarbeit.

Leila Kurttas hingegen presste die Lippen zusammen, das Rot verschwand. »Diese Beweismittel sind nicht in den Akten aufgeführt«, protestierte sie. »Sie sind verpflichtet, mir vorliegende Indizien zur Kenntnis zu bringen.«

»Ist heute Morgen erst reingekommen«, konterte Ben. »Herr Marquart, wir *wissen*, dass Sie den Audi gefahren sind. Und zwar, nachdem Sie Martin Overbeck umgebracht haben. Geben Sie es zu!«

»Unsinn.« Leila Kurttas schüttelte vehement den Kopf. »Unterlassen Sie diese Wildwest-Methoden.«

Ben erhob sich und trat an Thomas Marquart heran. »Neben den Videos gibt es eine Zeugin aus Bergedorf. Sie stand gegen halb zwei mit ihrem Baby am Fenster und hat Overbecks Wagen langsam an ihrem Haus vorbeifahren sehen. Sie konnte uns den Fahrer genau beschreiben.«

Bluff – Teil zwei, dachte Doro. Ben war überzeugend, sie wartete gespannt.

Er beugte sich zu Thomas Marquart vor. »Wir werden eine Gegenüberstellung mit der Frau und Ihnen vornehmen.«

»Stopp!«, warf Leila Kurttas ein. »In den Akten gibt es keinen Hinweis auf eine Personenbeschreibung seitens der Zeugin.«

»Ermittlungstaktische Interna«, gab Ben kühl zurück und setzte sich wieder. »Es muss nicht alles in den Akten vermerkt sein.«

»Derartige Dinge schon«, entgegnete Leila Kurttas.

Auf Thomas Marquarts Schläfen glitzerten Schweißperlen, darunter traten geschlängelt die Adern hervor.

»Herr Marquart, die Beweislast gegen Sie ist erdrückend«, sagte Doro eindringlich. »Denken Sie nach. Ein Geständnis kann sich strafmildernd auswirken.

Leila Kurttas neigte sich zu ihrem Mandanten hin und flüsterte ihm etwas ins Ohr.

Thomas Marquart schwieg, mit fast schmerzlich verkniffenem Ausdruck. Doro dachte an jemand, der von seinen Gedanken aufgefressen wird.

»Kai war's«, zischte er. »Er hat Overbeck umgebracht und ihn ins Hafenbecken geschmissen. Danach hat er mich angerufen. Er ist mein Freund. Ich habe versucht, ihm zu helfen.«

Doro warf Ben einen Seitenblick zu. Aus dem Moment heraus erschien es ihr gleichermaßen wahrscheinlich, dass Marquart die Wahrheit sagte oder aber Kai Jansen belastete, um seinen eigenen Kopf zu retten.

Sie gab ein Handzeichen Richtung Kamera. Es galt Enno Holle. Er würde dafür sorgen, dass eine Einheit der Bereitschaftspolizei zu Kai Jansens Wohnung ausrückte, um ihn festzunehmen.

38

»Als Kai mich Montagnacht anrief, war er völlig außer sich.« Thomas Marquart knetete seine Finger. Um beide Handgelenke waren Lederschnüre geschlungen, links mischte sich das grüne Eintrittsband eines Festivals darunter.

»Moment«, warf Ben ein. »Wir haben die Verbindungen des auf Sie registrierten Handys überprüft. In der Nacht von Montag auf Dienstag haben Sie keine Anrufe getätigt oder empfangen.«

»Denkt ihr, ich liefere mich eurem Überwachungsstaat aus?«, entgegnete Thomas Marquart. »Ich benutze noch ein Telefon. Prepaid und auf falschen Namen registriert. Kai hat die Nummer.«

Doro beugte sich ein Stück nach vorn. »Geben Sie uns die bitte auch?«

»Ich hab das Ding mittlerweile entsorgt.«

»Aha. Dann berichten Sie, was Kai Jansen Ihnen Montagnacht mitgeteilt hat.«

»›Ich hab Mist gebaut, du musst mir helfen‹, hat er gesagt. Er ist mein Freund, ich hab ihm geholfen.«

»Wie genau?«, fragte Doro. »Was hat sich in der Nacht von Montag auf Dienstag ereignet?«

»Kai war in der Nähe des Moorfleeter Hafens. Nach seinem

Anruf bin ich mit dem Rad hin und habe ihn dort getroffen. Er hat am ganzen Leib gezittert, konnte irgendwie gar nix mehr machen. ›Es war ein Unfall‹, hat er gesagt. ›Aber das wird mir keiner glauben. Das Auto da muss weg.‹ Er hat auf eine schwarze Bonzenkarre gezeigt. Ich wusste nicht, wieso und weshalb die wegmusste, hab aber keine großen Fragen gestellt. Kai konnte eh kaum reden.« Thomas Marquart hielt inne.

»Weiter«, forderte Doro auf.

»Er hatte den Autoschlüssel. Ich bin mit dem Wagen nach Bergedorf und hab ihn dort versenkt.«

»Bitte?«, fragte Ben ungläubig. »Sie fahren einfach ein Auto in einen Fluss, um mal eben einem Freund zu helfen? Ohne Nachfragen zu stellen? Sie machen sich in erheblichem Maße strafbar, um das Verbrechen eines Kumpels zu vertuschen?«

»Dass *Sie* das nicht tun würden, ist mir klar.« Die Worte klangen wie ausgespuckt. »Für Sie ist Solidarität höchstens bürgerliche Fassade. Für uns ist sie überlebenswichtig. Unsere Ideale sind nicht in egoistischem Konsum erstickt.«

»Bitte, Herr Marquart«, sagte Doro. »Der Einwand meines Kollegen ist berechtigt. Kaum jemand würde so handeln, wie Sie es beschreiben.«

Thomas Marquart lachte spöttisch auf. »Wenn mich jemand mal aus der Scheiße gezogen hat, kann er sich auf mich verlassen.«

»Das hat Kai Jansen?«, fragte Ben. »Sie aus der Scheiße gezogen?«

»Er hat mich bei sich wohnen lassen, als ich ganz unten war und gar keine Kohle hatte.«

»Aha«, meinte Ben trocken. »Wie sind Sie denn von Bergedorf weggekommen, nachdem Sie den Audi in die Bille gefahren hatten? Oder haben Sie bei Ihrer Schwester übernachtet?«

»Kai hat mich mit seinem Auto abgeholt.«

»Warum sind Sie nicht zu zweit mit Overbecks Wagen nach Bergedorf? Wieso haben Sie dieses Risiko allein auf sich genommen?«, hakte Doro nach.

»Weil wir sonst für den Rückweg 'ne Bahn hätten nehmen müssen?« Thomas Marquart äffte Doros Ton nach. »Bei den ganzen Kameras in dem Überwachungsstaat hier 'ne tolle Idee.«

Doro drehte den Kopf zu Ben. Der schien nachzudenken. »Wohin sind Sie gefahren, nachdem Kai Jansen Sie von Bergedorf abgeholt hat?«, fragte er.

»Nach Hause natürlich. Oder denken Sie, wir waren noch auf der Amüsiermeile?« Thomas Marquarts Stimme überschlug sich. Beschwichtigend legte ihm Leila Kurttas die Hand auf den Unterarm. Marquart sah irritiert drein, so als bringe die Berührung ihn aus dem Konzept.

»Wir haben Schnaps getrunken«, sagte er hastig, »'ne halbe Flasche oder so. Erst dann hab ich erfahren, was vorgefallen war.«

»Nämlich was?« Ben verschränkte die Arme vor der Brust.

»Kais Erzählung war wirr. Er stand völlig neben sich. Ich kann nur wiedergeben, was ich von ihm gehört habe. Ob die Dinge wirklich so gewesen sind, kann ich nicht sagen.« Thomas Marquart kratzte sich an einer der mageren Wangen. »Dieser Overbeck war am Montagabend wohl wieder im ›Mercurio‹ und hat mit Kais Chef gequatscht, die nennen ihn Gallo. Als Overbeck vor Mitternacht aus dem Restaurant ist, hat Kai ihm aufgelauert und ihn an seinem Wagen abgepasst. Kai und Overbeck kannten sich vom Sehen, Overbeck wusste, dass Kai im ›Mercurio‹ arbeitet.«

Leila Kurttas richtete den Kragen ihrer dunkelroten Bluse. Sie wirkte angespannt.

»Kai hat Overbeck gefragt, ob er ihn ein Stück mitnimmt«, sprach Marquart weiter. »Overbeck hat zugestimmt, der war eh nicht mehr nüchtern. Kai ist eingestiegen. Dann hat er Overbeck mit einer Waffe bedroht, die er sich besorgt hatte.«

Doro horchte auf.

»Kai hat Overbeck gezwungen, zum Hafen zu fahren. Dort hat er ihn wohl gewürgt, aus Zorn, weil er unbedingt wollte, dass Overbeck aussagt. Der hat sich aber geweigert. Hat Kai beschimpft und sich gewehrt. Dann irgendwann nicht mehr.«

»Was sollte Overbeck aussagen? Um was ging es?«, fragte Ben.

Thomas Marquarts Hände zitterten. Doro glaubte, dass er tatsächlich Fieber hatte.

»Kann ich ein Glas Wasser kriegen?«, fragte er.

Doro nickte zur Videokamera hin. »Kommt gleich«, sagte sie. »Berichten Sie bitte weiter.«

»Kai hat ein Gespräch zwischen Gallo und Overbeck mit angehört. Heimlich, als die beiden nach Restaurantschluss allein im ›Mercurio‹ saßen. Das war aber nicht an dem Montagabend, sondern schon in der Woche davor. Es ging um den Tod von Kais Vater.«

Hinter Doro öffnete sich die Tür. Ein Beamter vom Innendienst brachte eine Flasche Mineralwasser und vier Gläser. Er stellte alles am Rand des Vernehmungstischs ab.

»Danke schön.« Doro goss Thomas Marquart ein. Noch während sie Leila Kurttas eines der Gläser füllte, trank er gierig. Die Schlucke klangen wie dumpfe Schläge in seiner Kehle. Als das Glas leer war, knallte er es auf die Tischplatte.

»Gallo war schuld«, platzte er heraus. »Er hat es seinem Freund Overbeck im Suff gesagt. Und Kai hat zugehört. Von der Küche aus. Er war noch da, die anderen waren alle schon weg.«

Thomas Marquarts unruhiger Blick flog zu Doro, dann zu Ben und schließlich zu seinem leeren Wasserglas.

Im Raum herrschte angespannte Stille.

»Wieso war Gallo schuld am Tod von Kai Jansens Vater?«, fragte Doro. »Unseres Wissens handelte es sich seinerzeit um einen Bergunfall.«

»Kai hat mir gegenüber nur ein paar Andeutungen gemacht. Er war echt durch. Was genau Gallo an dem Abend seinem Kumpel Overbeck erzählt hat, weiß ich nicht. Aber Kais Vater hatte Gallo Geld geliehen. Gallo wollte sich schon damals selbstständig machen. ›Das Geld musste ich dann nicht mehr zurückzahlen. Ein kleiner Stoß, ein falscher Tritt, und die Schulden waren getilgt‹, hat Gallo beim Rotweinsaufen zu Overbeck gesagt und gelacht.«

Unwillkürlich kam ein Bild vor Doros geistiges Auge. Ein älterer und ein jüngerer Mann steigen einen steilen Felshang hinauf. Der jüngere stößt den anderen weg, ein Schrei gellt durch den frühen Morgen. Sie blinzelte.

»Kai Jansen hat somit in der vergangenen Montagnacht Martin Overbeck zwingen wollen auszusagen, was der über diesen tödlichen Bergunfall erfahren hatte?«, fragte sie. »Warum ist Ihr Freund nicht direkt zur Polizei, wenn er das Gespräch zwischen Overbeck und Gallo angehört hatte?«

»Kai brauchte Overbeck als Ohrenzeugen. Seine Aussage

allein hätte für euch Bullen doch nie ausgereicht. Am Ende steht sein Wort gegen das von Gallo. Wie die Sache dann ausgeht, ist ja wohl klar.«

Leila Kurttas notierte etwas in ihren Akten. Auch danach hielt sie den Kuli umklammert, ihre Fingerknöchel schienen hell hervor.

»Was ist mit Kai Jansens Waffe?«, fragte Doro. »Haben Sie die gesehen? Hatte Kai sie noch bei sich?«

»Die hat er weggeschmissen. Ins Wasser. Hat er zumindest gesagt.«

Doro fragte sich, welche Gedanken hinter Thomas Marquarts eckiger Stirn rotierten. »Gallo wurde ebenfalls umgebracht«, sagte sie. »Wussten Sie das?«

In Marquarts Züge trat Überraschung. »Woher soll ich das wissen?«

»Von Ihrem Freund Kai?«

Thomas Marquart stockte. »Äh, was wird das jetzt?«, rief er und schnellte ruckartig hoch. Sofort sprang Ben auch auf und packte ihn an der Schulter. Energisch drängte er ihn auf den Stuhl zurück.

»Verhalten Sie sich ruhig!«, befahl er.

»Wollen Sie Kai noch 'nen Mord anhängen, oder was?« Thomas Marquarts grüne Augen blitzten.

»Wo waren Sie vergangenen Dienstagmittag?«, fragte Doro.

»Ich? Warum ich?«

»Antworten Sie bitte.«

»Zu Hause. Allein.«

»Kai Jansen hat ausgesagt, er habe Sie seit Montag nicht mehr gesehen.«

Leila Kurttas straffte ihre Haltung. »Frau Anders«, sagte sie. »Ich denke, dass mein Mandant seiner Zeugenpflicht hinreichend nachgekommen ist.«

»Zeuge? Auf ihn kommt mindestens die Vertuschung einer Straftat zu. Wenn nicht sogar Beihilfe zum Mord«, polterte Ben.

»Das entscheiden sicher nicht Sie, sondern Staatsanwaltschaft und Gericht«, konterte Leila Kurttas kühl. Ben und sie hegten offenkundig keine sonderliche Sympathie füreinander.

»Wie kam die in Overbecks Wagen?«, fragte Doro, auf den Beutel mit der Clownsnase deutend.

»Keine Ahnung. Fragen Sie Kai. Vielleicht gehörte sie auch Overbeck.« Die blassen Lippen zogen sich über das Zahnfleisch zurück. »Wobei eine Schweinenase besser gepasst hätte.«

»Verstehe«, sagte Doro bedächtig. »Sie verbleiben in Haft, Herr Marquart. Hoffen Sie, dass Kai Jansen so *solidarisch* wie Sie ist und Ihre Aussage bestätigt.«

39

»Bereiten Sie den Kindern bitte als Vormittagssnack einen Smoothie zu. Ich achte sehr auf gesunde Ernährung. Ludwig bevorzugt den mit Kiwi und Minze, Rafaela möchte einen mit Erdbeeren.« Denise wies auf den Esstisch. »Ich habe Ihnen die Rezepte ausgedruckt. Die Zutaten kaufen Sie bitte später schnell ein.«

»Ähm … ja?« Die Babysitterin sah sie aus blauen Kulleraugen an. Ihren Namen hatte Denise schon wieder vergessen, die Jobagentur hatte sie ihr geschickt.

Sie ging in die Diele, nahm die Geldbörse aus ihrer Handtasche und zog einen Zehn-Euro-Schein heraus, den sie neben die Rezepte auf den Tisch legte. »Bitte bringen Sie den Kassenbon mit. Und natürlich das Wechselgeld.«

Vor dem Haus kam ein Wagen an. Das Taxi.

»Ich muss los«, sagte Denise. »Gehen Sie nach oben und beschäftigen Sie sich mit den Kindern.«

Ludwig und Rafaela saßen in Ludwigs Zimmer vor dem Fernseher. Das Ausschalten des Geräts würde einen Sturm der Entrüstung auslösen.

»Selbstverständlich«, antwortete die Babysitterin.

Denise eilte zur Haustür, streifte ihren Mantel über und griff nach der Handtasche.

»Denken Sie an die Smoothies«, rief sie über die Schulter.

Die Babysitterin lief auf Strümpfen die Treppe hoch.

Denise verließ das Haus und stöckelte bis zum Gartentor. Nach ein paar Schritten übers Trottoir bestieg sie das wartende Taxi.

»Moin«, grüßte der Fahrer. »Wo soll's hingehen?«

»Straßburger Straße in Dulsberg.« Denise schlug die Tür zu und schnallte sich an. Der Mann meldete das Ziel über Funk und fuhr los.

Francos Wohnung lag einige Kilometer entfernt.

Oder ganz viele. So weit wie der Mond von der Erde, dachte Denise. Nicht nur, weil der Stadtteil alles andere als gehoben war. Arbeiterviertel, Rotklinkerbauten. Sie hielt ihre Handtasche auf den Knien fest.

Neben ihr sog der Fahrer mehrmals kurz und abgehackt Luft durch die Nase ein. Denise registrierte es, das pelzige Gefühl von Scham stieg in ihr auf. In einer beengten Bewegung nahm sie die kleine Schatulle mit den Pfefferminzpastillen aus der Manteltasche, öffnete sie und schob sich zwei der weißen Dragees in den Mund. Der scharfe Geschmack brannte im Rachen.

Sie hatte heute noch nicht viel getrunken, erst zwei oder drei Schlucke. Die vergangene Nacht war gut gewesen, lang und fast erholsam.

Ohne Gabriel.

Ohne Hubert.

Ein watteweicher Bordeaux-Rausch und die Gedanken an das »Mercurio« hatten sie gestern Abend in den Schlaf begleitet. Der Plan, Gabriels Restaurant zu übernehmen, war bunt und lebhaft geworden. In ihrer Vorstellung hatte sie sich souverän zwischen Gastraum und Küche bewegt, der gute Geist des Hauses, eine Managerin mit Stil und Geschick. Das »Mercurio« hatte ihr gepasst wie ein elegantes Kleid.

Und mit dem nächsten Glas des ausgezeichneten Rotweins hatte sie erkannt, was sie so erregte und ihr ein Lächeln ins Gesicht zauberte.

Es war das Ziel.

Seit dem alles beherrschenden Sehnen, Rafaela gesund zur Welt zu bringen, hatte sie kein Ziel mehr gehabt. Das »Mercurio« war eines. Es war nicht bloß ein Restaurant – es bedeutete einen Lebensentwurf. Genau das war ihr gestern Abend klar geworden, auf der Couch in ihrem goldenen Käfig.

Sie sah aus dem Beifahrerfenster. Jenseits der Scheibe zog ihr Viertel vorbei. Bäume, Häuser, Menschen. Alles hübsch.

Ich könnte eine noch ausgefallenere Karte als Gabriel anbieten, dachte sie. Oder eher traditionelle Haute Cuisine?

Es gab so viele Möglichkeiten. Entscheiden zu können, fühlte sich wie süßer Schichtnougat auf der Zunge an.

Wann werde ich den Erbschein bekommen?, überlegte sie zum wiederholten Mal. Was ist mit diesem DNA-Test?

Ob Gabriel verbrannt wird, wenn seine Leiche freigegeben ist? Wer kümmert sich überhaupt um die Bestattung? Muss ich als Erbin das tun?

Ein Schauer überlief sie. In ihrer Fantasie öffnete sich ein riesiger Backofen, Gabriels nackter Körper wurde hineingeschoben. *Zwei Stunden bei neunzig Grad. Temperatur runter, Zeit hoch. Damit es zart wird.* Ein quicklebendiger Gabriel wirbelte um seinen Herd herum.

Die Haut in Denises Nacken kräuselte sich. Manchmal

war ihr, als ob Gabriels maßlose Vitalität den Tod überleben konnte.

Sie sah auf die Straße vor sich und versuchte, ihre Gedanken im Zaum zu halten. Mittlerweile hatte der Stadtteil gewechselt, das Straßenbild spiegelte weniger Wohlstand.

Der Taxifahrer beschleunigte, auf der anderen Fahrbahn kam ihnen ein Streifenwagen entgegen. Vier oder fünf Autos dahinter noch einer.

Kaum merklich drehte der Fahrer den Kopf ein Stück zu Denise hin und langsam wieder zurück. Sein Doppelkinn rieb am Jackenkragen.

»Das war wohl ziemliches Pech«, hörte sie plötzlich die brummige Stimme sagen. »Kann aber fast jedem passieren.«

Einen Augenblick lang wusste sie nicht, ob der Fahrer wirklich mit ihr gesprochen hatte.

»Machen Sie sich nix draus«, klang ein weiterer Satz durch das Wageninnere.

»Bitte?«

»Na, das mit Ihrem Führerschein.« Der Mann wandte ihr sein birnenförmiges Gesicht zu. »Sie sind das doch, oder? Die Frau von unserem Senator?«

»Wie?« Denise schluckte scharfen Pfefferminzspeichel herunter. »So ein Unsinn.« Sie umklammerte die Griffe ihrer Handtasche. »Da verwechseln Sie mich.« Ihr Unwohlsein nahm zu, in ihrem Unterleib verkrampfte sich etwas. Sie atmete flach und wandte ihren Blick zur Seitenscheibe.

Im selben Moment erschrak sie bis ins Mark.

Wie an einem Gummiband befestigt, schnellte ihr Kopf nach rechts und nach hinten. Sie starrte, sah die Gestalt auf dem Gehweg nur noch aus der Entfernung.

Hubert?

Sein beiger Mantel, die große, schlanke Figur, der grau behaarte Schädel.

Das war er doch?

Oder nicht?

Denise geriet in Panik. Er hatte gesagt, er sei bis Sonntag in Berlin. Hatte er sie angelogen? Warum sollte er das tun?

Weil er andere Pläne hatte?

Unwillkürlich schlich sich ihre Hand zwischen das feine Leder auf ihren Knien. Sie tastete im Inneren der Tasche nach dem silbernen Flachmann, umklammerte ihn. Biss die Zähne aufeinander.

»Alles in Ordnung?«, fragte der Taxifahrer.

»Natürlich.«

Hoffentlich bleibt er bis Sonntag weg, flehte Denise innerlich. Oder war es doch nicht Hubert gewesen? Nur jemand, der ihm ähnlich sah?

Ein flüchtiger Blick aus einem fahrenden Taxi, alles undeutlich. Bestimmt habe ich mich getäuscht, redete sie sich ein. Hubert ist in Berlin.

Ihre Finger strichen über das glatte Silber, fast verspielt die seitliche Wölbung entlang, ihr Atem wurde tiefer.

Es kann nicht Hubert gewesen sein. Was soll er in diesem Stadtteil?

Langsam zog sie ihre Hand aus der Tasche und legte sie auf das Leder. Sie betrachtete die beiden Diamantringe und den Ehering, die perfekt geformten Nägel. Ein kleines ungezogenes Tier, das da wartete. In ein paar Minuten würde es sich in fremde Haut krallen und Hubert Hörner aufsetzen.

Manchmal freute sich Denise sogar darauf. Gabriel hatte sie benutzt. Franco war schlicht, er wollte, dass es ihr Spaß machte.

Ein Polizeitransporter bog vor ihr an einer Kreuzung ab. Das Taxi fuhr geradeaus. Denise sehnte das Ende der Fahrt herbei.

In einiger Entfernung parkte noch ein Einsatzfahrzeug am Straßenrand, zwei uniformierte Beamte standen an der Tür eines Mietshauses.

»Ist ganz schön was los heute«, brummte der Fahrer.

Denise schwieg. In Unbehagen brachte sie einen Kilometer nach dem anderen hinter sich.

Endlich näherten sie sich Francos Wohnung.

»Sie können dort vorn halten«, sagte Denise unvermittelt. »Ich möchte da aussteigen.«

»Ihr Ziel liegt aber erst eine Straße weiter.«

»Egal, halten Sie bitte.« Der Impuls, das Auto zu verlassen, wurde übermächtig.

Der Fahrer bremste ab, setzte den Blinker und holperte mit den rechten Reifen auf den Gehweg. Stumm deutete er zu dem Taxameter mit dem rot leuchtenden Fahrpreis.

»Brauchen Sie 'ne Quittung?«

»Nein danke.« Denise zahlte und nahm ungeduldig das Wechselgeld an. Eilends stieg sie aus.

Sie lief los, den Blick auf den Gehweg gerichtet. In ihren zierlichen Kitten Heels wich sie Hundekot und Zigarettenstummeln aus, unattraktive Menschen kamen ihr entgegen. Ihre Tasche hielt sie aus Angst vor Dieben umklammert.

Der Vormittag war kühl und grau. Denise überkam das starke Bedürfnis nach Wärme. Sie verlangsamte ihre Schritte, setzte die Füße unsicher voreinander und blieb schließlich stehen. Verstohlen wandte sie sich der Hauswand neben ihr zu, zog blitzschnell den Flachmann aus der Tasche und trank einen Schluck.

Auf die scharfen Pfefferminzpastillen schmeckte der Wodka dumpf, in der Kehle brannte er stärker als gewohnt. Doch in der Körpermitte angekommen, wärmte er wie ein kleiner Ofen.

Denise lief weiter.

Nach ein paar Minuten war sie vor Francos Haus angelangt. Sie drückte ihren Daumen auf die Klingel mit der Aufschrift »Piras«. Fast augenblicklich summte der Türöffner, Denise trat ein.

Im Treppenhaus roch es nach gebratenem Fleisch und Grünkohl, Denises Absätze klackerten flink auf den Stufen. Im ersten Stock stapelten sich Umzugskartons an der angegrauten Wand. Denise schwang um die Biegung des hölzernen Treppengeländers, eilte voran, gelangte in die zweite und die dritte Etage.

Die Tür stand offen, im Rahmen wartete Franco mit nacktem Oberkörper.

»Endlich«, sagte er.

Denise machte die letzten Schritte, Francos Hand streckte sich nach ihr aus. Er zog sie in die Wohnung. »Komm.«

Ein Lächeln entblößte seine tadellosen Zähne. Im nächsten Moment küsste er Denise und streifte ihr den Mantel ab.

»Ich hab was vorbereitet«, raunte er. »Komm mit ins Wohnzimmer.«

Er drängte sie in den überheizten Raum, aus den Boxen der Stereoanlage klang gedämpfter Italo-Pop.

Auf dem kleinen Couchtisch stand aufgeschnittenes Baguette, daneben eine Schale Oliven, eine mit Sardellen und eine mit einer körnigen grünen Masse.

Die Flasche Asti Spumante war bereits geöffnet, in zwei Sektgläsern perle blassgelbe Flüssigkeit.

»Ich hab Basilikum-Pesto gemacht«, sagte Franco mit unverkennbarem Stolz. »Nach original sizilianischem Rezept. Koste.«

Er tauchte den Zeigefinger bis zum Gelenk in die grüne Paste. Bevor Denise sich abwenden konnte, schob er ihr sein Fleisch in den Mund. Sie hielt den Atem an, alles in ihr weigerte sich. Die aufflammenden Bilder drohten sie zu ersticken.

40

»Boah, mir knurrt echt der Magen. Ich geh schnell Pizza holen. Magst du auch eine?« Ben rieb über seinen Bauch, der in einem verwaschenen Kapuzenpulli steckte.

Doro sah auf die Uhr. Es war kurz nach eins. Auch sie hatte Hunger.

»Ja, gern. Ich nehme diese vegetarische. Wie heißt die noch?«

»Keine Ahnung. *Verde triste?*«

»Haha.«

»Einen Salat dazu?«

»Nein danke.«

»Okay, bis gleich.« Ben lief an Doro vorbei aus dem Büro.

Sie streckte die Arme durch und ging ans Fenster. Für einen Augenblick lehnte sie ihre Stirn an das kühle Glas, ihr Atem schlug sich daran nieder. Wie der Nebelschleier über der Stadt, dachte sie.

Es sah nach einem Samstag und einem ganzen Wochenende aus, an dem wenig Zeit für Constantin blieb. Wahrscheinlich war er schon zu seinem Vater gefahren. Doro hatte in der letzten Stunde keinen von beiden telefonisch erreicht.

Eben war die Zielfahndung nach Kai Jansen bestätigt worden. Er war heute Morgen nicht in seiner Wohnung gewesen, Kollegen von der Bereitschaft hatten sie öffnen lassen. Im Umkreis war die Polizeipräsenz verstärkt worden, die Befragung von Anwohnern hatte begonnen.

Für Doro war klar, dass Thomas Marquart etwas mit dem Mord an Overbeck zu tun hatte, er wusste Details zu den Todesumständen. Die in der Vernehmung vorgebrachten Ermittlungsergebnisse hatten ihn zu einem Geständnis der »Fluchthilfe aus Freundschaft« bewogen. Ob seine Version der Montagnacht den Tatsachen entsprach, war allerdings fraglich.

»Der hängt doch tiefer mit drin«, hatte Ben auf dem Weg vom Befragungsraum hoch ins Büro geknurrt.

Hängt Overbecks Witwe auch mit drin?, hatte sich Doro gefragt.

Sie kehrte an ihren Schreibtisch zurück. Der Computerbildschirm gab die Zahlenkolonnen von Heike Overbecks Konto wieder. Alle möglichen Läden dankten für den Einkauf aller möglichen Dinge. Zweimal im letzten Monat stachen Beträge heraus. Es handelte sich um vierstellige Abbuchungen. Heike Overbeck hatte sich die Summen in einer Bankfiliale auszahlen lassen, sie überstiegen das Limit von Geldautomaten.

»Glaubst du, es war für ihren Gary?«, hatte Ben gefragt.

»Ja, glaube ich. Für einen Auftragsmord reicht dieses Geld zumindest noch nicht. Und Kontakte von Heike Overbeck zu Kai Jansen oder Thomas Marquart sind über die Handykommunikation bislang nicht feststellbar.«

»Sprechen wir Frau Overbeck auf die Vergangenheit ihres Freundes an?«, hatte Ben wissen wollen.

»Ich denke schon.«

Hinter Doro öffnete sich die Bürotür.

Das ging aber schnell mit der Pizza, dachte sie und vernahm im selben Augenblick die Stimme von Enno Holle.

»Denise Klimantat war unterwegs. Ich habe die Info über die Taxizentrale bekommen. Sie hatte für halb elf einen Wagen nach Hause bestellt. Das Fahrtziel, das sie angab, war die Straßburger Straße.«

»Halb elf?«, fragte Doro. »Können wir die Informationen nicht ein wenig direkter bekommen?«

»Doro, dass wir sie überhaupt bekommen, ist schon bemerkenswert.«

»Du hast recht. Eine Hausnummer in der Straßburger Straße haben wir nicht?«

»Nein, der Fahrer hat über Funk nur den Straßennamen an die Zentrale gegeben. So wird es Denise Klimantat geäußert haben. Ob sie sich noch an ihrem Zielort aufhält oder wann sie von dort wieder weg ist, wissen wir nicht. Aber vermutlich ist sie nicht zum Shopping nach Dulsberg gefahren oder um Sozialkontakte mit ihresgleichen zu pflegen.«

»Danke für die Info, Enno.« Doro nickte ihm zu. »Magst du ein Stück Pizza? Ben kommt gleich mit Proviant.«

»Nee, du. Ich muss das Befragungsprotokoll fertig kriegen. Heute Nachmittag wollen meine Freundin und ich zum Segeln.«

»Ah. Die Frau mit dem guten Geschmack.« Auf Ennos Hemd deutend, hob Doro den Daumen.

»Klar hat die einen guten Geschmack. Die ist mit mir zusammen.« Grinsend verließ er das Büro.

Doro saß da und rieb über ihren verspannten Nacken. Die

Straßburger Straße in Dulsberg. Ein ziemlich durchwachsenes Viertel.

Sie kritzelte den Straßennamen auf einen Notizblock, malte ein paar Schlangenlinien und ein kleines Zickzack-Muster drum herum.

Ihr Magen gab ein lautes Grummeln von sich. Sie öffnete die Wasserflasche neben dem Ablagekorb und trank ein paar Schlucke. Dabei fiel ihr Blick auf das Phantombild, das im obersten Gefach lag. Sie nahm es heraus.

»Hm«, machte sie und dachte: Wenn wir Pech haben, dauert das ewig und bringt nichts.

Sie tippte auf die Tastatur, klickte mit der Maus, fixierte den Bildschirm. Über die Bürorechner hatte die Polizei Zugriff auf die Datenbank des Einwohnermeldeamts. Die Oberfläche öffnete sich.

»Lass mal sehen«, murmelte Doro vor sich hin. »Sortieren nach …« Sie prüfte die Menüsymbole. »Straßen.«

In der Mitte des Bildschirms erschien ein Eingabefeld, Doro tippte »Straßburger Straße« und bestätigte mit »Ok«.

In der nächsten Sekunde wurde eine Liste der passenden Datensätze ausgegeben, »1367« stand darüber.

Herzlichen Glückwunsch, dachte Doro. Und wenn ich die Nachbarstraßen auch absuche, sitze ich heute Nacht noch hier.

Mit den Augen scannte sie die anderen Optionen. Die Treffer ließen sich alphabetisch nach Nachnamen der Einwohner oder nach Hausnummern aufsteigend oder abfallend sortieren.

Doro entschied sich für die Reihung nach Hausnummern und erstellte die Liste neu. Sie öffnete den ersten Datensatz.

In der Nummer eins wohnte Roswitha Kehl. Die ältere Frau schaute auf ihrem biometrischen Passfoto mürrisch unter grausträhnigem Haar hervor.

Moment, dachte Doro und prüfte nochmals die Eingabemöglichkeiten. Ein anderer Filter ließ sich setzen: Geschlecht – männlich.

Die nun ausgegebene Liste umfasste 672 Bewohner. Doro orientierte sich weiter und grenzte großzügig Geburtsjahrgänge ein. Jetzt wurden fünfundzwanzig- bis fünfundvierzigjährige Männer angezeigt. Doro rief das erste Foto auf.

Ein Blick genügte. Zwischen dem Mann auf dem Passfoto und dem Gesuchten gab es keine Übereinstimmung. Sie schloss den Datensatz und öffnete den nächsten. Das Foto war das eines blonden jungen Mannes, ein völlig anderer Typ.

Der Bewohner auf dem folgenden Bild war dunkel und adrett, aber nicht der Passende.

Doro rief einen Mann nach dem anderen auf, registrierte die Fotos und verwarf sie unmittelbar darauf.

Sie wusste, wie schnell und gut das Gehirn in der Gesichtswahrnehmung war. Offenbar war dieses Erkennen und Deuten so lebenswichtig, dass Menschen eine enorme Expertise darin ausbildeten. Schon Neugeborene interessierten sich für Gesichter mehr als für das meiste andere. Das Gehirn war so verliebt in sie, dass es selbst in Wolken oder dem Mond welche erkannte, wenn die Strukturen auch nur entfernt so aussahen.

Der Abgleich des Phantombilds mit biometrischen Passfotos über ein Computerprogramm führte nicht zum Ziel, das menschliche Gehirn war versierter. Zumindest noch.

Doro klickte sich von einem Bewohner in der Straßburger Straße zum nächsten. Bei manchen hielt sie inne, auch wenn die Fotos kaum dem Phantombild ähnelten. Es war wie ein Reflex, ihre Augen hingen an denen des Gegenübers auf dem Bildschirm, lasen den Namen darüber. Für Doro entstanden kurze Gedankenketten und unwillkürliche Gefühle – die Deutung von Gesichtern brachte sie automatisch mit sich.

Nach einigen Minuten kam Ben zurück. Doro sah auf, in *seinem* Gesicht lag so etwas wie Vorfreude. Er trug zwei Pizzakartons, den oberen stellte er Doro auf den Schreibtisch.

»Super, ganz lieben Dank«, sagte sie. Der Duft von Käse und Oregano stieg ihr in die Nase.

»Bitte schön. Einmal Veggi für dich und einmal das Gegenteil davon für mich«, erwiderte Ben. Dabei beugte er sich ein Stück vor und musterte das Passfoto eines düster dreinschauenden Amerikaners namens Brad Jenkins.

»Muss der mich interessieren?«, fragte er.

»Nee. Aber vielleicht sein Nachbar.«

Knapp erklärte Doro, was sie gerade tat.

»Gute Idee.« Ben setzte sich auf seinen Stuhl gegenüber, klappte den Deckel des Pizzakartons auf, nahm ein dreieckiges Stück heraus und begann zu essen. »Jamm«, sagte er schmatzend, kaute und schluckte. »Dann mache ich es so wie du, bloß von den hohen Hausnummern zu den niedrigen. Bevor wir bei derselben Zahl ankommen, sollte einer von uns ›Treffer‹ gerufen haben. Sonst war's wohl nix.«

»Genau.« Doro öffnete den Karton neben sich. Unter einer Käseschicht lugten Brokkoli, Artischocken, Paprika und Peperoni hervor wie Schneeglöckchen im Winter. Sofort war sie von Anblick und Duft entzückt, nahm ein Stück und biss genüsslich hinein. Der Käse zog lange Fäden, sie kaute, ihre rechte Hand klickte auf die Computermaus. Dabei heftete sie den Blick auf den Bildschirm – und zuckte zusammen. Fast verschluckte sie sich. Das Erkennen passierte in Sekundenbruchteilen.

Vor ihr prangte das Gesicht eines gut aussehenden Mannes Mitte, Ende dreißig mit ausgeprägtem Kinn und sinnlichen Lippen.

»Ben, kommst du mal bitte?«

Er kam heran.

»Treffer«, meinte er trocken. »Eindeutig.«

»Franco Piras«, las Doro vor. Unter dem Namen waren das Geburtsdatum und die vollständige Meldeadresse aufgeführt.

»Wir fahren hin«, sagte sie.

»Ja, schon klar. Aber kann ich noch meine Pizza … wenigstens halb …?«

»Äh … nein?« Doro rollte die Augen. »Gefahr im Verzug.«

»Du fährst. Ich esse.« Mit zwei Schritten war Ben bei seinem Pizzakarton, klappte ihn zu und nahm ihn mit.

Doro tat das Gleiche. »Ich fahre und esse.«

Im Dienstwagen roch es drei Minuten später nach Salami und Zwiebeln, Doro hatte plötzlich Lust auf ein Glas Chianti. Sie dachte an Denise Klimantat, verwarf den Rotwein und gab Gas.

41

»Sie sehen nicht aus wie der Paketdienst.«

»Sind wir auch nicht. Kripo Hamburg.« Doro zeigte ihren Dienstausweis.

»Warum sagen Sie dann unten an der Haustür durch die Sprechanlage, Sie wären …« Franco Piras stockte. Mit verständnislosem Ausdruck stand er in der offenen Wohnungstür.

Manchmal reicht ein Satz, um den IQ in den zweistelligen Bereich zu verorten, dachte Doro. »Herr Piras, dürfen wir reinkommen? Wir haben ein paar Fragen an Sie.«

»Eh, wieso? Warum reinkommen?« Franco Piras stützte die Arme in die Hüften. Seine Oberbekleidung bestand aus einem weißen Feinrippunterhemd, es spannte sich über einen trainierten Brustkorb.

»Ansonsten müssten wir Sie bitten, uns aufs Kommissariat zu begleiten.«

Unschlüssigkeit zeichnete sich in den braunen Augen und einem halb geöffneten Mund ab. Schließlich bewegte sich Franco Piras einen Schritt zurück und ließ Doro und Ben eintreten.

»Da vorn ins Wohnzimmer.« Er wies im unbeleuchteten Flur geradeaus und ging vor. Unterhalb der muskulösen

Schultern zeigten sich pralle Bizepse. Unbeabsichtigt rutschte Doros Blick auf Hüften und Hintern, löste einen Gedanken aus, den sie verscheuchte, und richtete sich nach rechts.

An einer offen stehenden Tür vorbei sah sie in ein Schlafzimmer. Die bunt gemusterte Bettwäsche war zurückgeschlagen, das Laken faltig.

Ben und Doro gelangten ins Wohnzimmer. Mit dem Wahrnehmen von Enge und Heizungswärme kam ein schwarzes Pferd mit wehender Mähne auf Doro zu. Es galoppierte bei Sonnenuntergang an einem Strand. Vor der Fototapete stand eine Couch, über die eine bunte Patchworkdecke geworfen war.

Ben ging zielstrebig hin und setzte sich. Auf einem runden Tisch neben ihm stand etwas zu essen und eine geöffnete Sektflasche, die beiden kelchförmigen Gläser waren leer.

»Hatten Sie Besuch?«, fragte er.

»Wie? Ach, das … Die Sachen stehen noch von gestern Abend da.«

Piras lügt und hat einen Grund dazu, dachte Doro. Sie kam direkt zur Sache. »Kennen Sie Frau Denise Klimantat?«

»Wen?«

»Herr Piras, die Frage war mehr rhetorischer Natur«, erklärte Ben.

»Eh?«

»Wir wissen, dass Sie eine Affäre mit Frau Klimantat haben. Sie hat Sie heute Vormittag besucht.« In dem überheizten Raum brach Doro der Schweiß aus, der Anblick aufsprühender Gischt unter Pferdehufen machte es eher schlimmer.

Franco Piras hob die Arme und verschränkte die Hände hinter seinem Kopf. Die dunklen Achselhaare standen wie Borsten ab.

»Sie müssen es nicht leugnen«, sagte Ben. »Das wäre reine Zeitverschwendung.«

»Zsshh.« Durch die vollen Lippen kam ein Zischen. Franco Piras ließ die Arme herunterfallen, sie schlenkerten links und rechts seiner eng sitzenden Jeans.

»Wir lieben uns«, meinte er in einem Ton, den Doro als trotzig-entschieden beschrieben hätte. »Denise lässt sich scheiden.«

»Tatsächlich?«, fragte Ben. In Doros Ohren fragte er: Und wovon träumst du nachts?

»Ja. Sie hat praktisch schon alles vorbereitet für den Antrag.«

»Seit wann haben Sie eine Beziehung mit Frau Klimantat?«, wollte Ben wissen.

Franco Piras hob die Ringerschultern. »Paar Monate. Ein halbes Jahr.«

»Aber es ist die große Liebe?«

Misstrauisch neigte Piras den Kopf, der Nasenrücken krauste sich. »Was fragen Sie so komisch?« Seine Stimme war härter als eben. »Was soll der blöde Ton?«

Doro registrierte rote Flecken am Hals und die Veränderung in den Gesichtszügen. Piras' Attraktivität war dahin.

»Sie werden gesucht.« Ben zog einen gefalteten Ausdruck des Phantombilds aus seiner Hosentasche, klappte ihn auf und hielt ihn Franco Piras hin. »Haben Sie das noch nicht gesehen?«

Die verzogene Miene erstarrte, sichtbar stockte Piras der Atem. »Gesucht? Haben Sie das da in der Stadt aufgehängt?«

Gute Güte, dachte Doro.

»Lesen Sie keine Zeitung? Oder sehen Nachrichten?«, fragte Ben.

»Nee.«

Doro nahm Schweißgeruch wahr, er ging nicht von ihr aus. Sie trat einen Schritt Richtung Fenster. »Was haben Sie Dienstagmittag zwischen zwölf und vierzehn Uhr gemacht?«, fragte sie.

»Dienstag?« Piras kniff die Brauen zusammen. »Da war ich beim Kunden.«

»Was arbeiten Sie und bei welchem Kunden?«

»Ich bin Steinmetz. Selbstständig. Ähm, bei welchem Kunden, müsste ich nachgucken.«

»Dann tun Sie das.«

»Ich hab meinen Laptop drüben im Schlafzimmer. Da ist meine Kundenkartei drauf. Ich hol ihn schnell?«

Doro nickte. Franco Piras verließ das Wohnzimmer, derweil steckte Ben augenrollend das Phantombild wieder ein.

Von einer der Schalen auf dem kleinen Tisch ging ein fischiger Geruch aus, in einer anderen hatte sich eine dunkelgrüne Masse unterhalb einer Ölschicht abgesetzt. Doro hätte gern das Fenster geöffnet und ihr Gesicht in den Septembernebel gehalten.

»So, hier.« Franco Piras kam zurück. »Moment, ich räum das schnell …« Er schob Sektgläser, Flasche und Porzellanschalen auf dem niedrigen Tisch zur Seite und stellte den Laptop darauf. Dann ging er davor in die Hocke und schaltete ihn an.

Das Passwort, das er eingab, war sechsstellig. Ohne auf die Tastatur zu sehen, erahnte Doro es als »Denise«. Gleichzeitig erschien deren Konterfei als Hintergrundbild auf dem Monitor. Sie war sehr hübsch und wirkte um Jahre jünger. In ihrem Haar hatte sie etwas Grau-Grünes.

Doro beugte sich ein Stück vor und sah genauer hin. Sie erkannte eine Weltkugel mit hellgrünen Kontinenten. Das Icon war ihr bekannt. Es war die Desktop-Verknüpfung zum Tor-Browser – dem Zugang zum Darknet.

»Gleich hab ich's.« Franco Piras schob seinen Zeigefinger auf dem Touchpad hin und her, der Nagel hatte schuppige weiße Flecken.

Auf dem Bildschirm öffnete sich ein tabellenförmig angelegtes Programm, Piras klickte auf eine Pfeiltaste. »Dienstag … Da ist es. Ach ja. Wamisch heißen die. So Ältere. Ich hab bei denen eine Einfassung im Vorgarten gemacht.«

»Arbeiten Sie allein?«, fragte Doro. »Oder haben Sie Angestellte?«

»Bald. Bald hab ich Angestellte. Es läuft echt gut.« Der kindliche Stolz des in der Hocke ungefähr noch einen Meter großen Mannes berührte Doro unangenehm. »Momentan bin ich aber noch allein.«

»Wir brauchen Anschrift und Telefonnummer der Wamischs.« Ben zückte sein Handy.

Franco Piras diktierte eine Zahlenfolge vom Bildschirm und gab die Adresse an. Ben speicherte die Daten ein.

»Ich rufe an«, sagte er zu Doro, erhob sich von der Couch und verließ den Raum.

»Um was geht's überhaupt?« Franco Piras kam aus der Hocke hoch. »Also, das mit dem Dienstag.«

»Ein Gastronom namens Gabriel Otto wurde erschossen«, antwortete Doro.

»Ach?«

»Herr Piras, Sie kannten den Mann.«

»Wen? Wie heißt der?«

»Bitte, ersparen Sie uns beiden das Theater. Was glauben Sie, woher wir dieses Phantombild von Ihnen haben?«

»Keine Ahnung.«

»Sie haben Denise Klimantat beobachtet. Und dabei auch Gabriel Otto.«

Die Bizepse spannten sich unter der glatten Haut, Piras ballte die Hände zu Fäusten.

»Sie waren nicht der einzige Geliebte von Denise«, fuhr Doro eindringlich fort. »Sie hatte auch eine Affäre mit Gabriel Otto. Mit Ihnen und dem anderen. Sie hat Ihnen nicht allein gehört.«

Piras' Kiefermuskeln traten hervor. »Quatsch«, platzte er heraus. Doros Rücken straffte sich, an ihrem Brustkorb registrierte sie die Dienstwaffe unter der Jacke.

»Das mit diesem Papagallo war lange vorbei«, zischte Piras. »Denise hatte das längst beendet. Sie hat das sowieso nie gewollt.«

»Warum hat sie es dann getan?«

»Was weiß ich!«, schrie Piras. »Seitdem sie mich kannte, gab es keinen anderen mehr.« Der Vulkan war kurz vor dem Ausbruch.

Doro wollte noch einen Schritt weiter gehen.

»Hat Denise Ihnen erzählt, dass ihr Mann sie misshandelt? Haben Sie danach gefragt? Oder stammt die ihr kürzlich beigebrachte Verletzung von Ihnen?«

»Von mir?«, schnaubte Piras. Die Fingerspitzen der rechten Hand tippten auf seine Brust. »Von mir? Ich und Denise schlagen?«

»Hat Gabriel Otto sie geschlagen?«

»Woher soll ich das wissen?«

»Natürlich wissen Sie es!«

Blitzschnell kam Franco Piras auf Doro zu. Er war direkt vor ihr, sie roch seinen Atem, Schweißtröpfchen glitzerten auf der Oberlippe. »Ich weiß gar nichts.«

»Setzen Sie sich bitte hin und beruhigen Sie sich«, wies Doro an.

»Ich setze mich, wann ich will.«

»Herr Piras!«

Seine Augen blitzten, Doro erwiderte den Blick kühl. »Sonst lassen wir Sie abführen.«

Mit zornrotem Kopf ließ sich Franco Piras auf die Couch fallen. Zeitgleich drückte Ben die angelehnte Wohnzimmertür auf. »Kommst du mal bitte?«

Doro ging zu ihm auf den Flur. Sie holte tief Luft. »Der Mann hat Probleme, sein Temperament im Zaum zu halten«, sagte sie leise.

»Und Erika Wamisch ist ein harter Zahn. Allein bei ihrer Stimme hatte ich das Gefühl, strammstehen zu müssen. Sie wollte am Telefon keinerlei Auskünfte geben. ›Was denken Sie sich überhaupt? Da könnte ja jeder kommen‹, hat sie gefaucht.«

»Recht hat sie«, murmelte Doro. »Das heißt allerdings, jemand muss hin.«

»Wir könnten Kollegen von der Streife vorbeischicken.«

Doro überlegte einen Moment. »Nein, ich möchte mit der

Frau sprechen. Wir lassen Piras von einem Einsatzwagen aufs Revier bringen. Samt seinem Laptop. Eventuell finden wir Infos, die darauf hindeuten, dass er sich eine Waffe besorgt hat. Eine Wohnungsdurchsuchung steht auch an.«

»In Ordnung«, sagte Ben. »Ich benachrichtige die Kollegen. Wenn die da sind, fahren wir zu den Wamischs.«

42

Das silbergraue Haar hatte einen Ton ins Violett, die Nase war lang und gerade, auf den hängenden Bäckchen prangte kreisrundes Rouge.

»Nehmen Sie Platz.« Erika Wamisch wies zu der jägergrünen Sitzgruppe.

Doro und Ben setzten sich. Auf dem Kaminsims standen bemalte Figürchen aus Meissener Porzellan. Ein kleiner Gärtnerjunge in orangefarbener Jacke kam Doro bekannt vor. Alexander und sie hatten den gleichen zur Hochzeit geschenkt bekommen und später verkauft.

»Möchten Sie einen Tee?«, fragte Erika Wamisch.

Das Ja-gern und Nein-danke von Doro und Ben lagen exakt übereinander. Ben räusperte sich. »Ein Tässchen würde ich doch nehmen.«

»Etwas Gebäck dazu?«

»Machen Sie sich bitte keine Umstände. Wir haben nur ein paar Fragen«, sagte Ben.

»Kekse zu reichen, bedeutet für mich keinen Umstand«, schnarrte Erika Wamisch.

Ben hob entschuldigend die Hände, die Frau verschwand in der Küche. Durch die in Ziegelsteinnachbildung austapezierte Durchreiche hörte man das Klappern von Geschirr.

Detlev Wamisch setzte sich in einen der Sessel und lächelte scheu. Die verbliebenen Haarsträhnen waren schräg über den Schädel gekämmt, die graue Strickweste saß eng über der schmalen Brust.

»Haben Sie gut hergefunden?« Er rieb mit den Handflächen über den Popelinestoff seiner Hose.

»Ja, danke«, erwiderte Doro freundlich. »Mit den Navigationsgeräten ist das ja heutzutage einfach.«

Detlev Wamisch nickte. »Als Polizist haben Sie sicher auch gute Ortskenntnisse.« Eigentlich sprach er nicht mit Doro, sondern mit der Häkeldecke auf dem Couchtisch. »Ich war vierzig Jahre lang auf dem Bauamt beschäftigt. Da kennt man sich ...«

»Dedi, verteilst du bitte die Gedecke.« Erika Wamisch war zurückgekehrt und balancierte ein beladenes Tablett bis zum Tisch.

»Natürlich.« Detlev Wamisch stellte Doro und Ben weiße Tassen auf geschwungenen Untertellern hin. Er goss dampfenden, karamellfarbenen Tee ein, dann wies er auf das Milchkännchen und die Zuckerdose. »Bedienen Sie sich.«

»Danke schön.« Doro goss einen Schuss Sahne in ihre Tasse. Die aufwirbelnden weißen Wölkchen erinnerten sie immer an die Nachmittage bei ihrer Oma. Vielleicht nahm sie nur deshalb Sahne zum Tee.

»Worum geht es den Herrschaften?«, fragte Erika Wamisch in einem Ton, als solle man es sich nun auch nicht zu bequem machen.

»Um Franco Piras«, antwortete Ben. »Er ist Steinmetz. Ist es richtig, dass er vergangenen Dienstag bei Ihnen gearbeitet hat?«

»Das mag wohl angehen. Ein sehr netter junger Mann.« Erika Wamischs üppiger Busen spannte unter einer reinweißen Bluse, darüber lag eine massive Goldkette.

»Greifen Sie zu«, sagte Detlev Wamisch.

Ein Schreck durchfuhr Doro. Dann bemerkte sie, dass der Mann auf den Teller mit Mürbegebäck zeigte. Sie nahm einen Keks und biss hinein, staubtrockene Krümel verteilten sich im Mund.

»Von wann bis wann war Herr Piras am Dienstag bei Ihnen?«, fragte Ben.

»Er hat im Vorgarten das Rosenbeet eingefasst. Ich wollte dort etwas Edleres. Mein Mann und ich haben uns für elfenbeinfarbenen Granit entschieden. Am Montag war Herr Piras auch schon bei uns. Er macht eine saubere Arbeit, mein Mann kennt sich da aus. Er war vierzig Jahre lang im gehobenen Beamtenverhältnis beim städtischen …«

»Entschuldigen Sie, Frau Wamisch«, unterbrach Ben, Doro spülte die letzten Kekskrümel mit Tee herunter. »Von wann bis wann war der Steinmetz am Dienstag da? Können Sie uns die Uhrzeiten nennen?«

»Nun, er kam gegen neun am Morgen und ist gegen sechzehn Uhr dreißig wieder weg. Herr Piras ist durchaus fleißig. Gegen halb elf habe ich ihm eine Tasse Tee und ein Stück Nusszopf gebracht. Er hat höchstens zwei Minuten Pause gemacht. Obwohl ihm mein Zopf ausgezeichnet schmeckte, hat er ein zweites Stück abgelehnt. ›Gnädige Frau, ich muss weiterarbeiten‹, hat er gesagt. ›Sie bezahlen mich doch nicht fürs Essen.‹«

Ben schob sich einen Keks in den Mund. Doro hörte ihn zwischen seinen Kiefern zerbröseln.

»Hat Herr Piras keine Mittagspause gemacht?«, fragte sie. »War er die ganze Zeit über bei Ihnen?«

»Durchaus.« Erika Wamisch spitzte die Lippen. »Warum wollen Sie das so genau wissen?«

»Wir ermitteln in einem Mordfall«, antwortete Ben und schluckte. »Genau genommen handelt es sich um zwei Morde.«

»Mord?« Detlev Wamisch zog einen Westenärmel lang. »Wir beschäftigen doch keine Mörder.«

»Zumindest am Montag noch nicht«, bemerkte Ben.

Doro warf ihm einen schrägen Blick zu, Ben beugte sich vor. »Bitte erzählen Sie genau, was Sie am Dienstag zwischen zwölf und vierzehn Uhr gemacht haben.«

»Wir?«, echauffierte sich Erika Wamisch. »Wieso wir? Was haben wir denn mit Ihren Morden zu tun?«

Argh, dachte Doro. »Bitte, Frau Wamisch, wir möchten rekonstruieren können, wie häufig Sie Franco Piras in der genannten Zeitspanne gesehen haben. Haben Sie zum Beispiel durchgängig Arbeitsgeräusche gehört oder öfter aus dem Fenster in den Garten gesehen?«

»Beides«, sagte Erika Wamisch. »Nicht wahr, Dedi?«

Ihr Mann nickte.

»Waren Sie vielleicht mal einkaufen?«, insistierte Doro. »Oder haben sich ein Stündchen ausgeruht?«

»Wir liegen tagsüber nicht auf der faulen Haut.« Erika Wamisch verschränkte die Arme unterhalb der weißen Hügel ihrer Brust. »Einkaufen war ich wohl mal. Man hat immer einiges zu besorgen.«

»Wann?«

»So um die Mittagszeit.«

»Wie lange?«

Erika Wamisch hustete trocken. »Ich war mit dem Wagen im Einkaufszentrum, dann noch in der Apotheke und bei der Änderungsschneiderei. So von halb eins bis halb drei etwa.«

Die Wamischs wohnten in der Hamburger Neustadt, unweit der südlichen Ecke des Alten Elbparks. Vier Kilometer bis zu Gallos Apartment, dachte Doro. Machbar.

»Haben Sie Ihre Frau begleitet?«, fragte sie Detlev Wamisch.

»Nein, mein Mann war hier. Man kann Handwerker ja nicht allein lassen.«

Ben nahm noch einen Keks. »Was haben Sie in der Zeit gemacht, Herr Wamisch?«, fragte er kauend.

»Ach. Ich habe etwas gelesen, aufgeräumt, ein paar Belege für die Steuer sortiert. Was man halt so macht.«

»Und zwischendurch Franco Piras bei der Arbeit gesehen?«

»Ja.«

»Wie war Herr Piras denn da? Mit einem Firmenwagen?«

»Jawohl, er fährt einen Kastenwagen, grau, glaube ich, mit einer abdeckbaren Ladefläche. Er muss ja das ganze Werkzeug und Material transportieren.«

»Der Wagen parkte die ganze Zeit über vorm Haus?«

Wieder nickte Detlev Wamisch.

Doro griff nach ihrer Tasse und trank einen Schluck, der prüfende Blick von Erika Wamisch war dabei auf sie gerichtet. Ob ihr Mann sich irgendwann hatte trennen wollen und sich einfach nicht getraut hat?, überlegte Doro. Wie auch immer, darum geht's jetzt nicht.

Bedächtig stellte sie die Tasse ab. »Erst einmal vielen Dank für Ihre Auskunft. Sie müssten Ihre Aussage spätestens Montag auf dem Revier zu Protokoll geben und unterschreiben.« Eindringlich musterte sie Detlev Wamisch. »Eventuell sogar beeiden.« Sie zog eine Karte und einen Kuli aus der Innentasche ihrer Jacke. »Ich lasse Ihnen meine Kontaktdaten da. Das ist die Telefonnummer vom Revier, außerdem schreibe ich Ihnen meine Mobilnummer auf. Wenn Sie uns noch irgendetwas mitteilen möchten, melden Sie sich.«

»Was sollen wir Ihnen noch mitteilen wollen?«, fragte Erika Wamisch, als habe Doro ein unsittliches Angebot gemacht.

»Manchmal fällt einem noch was ein«, erwiderte Ben und erhob sich.

Doro stand ebenfalls auf, sie reichte Detlev Wamisch ihre Karte. »Auf Wiedersehen. Wir finden allein raus.«

Doro und Ben verließen das schmucke Eigenheim.

»Damit hat Franco Piras wohl ein Alibi«, sagte Ben, als sie den Vorgarten mit dem frisch eingefassten Rosenbeet hinter sich gelassen hatten. »Schade eigentlich.«

»Irgendwie weiß ich noch nicht genau …«

Das Klingeln von Bens Handy unterbrach Doro. Er ging ran.

»Hi, du.«

Doro schloss den Dienstwagen auf und klemmte sich hinters Lenkrad.

»Schön, dass du anrufst, ich freu mich.« Ben stieg auf der Beifahrerseite ein und knallte die Tür zu. »Nee, kann sein, dass es heute später wird. Wir haben 'ne Fahndung laufen … Hm, ja, nach Kai Jansen.«

Ungläubig drehte Doro den Kopf. Lies ihr doch gleich unsere Ermittlungsakten vor, dachte sie.

»Genau, der wird seit heute Morgen gesucht.« Ben zog den Gurt herunter und hakte ihn ein.

Doro startete den Motor.

»Ach, echt?« Ben warf Doro einen vielsagenden Blick zu. Die fuhr los. Neben ihr schwieg Ben eine Weile lang, das Telefon an sein Ohr gepresst.

»Hm«, machte er schließlich. »Denkst du, dass du das wiederfinden würdest?«

Doro wurde hellhörig.

»Okay«, sagte Ben gedehnt. »Aber eine Adresse hast du nicht? … Nee, ist klar. Merkt man sich ja auch nicht.«

Was wird das?, überlegte Doro. Sie beschleunigte und schaltete hoch.

»Hast du denn nachher ein bisschen Zeit?«, fragte Ben in sein Handy. Die für Doro nur leise wahrnehmbare Frauenstimme antwortete etwas. »Gut, dann kommen wir bei dir vorbei. Super. Ja, so in fünfzehn bis zwanzig Minuten. Tschüs, bis gleich.« Er legte auf.

»Worum geht's bitte?«, fragte Doro.

»Das war Carolin.«

»Wirklich?«

»Kai Jansen hat von seinem Vater ein Haus in der Nähe von Sankt Peter-Ording geerbt. Vor einem Jahr etwa hat Jansen es verkauft, weil er Geld brauchte. Davor waren Carolin und ein paar Kollegen aus Gallos Küche mal am Wochenende da. Feiern und chillen.«

Doro setzte den Blinker und bog auf eine breite, schnurgerade Straße ab. »Aber das Haus gehört ihm ja nun nicht mehr.«

»Richtig. Er hat es wohl an eine Familie verkauft, die im

Ruhrgebiet lebt und es nur in den Schulferien nutzt. Das hatte Kai Jansen zumindest erzählt.«

Doro atmete tief ein. »Du meinst …«

»Genau. Es könnte sein, dass er noch einen Schlüssel hat, eventuell zu einem Nebeneingang oder so.«

Doro dachte kurz nach. »Die Adresse dieses Hauses bekommen wir im Prinzip nur übers Grundbuchamt, das den Immobilienverkauf protokolliert hat. Auf deren Daten haben wir keinen Zugriff, dafür brauchen wir ein Ermittlungsersuchen.«

»Richtig. Und heute ist Samstag. Da wartest du bis Montag.«

»Puh«, entfuhr es Doro. »Das heißt, wir holen Carolin ab und fahren hin?«

»So in etwa hatte ich mir das vorgestellt.«

Ein Durcheinander aus Für und Wider wirbelte durch Doros Kopf. »Du weißt schon, dass Ording in einem anderen Bundesland liegt?«

»Ich finde, wir sind zuständig.«

»Okay«, sagte Doro. »Rufst du bitte Enno Holle an und informierst ihn? Auch über unser Gespräch mit den Wamischs. Er soll trotzdem Franco Piras im Revier noch einmal auf den Zahn fühlen. Ich hoffe, dass wir den Durchsuchungsbeschluss für seine Wohnung noch genehmigt bekommen.«

43

»Das ist echt ein Ding, dass Sie die Ex von meinem Schwager sind.« Carolin Freitag saß auf der Rückbank neben den leeren Pizzakartons und beugte sich zwischen die beiden vorderen Sitze, ihr Kopf war nah an Doros Schulter. Aus den Augenwinkeln nahm Doro ein Schmunzeln bei Ben wahr.

Sie hatte schon viel früher mit dieser Bemerkung gerechnet. Die Stunde auf der Autobahn war allerdings ziemlich schweigsam vergangen, die kurzen Gespräche hatten sich hauptsächlich um Privatangelegenheiten von Carolin und Ben gedreht, ihren neuen Job, seine letzten Fallschirmsprünge, um dies und das. Doro hatte so gut es ging abgeschaltet und sich aufs Fahren konzentriert.

»Ja, die Welt ist klein«, gab sie platt von sich und sah durch die Windschutzscheibe auf die Bundesstraße. Es war nicht viel los, sie kamen gut voran, das Ziel rückte näher. Die Landschaft hatte sich hinter Hamburg in ihrer ganzen Weite geöffnet, das Meer war bereits spürbar.

»Ich war vor ein paar Wochen zum Grillen bei meiner Schwester eingeladen«, sagte Carolin Freitag. »Alexander ist echt supernett. Und in meine Nichten bin ich total verliebt. So süß.« Sie machte eine kurze Pause. »Conni war übrigens auch da.«

Fast hätte Doro »Wer?« gefragt. Sie nannte ihren Sohn nie so, und dass eine angeheiratete Stiefmutterschwester ihn so nannte, passte ihr nicht.

»Ah«, sagte sie nur.

»Der hat wirklich Spaß mit den Mädels. Also, mit seinen Schwestern, meine ich.«

Halbschwestern, dachte Doro, scherte auf die linke Spur aus und überholte nicht ganz fahrschultauglich einen Lkw.

Carolin Freitag strich sich ein paar Ponysträhnen aus der Stirn, blies die Backen auf und ließ die Luft pfeifend wieder heraus. »Julia und Alexander haben sich letzte Woche ganz schön erschreckt, als ich erzählt habe, dass ich in einen Mordfall verwickelt sein soll.«

Themawechsel bitte, dachte Doro.

»Ich bin nur echt froh, dass ich aus der Sache raus bin.«

Grade so, dachte Doro. Ein Rest Misstrauen war geblieben. Carolin Freitag war ihr immer noch nicht ganz geheuer – und sympathisch ohnehin nicht. Doro war skeptisch, ob Ben mit ihr glücklich werden würde.

Das platte Land glitt links und rechts der Straße vorbei. Ein steingrauer Himmel lag darüber und stieß in vielen Kilometern Entfernung an den Horizont. Am Straßenrand wies ein Hinweisschild Sankt Peter-Ording aus.

»War die Geschichte von Kai Jansens Vater eigentlich unter Gallos Mitarbeitern bekannt?« Doro wollte das Gespräch auf Informatives bringen.

»Dass er verstorben ist, wussten wohl die meisten«, antwortete Carolin Freitag. »Die Umstände kannte meines Wissens keiner genau.«

»Wie ist Kai Jansen denn damals an den Job in Gallos

Restaurant gekommen? Hat er sich beworben, oder hat Gallo ihm von sich aus ein Angebot gemacht?«

»Das kann ich nicht sagen. Als ich bei Gallo eingestiegen bin, war Kai schon da.« Carolin Freitag ließ sich zurückfallen, ihr Oberkörper verschwand hinter dem Beifahrersitz. »Traut ihr ihm echt den Mord an diesem Schlachthofbesitzer zu?«

»Tun *Sie* das?«, fragte Doro zurück.

»Keine Ahnung. Kai war für mich immer undurchsichtig. Vor ein paar Monaten ist dann noch eine gute Freundin von ihm gestorben, danach wurde er noch verschlossener. Aber Mord? Irgendwie nicht.«

Schweigend fuhren sie weiter, der Dienstwagen fraß Kilometer um Kilometer. Neben der Fahrbahn erstreckten sich Weideflächen, einzelne Höfe mit aufragenden Silos und großen Ställen waren in die Landschaft gesetzt. *Irgendwie nicht*, hallte es in Doros Ohren nach.

»Es war was mit ö«, sagte Carolin Freitag nach einer Weile unvermittelt. »Der Ort, wo Kais Haus liegt. Ist mir eben eingefallen.«

»Böhl?«, fragte Ben.

Sie schnellte vor. »Ich glaub, das war's.«

»Das ist ein Ortsteil von Ording.« Ben klang versiert. »Ich war da früher manchmal Kitesurfen, an den Leuchtturm dort kann ich mich gut erinnern.«

Er begann, auf den Bildschirm des Navis zu tippen. »Es gibt einen Böhler Weg«, sagte er. »Ich nehme den als Ziel, von dort aus sehen wir weiter.«

»Das Haus ist nicht mehr im Ort drin, eher ein Stück außerhalb«, bemerkte Carolin Freitag. »Es steht einzeln, drum herum wachsen ein paar Birken und ziemlich viel Gebüsch.«

»Demnächst rechts abbiegen«, sagte die angenehme Frauenstimme des Navis. Doro folgte den Anweisungen des Geräts.

Nach einigen Kilometern passierten sie das Ortsschild. In Richtung des Meeres standen bunte Segel in der Luft. Am Strand war hier immer was los. Selbst bei kalten Herbststürmen surften Hartgesottene in tosender Brandung. Und da man immer noch direkt auf dem ungewöhnlich breiten Strand parken durfte, betrachteten viele Leute auch windgeschützt aus dem Wageninneren die Szenerie.

Doro fuhr langsam, am Straßenrand waren einige Autos abgestellt, obwohl *dort* das Parken verboten war. Hinter einem in die Fahrbahn ragenden Pkw hielt sie an, um den Gegenverkehr durchzulassen.

Linker Hand bemerkte sie einen schwarzen Landrover, sie dachte an Gallos Auto, dann an das von Alexander. Er fuhr manchmal mit Constantin zum Surfen nach Ording. Früher, als ihr Sohn noch klein gewesen war, waren sie oft zu dritt in der steifen Brise spazieren gegangen und hatten den bunten Segeln zugeschaut.

Wehmut brandete auf, angespannt fuhr Doro weiter.

»Moment, ich muss mich orientieren«, sagte Carolin Freitag aus dem Fond. »Es war ein kleineres Reetdachhaus, nicht besonders gut in Schuss und einfach gehalten. Warte, fahr mal da links lang.«

Meint die mich?, dachte Doro und bog ab. Das Navi forderte zum Wenden auf, Doro schaltete den Ton aus.

Nach ein oder zwei Kilometern kam ein gedehntes »Jaaa?« von Carolin Freitag. »Da links rein könnte es sein.«

Ein Schotterweg führte von der Straße ab. Doro lenkte den Wagen hinein, die Steine knirschten unter den Reifen.

»Privatgrundstück. Durchfahrt verboten«, verkündete ein aus den Hecken ragendes Schild.

»Ist es hier?«, fragte Ben. »Da vorn steht ein Haus.«

Der Weg öffnete sich in ein weitläufiges Grundstück. Ein größeres reetgedecktes Gebäude mit einem hübsch bepflanzten Garten lag vor Doro.

»Nein, Kais Haus sah anders aus. Das ist es nicht.«

Doro rollte bis auf den gepflasterten Hof. Erst dort konnte sie das Auto wenden.

Ein großer rotbrauner Hund schoss von der Seite des Hauses heran. Er stoppte neben ihnen und kläffte, was das Zeug hielt.

Doro hatte keine Lust, auf die Hausbewohner zu treffen, sie beeilte sich, von dem Grundstück wegzukommen. Der Hund lief ihnen bis zur Hälfte des Schotterwegs nach.

Sie gelangten zurück zur Ortsstraße.

»Stimmt die Richtung?«, fragte Doro nach hinten.

»Joah … ich glaube schon.«

»Denk noch mal nach«, sagte Ben in wohlwollender Geduld. »Wo lag das Meer, wie weit war es weg?«

»Du, wir waren alle gut dicht an dem Wochenende.« Carolin Freitag lachte. »Irgendwo wird das Meer gelegen haben, keine Ahnung.«

Das kann ja heiter werden, dachte Doro. In einiger Entfernung gabelte sich die Straße. »Links oder rechts?«, fragte sie.

»Pfh … links?«

Doro bog ab. Sie begann, sich darauf einzustellen, die nächste Stunde kreuz und quer durch den Ort zu gurken – so lange, bis Carolin Freitag hoffentlich ein Déjà-vu hatte.

»Stopp!«, schallte es unvermittelt von hinten. Doro checkte reflexartig den Rückspiegel und bremste ab.

»Ich glaube, dort rein. Du bist schon vorbei, fahr ein Stück zurück.«

Die Straße hinter ihr war frei, Doro setzte rückwärts. Dann bog sie in einen Seitenweg ein. Er glich dem von eben, war gleichermaßen von dichtem Gebüsch gesäumt und nicht asphaltiert. Am Rand stand ein verwittertes Straßenschild.

»Bist du sicher?«, fragte Ben. Kurz wusste Doro nicht, wen er meinte.

»Ja. Hier war es«, sagte Carolin Freitag.

Doro verlangsamte das Tempo. Sie lenkte den Wagen nach rechts und holperte über einen flachen Böschungswall nah an die Hecken heran. Dann stoppte sie den Motor.

»Der Weg öffnet sich da vorn auf ein Grundstück hin, dort steht das Haus«, erklärte Carolin Freitag.

»Alles klar«, meinte Ben. »Dann los.«

»Ich komme mit, oder?«

»Nein, Sie warten im Wagen«, wies Doro an.

»Aber …«

»Keine Diskussion, bitte.« Doro scannte die Umgebung und stieg aus. Ben drückte die Beifahrertür in die Hecke und wand sich raus.

Sie begaben sich zum Kofferraum, nahmen die schusssicheren Westen heraus und legten sie an.

»Lass uns erst mal nachsehen, bevor wir die örtlichen Kollegen benachrichtigen«, sagte Ben gedämpft. »Ich bin nicht ganz sicher, ob Carolin wirklich …«

»Ich auch nicht«, antwortete Doro.

Carolin Freitag öffnete die Autotür.

»*Im* Wagen warten«, zischte Doro. »Zu Ihrer eigenen Sicherheit.«

Carolin Freitag schmollte. Ben kam vom Kofferraum vor und drückte mit einem nachsichtigen Lächeln die Tür wieder zu.

Dann gingen sie los. Im Schutz der Hecken näherten sie sich dem Haus, Doro horchte auf jedes Geräusch. Eine Möwe schrie, laut und durchdringend, der kühle Wind trug das kehlige Warnen davon.

Sie pirschten sich vor. Das Dach des kleinen weißen Gebäudes war tief heruntergezogen, fast bis über die dunkelgrünen Fensterläden. Das Haus wirkte kompakt und trotzig, der Hof davor war mit grauen Pflastersteinen ausgelegt. In dem kleinen Garten stand eine Schaukel, daneben ein abgedeckter Sandkasten. Weiter hinten war eine Wäscheleine zwischen zwei Pfosten gespannt. Einzelne Birken hoben sich mit ihren weißen Stämmen von dem dunkleren Gebüsch ab.

Doro hielt inne, Ben stand neben ihr. Beide beobachteten das Gebäude, ein, zwei Minuten lang. Es blieb still. Die Fenster waren unbeleuchtet, der Hof war kahl, der Schornstein kalt. Nichts deutete auf die Anwesenheit eines Bewohners hin.

»Komm«, flüsterte Ben.

Sie schlichen bis zum Haus vor. Die Eingangstür lag im Schatten eines Windfangs. Ben zog seine Waffe, schnellte los und drückte den Griff herunter. Die Tür war verschlossen.

Doro kam heran. Geduckt eilte sie zur Seite des Hauses und prüfte das erste Fenster. Der Rahmen gab nicht nach. Sie pirschte weiter, Ben umrundete das Gebäude in der entgegengesetzten Richtung.

Auch der Rahmen des nächsten Fensters ließ sich nicht

aufdrücken. Es gehörte zu einem kleinen Anbau, in dem womöglich ein Wirtschaftsraum untergebracht war. Er hatte einen eigenen Eingang. Doro betätigte die Klinke, die dunkelgrüne Holztür war abgeschlossen.

Sie schlich voran und gelangte zur Rückseite des Hauses. In einigen Metern Entfernung bog Ben gerade um die andere Ecke, er deutete ein Kopfschütteln an.

Das Fenster hintenheraus war größer, daneben befand sich eine abschließbare Terrassentür. Ben stand auf der einen Seite, Doro auf der anderen. Sie verständigten sich mit einem Blick. Ben sicherte mit seiner Waffe, Doro eilte vor und prüfte Tür und Fenster – ohne Erfolg. Sie ging in die Hocke und spähte durch die Scheibe ins Innere des Hauses.

Das einfach eingerichtete Wohnzimmer schien unbewohnt, Doro sah keine herumliegenden Dinge, nichts, was erst kürzlich benutzt worden war.

»Was machen wir?«, flüsterte Ben. »Gehen wir rein?«

Doro überlegte. Die Notwendigkeit einer Türöffnung war äußerst fraglich. Die Begründung »Gefahr im Verzug« musste man arg strapazieren. Das Haus gehörte Kai Jansen längst nicht mehr, und es gab bislang keine konkreten Hinweise, dass er sich hier aufhielt.

Unschlüssig sah Doro von der Veranda auf den angrenzenden Rasen. Im selben Augenblick stockte sie.

Am Rand der verwitterten Waschbetonplatten lag ein Zigarettenstummel. Sie trat heran, nahm ihn vorsichtig an dem noch weißen Ende des Papiers auf und hielt ihn in Bens Richtung.

»Der sieht nicht aus, als läge er seit den letzten Ferien da«, flüsterte er mit ernster Miene.

Aufgrund einer einzelnen Kippe eventuell einen Hausfriedensbruch zu begehen, war heikel. Doro zögerte. Kai Jansen braucht ein Versteck, dachte sie. Er ist kein Typ, der viele Freunde hat. Bleibt ihm etwas anderes als sein altes Haus? Die Entscheidung fiel. »Wir gehen rein. Hier.« Sie deutete auf die verglaste Verandatür.

»Ich mach das. Gib mir Deckung.« Suchend sah Ben sich um.

Eilig nahm Doro ein Papiertaschentuch aus der Jacke, schlug den Zigarettenstummel ein und steckte ihn in die Tasche. Mit der Waffe im Anschlag trat sie ein Stück vor.

In einer Ecke der Veranda lehnte eine Gartenschaufel, das Eisen war verrostet, der Holzstil dunkel. Ben griff danach. In der nächsten Sekunde donnerte er das Schaufelblatt in die Glastür. Die Scheibe zerbarst mit einem ohrenbetäubenden Klirren. Ben griff an den reißzahnartigen Scherben vorbei ins Innere.

»Der Schlüssel steckt.« Er drehte mit der rechten Hand und öffnete die Tür. Vorsichtig begab er sich hinein, Doro folgte.

Das Wohnzimmer lag verlassen da. Dann bemerkte sie den schwarzen Schal auf einem der Sessel. Gleichzeitig erklang ein polterndes Geräusch, als fiele ein Eimer auf Fliesen um. In Doros Adern peitschte Adrenalin auf.

»Der Seiteneingang!«, rief Ben und hechtete vor in den Flur.

Doro stürmte aus der Verandatür und rannte draußen zur Seite des Hauses. Direkt vor ihr flog die grüne Tür des Anbaus auf. Doro sah einen Mann losrasen. Es war Kai Jansen.

»Halt, stehen bleiben, Polizei!«, schrie sie und jagte nach vorn. Mit der ausgestreckten Hand erwischte sie gerade so einen Zipfel von Jansens Pulli, spürte, wie der Stoff aus ihren Fingern gerissen wurde, stolperte. Jansen rannte weiter.

Neben Doro tauchte ein Schatten auf. Ben schoss an ihr vorbei und warf gleichzeitig etwas Längliches. Kai Jansen gab einen Schmerzenslaut von sich. Er kam ins Straucheln, hinter ihm lag ein massiver Kerzenständer auf der Erde.

Mit einem Hechtsprung erreichte Ben Kai Jansen und zerrte ihn zu Boden. Jansen heulte auf, fest drückte Ben ihn ins Gras. Doro schloss zu den beiden auf.

»Ich halte ihn, ruf die Streife«, keuchte er mit seinem Knie auf Jansens Nacken.

Doro zog das Fesselband aus ihrer Schutzweste, drehte Jansen die Arme auf den Rücken und fixierte die Handgelenke. Ihre Finger zitterten, als sie nach ihrem Handy griff und den Notruf wählte.

Ben ließ von Kai Jansen ab. »Sie können hoch«, sagte er.

Jansen rappelte sich vom Boden auf und kam in den Kniestand. Doro forderte in knappen Worten Verstärkung an. Gerade hatte sie aufgelegt, als sie eine Bewegung schräg neben sich wahrnahm. Sie drehte den Kopf. Einige Meter entfernt stand Carolin Freitag. Ihr Ausdruck war kühl.

Warum sitzt die nicht im Auto?, dachte Doro ärgerlich und sah zu Kai Jansen. Ihr Unmut wandelte sich in ein dumpfes Pochen in den Schläfen. Jansen wirkte unendlich verloren und traurig.

»Du?«, fragte er tonlos zu Carolin Freitag hin.

Die zuckte stumm mit den Achseln.

Von fern hörte Doro die sich nähernden Polizeisirenen.

44

Kai Jansen hatte sich widerstandslos abführen lassen. Nach seinem Aufenthalt in frischer Nordseeluft saß er nun im Vernehmungsraum der Untersuchungshaftanstalt Hamburg am Holstenglacis.

Er schien ruhig und in sich gekehrt. Bei manchen Festgenommenen hatte Doro das Gefühl, sie seien erleichtert, dass die Dinge ihren Lauf nahmen.

»Herr Jansen«, begann sie. »Wir möchten von Ihnen genau wissen, was am vergangenen Montagabend vorgefallen ist. Dem Abend, an dem Martin Overbeck starb.«

»Ich habe bis halb zwölf im ›Mercurio‹ gearbeitet. Danach bin ich nach Hause gefahren und ins Bett gegangen.« Das rotblonde Haar war zerzaust, an einer Hand hatte Jansen eine Schürfwunde.

»Bitte, das glaubt Ihnen kein Mensch mehr«, erwiderte Ben ungehalten. »Sie waren nur bis zweiundzwanzig Uhr im ›Mercurio‹, später haben Sie dann Overbeck bei seinem Wagen abgepasst und ihn kaltblütig ermordet. Das wissen wir bereits. Ihr Mitbewohner Thomas Marquart hat geredet.«

Kai Jansen starrte vor sich hin und schwieg.

»Wie ist Ihr Vater seinerzeit gestorben?«, fragte Doro.

»Mein Vater? Was hat *der* mit der Sache zu tun?«

Die Überraschung in Kai Jansens Ausdruck erschien Doro echt. Sie dachte kurz nach.

»Ihr Vater starb bei einem Bergunfall in der Schweiz«, sagte sie. »Er ist mit Gabriel Otto unterwegs gewesen.«

»Ja. Und?«

»Sie haben kürzlich in Ottos Restaurant erfahren, dass er den Unfall Ihres Vaters verursacht hat«, polterte Ben. »Gallo hat Ihren Vater auf dem Gewissen, und Gallos Freund Overbeck wusste es. Er sollte darüber aussagen, daher haben Sie ihn bedroht.«

Ungläubig weiteten sich Jansens helle Augen. »Wie … was … Woher wissen Sie, dass Gallo schuld an dem Unfall war? Haben Sie das ermittelt? Also, ist das eine Tatsache?«

Doro beobachtete Kai Jansen. Dabei schlug ihr Radar für feinste Unterschiede zwischen Gestik und Gesagtem nicht an. Sie hatte jahrelange Erfahrung im Angelogenwerden, erkannte minimale Nuancen der Körpersprache. Jansen wirkte ehrlich erstaunt.

Er senkte den Blick. »Ich habe es immer für möglich gehalten, dass Gallo meinen Vater auf dem Gewissen hat. Aber ich wusste es nie, ich habe keinerlei Beweise. Die beiden waren an diesem Tag allein unterwegs. Zeuge war nur der Himmel.«

Doros Befremden wuchs.

»Gallo und ich haben uns zum ersten Mal auf der Beerdigung meines Vaters gesehen«, fuhr Kai Jansen fort. »Er hat mitgenommen gewirkt, schockiert über das Geschehene. Einige Jahre später hat er mich kontaktiert und mir eine Stelle in seinem Restaurant angeboten. Ich brauchte zu der Zeit einen Job. Ich mochte Gallo nicht. Doch dass er schuld war, konnte ich nie behaupten.«

Ben stieß ein Hüsteln aus, Doro deutete es als ein Zeichen von Irritation.

»Was ist am Montag passiert, Herr Jansen?«, fragte sie ruhig.

Kai Jansen schwieg. Sekunde um Sekunde.

Ben blies Luft aus. »Wir haben Zeit. Wenn Sie es darauf anlegen, sitzen wir eben morgen früh noch hier.«

Im Nebenraum verfolgten Enno Holle und Michael die Vernehmung. Den Segeltörn mit seiner Freundin hatte Enno abblasen müssen. Ob Michael etwas vorgehabt hatte, wusste Doro nicht. Doch wahrscheinlich hatten beide den Abend mit ihren Frauen verbringen wollen. Für Doro war die Aussicht auf ein Bier in ihrer leeren Wohnung nur mäßig verlockend.

»Thomas Marquart hat Sie schwer belastet«, erklärte Ben eindringlich. »Ihre einzige Chance ist es, uns Ihre Version des Geschehens zu berichten.«

Kai Jansen blieb still.

»Die ganze Stadt ist videoüberwacht. Wir haben Beweise.«

Schön wär's, dachte Doro.

Jansen öffnete die wulstigen Lippen, kein Laut drang heraus. Stumm wie ein Fisch schloss er sie wieder.

»Sie werden wegen Mordes sitzen, wenn Sie nicht reden«, drohte Ben.

Angestrengt fixierte Kai Jansen die Tischplatte, Doro hatte den Eindruck, dass er innerlich kämpfte.

»Egal, was Sie getan haben«, sagte sie. »Ich bin sicher, dass Sie gute Gründe dafür hatten.«

Gequält sah Jansen auf.

»Manchmal kann man nicht anders.« Doro klang fast beschwörend.

»Thomas wollte ihm doch bloß einen Denkzettel verpassen«, murmelte Kai Jansen.

»Bitte?«

»Overbeck sollte die gleiche Angst wie seine Schweine haben. Thomas wusste, dass er häufig im ›Mercurio‹ war. ›Der ist einer der Kapitäne, die sich mit dem Tod eine goldene Nase verdienen‹, hat er gesagt. ›Die müssen alle weg.‹«

»Und am Montagabend hat Thomas Marquart seine Rachepläne in die Tat umgesetzt?«, fragte Ben.

Kai Jansen nickte kaum sichtbar. »Ich kam Montag gegen halb elf von der Arbeit nach Hause. Thomas saß in der Küche, er hatte was getrunken. Ich hab von Overbeck erzählt, dass er wieder bei Gallo rumhängt und so. ›Wir fahren hin und verpassen ihm 'nen Denkzettel‹, hat Thomas gesagt. Erst wollte ich nicht. Aber Thomas hat mich irgendwie überredet. Dann sind wir hin.«

»Wieso sind Sie mit?«, fragte Doro.

Kai Jansen schüttelte unwillig den Kopf, so als wolle er sagen: Darum geht es jetzt nicht.

»Thomas hat zwei Sturmhauben eingesteckt, eine Tüte, Kordel und eine rote Clownsnase. ›Wir werden ihn ein bisschen kitzeln‹, meinte er. ›Vielleicht lacht er sich tot.‹ Dann hat er eine Waffe aus seinem Zimmer geholt.« Kai Jansen hielt inne.

Der Vollzugsbeamte an der Tür unterdrückte ein Niesen. Der gepresste Laut klang unpassend komisch.

»Reden Sie weiter«, forderte Ben Kai Jansen auf.

»Wir haben Overbeck bei seinem Auto aufgelauert. Thomas hat ihn mit der Pistole bedroht, ihn gezwungen, einzusteigen und bis zum Moorfleeter Hafen zu fahren. Ich saß auf der Rückbank, Thomas vorn. Unten beim Wasser, da, wo keiner mehr war, hat Thomas dem Overbeck die Tüte über den Kopf gezogen und sie zugehalten. Overbeck sollte Panik kriegen. Das hat er auch, er hat sich gewehrt wie ein Stier. Er war fett und stark.« Jansen rang nach Luft. »Thomas wollte den nicht umbringen«, flüsterte er. »Aber das Ganze ist eskaliert.«

»Sie haben geholfen, Overbeck festzuhalten«, sagte Doro.

Kai Jansen winkte ab. »Ich habe gar nichts getan. Thomas hat die Kordel genommen und Overbeck stranguliert. Irgendwann hat der nicht mehr gezuckt. Dann musste man die Leiche loswerden.«

Man? Doro nahm Jansen sein Unbeteiligtsein nicht ab. Ihr Instinkt war klar. »Sie haben mitgemacht«, erklärte sie scharf. »Warum?«

»Nein. Nicht mitgemacht …«

»Warum waren Sie dabei?«, insistierte Doro. »Finden Sie Overbecks Geschäft auch so abscheulich?«

Kai Jansen zögerte. »Nicht sein Geschäft«, murmelte er.

»Wie bitte?«

Seine Hände kamen nach oben, er verbarg das Gesicht dahinter. »Ich wusste, was für ein Typ Overbeck war.«

»Das heißt?«

»Ich wusste es von Sally. Sie war meine engste Freundin. Wir kannten uns seit der Schule.«

»Sally?«, fragte Ben erstaunt.

Kai Jansen nahm die Hände herunter, Schmerz und Abscheu spiegelten sich in einer Grimasse. »Sie war bildschön, mit einem Gesicht wie ein Engel.«

Eine Ahnung beschlich Doro.

»Overbeck war Sallys Freier«, stieß Kai Jansen hervor. »Einer ihrer Freier. Das war vor einem Dreivierteljahr etwa, Sally hat mir von ihm erzählt. Sie sollte merkwürdige Sachen bei ihm machen. Er hat sich Carsten genannt, aber Sally wusste, wer er war. Sie hat im ›Black Marbel‹ gearbeitet, hatte keinen anderen Job mehr, hat es nirgends ausgehalten. Die Typen in dem Laden haben sie kaputtgemacht. Irgendwann war sie nur noch drauf, hat alles Mögliche eingeworfen. Dann hat man sie frühmorgens tot im Park gefunden. Dreckschweine wie Overbeck haben sie auf dem Gewissen.« Blanker Zorn brach sich Bahn, Jansen biss die Zähne aufeinander.

Hörbar sog Doro Luft ein. Ihre Gedanken folgten der unerwarteten Wendung. »Deshalb haben Sie mitgemacht, als Thomas Marquart Sie in seine Absichten eingeweiht hat?«

»Noch mal«, schrie Kai Jansen. »Wir wollten ihn nicht umbringen! Aber ich habe ihn immer wieder saufend und labernd im ›Mercurio‹ getroffen, selbstgerecht, wie er war. Gallo und er haben über Frauen und Innereien geredet, fast, als wäre es dasselbe. Ich hab's nicht mehr ertragen.«

Skeptisch verengte Ben die Augen. »Herr Jansen, wer hat Overbeck stranguliert?«

»Das hab ich doch gesagt. Thomas war's. Der war plötzlich wie von Sinnen, so hatte ich ihn nie erlebt. Total irre. ›Ich kitzel dich ein bisschen‹, hat er Overbeck gedroht. ›Das ist lustig. Deine Tiere lachen auch immer.‹ Dann hat er die Kordel zugezogen.«

»Was haben Sie anschließend mit Overbecks Wagen getan?«, fragte Ben.

»Den hat auch Thomas versenkt. Ich habe ihn danach von Bergedorf abgeholt.«

Partners in crime, überlegte Doro. Mindestens einer von ihnen lügt.

Sie musterte Kai Jansen, die entgleisten Züge, das wirre Haar. Schließlich stand sie auf und ging zu dem Vollzugsbeamten an der Tür.

»Bringen Sie bitte Thomas Marquart her«, sagte sie mit gedämpfter Stimme.

»Dem geht's nicht gut, der hat Fieber«, raunte der Mann. »Wir haben gefragt, ob wir einen Arzt rufen sollen, das hat er abgelehnt. Obwohl er ziemlich elend dran ist.«

»Ich möchte ihn trotzdem sehen«, erklärte Doro.

»In Ordnung.« Der Beamte trat auf den Flur und gab die Anweisung über sein Funkgerät durch.

Doro kehrte an ihren Platz zurück.

»Was ist mit der Waffe passiert, die Thomas Marquart bei sich hatte?«, fragte Ben gerade.

»Die hat er ins Wasser geworfen.«

»Und diese Clownsnase?«

»Keine Ahnung. Die hat er eingesteckt oder weggeschmissen.«

Doro dachte an Marquarts Aussage, seine Version des Geschehens. »Woher wusste Ihr Freund Thomas vom Tod Ihres Vaters?«, fragte sie.

»Von dem Unfall hatte ich ihm vor einer Weile erzählt. Auch, dass Gallo dabei gewesen war.« Misstrauisch beäugte Kai Jansen Doro. »Was haben Sie da eben zu dem Wärter gesagt? Was passiert jetzt?«

Das weiß ich auch nicht genau, dachte sie und erwiderte: »Thomas Marquart ist ebenfalls inhaftiert.«

»Wie? Kommt der her? Lassen Sie den herbringen? Zu

mir?« Ablehnung und Widerwille waren unerwartet heftig. »Was soll das? Ich will das nicht.« Kai Jansen sprang auf. »Sie können mich nicht dazu zwingen.«

»Setzen Sie sich«, befahl Ben.

Jansen zauderte. Schließlich sank er auf seinen Stuhl zurück.

Hinter Doro wurde die Tür geöffnet. Sie drehte den Kopf.

Neben dem kräftig gebauten Wärter kam ein Mann heran, der wirkte, als sei er gerade aus dem Krieg heimgekehrt. Der eine tödliche Krankheit hatte. Der ausgezehrt einem Gemälde von Otto Dix entsprungen war.

Doro musste ihre Gedanken bremsen, sie blinzelte. Es war Thomas Marquart.

»Nehmen Sie Platz, Herr Marquart«, sagte Ben. »Sie werden schon erwartet.«

Vom Wärter geführt, näherte sich Thomas Marquart. Handschellen bissen sich um seine Fesseln, das fahle Gesicht glänzte schweißnass. Er setzte sich.

Mit dem Kopf deutete er auf Kai Jansen und zog die Lippen über das Zahnfleisch zurück. »Haben Sie ihn gefasst?«

»Sieht so aus«, antwortete Ben trocken. »Um es kurz zu machen: Sie und Herr Jansen beschuldigen sich gegenseitig des Mordes an Martin Overbeck.«

»Er da hat den Schlachter kaltgemacht.« Marquarts Hände gingen hoch, die rechte formte mit ausgestrecktem Zeigefinger und Daumen eine Pistole. »Peng.« Irre lachend zielte er auf Kai Jansen.

Der sah entgeistert drein. »Der Typ ist total durchgeknallt«, rief er dann. »Sehen Sie das nicht, dass der nicht zurechnungsfähig ist? Sie können dem doch nicht glauben.«

»Ich weiß es«, höhnte Thomas Marquart. »Ich weiß, was du getan hast. Und du weißt es auch.«

»Hör auf damit!«, gellte Kai Jansen. »Verstehst du das unter Solidarität der Gerechten?«

Die endet, wenn es darum geht, die eigene Haut zu retten, dachte Doro. Vor ihrem geistigen Auge erschienen zwei ehrenwerte Herren, die sich um den letzten Platz in einem Beiboot prügelten, um dem Ertrinken zu entrinnen.

»Ich kann es beweisen.« Thomas Marquart klang nun kühl.

Doro registrierte ein reflexhaftes Zucken in Kai Jansens Gesicht, als wolle er vor etwas zurückweichen, das ihn zu treffen drohte.

»Lassen Sie hören«, sagte sie.

»Ich habe ein Foto.«

»Und?«

»Da ist der drauf.« Marquart wies auf Kai Jansen. Dann schwieg er.

»Weiter!« Doro wurde ungeduldig. »Bei was wurde Kai Jansen fotografiert?«

Statt einer Antwort grinste Thomas Marquart.

»Was für ein scheiß Foto?«, schrie Kai Jansen, Schweiß perlte auf seiner Stirn.

Doro wusste, dass sich die Panik eines zu Unrecht Beschuldigten kaum von der eines Täters vor der Überführung unterschied. Sie wartete.

»Tja.« Thomas Marquart schnalzte mit der Zunge. »Eins, auf dem du die Clownsnase aufhast. Erinnerst du dich, bei diesem Geburtstagsfest? Es ist deine, du hast sie mitgenommen zu Overbeck, weil du alles geplant hattest. Und du hast ihn kaltgemacht.«

»Was soll das für ein scheiß Beweis sein?«, rief Kai Jansen. »Lüg nicht, Streif! Du hast ihn umgebracht.«

Doro horchte auf. Sie erinnerte sich an ein kleines Bild auf einem hellen Computermonitor.

»Wie nennen Sie ihn?«, fragte sie Kai Jansen.

»Was? … Streif. Das ist sein Spitzname in der Szene.«

»Das Lamm mit den Reißzähnen«, sagte Doro. Ben sah sie fragend an, währenddessen fügten sich in ihrem Kopf die Dinge zusammen.

»*Sie* sind das«, fuhr sie an Thomas Marquart gewandt fort. »*Animal haters over Jordan*. Overbeck war gemeint. Sie haben in einem Internetforum angekündigt, ihn über den Jordan zu schicken.«

»Blödsinn«, blaffte Thomas Marquart. »Ich habe gar nichts.«

»Natürlich. Es ist die Ankündigung des Mordes. Sie haben ihn geplant.«

»Dummes Gequatsche. Die Bullenfrau tut schlau.«

Ben musterte ihn verächtlich und kräuselte die Nase. Dann betrachtete er seine Fingernägel.

»Ich glaube, er war's nicht«, sagte er lapidar zu Doro. »Für mich ist der ein bürgerlicher Rotzlöffel. Hat sich die Revoluzzerschuhe angezogen, aber die sind ihm viel zu groß. Der redet nur und macht nix.« Gedankenverloren zog er einen kleinen Hautfetzen von einer Fingerkuppe ab. »Sein Kumpel hat meiner Meinung nach mehr Mumm.«

»Was? Die Sissi da?«, schrie Marquart.

Ben zuckte mit den Schultern. »Eindeutig.«

Thomas Marquart starrte, die Augäpfel waren gelblich verfärbt. Dann lachte er kreischend auf. »Mich hat's gewundert, dass der überhaupt mitgekommen ist.«

Erst als der Satz durch den Raum gepeitscht war, begriff Marquart. »Scheiße!«, brüllte er und sprang auf. »Ich red nicht bloß, ich tu was! Einer von euch weniger auf der Welt. Kapitalistenschweine.«

Der Wärter lief heran und hielt ihn an der Schulter fest. Marquart wehrte sich, der Mann nahm ihn in den Kopfkontrollgriff.

Zwei weitere Vollzugsbeamte kamen herein. Sie führten den laut fluchenden Thomas Marquart ab.

Kaum hatte er den Raum verlassen, als Enno Holle und Michael ihn betraten. Michael steuerte direkt auf Kai Jansen zu, Doros Eindruck nach war er in Fahrt.

»Sie haben nicht nur Overbeck, sondern auch Gabriel Otto auf dem Gewissen«, beschuldigte er ihn mit harscher Stimme. »Sie haben die Waffe von Montagnacht benutzt, um ihn zu töten.«

»Was? Nein«, stammelte Jansen. »Wieso sollte ich das tun?«

»Haben Sie nicht gesagt, Gabriel Otto sei Ihnen ebenfalls zuwider gewesen? Zudem gibt es den ungeklärten Unfall Ihres Vaters.«

Michael hatte diese andere Seite in sich, streng, autoritär, unnachgiebig. Doro erlebte sie nur selten, und in ihrem Schlafzimmer hatten diese Facetten keinen Platz.

Kai Jansens Kopf wackelte, dabei klappten seine blutleeren Lippen auseinander. Er schnappte nach Luft, unmittelbar darauf rutschte er vom Stuhl.

»Verdammt«, fluchte Ben.

Jansen lag am Boden, Ben und Enno eilten zu ihm. Enno ging in die Hocke, beugte sich über ihn und umfasste eines seiner Handgelenke.

»Kreislauf, würde ich sagen. Der kommt wieder zu sich.« Er drehte sich zu dem Vollzugsbeamten um. »Habt ihr ein Glas Wasser für ihn? Danach bringt ihr ihn am besten erst mal in seine Zelle. Dort kann ihn sich ein Arzt ansehen.«

Doro wandte sich ab. Sie verließ den Raum, Michael folgte ihr. Draußen gingen sie ein paar Schritte über den Flur.

»Herzlichen Glückwunsch zum Ermittlungserfolg«, sagte Michael.

Doro vergrub die Hände in den Taschen ihrer Jeans. »Wirst du auf gemeinschaftlichen Mord plädieren?«

»Ich denke, ja. Mit Beihilfe wird Kai Jansen von unserer Seite aus nicht davonkommen.«

»Warum bist du ihn eben so angegangen?«

»Doro, es ist doch kein Zufall, dass Overbeck und Gabriel Otto an zwei aufeinanderfolgenden Tagen umgebracht wurden.«

Doro war sich nicht mehr so sicher.

»Ich bin sicher«, sagte Michael, »dass Marquart und Jansen nicht nur den Schlachthofbesitzer, sondern auch den Koch auf dem Gewissen haben. Zumindest einer von beiden war's, vermutlich haben sie aber auch diesen Mord gemeinschaftlich begangen.«

Doro schwieg. Michaels Theorie erschien ihr eher wie der Wunsch nach einer raschen Lösung – wer *einen* Mord begeht, begeht auch einen zweiten. Ihre Gedanken wanderten zu jemand anderem.

»Wo ist dieser Steinmetz, Franco Piras?«, fragte sie.

»Den mussten wir laufen lassen.«

»Wie bitte?«

»Er hat ein Alibi für die Tatzeit Gabriel Otto«, erklärte Michael. »Unter diesen Umständen ordnet der Haftrichter keine U-Haft an. Dass Piras seine Geliebte und wohl auch Gabriel Otto bespitzelt hat, ist nicht strafbar.«

»Aber ziemlich verdächtig.« Doro war sauer. »Eine Wohnungsdurchsuchung gibt es auch nicht?«

Michael schüttelte den Kopf. »Ich denke wirklich, dass wir Gabriel Ottos Mörder schon haben.« Er lächelte. »Dank eurer guten Arbeit.«

Missmutig verzog Doro einen Mundwinkel. »Du betrachtest den Fall Gallo also als geklärt?«

»Natürlich haben wir noch kein Geständnis von Jansen oder Marquart. Meines Erachtens wird es aber darauf hinauslaufen. Die Verhöre werden fortgesetzt, wir werden dem Waffenbesitz der beiden nachgehen, Ottos Schusswunde mit dem betreffenden Kaliber abgleichen. Kai Jansens Hass auf Otto wird in der Beweisführung dargelegt werden, und dass er dessen Gewohnheiten gekannt hat und die Tat planen konnte.«

Unter Doros Zweifel mischte sich ein schales Gefühl. Jemand zu Unrecht einsperren, bedeutete auch, einen anderen zu Unrecht auf freiem Fuß lassen. Sie wurde nervös.

»Gehst du mit mir was trinken? Zur Feier des Tages?«, fragte Michael. »Ich habe noch ein bisschen Zeit.«

»Mir ist nicht nach Feiern zumute.« Doro räusperte sich. »Irgendwann vielleicht. Ich denke, ich sollte Heike Overbeck noch über den Stand der Ermittlungen informieren.«

»Willst du zu ihr fahren?«

»Ja. Sie sollte auch ein paar Dinge zu ihrem neuen Freund wissen.«

»Ach so?« Michael runzelte die Stirn. »Wie du meinst.« Er beugte sich zu ihr hin. »Sehen wir uns morgen?«

Sonntag, dachte Doro. Ein freier Sonntagmittag. Im Bett.

Ja. Nein. Vielleicht.

»Mal sehen«, sagte sie. »Ich melde mich.«

45

Constantin verbrachte das Wochenende bei seinem Vater. Doro hatte am Samstagabend einen Anruf von ihrem Sohn bekommen, er hatte von einem Besuch im Tierheim erzählt, seine Halbschwestern wollten einen kleinen Hund. »Papa sagt, noch ein neues Familienmitglied – dann sind wir komplett.« Constantin hatte am Telefon jünger geklungen, und in Doro war ein seltsam mulmiges Gefühl aufgestiegen. Alexander zieht alle Register, hatte sie gedacht.

Am Sonntagvormittag hatte sie Michael eine Nachricht geschickt.

Nun strichen ihre Fingerspitzen über seine rasierte Brust, die Haut war warm und ein bisschen stoppelig.

Nach einigen Minuten Schweigen kam Michael auf die gestrigen Geschehnisse zurück. »Was hast du Heike Overbeck denn über den neuen Mann in ihrem Leben erzählt?«

»Dass er verheiratet ist«, log Doro platt.

Michael schmunzelte. »Das soll vorkommen.« Er senkte den Kopf, sodass ein kleines Doppelkinn entstand, dabei strich er Doro über die nackte Schulter. Mehr hatte er zu dem Thema offenbar nicht zu sagen.

Doro dachte an ihren Besuch bei Heike Overbeck. Er war anders als erwartet verlaufen. Die Nachricht, dass die

Mörder ihres Mannes gefasst worden waren, hatte sie recht kühl aufgenommen. »Schön«, sagte sie. »Gut für die Kinder.«

»Es gibt da noch etwas«, hatte Doro erwidert. »Die Vergangenheit Ihres Freundes betreffend.«

»Tatsächlich?«

»Vor einiger Zeit haben zwei Frauen Anzeige wegen Betrugs gegen Gary Dannefels erstattet. Ihr Freund könnte ein Heiratsschwindler sein.«

»Ach, das.« Heike Overbeck hatte abgewinkt. »Ich weiß Bescheid. Ich habe Gary überprüfen lassen.«

Doro konnte ihre Überraschung nicht verbergen. »Trotzdem sind Sie mit ihm zusammen?«

»Er tut mir gut«, antwortete Heike Overbeck sachlich. »Für mich ist er ein Gewinn.«

Der simple Pragmatismus hatte Doro beinahe beeindruckt. Sie hatte eine Frau vor sich gesehen, die einfach weitermachte. Wie beim Schweinehälften-Zählen, hatte sie unwillkürlich gedacht. Dabei holte Heike Overbeck das Beste für sich heraus.

Nachdenklich hatte sich Doro verabschiedet. »Wenn Sie noch Fragen an uns haben, melden Sie sich.«

»Ich denke, es ist alles klar.«

Doro hatte das Haus verlassen und war noch einmal aufs Revier gefahren.

Sie rückte ein kleines Stück von Michael ab, die Daunendecke verrutschte und ließ Kühle herein.

»Gestern Abend habe ich eine Halterabfrage für Franco Piras gemacht«, sagte sie. »Neben seinem Firmenwagen ist ein Motorrad auf ihn zugelassen. Er könnte es in der Nähe der

Wamischs abgestellt haben und von dort am Dienstagmittag ziemlich schnell zu Gallos Wohnhaus gelangt sein.«

»Könnte, Doro.« Michael war träge und entspannt. »Die Wamischs sagen aber, dass er am Dienstag die ganze Zeit über bei ihnen war.«

»*Herr* Wamisch sagt das. Die Frau war um die Mittagszeit gar nicht da.«

»Dass Herr Wamisch es sagt, reicht völlig aus.« Michael gähnte.

»Piras hat einen Tor-Browser auf seinem Laptop installiert. Er kann sich im Darknet ohne großes Risiko eine Waffe besorgt haben.«

»Diesen Browser haben mittlerweile viele. Auch Leute, die keine kriminellen Absichten haben. Sie möchten einfach anonym im Netz unterwegs sein.«

Doro richtete sich ein Stück auf, ihr Haar fiel über ihre Schulter.

»Du klingst gerade nicht wie ein Staatsanwalt. Warum verteidigst du Piras?«

Michael lachte auf. »Doro, bitte, das tue ich mitnichten. Ich betrachte die Faktenlage durchaus aus Sicht der Staatsanwaltschaft und des Untersuchungsrichters. Bei Franco Piras reicht es derzeit nicht für juristische Schritte.«

Er legte einen Arm um Doro und zog sie zu sich heran. »Frau Hauptkommissarin«, flüsterte er, »heute ist Sonntag. Sie haben frei.« Er küsste sie. Seine warmen Lippen schmeckten salzig und verschlossen ihren Mund.

Neben dem Bett klingelte Doros Handy. Sie wand sich aus Michaels Umarmung und schielte auf das Display. Die angezeigte Nummer kannte sie nicht. Michael drückte sie sanft in die Kissen zurück. Den Signalton einer auf der Mailbox hinterlassenen Nachricht nahm sie nur noch wie aus der Ferne wahr.

Sie musste noch mal eingedöst sein. Wo waren die Kinder? Denise rappelte sich von der Couch auf, ihr Kopf tat weh. In Ludwigs Zimmer vor dem Fernseher?

Der Sonntagnachmittag war diesig. Im Raum war es fast so dunkel, als sei es Abend. Benommen schlurfte Denise in den Flur und stieg die Treppe hoch. Schon nach ein paar Stufen hörte sie den laut gedrehten Ton des Fernsehers, eine hohe Stimme quakte, darunter flirrte Trickfilmmusik. Denise näherte sich Ludwigs Zimmer und öffnete die Tür.

Rafaela hatte sich auf die Chaiselongue gelegt, Ludwig fläzte sich auf seinem Sitzsack. Beide Kinder starrten auf die Mattscheibe. Sie rührten sich nicht, als Denise das Zimmer betrat.

Langsam ging sie zu Rafaela, schob ihre Beinchen zur Seite und setzte sich neben sie.

»Scht«, machte Rafaela unwillig und legte den Zeigefinger über ihr rosiges Mündchen.

Denise beugte sich zu ihr und vergrub die Nase in ihrem lockigen Haar. Es duftete nach Geborgenheit.

Niemand nahm ihr ihre Kinder weg.

»Ich lass dich hochgehen. Wenn Hubert erfährt, wer Rafaelas Vater ist, lässt er dich fallen wie eine heiße Kartoffel.« Gabriels zynisches Lachen klang ihr noch in den Ohren. »Was denkst du, wem das Gericht Rafaela zuspricht? Einer dauerbesoffenen Mutter oder einem erfolgreichen Vater, der sich tagsüber kümmern kann und für abends eine nette Kinderfrau anstellt?«

»Das wagst du nicht«, hatte sie gestammelt.

Wieder hatte er verächtlich gelacht. »Dein Söhnchen wird bei seinem Vater leben und Rafaela bei mir. Du landest in der Gosse.«

»Warum tust du das?«

In seinem Apartment war es kühl gewesen. Sie hatte halb nackt vor dem Herd gestanden und einen Augenblick lang Angst gehabt, der Dunstabzug darüber sauge sie ein.

»Weil du mir gehörst. Weil ich über dich bestimme.« Er war ganz nah gekommen, sein Atem raubte ihr den ihren.

»Rafaela ist mein Faustpfand.« Er hatte die Faust geballt und sie in Denises Nacken gedrückt. Ihr war schlecht geworden.

»Überleg es dir gut«, hatte er gekeucht. »Du wirst weiterhin zu mir kommen und das tun, was ich dir sage. Du wirst unseren Pakt nicht auflösen.«

Denise hatte es sich überlegt. Sie brauchte jemand, der viel für sie tat. Sie hatte ihn gefunden.

»Los, schalt um!«, befahl Rafaela ihrem Bruder.

Ludwig hielt die Fernbedienung fest umklammert. Der Zeichentrickfilm war zu Ende, es folgte eine Nachrichtensendung für Kinder.

»Ich will das sehen«, sagte er. »Das interessiert mich.«

»Schalt um!«, schrie Rafaela. Sie schnellte von der Liege und grapschte nach Ludwigs Hand. Der zog sie lachend weg und hielt sie hoch. Denise stand auf.

»Einigt euch, Kinder«, sagte sie müde. Der Globus schwirrte in ihrem Kopf herum. »Ich gehe runter und mache etwas Ordnung.«

Sie verließ das Kinderzimmer und stieg benommen die Treppenstufen hinab. Sie brauchte ein Aspirin oder so was.

Plötzlich erstarrte sie.

Er stand in der Diele wie ein Klotz aus schwarzer Kohle. Eine Gänsehaut überlief Denise. Huberts Koffer.

Auf Zehenspitzen schlich sie voran. Unten angekommen, spähte sie in den Wohnbereich. Im selben Moment erschien Hubert in ihrem Sichtfeld, verkniffen und böse.

»Oh, hallo. Bist du schon da?«, wisperte sie.

Er musterte sie abschätzig. »Im Gegensatz zu dir bleibe ich in diesem Haus.« Mit kalter Miene kam er auf sie zu. Denise brach der Schweiß aus.

Aus dem Bad klang das Wasserrauschen der Dusche, sanftes Geplätscher, das noch schläfriger machte. Doro wäre gern weggedöst und vielleicht erst mitten in der Nacht wieder aufgewacht, mit Michael an ihrer Seite.

Die Anti-Romantik-Glocke in ihrem Gehirn gab einen Warnton von sich, *diese Art Beziehung ist es nicht*.

Seufzend setzte sich Doro im Bett auf. Ihr Handy lag auf dem Boden daneben, es war aus der Tasche ihrer Jeans gerutscht, als die von ihr gerutscht war.

Sie griff nach dem Telefon und wählte die Nummer der Mailbox-Abfrage, während Michael in der Dusche laut und gut gelaunt sang.

Doro hielt das Handy ans Ohr.

»Hallo, äh, hier ist Detlev Wamisch.«

Mit einem Schlag war Doros Schläfrigkeit verflogen. Ihre Hand umklammerte das Telefon.

»Also, ich wollte noch was hinzufügen«, näselte Detlev Wamisch. »Bevor wir ja morgen aufs Revier müssen wegen der Aussage. Nun ja, genau genommen habe ich nicht gesehen, ob Franco Piras die ganze Zeit da war. Ich saß ein wenig am Computer, mittags eben. Meine Frau will nicht, dass ich …« Der Wortschwall brach ab, Doros Anspannung wuchs.

»Ich versuche ab und zu mein Glück. Ich meine, wer tut das nicht?« Detlev Wamisch lachte auf, dann räusperte er sich. »Wie auch immer. Ich war beschäftigt. Es könnte also sein, dass Herr Piras … dass er zwischendurch weg war.«

Doro sprang aus dem Bett, raffte ihre Unterwäsche zusammen und schlüpfte hinein. Als sie in ihre Jeans stieg, kam Michael ins Schlafzimmer zurück.

»Ist was passiert?«, fragte er. »Du siehst so aus.«

»Detlev Wamisch hat telefonisch seine Aussage revidiert.«

»Wirklich? Das heißt?«

»Dass Franco Piras kein verlässliches Alibi mehr hat.«

Skeptisch rieb Michael über seinen frisch glänzenden Kopf. »Was willst du tun?«

»Zu seiner Wohnung fahren und ihn festnehmen. Wenn er zu Hause ist und sich nicht längst aus dem Staub gemacht hat.«

Michael stand unschlüssig da. Er ließ das um seine Hüften geschlungene Handtuch fallen, angelte die Boxershorts mit den kleinen bunten Ankern darauf und zog sie an. »Ich komme mit«, sagte er und langte nach Hemd und Hose. »Wir nehmen meinen Wagen.«

»Ich benachrichtige Ben.« Doro griff ihr Handy vom Bettrand und wählte Bens Nummer.

Nach ein paar Klingeltönen meldete sich die Ansage der Mailbox. Am Ende verbringt der den Sonntagmittag wie ich im Bett, dachte Doro und hinterließ eine Nachricht.

Michael band sich gerade die Schuhe zu. »Dann los«, sagte er und eilte aus dem Schlafzimmer.

Wenig später saßen sie im Wagen und fuhren zu Franco Piras' Wohnung.

Hubert hatte sich nach einer Zorntirade in sein Arbeitszimmer zurückgezogen. Unschlüssig stand Denise vor der Küchenzeile und rieb ein Schwammtuch über die Ablauffläche der Spüle. Sie hatte keine Ahnung, was sie tun sollte. Doch ihr Instinkt riet ihr, beschäftigt zu wirken.

Sie öffnete einen der Hängeschränke, nahm ein paar Konservendosen heraus und wischte sie ab. Die Kinder waren noch in Ludwigs Zimmer. Sie überlegte, ob sie hochgehen und ihnen mitteilen sollte, dass ihr Vater zurück war.

Mechanisch fuhr sie mit dem Lappen über die Abbildung beige-roter Ravioli. Ein paar Meter von ihr entfernt lockte der Globus, er zog sie magisch an.

»Was tust du da?«

Erschrocken fuhr Denise herum.

Hubert stand hinter ihr und musterte sie verständnislos. »Bist du völlig schwachsinnig?«

»Ich wollte nur ... da war etwas Staub.«

»Im Schrank?« Hubert zog die Nase hoch. »Nonsens.« Er baute sich vor Denise auf. »Ich vermisse meinen Schildpattfederhalter, er lag auf dem Schreibtisch. Hast du ihn weggenommen?«

»Ich? Nein. Wieso sollte ich deinen …«

»Einer muss es ja gewesen sein«, schrie er ihr ins Gesicht. »*Ich* weiß noch, was ich tue. Es wird wirklich Zeit, dass du dich behandeln lässt.«

Denise presste die Ravioli-Dose vor ihre Brust.

»Ich habe eine Klinik für dich ausgesucht«, sagte Hubert kalt. »In Tschechien.«

»Wo?«

»Hörst du schlecht? Es gibt dort ein straffes Tagesprogramm, vielleicht kann dir das noch helfen. Auch wenn ich es bezweifele. Drei, vier Monate wirst du bleiben müssen.«

Die Konservendose krachte auf den Fliesenboden.

»Ludwig bleibt bei mir, die Kleine kann zu einer Tagespflege oder dergleichen.«

»Nein.« Denise war ihre eigene Stimme fremd. »Das wagst du nicht.«

»Wagen?«, keifte Hubert. »Drohst du mir? *Du?*« Er hob die Hand.

Reflexartig duckte sich Denise, sie huschte an Hubert vorbei. Er drehte sich auf seinen glatten Ledersohlen, sie rannte in den Flur, er hinterher.

»Kinder!«, schrie sie die Treppe hoch und rettete sich die ersten Stufen hinauf. »Papa ist zurück! Kommt ihr bitte und begrüßt ihn?«

Im ersten Stock tat sich nichts.

»Ludwig!«, rief sie gellend.

Hubert stand lauernd in der Diele.

Endlich hörte Denise das Geräusch einer sich öffnenden Tür, künstliche Stimmen drangen zu ihr, Glockengebimmel und Musik.

Ludwig erschien am Treppenende. Langsam kam er herunter und ging gleichgültig an Denise vorbei. Ein Stück unterhalb von ihr blieb er stehen.

»Hallo, Papa«, sagte er.

Hubert setzte ein sprödes Lächeln auf. »Hallo, mein Sohn.«

Niemand bemerkte das Paar gieriger brauner Augen, das aus einem Gebüsch im Garten in das erleuchtete Panoramafenster des Wohnbereichs spähte.

Doro nahm keuchend die letzten Stufen, dicht gefolgt von Michael. Sie hastete vor zur Tür von Franco Piras' Wohnung und drückte ihren Zeigefinger auf die Klingel. Das Schrillen klang bis in den Flur. Doro hielt den Finger auf den Schalter gepresst. Die Tür blieb verschlossen.

»Ich hab's mir gedacht«, fluchte sie. »Ausgeflogen.«

»Das sollten wir genau wissen«, sagte Michael, dabei klang er wie der Terminator. Doro musterte ihn verwundert.

»Geh mal zur Seite«, gab er Anweisung.

»Was?«

»Rüber. Ein, zwei Meter.«

Doro wich ein paar Schritte nach rechts aus.

»Schwache Qualität.« Michael fixierte das Holzfurnier und brachte sich in Position, Doro begriff. Dann schnellte sein rechtes Bein nach oben, der Fuß krachte direkt unterhalb des Knaufes an das Türblatt. Die Tür flog auf, Michael entfuhr ein Schmerzenslaut.

Mit gezogener Waffe sprang Doro vor. »Herr Piras!«, rief sie in die Wohnung. »Polizei! Kommen Sie mit erhobenen Händen heraus!«

Angespannt betrat sie die Diele. Michael war hinter ihr. Sie stieß die erste Tür auf, die vom Flur abging, danach die anderen. Piras war nicht da.

Im Wohnzimmer herrschte wieder die bullige Wärme. Michael stand neben Doro und rieb über seinen offenkundig schmerzenden Oberschenkel. »Und jetzt?«

Doro drückte ihm ihre Waffe in die Hand und zog ihr Handy hervor. Sie versuchte erneut, Ben zu erreichen. Wieder mündeten die Ruftöne in der Ansage der Mailbox.

Hat der etwa so eine Ausdauer? Sofort schüttelte Doro den Gedanken wieder ab.

»Hi, ich bin's noch mal«, sprach sie in ihr Telefon. »Wir sind in Piras' Wohnung, er ist nicht da. Wir fahren zu den Klimantats.«

»Wie bitte?«, fragte Michael.

Doro steckte das Handy ein. »Wohin denn sonst. Los, komm.«

Sie eilte Richtung Ausgang. Michael setzte sich nur langsam in Bewegung. Als sie sich, an der Wohnungstür angekommen, nach ihm umdrehte, stand er zögernd im Flur.

»Du kannst mir auch deinen Wagen überlassen, und ich fahre allein«, sagte sie.

»Nein.« Michael schüttelte den Kopf. »Ich komme mit.«

Doro hastete raus. Fast wäre sie in die kleine, dicke Frau gelaufen. Sie stand im Gang, direkt vor sich sah Doro ein Kinn mit einzelnen borstigen Haaren, darüber braune Zähne.

»Was machen Sie hier?«, fragte Doro überrascht. Dabei registrierte sie, dass die Tür der Nachbarwohnung offen war.

»Und Sie? Sind Sie etwa da eingebrochen?«, erwiderte die Frau knarzig. Ein Schwall Zwiebelatem ließ Doro zurückweichen.

»Staatsanwaltschaft.« Michael zog die eingetretene Tür, so weit es ging, zu. »Gehen Sie bitte in Ihre Wohnung zurück.«

»Das da bleibt offen?« Die Frau zeigte auf das demolierte Holz. In der Stimme lag kiebitzhafte Neugier.

»Das Betreten ist strafbar«, erklärte Michael streng. »Hausfriedensbruch.«

»So?« Schräg beäugte ihn die Frau.

»Wir müssen los«, raunte Doro.

Michael nickte und eilte zur Treppe. Doro folgte ihm. Als sie sich an der obersten Stufe noch einmal umwandte, reckte die Frau das behaarte Kinn vor und linste in den Türspalt.

»Finger weg!«, rief Michael. »Machen Sie sich nicht unglücklich!«

Gegen ihren Willen musste Doro grinsen. Vor ihr rannte Michael die Stiege herunter, sein blauer Mantel umflatterte ihn wie ein Cape.

46

Denise fröstelte. Sie nahm eine helle Kaschmirstola aus dem Kleiderschrank im Schlafzimmer, legte sie um ihre Schultern und schlang ein Ende um den Hals. Das edle Garn gab ihr Körperwärme zurück, spiegelte sie wie eine Rettungsdecke.

Ludwig saß mit seinem Vater unten am Esstisch und spielte eine Partie Schach. Denise atmete durch.

Sie zog eine der Schrankschubladen aus glänzendem Nussbaumholz auf. Unter seidenen Hemdchen und Dessous verbarg sich ein kantiges Fläschchen Magenbitter. Der Drehverschluss knackte, Denise kippte den Inhalt die Kehle herunter. Es schmeckte ihr überhaupt nicht. Kräuterschnäpse verbuchte sie als Arznei.

Sie ließ die leere Flasche in die Schublade fallen, schob sie zu und trat ans Fenster.

Der trübe Nachmittag lag über dem Garten, ein Rechteck warmen Lichts schien aus dem großen Fenster im Wohnbereich.

Denise war entschlossen, sich nicht nach Tschechien abschieben zu lassen. Absurd, dachte sie. Ich bin ein freier Mensch.

Ihre Schultern kippten nach vorn, im Magen brannte es. Sie starrte in den Garten.

Einer der Büsche winkte ihr leicht mit ein paar Ästen zu. Verwundert sah Denise genauer hin. Tatsächlich, die Hecke bewegte sich. Doch einen Augenblick später war schon wieder alles ruhig.

Derartige Dinge passierten mitunter. Die Welt da draußen hatte für Denise ein Eigenleben entwickelt, über das sie nur noch selten erschrak.

Sie verließ das Schlafzimmer. Auf dem Gang hörte sie die Geräusche des Fernsehers aus Ludwigs Zimmer. Kurz hielt sie inne, ließ ihre Fingerspitzen über den rauen Putz der Wand gleiten.

Sie wollte sich trennen, ihr Entschluss stand fest. Ein Strohhalm im Wind. Spätestens morgen im Büro erfuhr Hubert von ihrem Erbscheinsantrag beim Amtsgericht. Es war an der Zeit zu handeln.

Sie stieg die Stufen herunter.

»Das Entscheidende beim Spiel der Könige ist die Strategie«, hörte sie Hubert dozieren. »Man muss die Gedanken des Gegners vorhersagen können, seine Spielzüge erahnen.«

Denise kam in den Wohnbereich. Die Dose Ravioli lag noch immer auf dem Boden. Sie bückte sich, hob sie auf und stellte sie in den Schrank.

»Ich gehe nicht nach Tschechien.«

Der Satz war einfach aus ihr herausgekommen. Weder Hubert noch Ludwig reagierten.

»Hast du gehört?«, rief sie. »Ich gehe nirgendwohin.«

»Schach«, sagte Hubert und schob eine Figur vor.

»*Du* verschwindest!«, schrie Denise.

Nun sah er auf, höhnisch und kühl. Ludwig musterte sie irritiert.

»Gehst du bitte in dein Zimmer, Ludwig«, sagte Hubert. »Deine Mutter und ich müssen etwas klären. Dann spielen wir weiter.

Ohne ein Wort verließ Ludwig den Raum.

»Bist du völlig irre?«, zischte Hubert. »Das ist ja gemeingefährlich, wie du dich verhältst.«

»Ich lasse mich scheiden.« In Denise war ein Knistern wie von elektrischem Strom. »Ich habe für Rafaela einen Erbschein beantragt, sie beerbt ihren Vater. Du verlässt dieses Haus.«

Huberts Gesichtsmuskeln gerieten außer Kontrolle. »Du hast *was?*«, schrie er. »Du erdreistest dich, mich derart bloßzustellen?« Er stand von seinem Stuhl auf und kam auf sie zu. »Abschaum wie du?«

Den Bruchteil einer Sekunde lang sah Denise die Faust vorschnellen, dann explodierte ihr Kopf, sie wurde auf die Fliesen geschleudert.

Bevor ihr Körper die Verletzungen registrierte, zerrte Hubert an ihrem Arm. Sie sah eine braune Schuhspitze, die auf hellem Kaschmir stand. Ihr Oberkörper wurde hochgezerrt, der Stoff zog sich eng um ihren Hals und schnürte ihr die Luft ab.

Huberts hasserfülltes Gesicht war über ihr, sein Mund klaffte wie eine offene Schnappfalle. Denise rang nach Atem.

Sie bemerkte, wie sich Huberts Pupillen verengten. Sein Fuß gab die Stola frei, gleichzeitig wurde Denise weiter nach oben gezogen. Sie kam auf die Beine, sah Bluttropfen aus ihr heraus in das helle Kaschmir sickern wie in pudrigen Schnee. Dann zog Hubert die Stola zu.

Um Denises Hals schloss sich eine Klammer, das Gewebe verwandelte sich in starren Draht, der alles abschnürte. Ihr

Kehlkopf wurde eingedrückt, die Lungen brannten, Todesangst übermannte sie.

Auf einmal schnitt ein ohrenbetäubendes Klirren durch den Raum, etwas stach Denise im Haar und am Rücken. Der Strang um ihren Hals lockerte sich. Einen Moment später sprang jemand auf Hubert zu. Ein noch nie gehörtes Geräusch drang in Denises Ohren. Es war das von splitterndem Knochen.

Hubert sackte nach unten, gleichzeitig tauchte Franco hinter ihm auf, wie bei sich überblendenden Fotos. Denise würgte und hustete. Sie japste nach Luft, die sich die wunde Kehle hinabwälzte.

Franco hielt den Läufer in der rechten Hand. Die Bronzeplastik hatte Hubert erst kürzlich erstanden.

Denise starrte in Francos Augen, braune Spiegel, die nichts preisgaben. Panisch riss sie sich die Stola vom Hals. Dann sah sie das ganze Blut auf den Fliesen. Hubert lag mit geschlossenen Augen in der Lache, die aus seinem Kopf sickerte.

Denise wollte schreien. Stattdessen sog sie alle Luft ein, die sie bekommen konnte.

»Ist … er tot?«, stammelte sie.

Franco stellte die Bronzeplastik auf den Boden und legte zwei Finger an Huberts Hals.

»Noch lebt der.«

»Wir müssen einen Arzt rufen!«, kreischte Denise.

»Damit Hubert dir in ein paar Wochen wieder an die Gurgel geht? Ich hab dich nicht von dem Koch befreit, damit der da dich kaltmacht.«

»Was haben Sie gesagt?«

Denise schnellte herum. Vor der zerborstenen Wohnzimmerscheibe standen diese Kommissarin und ein großer glatzköpfiger Mann. Denises Beine gaben nach. Sie sah noch, wie Franco loslief. Dann sackte sie zusammen.

Hubert Klimantat lag blutüberströmt am Boden, Franco Piras floh.

Doro wand sich durch die klaffende Öffnung im Glas ins Innere des Hauses, rannte an der leichenblassen Denise vorbei und nahm die Verfolgung auf.

Im Flur bemerkte sie, dass die Haustür offen war, Franco Piras war bereits verschwunden. An der Treppe stand ein Junge, es war Ludwig.

Mist, durchfuhr es Doro. Das sollte er nicht sehen. »Geh nach oben!«, rief sie.

Ludwig bewegte sich nicht. Doro fing einen Blick von ihm auf, in dem blanke Angst lag. Für einen Moment erkannte sie unendliche Verlassenheit, sie stach ihr direkt ins Herz.

»Los, mach. Hoch mit dir!«, befahl sie, biss die Zähne zusammen und lief aus dem Haus.

Gerade noch sah sie rechter Hand Piras um die nächste Straßenbiegung verschwinden. Sie raste hinterher, ihr Blut pulste, der Körper schnellte vorwärts. Doros Sohlen peitschten auf den Asphalt, sie rannte um die Ecke.

Dahinter sah sie ihn, sechzig, siebzig Meter entfernt. Sie versuchte, weiter zu beschleunigen, alle Reserven rauszuholen. Franco Piras haute ab.

Plötzlich bog vor ihm ein Scheinwerferpaar um die Kurve, mit hoher Geschwindigkeit näherte sich ein Wagen. Bremsen quietschten, Doro sah Piras ausweichen, gleichzeitig wurde die Fahrertür aufgerissen. *Essen auf Rädern* – Bens Auto.

Er sprang heraus und stürzte Piras hinterher, war nur wenige Meter von ihm entfernt. Mit sehniger Energie verringerte Ben die Distanz zusehends. Dann griff er zu, brachte Piras zu Fall und stürzte sich auf ihn. Einige Sekunden später erreichte Doro die beiden. Piras' Flucht war zu Ende.

47

Sie hatten Franco Piras zum Haus der Klimantats zurückgebracht. Die Notärztin und zusätzliche Polizeikräfte waren kurz darauf angekommen. Denise war schon wieder auf den Beinen gewesen.

»Schwere Schädelfraktur«, hatte die Ärztin bei Hubert Klimantat diagnostiziert. Er war umgehend in eine Klinik transportiert worden.

»Es war Notwehr«, haspelte Denise. »Hubert hat mich gewürgt. Ohne Franco wäre ich nicht mehr am Leben.«

»Aber der Mord an Gabriel Otto war keine Notwehr«, hatte Ben trocken festgestellt.

»Cinderella, sag die Wahrheit«, greinte Franco Piras. Die Hände auf dem Rücken gefesselt, hatte er mit dem Kopf zu Denise gedeutet. »Gallo hat sie gequält, sie erpresst. Er wollte ihr das kleine Engelchen wegnehmen.«

»Unsinn.« Denise wandte sich ab. »Ich weiß nicht, wovon der Mann spricht.« Sie ging zur Globus-Bar.

»Frau Klimantat, das ist jetzt nicht Ihr Ernst«, hatte Ben geschimpft.

Denise hatte innegehalten.

»Cinderella, wir lieben uns doch!«, schrie Franco Piras. »Sag, wie es wirklich war.«

Denise hatte geschwiegen, Franco Piras war abgeführt worden. Einsatzkräfte hatten seine Wohnung und die kleine Werkstatt durchsucht. Einer aufmerksamen Polizistin war es zu verdanken, dass dort die Tatwaffe sichergestellt worden war. Sie war im Hohlraum eines Kalksteinblocks versteckt gewesen. Die Beamtin hatte die kaum sichtbar verkittete Nut zwischen den zwei Teilen des Steins entdeckt.

Mit dem Fund der Waffe konfrontiert, hatte Franco Piras gestanden. »Denise hat mich dazu gebracht, mich angestiftet und alles geplant«, beteuerte er immer wieder.

Denise Klimantat hatte dem entschieden widersprochen, eine Untersuchungshaft war für sie nicht angeordnet worden, sie war auf freiem Fuß. Doro hatte darauf bestanden, dass sich eine Psychologin vom Kriseninterventionsteam um sie und die Kinder kümmerte. Zuerst hatte Denise sich gesträubt, schließlich hatte sie zugestimmt.

Doro war erst spät am Sonntagabend in ihre Wohnung zurückgekehrt. Nach einer kurzen Nacht war sie Montag früh ins Büro gefahren, um einen Teil des Papierkrams zu erledigen.

Sie sah auf die Uhr, zehn nach zwölf. Den Nachmittag hatte sie sich freigenommen. Constantin kam um eins aus der Schule, sie wollte mit ihm zum Surfen rausfahren. Man musste nicht bis Ording, es gab ein paar gute Reviere in der Nähe der Stadt. Sie brauchte den frischen Wind um die Nase und mehr Zeit mit ihrem Sohn.

»Du, ich breche auf«, sagte sie und schloss die Datei auf ihrem Rechner.

»Alles klar.« Ben grinste. »Grüß Constantin. Vielleicht sehen wir uns bald mal im Nachtleben.«

Doro verdrehte die Augen, zog ihre Jacke von der Stuhllehne und schlüpfte hinein.

Auf dem Schreibtisch lag ein durchsichtiger Plastikbeutel, er enthielt zwei Schlüssel – einen zu Gallos Wohnung und einen zu seinem Restaurant. Doro steckte die Tüte ein.

»Ich mache einen kleinen Umweg und bringe den Restaurantschlüssel in Gallos Penthouse.« Sie zögerte kurz. »Für seinen rechtmäßigen Erben, wer auch immer das ist.«

»Vermutlich Denise Klimantats Tochter«, erwiderte Ben. »Und somit Denise. Sie hat ja mit Gallos Tod angeblich nichts zu tun.«

Doro hörte leichten Sarkasmus in seiner Stimme, sie kommentierte es nicht. Das, was zwischen Franco Piras und Denise gesprochen worden war, wussten nur die beiden. Es stand Aussage gegen Aussage. Zeuge war nur der Himmel, dachte Doro.

»Thomas Marquart und Kai Jansen werden zumindest nicht wegen Doppelmordes belangt«, ergänzte Ben. »Da lag dein Staatsanwalt falsch mit seiner Annahme, dass sie neben Overbeck auch Gallo auf dem Gewissen hätten.«

»Er ist nicht *mein* Staatsanwalt«, maulte Doro und verabschiedete sich. »Tschüs, bis morgen.« Sie verließ das Büro.

Wenig später stieg sie in ihren Wagen. Das Wochenende hing ihr nach, sie fühlte sich trotz des Ermittlungserfolgs ausgelaugt. Müde manövrierte sie ihr Auto durch den Stadtverkehr. Die halb heruntergelassene Seitenscheibe ließ Lärm und Abgase ins Wageninnere, Doro merkte es kaum. Sie hatte das Gefühl, der Fahrtwind tue ihr gut.

Als sie bei Gallos Apartmenthaus ankam, war sie einen Moment lang überrascht, schon da zu sein.

Sie parkte den Wagen, stieg aus und lief über den Gehweg. Die frische Brise und der Blick auf die Elbe hatten augenblicklich etwas Befreiendes.

Doro war froh, in einer Stadt am Wasser zu leben, einem Tor zur Welt. Die Weite war spürbar, auch wenn man sie in der Enge der Bebauung oft nicht sah.

Sie schloss die Haustür des großen Backsteingebäudes auf und trat ein. Damit überkam sie ein unangenehmes Gefühl. Der spezielle Geruch nach Neubau, der im Treppenhaus lag, hatte sich in ihrem Gehirn eingeprägt, er war dort mit Tod verknüpft worden.

Der Fahrstuhl hielt im Erdgeschoss. Sie stieg ein und drückte auf den obersten Knopf. Die Kabine sauste los. Doro wandte sich von dem Innenspiegel ab, für den Rest des Tages war es ihr egal, wie sie aussah. Eine windgerötete Nase und zerzaustes Haar kamen ihr gerade recht.

Mit einem Gongton hielt der Aufzug im obersten Stockwerk. Die Tür öffnete sich, Doro trat auf den Flur.

Sie bemerkte es sofort.

Das vom Schloss bis zum Rahmen aufgebrachte polizeiliche Siegel war zerrissen, der über den Schließzylinder geklebte Teil abgezogen.

Langsam näherte sich Doro dem Eingang. Sie schob behutsam den Schlüssel ins Schloss, drehte und öffnete. Vorsichtig ging sie in die Wohnung.

»Hallo?«, rief sie laut. »Ist da jemand?«

Hinter ihr fiel die Tür zu. Der weitläufige Raum war warm und ruhig. Auf Doro wirkte er kleiner als bei ihrem ersten Besuch, trotz der Ausmaße fühlte sie sich beengt. Ein leichter Modergeruch erfüllte die Luft.

Sie sah sich um und horchte. Hatte sich jemand mit einem Schlüssel Zutritt verschafft? Unweigerlich dachte sie an Denise Klimantat.

Lautlos ging sie vor bis zu dem großen Gasherd inmitten des Wohnraums. Die Kräuter in den Töpfen hingen welk herunter, einige waren bereits vertrocknet. Das Gemüse neben dem Kochfeld begann zu faulen, von ihm ging der muffige Geruch aus.

Auf der hellen Graniteinfassung des Herdes lag eine dunkelrote Kladde. An Gallos Todestag war sie nicht dort gewesen, Doro erinnerte sich. Sie hielt einen Moment inne. Dann steuerte sie auf den Durchgang zum Schlafzimmer zu.

»Hallo?«, rief sie nochmals. »Frau Klimantat?«

Im selben Moment hörte sie ein Rascheln und schrak zusammen. Wie ein Schatten ihrer selbst tauchte Denise Klimantat in dem Durchgang auf. Ihre Augäpfel huschten unruhig hin und her, das Gesicht war fahl und schweißig.

»Was machen Sie hier?«, rief Doro. Ihr Körper war in Alarmbereitschaft, die Muskeln spannten sich an.

Denise Klimantat stützte sich an der Wand ab.

»Wieso soll ich nicht hier sein?«, sagte sie. »Meine Tochter ist schließlich die Erbin.«

»Das muss erst ein Gericht feststellen.« Wachsam beobachtete Doro Denise Klimantat. Deren Haltung war leicht gebeugt, die seitlich des Körpers herabhängende Hand zitterte. »Geht es Ihnen nicht gut?« Es war offensichtlich, dass dem so war.

»Nein, alles in Ordnung. Ich hatte mich eben nur ein wenig hingelegt.«

»In dieser Wohnung?«

Denise Klimantats Kopf kippte zur Seite. »Zu Hause habe ich es nicht ausgehalten.« Langsam kam sie auf Doro zu. Die wich instinktiv zurück. Denise Klimantat wankte wie eine leere Hülle an ihr vorbei und ließ sich auf einen der Designersessel fallen. »Zu Hause hätte ich mich wieder betäubt«, murmelte sie.

Doro verstand. Die Frau hatte heute noch nichts getrunken. Der Schweiß des kalten Entzugs stand ihr auf der Stirn.

»Ich will raus«, sagte Denise tonlos. »Schluss mit dem Betäuben. Um der Kinder willen. Rafaela und Ludwig haben nun nur noch mich.«

Doro näherte sich ein Stück. »Wie geht es Ihrem Mann?«, fragte sie.

»Die Ärzte sagen, er wird durchkommen. Sicher mit bleibenden Schäden. Vermutlich wird er ein Pflegefall.« Denise Klimantat atmete flach. Sie presste ihre Handflächen aneinander und klemmte sie zwischen ihre Knie. Dann löste sie die Haltung wieder und fuhr sich nervös durchs Haar. Ruhelos stand sie auf und strich ihren Rock glatt.

»Ich will das ›Mercurio‹ übernehmen«, sagte sie.

»Ach?« Doro war erstaunt.

»Ich weiß, dass ich das kann. Ich kann auch was. Vielleicht traut es mir keiner zu, aber ich weiß es.« Denise nestelte an ihrer Uhr herum und setzte sich wieder hin. »Ich habe mich informiert.«

»Worüber?«

»Die Psychologin, die gestern bei uns war, hat sich gekümmert. Es gibt Kliniken. Eine, in die ich Rafaela mitnehmen kann. Ludwig kann so lange bei meiner Schwester bleiben, bis ich die erste Zeit überstanden habe.«

»Das ist ein guter Plan.« Doros Stimme klang weicher als erwartet. »Mit etwas Hilfe können Sie es schaffen.«

Wie im Zeitraffer flogen die Ereignisse der letzten Tage an Doro vorbei. Denise war völlig am Ende, aber womöglich war es auch das Ende ihres Martyriums. Der Kinder wegen drücke ich ihr die Daumen, dachte sie.

Denise knibbelte an ihren Fingernägeln. »Ich muss die Chance nutzen.« Sie sprang auf. Das fahle Gesicht straffte sich in Entschlossenheit. »Ludwig soll stolz auf seine Mutter sein.«

Überraschend flink begab sie sich zum Herd und nahm die rote Kladde auf.

»Was ist das?«, fragte Doro, auf das Heft deutend.

»Rezepte. Die gehören auch zum Erbe.« Denise drückte das Heft an ihre Brust.

»Woher haben Sie das? Darf ich mal sehen?« Doro streckte die Hand aus.

»Es stand zwischen den Kochbüchern.« Denise zögerte. Es wirkte, als wolle sie einen Schatz nicht teilen. Schließlich reichte sie Doro das Heft.

Die klappte den blutroten Deckel auf. Die Spurensicherung hatte der Rezeptsammlung offensichtlich keine besondere Bedeutung beigemessen gehabt.

»Für Gabriel von Matthias«, eine geschwungene Handschrift zierte die erste Seite. »Das Einfache ist edel, die Zutat das Glück der Zunge.«

Matthias?, überlegte Doro. Matthias Jansen? Kai Jansens Vater?

Sie blätterte um.

»Herz und Nieren« stand in derselben Handschrift groß oben auf der Seite. Darunter: »Kalbsbries mit Fenchelrisotto.

1 Stück Kalbsbries, 2 Blätter frischer Lorbeer, schwarzer Pfeffer, Ingwer, Schalotten, Butter, Olivenöl.«

Das nächste Rezept war mit »Rahmherz« überschrieben. »Küchenfertiges Kalbsherz salzen, pfeffern, eng mit Speckstreifen spicken, mit Knoblauch einreiben, in Weißwein mit Lorbeerblättern, Zwiebeln und Petersilienwurzel schmoren ...«

Doro klappte das Heft zu und reichte es Denise Klimantat zurück. »Wissen Sie, wer dieser Matthias ist?«

Denise zuckte mit den Schultern, knochig zeichneten sie sich unter ihrer hellen Bluse ab. »Ich glaube, er war für Gabriel so etwas wie ein Mentor. Gabriel hat ihn allerdings nur einmal erwähnt.«

»Was genau hat er gesagt?«

»Dass Matthias ihn ermutigt hat, ein eigenes Restaurant zu eröffnen. Dass er Gabriels Potenzial erkannt hat.«

»Sonst wissen Sie nichts darüber?«

»Ich kann mich nicht erinnern.« Denise kniff die Brauen zusammen. Nachzudenken strengte sie sichtlich an. »Doch, da war noch etwas. Gabriel sagte, man müsse wissen, wann es an der Zeit sei, Weggefährten hinter sich zu lassen.«

Vermutlich hat Gallo genau das gewusst, dachte Doro.

Denise Klimantat verlagerte unruhig ihr Gewicht von einem Bein auf das andere. Sie kam Doro wie ein verlorenes Nervenbündel vor. Und dennoch lag unter der Hilflosigkeit etwas Entschlossenes.

»Wissen *Sie* auch, wann es an der Zeit ist?«, fragte Doro.

»Hm? Wie?« Denise griff an einen ihrer Perlenohrringe. »Ich verstehe die Frage nicht.«

»Wann man jemand hinter sich lassen muss.«

Misstrauisch neigte Denise den Kopf. »Ich muss los.«

»Frau Klimantat, Gabriel Otto hat Sie schlecht behandelt. Wenn man weiß, was er für ein Mensch war, kann man sich kaum etwas anderes vorstellen. Er hat Sie unter Druck gesetzt, Sie in seiner egomanischen Art gequält.«

»Ach was.« Denise Klimantat machte eine wegwerfende Handbewegung.

Doro folgte ihrer Intuition, zwischen Denise und Gallo stand das gemeinsame Kind.

»Es stimmt, dass er Ihnen Rafaela wegnehmen wollte«, sagte sie. »Auch wenn Sie es leugnen. Als Alkoholikerin hätten Sie womöglich Ihre Tochter an ihn verloren.«

»Ich habe nichts mit Gabriels Tod zu tun«, rief Denise aufgebracht. Doro sah in ein empörtes Streitgesicht und legte nach.

»Franco Piras hat es für Sie getan. Geben Sie es zu. Er hat Sie von Gabriel Otto befreit. Aus Liebe zu Ihnen ist er zum Mörder geworden.« Doro stand Piras' tränenreiches Geständnis in der Haftanstalt noch vor Augen.

Denise wirkte stocksteif, ihr Mund war halb geöffnet, sie keuchte.

»Sie wussten, dass er es tut, und Sie wollten, dass er es tut. Sie haben ihm gesagt, um welche Zeit Gabriel am vergangenen Dienstag in der Tiefgarage auftauchen würde.« Doros Sätze waren hart und bestimmt. »Sie hatten keine andere Wahl. Gallo hat Sie erstickt, Ihnen die letzte Kraft geraubt.«

Ihre Blicke trafen sich, hingen aneinander fest.

»Vielleicht kann ich Sie sogar verstehen«, sagte Doro. »Sie brauchen Ihre Kraft für Ludwig und Rafaela.«

Denise stellte ein Bein vor, dann folgte das zweite. Wie in Zeitlupe ging sie los. »Ich muss ein neues Leben anfangen«, murmelte sie. »Für die Kinder.« Auf unsicheren Beinen begab sie sich zum Ausgang.

Doro blieb stehen. Die Tür fiel mit einem lauten Schlag hinter Denise Klimantat zu.

Für die Kinder, klang es in Doros Ohren nach.

Sie legte den Restaurantschlüssel auf die Graniteinfassung des Herdes. Einen Augenblick verharrte sie noch und sah aus dem Fenster über die weite Stadt und das Wasser. Dann ging auch sie.

Zwölf Wochen später

»Das ist ein kleines Geburtstagsgeschenk. Ich hoffe, es ist dir nicht zu spießig.«

Och, dachte Doro. Spießig? Die im Herbst von Ben nach dem Besuch im »Walzwerk« versprochene Flasche Champagner hatte sie schon bekommen. »Caro mag den auch gern«, hatte Ben grinsend gesagt. »Alles Gute, bleib, wie du bist.«

Neugierig nahm Doro die dunkelrote Schatulle an, die Michael ihr über den Tisch reichte, und klappte sie auf. Ihr Blick fiel auf ein gerolltes Blatt Papier, das von einem blauen Samtband zusammengehalten wurde.

Michael sah sie erwartungsvoll an. »Schau rein.«

Doro zog das Band ab und öffnete das Blatt.

»Sinnliches Kochen für Paare« stand da in geschnörkelter Schrift. Doro überflog den Text darunter – es war die Buchungsbestätigung für einen Kochkurs.

»Und wer ist der zweite Teil des Paares?«, fragte sie.

»Ich.« Michael strahlte.

»Du? Was sagt deine Frau dazu?«

Michael räusperte sich. Dann strich er über seinen kahlen Schädel und kratzte sich am Ohr.

»Es läuft nicht mehr besonders gut zwischen uns.«

»Ach.« Doro legte die Schatulle und den Gutschein neben ihre Serviette. Der weiße Damast war zu einer Art Schwan gefaltet.

»Schon seit einer Weile nicht mehr«, sagte Michael. »Caren hat ihren Sport, ihre Freundinnen, all so was. Kinder wollte sie ja nie. Irgendwie … Man lebt sich auseinander …« Er druckste herum. »Du weißt doch, wie es ist.«

Eigentlich hatte sich Doro mit Alexander nicht richtig auseinandergelebt gefühlt. Es war halt nur so gewesen, dass eine andere Frau von ihm schwanger geworden war.

»Hm. Und nun kochen wir gemeinsam?«

»Wenn du willst.« Wieder trat dieses jungenhafte Lächeln, das Doro überaus anziehend fand, in Michaels Gesicht.

Sie hob ihr Glas und prostete ihm zu. Sachte stieß er mit ihr an, dabei formten seine Lippen kaum sichtbar einen Kuss. Doro trank, der schwere Rotwein war ausgezeichnet. Wenn man ihn schwenkte, hinterließ er behäbig schöne Schlieren an der Innenseite des Glases.

Gedämpftes Stimmengemurmel erfüllte den Gastraum, hin und wieder war ein Lachen zu hören oder das Aneinanderklingen von Gläsern. Doro fühlte sich wohler, als sie gedacht hatte.

Eine junge Kellnerin in weißem Hemd und schwarzer Fliege kam heran. Sie trug zwei mit silbernen Servierglocken abgedeckte Teller.

»Einmal das Kalbsbries, der Herr, und einmal Omelett mit Perigord-Trüffel für die Dame.«

Sie stellte die Gerichte vor Doro und Michael ab und hob schwungvoll die Hauben. »Ich wünsche Ihnen einen guten Appetit.«

Der charakteristische Trüffelduft stieg in Doros Nase. Michael goss ihr Wein nach. Auf seinem Teller schmiegten sich helle Fleischscheiben an einen zylinderförmigen Risottohügel.

»Lass es dir schmecken.« Er nahm das Besteck und kostete ein Stück von dem Bries. »Hmmm.« Genießerisch schloss er die Augen.

Währenddessen sah Doro sie herankommen. Ein Strahlen lag in ihrem Gesicht, das azurblaue Seidenkleid umschmeichelte ihre Figur. In eleganter, selbstbewusster Haltung näherte sie sich.

»Guten Abend«, grüßte sie, nur noch eine Armlänge von Michael entfernt. »Ich freue mich, Sie als meine Gäste verwöhnen zu dürfen.«

Michael drehte den Kopf. Er schluckte und tupfte sich mit der Serviette über den Mund.

»Ich freue mich, dass wir einen Tisch bekommen haben«, sagte er. »Wie man hört, sind Sie bis weit ins neue Jahr hinein ausgebucht.«

»Ja, das ›Mercurio‹ läuft sehr gut.« Der Stolz in Denise Klimantats Stimme war unüberhörbar. »Aber für besondere Gäste halte ich mitunter ein Plätzchen frei.«

Michael fixierte sie durchdringend. »Wie geht es Ihrem Mann?«

»Oh, er hat es gut in seinem Pflegeheim. Die Kinder und ich besuchen ihn oft.« Der Ton war leicht, so als ginge es um ein paar Sommertage auf einer Nordseeinsel.

Michael deutete ein Schmunzeln an. Doro kannte diesen Zug um seinen Mund, eigentlich war er nicht freundlich.

»Das Kalbsbries ist hervorragend«, sagte er. »Franco Piras speist in der JVA leider weniger gut.«

Denise Klimantat setzte eine bekümmerte Miene auf. »Ich denke häufig an ihn. Dabei kann ich immer noch nicht verstehen, wie ich mich so in einem Menschen täuschen konnte. Ich hätte ihm niemals etwas Böses zugetraut. Niemals.«

Die zurückliegenden polizeilichen Befragungen zogen an Doros geistigem Auge vorbei. Piras hatte von einer gemeinsamen Zukunft mit Denise geträumt, hatte sie wirklich geliebt. Vielleicht tat er es immer noch. Denise hatte sich von einer der besten Anwältinnen der Stadt vertreten lassen, Beihilfe oder Mitwisserschaft war ihr nicht nachzuweisen gewesen.

Doro trank einen Schluck Wein.

»Sind Sie zufrieden mit dem Bordeaux?«, fragte Denise sie aufmerksam.

»Danke. Sehr gut.« Sie stellte das Glas auf die blütenweiße Tischdecke zurück.

»Wir führen nun auch ausgezeichnete Cocktails. Unser Bartender Miguel ist einer der bekanntesten in Europa.« Denise sah zur Theke. Der junge Mann dahinter ließ gerade eine himbeerrote Flüssigkeit aus einem Shaker in zwei Gläser fließen. Das Lächeln, das er Denise schenkte, sagte alles. Etwas daran amüsierte Doro.

»Auch seine alkoholfreien Kreationen sind ein Traum«, schloss Denise an. »Jetzt möchte ich Sie aber nicht länger vom Essen abhalten.«

»Wie geht es Ihren Kindern?«, fragte Doro.

Denises Züge wurden weich. »Glücklicherweise recht gut.« Sie hielt einen Moment inne, die Augen bekamen einen warmen Glanz. »Ludwig ist letzte Woche Schachmeister seiner Schule geworden.«

»Schön.« Doro senkte den Blick.

»Also, guten Appetit wünsche ich.« Denise drehte sich um, auf zierlichen Absätzen verschwand sie in die Küche.

Doro kostete das Omelett. Es schmeckte köstlich, ganz leicht und unglaublich aromatisch.

»Ich würde sie zu gern doch noch wegen Anstiftung zum Mord drankriegen«, knurrte Michael.

Doro forschte in seiner kantigen Miene, den leicht verengten Augen. Sie hatte lange über die Sache nachgedacht und auch mit Ben und Michael darüber gesprochen. Irgendwann an einem trüben Herbsttag hatte sie die Akte geschlossen.

Über den Tisch hinweg griff sie nach Michaels Hand.

»Erst einmal kochen wir zusammen.« Ihre Mundwinkel bogen sich nach oben. »Ich freue mich drauf.«